Muhyiddin Ibn Arabi

Abhandlung über die Liebe

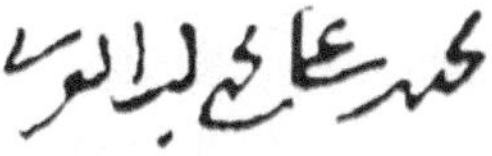

Muḥyīddīn Ibn ʿArabī

Abhandlung über die Liebe

Aus den *Futūḥāt al-Makkīyah*

Vom Arabischen
ins Französische übertragen
und mit Anmerkungen versehen
von Maurice Gloton

Aus dem Französischen
ins Deutsche übersetzt und mit
zusätzlichen Anmerkungen versehen
von Wolfgang Herrmann

Chalice Verlag

Das Original der *Futūḥāt al-Makkīyah* erschien
1238 in Damaskus

Die kommentierte französische Übertragung
des Kapitels 178 erschien erstmals als *Traité de l'Amour*
1986 bei Éditions Albin Michel, Paris

Buchgestaltung: Robert Cathomas
Gesetzt aus der Adobe Garamond
Herstellung: Books on Demand GmbH, Norderstedt
Printed in Germany

ISBN 978-3-905272-74-1

Gott liebt
in den erschaffenen Wesen
nichts anderes als Sich selbst.
Er ist der Eine, Der in jedem Geliebten
Sich dem Auge jedes Liebenden manifestiert,
und in dem erschaffenen Wesen
ist nichts als ein Liebender.
Die ganze Welt ist beides, Liebender und Geliebter,
und all dies
kehrt zu Ihm zurück.

Muḥyīddīn Ibn ʿArabī

Der Chalice Verlag widmet diese Publikation
den wahrhaft Suchenden aus allen Traditionen und Richtungen.
Mögen unsere verschiedenen Wege, in gegenseitigem Respekt
und Toleranz, uns alle zu der Einen Quelle führen.

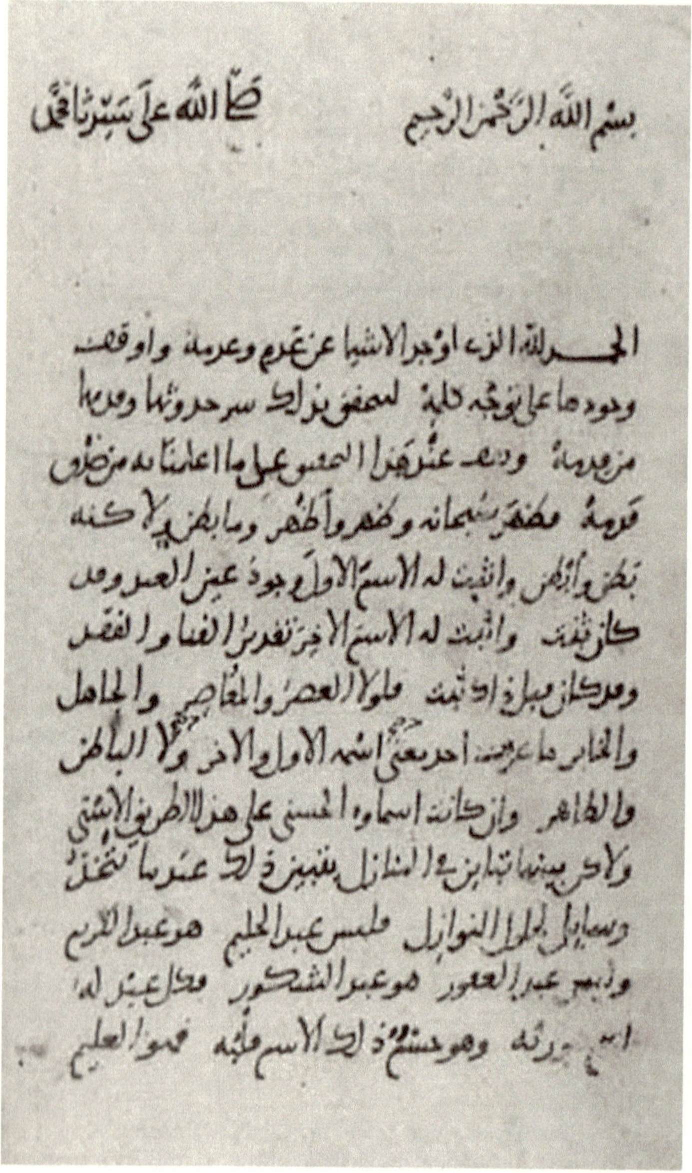

بسم الله الرحمن الرحيم صلى الله على سيدنا محمد

الحمد لله الذي أوجد الأشيا عن عدم وعدمه وأوقف
وجودها على توجه كلمه لنتحقق بذلك سر حدوثها وقدمها
من قدمه ونقف عند هذا التحقيق على ما أعلمنا به من صدق
قدمه فظهر سبحانه وبطن وأظهر وما بطن لاكنه
بطن وأظهر وأثبت له الاسم الأول بوجود عين العبد وقد
كان ثابتا وأثبت له الاسم الآخر بتقدير الفنا والفقد
وهو كان ثابتا إذ ثبت فلولا العبد والمعاصي والجاهل
والغافل ما عرف أحد معنى اسمه الأول والآخر ولا الباطن
والظاهر وإن كانت أسماؤه الحسنى على هذا الطريق الأسنى
ولاكن بينهما تباين في المنازل يتبين ذلك عندما تتخذ
وسائل لحلول النوازل فليس عبد الحليم هو عبد الكريم
وليس عبد الغفور هو عبد الشكور فكل عبد له
اسم هو ربه وهو جسم ذلك الاسم قلبه هو العليم

Die erste Seite der *Futūḥāt al-Makkīyah* in Ibn ʿArabīs Handschrift

Inhalt

Vorwort zur deutschen Übersetzung

von Wolfgang Herrmann

ES IST MAURICE GLOTON DAFÜR ZU DANKEN, DASS ER ES wohl als Erster unternommen hat, ein größeres Kapitel von Ibn ʿArabīs Opus Magnum, den *Futūḥāt al-Makkīyah,* vollständig und ungekürzt in eine westliche Sprache zu übersetzen.

Dies ist umso wertvoller, als der westliche Leser sich nunmehr selbst mitten hinein in den »grenzenlosen Ozean« von Ibn ʿArabīs Denken begeben kann, um gewissermaßen als Gast dem »Größten Meister« in seiner Werkstatt über die Schultern zu schauen. Wie Maurice Gloton zu Recht hervorhebt, kann die *Abhandlung über die Liebe*, als welche Kapitel 178 der *Futūḥāt* auftritt, keineswegs als scharf abgegrenzte Monografie innerhalb des Hauptwerks gelten, die sich nur einem speziellen Thema widmen würde. Der aufmerksame Leser – selbst wenn er mit den Lehren des Größten Meisters noch nicht so vertraut ist – erkennt schnell, dass ihm mit Ibn ʿArabī ein »integraler Denker« begegnet, der auch im kleinsten Detail nie den Zusammenhang mit dem großen Ganzen aus dem Auge verliert, sondern der im Gegenteil jede Gelegenheit nutzt, die großen Themen, wie die heiligen Namen Gottes, Vorherbestimmung und Willensfreiheit, Diesseits und Jenseits, die Aufgabe des vollkommenen Menschen im Kosmos und so weiter, ins Spiel zu bringen. Das erklärt auch das nomadenhafte – und doch keineswegs willkürliche – Umherschweifen seines Geistes. Der Leser dieser Abhandlung über die Liebe gewinnt den paradoxen Eindruck, sich überall gleich nah am Zentrum des Werkes, ja im Zentrum seines Denkens zu befinden.

Dieser Umstand definiert dann auch die Schwierigkeiten beim Verstehen. Der »unerschöpfliche Reichtum« des Textes, von dem Maurice Gloton spricht, erschließt sich nicht beim diskursiv flüssigen Lesen, er muss mit aktiver Empfänglichkeit geduldig zu Tage gefördert werden. Auf fast jeder Seite sind gleichsam Wurzeltriebe des inneren Wissens aufzufinden, die in die Tiefe wachsen und von Ibn ʿArabī mit Anspielungen und Andeutungen nur sehr diskret offengelegt werden. Der Größte Meister war auch Meister der Diplomatie und hat sich oft durchaus bewusst zurückgehalten. So verbergen sich in den zu fast aphoristischer Kürze verdichteten Schlussabschnitten des letzten Kapitels Aussagen, deren Kühnheit einem den Atem verschlägt.

Der deutsche Übersetzer hat sich redlich bemüht, die unvermeidliche ›doppelte Distanz‹ zum arabischen Urtext so klein wie möglich zu halten (damit er nicht wie in Mullah Nasruddins Geschichte »die Suppe von der Suppe« präsentiere). Dabei kam ihm zustatten, dass Maurice Gloton viele Schlüsselbegriffe des Textes mit präziser Transkription aus dem arabischen Urtext (siehe Tabelle auf Seite 262) hinterlegt hat. So konnte der deutsche Übersetzer unter Zuhilfenahme von Wehrs *Arabischem Wörterbuch* auf den jeweiligen Verbstamm zurückgehen und sich an vielen Stellen die Entscheidung für den zutreffenden deutschen Begriff erleichtern. Eine weitere bedeutende Hilfe bei der Übersetzung der vielen teils wörtlichen Anspielungen auf den Koran stand mit der in vieler Hinsicht nützlichen Website *www.islamicity.com* zu Verfügung, wo der originale arabische Text in Synopse mit Übersetzungen in mehreren westlichen Sprachen präsentiert wird. Dabei zeigt sich, dass die gängigen Übersetzungen hinter dem *esoterischen* Verständnis des Korans, wie es Ibn ʿArabī verinnerlicht hat, oftmals erstaunlich weit zurückbleiben. Der deutsche Übersetzer hat sich daher erlaubt, zum besseren Verständnis der koranischen Anspielungen einige vollständige Koranzitate – mit zum Teil revidierter Übersetzung – als zusätzliche Anmerkungen beizusteuern.

Ferner erschien es ihm erforderlich, den Leserinnen und Lesern noch weitere Hintergrundinformationen und Fundstellen, etwa zur Biografie der im Text erwähnten Sufi-Heiligen und zum Leben Ibn ʿArabīs, als Fußnoten zugänglich zu machen.

Mit seiner eigenen grundsätzlichen Zurückhaltung bei erläuternden Anmerkungen wollte Maurice Gloton »es dem Leser selbst überlassen, sich meditativ in den Text zu versenken, besonders an denjenigen Stellen, die zwar gedanklich schwierig, doch immer noch hinreichend zugänglich sind.« In diesem Punkt konnte ihm der deutsche Übersetzer nicht folgen. Er hat sich im Gegenteil dafür entschieden, an schwierigen oder auch entscheidenden Stellen Erläuterungen anzubringen, die dem Verständnis des unvorbereiteten Lesers helfen und zur eigenen Meditation ermuntern sollen. In seiner eigenen Beschäftigung mit der Übersetzung dieses kostbaren Textes hat er erfahren, wie aufwendig die von Gloton empfohlene »meditative Versenkung« sein kann, wenn es nur ganz wenig Ansatzpunkte gibt. Umgekehrt dienen die Fußnoten, sofern sie einen deutenden Charakter haben, auch dazu, dem Leser gegenüber die Übersetzungsarbeit zu dokumentieren, die ja ohne ein

Mindestmaß an erhellender Deutung überhaupt nicht möglich wäre. Manche dunkle Stelle konnte im Übrigen auch mit Hilfe von Querverbindungen zu anderen Werken Ibn ʿArabīs geklärt werden, vornehmlich den *Fuṣūṣ al-Ḥikam* und anderen Kapiteln der *Futūḥāt al-Makkīyah* (siehe Literaturhinweise). Auch diese Informationen wollte er dem Leser nicht vorenthalten.

Der deutsche Übersetzer ist auf Ibn ʿArabīs *Abhandlung über die Liebe* zum ersten Mal 1999 in einem ungemein spannenden Manuskript seines hochverehrten Lehrers Reshad Feild gestoßen, das seinerzeit nur intern im Chalice Kreis publiziert wurde. Umständehalber konnte sich dieses nur mit einem kleinen, von Asin Palacios übertragenen Teil von Ibn ʿArabīs Text befassen. Diese Lücke auszufüllen, war dem Übersetzer ein Herzensbedürfnis, und er ist dem Chalice Verlag sehr dankbar dafür, dass ein äußerer Auftrag zu einem bereits bestehenden inneren hinzutrat. Letztlich verdankt sich seine Arbeit jedoch der Liebe des Einen und Einzigen, die von Ibn ʿArabī in seiner Abhandlung so vielstimmig besungen wird.

April 2008

Vorwort

von Maurice Gloton

DIE VORLIEGENDE ÜBERTRAGUNG STÜTZT SICH AUF DIE BEIden in Kairo erschienenen arabischen Editionen des *Kitāb al-Futūḥāt al-Makkīyah* von 1876 und 1911.

Der arabische Text bereitet dem Lesen wie auch der Deutung einige Schwierigkeiten, insbesondere bei den Gedichten. Überdies haben sich in den Urtext Irrtümer der Kopisten und typografische Fehler eingeschlichen.

Deswegen haben wir Wert darauf gelegt, unsere Übersetzung an den strittigen Stellen von sachkundigen zweisprachigen Lesern noch einmal durchsehen zu lassen. Ihnen gilt unser herzlichster Dank und besonders einem unserer Freunde, mit dem wir die gesamte Abhandlung durchgesehen haben und der ungenannt bleiben will.

Wir sind auch einigen unserer Freunde dankbar, Muslimen wie Nichtmuslimen, die das Manuskript der Übersetzung mit einem konstruktiv kritischen Geist gelesen haben. Deren Vorschläge haben wir weitgehend berücksichtigt, um den Text zugänglicher zu gestalten.

Einführung und Anmerkungen[1] haben wir kurz gefasst, um es dem Leser selbst zu überlassen, sich meditativ in den Text zu versenken, besonders an denjenigen Stellen, die zwar gedanklich schwierig, doch immer noch hinreichend zugänglich sind.

Diese Abhandlung von Ibn ʿArabī stellt im Ganzen wie auch im Detail ein vollendetes Meisterwerk dar. In seiner inspirierten Diktion kommt er auf die schwierigeren Ideen oft mehrmals wieder zurück, damit sie vom Leser leichter aufgenommen werden.

Im spirituellen Schrifttum des Islams stellt die *Abhandlung über die Liebe* unzweifelhaft einen Endpunkt dar. Alles, was vor Ibn ʿArabī zu diesem für den Islam wesentlichen Thema hat gesagt werden können, fasst er zusammen, geht aber noch darüber hinaus. Kein spiritueller Lehrer hat seither mehr derart wirklichkeitsgetreue, ursprüngliche, tiefgründige und vollständige Sichtweisen

1. Die zusätzlichen Fußnoten des deutschen Übersetzers sind – um sie augenfällig von Maurice Glotons Anmerkungen zu unterscheiden – am Ende mit [WH] gekennzeichnet.

auf dieses Thema dargestellt. Die falsche, im Westen – heutzutage wie auch in der Vergangenheit – häufig verbreitete Meinung, der Islam sei lediglich eine Religion der Strenge und formaler Vorschriften, in der Göttliche Transzendenz alles derart aufsauge, dass ein menschliches Wesen nicht einmal mehr an der Liebe teilhaben könne, sollte mit der Veröffentlichung des vorliegenden Werks richtiggestellt sein. Wir danken Gott dafür, dass Er es uns hat vollenden lassen, in der Hoffnung, dass Er es günstig aufnehme und es von großem Nutzen für denjenigen Leser sei, der geneigt ist, die darin enthaltene kraftvolle Lehre zu empfangen!

Einleitung

von Maurice Gloton

DIE »ABHANDLUNG ÜBER DIE LIEBE« VON IBN ʿARABĪ, VON der wir eine vollständige Übersetzung vorlegen, ist Teil des gewaltigen Werks, dem der Autor den Namen gegeben hat: *Kitāb al-Futūḥāt al-Makkīyah fī Marifat al-Asrār al-Mālikīyah wa al-Mulkīyah (Buch der Mekkanischen Eröffnungen in Bezug auf das Wissen um die Geheimnisse des Königs und des Königreiches).* Die vorliegende Abhandlung bildet darin das Kapitel 178, lässt sich somit von Ibn ʿArabīs meisterhafter und inspirierter Gesamtkomposition nicht abtrennen und steht auch nicht am Rande seines Opus Magnum.

In französischer Sprache liegen folgende Arbeiten über Ibn ʿArabī vor, die hier von Nutzen sein könnten:

- Miguel Asin Palacios: *L'Islam Christianisé*, aus dem Spanischen übersetzt von Bernard Dubant, Paris 1982. Innerhalb dieses Werks hat Palacios ungefähr ein Zehntel der *Abhandlung über die Liebe* übersetzt, jedoch voreingenommen und lückenhaft.
- Ibn ʿArabī: *La Profession de Foi*, Einführung, Übersetzung und Kommentar von Roger Deladrière, Paris 1978.
- Ibn ʿArabī: *Les Soufis d'Andalusie (Rūḥ al-Quds)*, Übersetzung und Einführung von Ralph W.J. Austin, französische Version von Gerard Leconte, Paris 1979.
- Henry Corbin: *L'Imagination Créatrice dans le Soufisme d'Ibn ʿArabī*, 2. Auflage, Paris 1976.

In der letztgenannten Arbeit hat Corbin die von Asin Palacios verfälschten Grundzüge der Lehre Ibn ʿArabīs wieder richtig gestellt. Dafür sind wir ihm besonders dankbar.

Bevor wir in die *Abhandlung über die Liebe* einführen, geben wir in einer Tabelle, als Anhaltspunkte für den Leser, die wesentlichen Ereignisse im Leben des Meisters an.[2] Dieses Schema haben wir

2. Die Tabelle wird als Zeittafel (Seite 258) am Schluss des Buches aufgeführt. Einen intimen Einblick in Ibn ʿArabīs Leben und Wirken bietet die Biografie von Stephen Hirtenstein, die unter dem Titel *Der Grenzenlos Barmherzige* im Chalice Verlag, Zürich 2008, erschienen ist. Die Daten von Glotons Zeittafel weichen allerdings zum Teil von denen Hirtensteins ab [WH].

bereits in unserer Übersetzung von Ibn ʿArabīs *L'Arbre du Monde*, Paris 1982, verwendet.

Ibn ʿArabīs Werk lässt sich von seinem einzigartig spirituellen Leben nicht trennen. Als »Siegel der mohammedanischen Heiligkeit« bringt er in vollkommener Weise den Idealtypus der umfassenden Heiligkeit des letzten der Propheten, Mohammed, zum Ausdruck.

Muḥyīddīn Ibn ʿArabī, der Erneuerer der Religion (*muḥyīddīn*), auch genannt »der Größte Meister« (*ash-shaykh al-akbar*) oder »die vom Heiligen Geist geführte Feder«, legt uns hier eine organisch aufgebaute Abhandlung vor, welche die Liebe erschöpfend und nicht ohne Reiz unter allen möglichen Aspekten (den Göttlichen, den spirituellen und den natürlich-physischen) ins Auge fasst. Diese Aspekte stellt er in besonders lebendiger Weise vor: Er führt bezaubernd schöne Gedichte an, Anekdoten von heiligen Muslimen, Männern wie Frauen, um die verschiedenen Eigenschaften wahrhaft Liebender zu beschreiben. Er macht dies als erfahrener Liebhaber, der die selbst erlebten und intim ausgekosteten Zustände auf überzeugende Weise veranschaulichen kann. Er berichtet auch über verschiedene Sichtweisen der Liebe, die andere echte Meister und Poeten vor ihm dargelegt haben.

Noch der in den Dingen der Liebe am wenigsten bewanderte Leser wird sich unmittelbar und zutiefst von allen aufgedeckten Aspekten angesprochen fühlen, von den scheinbar nebensächlichsten bis zu den höchst erhabenen.

Freilich könnten nun manche meinen, die Göttliche und spirituelle Liebe würde sie persönlich nicht interessieren, sei diese doch von ihrem Ursprung und ihrer Natur her viel zu unzugänglich, als dass man sie im Kleinkram des Alltags ganzheitlich leben könnte.

Aus diesem Grund möchten wir in dieser kurzen Einleitung gerne die verschiedenen grundsätzlichen Seinsweisen, welche die Liebe mit sich bringt, in Erinnerung rufen, angefangen bei der konkretesten bis zur äußerst erhabenen in Gott selbst, Der den Ursprung, das innere Leben und die Zweckbestimmung der universellen Liebe ausmacht. Niemand kann sich ihr entziehen. Denn keiner ihrer Aspekte kann aus Göttlicher Sicht, die der Liebe letztlich ihren unmittelbaren Wert verleiht, abgetrennt werden.

Dem Autor und anderen Meistern des sufischen Wegs (*taṣawwuf*) zufolge lässt sich die Liebe nicht definieren. Sie ist ein sehnendes Streben, eine Energie, die das ganze Wesen zu seinem

Göttlichen Ursprung hinzieht, ob nun diese Anziehung unmittelbar im Individuum wachgerufen wird oder über die Vermittlung anderer Personen oder aus anderen Ursachen, die lediglich den Vorwand zur Aktualisierung der in der Liebe enthaltenen Möglichkeiten abgeben, ob jene Gefühlsregung nun rein ist oder dem Anschein nach verdorben. Ein jeder trägt die Möglichkeit zur Liebe in sich, niemand wüsste sich ihr zu entziehen, wie ja auch kein Geschöpf ohne seinen Schöpfer und kein Diener ohne seinen Herrn bestehen könnten.

Um die Themen der universellen Liebe anschaulich zu machen, könnten gewiss viele Beispiele und Lebenslagen herangezogen werden! Doch die unmittelbar aussagekräftigsten sind immer noch die Mutterliebe, die eheliche Liebe und die mildtätige Liebe.

Bildet die Mutter nicht, ob bewusst oder unbewusst, den ganzen Liebesprozess der Schöpfung nach? Sie empfängt das Kind, die Frucht der Liebe, und trägt ganz nach ihm Verlangen, so wie Gott den Schatz, der in Seiner Essenz verborgen ist, zu erkennen liebt und mit Liebe bekannt machen will. So spricht Er aus dem Munde Seines gesegneten Propheten.[3] Und ist das Kind geboren, so umsorgt es die Mutter unentwegt und beschützt es dank einer eingeborenen und sich spontan ausbildenden Gesetzmäßigkeit der Liebe.

Auch Mann und Frau stehen unweigerlich unter jenem universellen Liebesgesetz. Die Anziehung, die sie zueinander führt, beruht letztlich auf dem grundlegenden Trieb, ob eingestanden oder nicht, sich im anderen wiederzuerkennen und zu einer Vereinigung zu gelangen, die vorübergehend den Unterschied zueinander aufhebt. Denn am Ursprung von Zweiheit und Vielfalt steht die Einheit des Seins. Mann und Frau haben ein mehr oder weniger deutliches Bewusstsein von dieser Einheit, können nicht anders, als nach ihr zu trachten, und werden unwiderstehlich zu ihr hingezogen, ob sie es wollen oder nicht.

Bei dieser Vereinigung zweier Geister und zweier Körper ist, wie Ibn ʿArabī es in einem seiner Gedichte zu Beginn formuliert, jeder Teil des Paares auf seine Art selbst ein Schöpfer und vollzieht so in

3. Gemäß dem berühmten Hadith *qudsī* (*qudsī* heißt »heilig« oder »rein«; mit einem derartigen Hadith ist ein Wort Gottes unmittelbar aus dem Munde des Propheten gemeint): »Ich war ein verborgener Schatz, und Ich war nicht bekannt. Nun aber liebte Ich, bekannt zu werden. Also erschuf Ich die Geschöpfe, auf dass Ich Mich ihnen bekannt mache. Da erkannten sie Mich« [WH].

einem erfüllten Augenblick, aus Liebe danach, erkannt zu werden und sich in Seiner Schöpfung wiederzuerkennen, die erhabene Aufgabe des Schöpfers aller Dinge.

Am – wie es scheint – äußersten Gegenpol dieses Liebesprozesses trifft man auf die Abneigung zweier Wesen, die doch im Grunde genommen geschaffen sind, sich zu ergänzen und zu vereinigen. In diesem nicht seltenen Fall bedeutet sie, dass den beiden Wesen die Vereinigung nicht möglich ist, weil sie nicht imstande sind, füreinander die Tugenden der Liebe, die sie ja in sich tragen, auch auszubilden.

Und doch ist die Liebe in sich gesehen immer bejahend. Mit ihrer heiligenden Qualität umfängt sie alles ohne Ausnahme. Von ihrem Wesen her einigend und belebend, verwirklicht sie sich in der Welt der Vielfalt und trifft jeweils auf eine Grundlage, die sie mit mehr oder weniger Reinheit und Klarheit empfängt. Wenn sie von den Menschen wegen deren Neigungen verdorben wird, verwandelt sich die Liebe in Abneigung, Perversion und schließlich in Hass.

Gott liebt es nicht, Sich in einem derartigen Benehmen zu verwirklichen. Also ahndet Er es, um damit deutlich zu machen, dass die Liebe für ihre Entwicklung Harmonie braucht, und damit die Menschenwesen sich mittels ihrer Gott zuwenden, der einzigen Quelle, aus der die Liebe entspringt, der Quelle, die selbst Liebe ist.

Indes ist jene Doppelbewegung, welche die Liebe vollführt, nämlich Anziehung und Abstoßung, Ausatmen und Einatmen, Entfaltung und Rückbildung, Ausweitung und Bündelung, für die Schöpfung durchaus notwendig. Sie wiederholt sich bei jeder wiederkehrenden Ablaufphase der universellen Manifestation, die aus der Liebe entspringt.

Neben diesen beiden Musterbeispielen von Liebe wird in großem Maße der Liebe Rechnung getragen, die man bei den normalen Beziehungen der Menschen untereinander antrifft. Solcherart ist die Empfindung der allseitigen Nächstenliebe. Sie soll die Geschöpfe zueinander hinbewegen, auf dass die Pyramide der Liebe vollendet werde. Das ist auch der Grund dafür, dass das heilige Buch des Islams, der Koran, mit solchem Nachdruck auf der Grundtugend des Mitgefühls, des Erbarmens und der wechselseitigen Zuwendung besteht. Sie soll zwischen allen Mitgliedern einer Gemeinschaft gelten, nicht allein in der menschlichen, sondern in der Gemeinschaft aller von Gott geschaffenen Wesen.

Das allgemeine Phänomen von Anziehung und Zueinandergehen, das der Liebe zu Eigen ist, lässt sich in allem finden, was sinnvoll gegliedert aufgebaut ist. Darin hat die Schönheit, eine herausragend Göttliche Eigenschaft, ihre Spur hinterlassen. Sie übt ihre Macht der Umwandlung und Heiligung auf diejenigen Dinge und Wesenheiten aus, die nach eben diesen Grundsätzen von Harmonie erschaffen sind. Gott ist schön und Er liebt die Schönheit, wird der Prophet des Islams sagen. Die Schönheit also ist die vollkommenste Ausdrucksform der allseitigen Liebe.

Wer hat denn noch niemals die beglückende Kraft von Gottes Schönheit und Liebe empfunden, die Er den von Ihm geschaffenen Dingen zuwendet, wenn man noch die geringste Blume, die nach unnachahmlich harmonischen Gesetzen wächst, anschaut oder den Baum, der glanzvoll emporstrebt, um in jedem seiner Teile die erhabene Anmut seines Göttlichen Baumeisters widerzuspiegeln? Diese Anschauung Göttlicher Tugend in den Dingen ist eine Wirkung jener Schönheit. Und wird diese nicht oder nicht mehr wahrgenommen, streben die Menschenwesen danach, sie mit Hilfe von Medien, die sie ausdrücken, wiederzufinden, um die Anschauung ihres Prinzips der Liebe zu erneuern. Das ist ihre beste Wegzehrung!

Da haben wir es also: Ein jeder ist, auf die eine oder andere Weise, im Netz der Liebe gefangen, ohne dass er sich davon befreien könnte. Sie bildet den Schussfaden auf dem Webstuhl des Universums, sie vollendet die Gestalt eines jeden Dings. Das von ihr geformte Geschöpf macht nichts anderes, als seinem Schöpfer die Liebe, die als Möglichkeit in ihm angelegt ist, zurückzugeben. Und die in ihm enthaltenen Samen müssen von einem Liebenden entwickelt werden, der in Gott allein verliebt ist, in den wahrhaftigen und höchsten Geliebten. Könnte denn ein Liebender der befreienden Kraft der Liebe entgehen, wenn noch die geringste seiner Bestrebungen und alle seine Energien sie zum Ausdruck bringen und nichts anderes vermögen, als sie in einer Form zu manifestieren, die dem Liebenden zusagt? Ja, man könnte sogar behaupten, dass jenes Phänomen des allseitigen Ausdrucks der Liebe von dem Umstand herrührt, dass das von ihr erzeugte Wesen selbst Liebe ist und sich in ihr nur dann entwickeln kann, wenn sie es zu dem Endzweck von allem hinträgt, dorthin, wo der Liebende, der Geliebte und die Liebe nichts als ein und dieselbe Wirklichkeit sind und letztlich in ihrer gemeinsamen bedingungslosen Essenz aufgehen.

Wenn der Liebende sich auf die Schönheit, den vollkommenen Ausdruck der Liebe, ausrichtet und deren Prinzip durch sie anschaut, kann nichts ihn aufhalten, die Stufen dieser Liebe hinaufzusteigen und Gott als Einheit anzuschauen, durch das Wirkliche hindurch, das Er mit und in der Liebe hervorbringt. Daraufhin befreit sich das Geschöpf nach und nach von einem schiefen und bedingten Bewusstsein der Dinge, um zur allseitigen Erkenntnis der Göttlichen Wirklichkeit zu gelangen. Die anschauende Versenkung in die Einheit und Schönheit Gottes bei jedem Ding verbietet ihm für immer und ewig, die Liebe an Bedingungen zu knüpfen und sie nur in einschnürender und abseitiger Weise ins Auge zu fassen, was ja offensichtlich zu ihrer Perversion führt.

Das Menschenwesen, dazu gemacht zu lieben und geliebt zu werden, sucht in der Liebe die essenzielle Vereinigung – welche die Quelle seiner Liebe und seiner eigenen Wirklichkeit darstellt – über die Vermittlung anderer Geschöpfe, die gleichermaßen Früchte der Liebe sind. Indem er sie auf diese Weise lebt, wertet er sich selbst ständig auf und trägt dazu bei, auch andere mit einem dementsprechenden Verhalten, das Wohlstand und Glückseligkeit hervorbringt, zu vervollkommnen.

Da er keine Äußerung der Liebe ausschließt, wird er auch niemanden vernachlässigen oder verletzen. Stattdessen wird er die Identität seines Wesens mit dem Prinzip der Liebe zur Wirklichkeit bringen, und eine jede Haltung von Zuneigung wird ihm Gelegenheit bieten, zu diesem Ziel zu gelangen.

Deswegen wird die Liebe von ihm in all ihren Formen gelebt werden. Er wird diese Formen im Rahmen des offenbarten heiligen Gesetzes aufwerten, ist doch das Gesetz selbst ein vollkommenes Fahrzeug der Liebe. Fortan wird er nie mehr die physische oder natürliche Liebe bloß zugunsten der spirituellen oder Göttlichen Liebe in Verruf bringen können. Schlussendlich lässt sich die Liebe nicht ausgehend von einfachen Verhältnissen oder begrifflichen Kategorien leben, auch wenn man zum Zweck einer Darstellung die verschiedenen mit ihr verbundenen Aspekte unterscheiden muss.

Ein zusätzliches Verdienst der von Ibn ʿArabī vorgelegten Abhandlung ist es, die verschiedenen Arten der Liebe, deren das menschliche Wesen fähig ist, nirgends voneinander abgetrennt zu haben. Da das Wesen aus Körper, Seele und Geist zusammengesetzt ist, muss es notwendigerweise an allen drei Grundebenen, in welche die Liebe eindringt, der physischen, spirituellen und Göttlichen, teilhaben, um jede von ihnen zu meistern und in einem harmonischen Gleichgewicht des ganzen Wesens zur Wirklichkeit zu bringen.

Die vorliegende unerschöpflich reichhaltige Abhandlung führt uns nach und nach zum wahren Leben der Liebe. Sie ist eine Hymne auf die Liebe, ein Besingen der Liebe, ein unwiderstehlicher Aufruf zur Liebe, die im Alltag von uns Besitz ergreift und uns an den Ort versetzt, wo wir uns am Ende niederlassen sollten, am Ursprung und Lebensquell der allseitigen und erlösenden Liebe!

Kapitel 1
Die Grundlagen der Liebe[4]

Die Liebe ist jenes Band,
Das Gott wie Mensch berührt,
Mag auch unsere Wissenschaft
Davon nichts wissen.

Denn die Liebe ist köstlich,
Ihr Wesen jedoch unverstanden.

Ist das nicht erstaunlich, mein Gott! Oh mein Gott!

Die Gründe der Liebe
Enthüllen mir von ihrem Wesen,
Vom Kleid der Gegensätze,[5]
Wie Gegenwart und Abwesenheit.

Sogar das Sein Gottes
Gründet in der Liebe,
Er, Der in uns wie in Sich schaut,
Ohne dass wir deswegen Grund für Ähnlichkeit wären.

Verzeih mir, oh mein Gott,
Mein Reden über die Liebe,
Denn zuweilen äußere ich mich nur,
Um Dir Dank zu sagen!

4. Die gesamte Abhandlung ist, zumal zu Beginn, übersät mit Gedichten, bezaubernd schönen sowohl von ihrem Stil her als auch von ihrer metaphysischen und spirituellen Bedeutung, die der Autor im Verlauf des Textes noch kommentieren und weiterentwickeln wird. Muḥyīddīn Ibn ʿArabī führt selten in ein Kapitel der *Futūḥāt* ein, ohne dabei irgendwelche Gedichte aufzunehmen, doch in diesem, der Liebe gewidmeten, stellen sie einen bedeutenden Anteil dar.

5. Die Zweckbestimmung der Liebe ist die Vereinigung oder Verschmelzung des Geliebten mit dem Liebenden. Die drei aufeinander bezogenen Aspekte, Liebe, Liebender und Geliebter, sind also nicht voneinander zu trennen, vielmehr gehen sie in ihrer ununterschiedenen Essenz auf. Im Gegensatz dazu bringt die Liebe im Dasein immer eine Dualität der Aspekte mit sich, die sich einander entgegenstellen, um sich in ihrer wechselseitigen Ergänzung zu vereinigen. Das Paar zieht Verbindung und Trennung nach sich.

Zum gleichen Thema trage ich die folgenden Verse vor:

Ich habe mein essenzielles Sein geliebt
Mit jener Liebe, die der Eine zu den Zweien hegt!
Die so gezeugte Liebe
Ist natürlich und ist geistig.
Jedoch ist sie auch Göttliche Liebe.

Worte von Licht und Anleitung
Zum Gegenstand der Liebe,
Wurden dir offenbart
In den Worten des Korans.

Du hast mich ausgefragt,
Doch ohne dass ich verstünde,
Auf welche Liebe, auf welchen Grund
Deine Frage sollte zielen.

Die Liebe hat eine Ursache,
Wie mein Wissen es bestätigt,
Nicht jedoch die Liebe des Herrn,
Sie hat nicht ihresgleichen.
Die Liebe hat eine Ursache,
Aber sie findet kein Ende,
Außer die natürliche Liebe.

Zwei Arten der Liebe, die du nicht beschreiben kannst,
Hast du einmal geschmeckt, was sie beide sind.
Denn sie können nicht ertragen
Weder ein Ende noch eine Schwäche.

Der Zweck der Liebe beim Menschen
Ist Vereinigung zu erreichen:
Die Vereinigung zweier Geister
Und die Vereinigung zweier Körper.

Aber einen Zweck zu verfolgen in
Der Vereinigung mit dem Barmherzigen,
Kann nichts sein als der Ausfluss
Eines reinen Frevels![6]

Auch ist die Vortrefflichkeit der Liebe
Die Wirkung Seiner Vortrefflichkeit!

Bleibe ich unfähig,
Ihn mir vorzustellen,
Dann weiß meine Seele nichts
Von dem, was ich schätze!
Denn Seine Darstellung
Ist versehen mit Beweisen!

Immer noch auf dieses Thema beziehen sich meine Verse:

Der leidenschaftlich Geliebte, das bin ich,
Wenn ihr es nur wüsstet!
Die Leidenschaft ist, dass ich liebe,
Wenn ihr das nur verstehen könntet!

Wenn ihr meine Worte deutlich erkennt,
So lobet Gott für Seine Größe!
Seid euch dessen wohl bewusst!

Was haben denn, die mich umstehen,
An meinen Worten zu verspotten?
Weil sie unfähig bleiben,
Den Sinn darin zu erfassen!

Warum sind sie geblendet
Von dem, was ich erscheinen lasse
Auf eine so offensichtliche Weise
Vom geliebten Wesen?

Niemanden von dieser Schöpfung habe ich geliebt!
Gewisslich nein, wenn – nicht ich selber es bin!
Auf, auf, nun versteht das doch!

6. Siehe zu diesem Thema die »Abhandlung über die Auslöschung in der betrachtenden Versenkung« (*Kitābu-l-Fanā'i fī-l-Mushāhadah*) des Shaykh al-Akbar, in der Übersetzung von Michel Valsan, in *Etudes Traditionnels*, Nrs. 363 und 364, Paris 1961.

Seitdem ich mit Göttlichen Eigenschaften ausgestattet bin,
Finde ich mich wieder als Seinen Ort der Erscheinung,
Den ich niemals aufgehört habe zu sein.

So hänget von nun an mir an,
Bin ich doch in eurer Schöpfung das Bindeglied zu Gott.
Verharret also an meiner Tür,
Im Stande des Dieners,
Immer zum Dienste bereit!

Wenn ich dazu käme zu sagen:
Oh wie sehr begehre ich
Zaynab,[7] Niẓām,[8] oder gar ʿInān,
Nun, so äußert euch dazu!

Hierin liegt ein unvergleichliches und vollkommenes Zeichen,
Unter welchem sich ein Prunkgewand zeigt.
Nun aber bin ich die Livree
Auf Dem, Der sie trägt.
Deswegen wird Dieser
Unerkannt bleiben!

»Gott allein ist unter dem Umhang«,
Hatte al-Ḥallāj[9] ausgerufen,
Eines Tages zu diesem Anlass.
Darum freuet euch!

Ich schwöre es bei der Liebe!
Würde ich Ihn anschauen,
Er würde Sich mir zeigen,
Nur damit ich euch anschaue.

7. Mit Zaynab könnte Ibn ʿArabīs Tochter gemeint sein (geboren 1210, siehe HIR 277f) [WH].

8. Sehr wahrscheinlich ist hier die schöne Niẓām gemeint, die für Ibn ʿArabī vielleicht das bedeutet hat, was Beatrice für Dante war. Sie hatte ihn auch zu seinen Liebesgedichten *Tarjumān al-Ashwāq* (»Deuter der Sehnsüchte«, siehe TAR) inspiriert. Seine Begegnung mit Niẓām ist ausführlich beschrieben in GIE 227ff; vgl. auch die Zeittafel [WH].

9. Ḥusayn Ibn Manṣur al-Ḥallāj, geboren um 858 in Baida im heutigen Iran, starb am 26. März 922 in Bagdad durch Hinrichtung. Siehe dazu Louis Massignon: *Akhbar al-Ḥallāj*, Paris 1957, sowie den *Diwān* von al-Ḥallāj.

Nie wird man Gottes Dasein selbst sehen,
Denn in jeglicher Lage,
Bleibt Er in Sich unbekundet.

Mit Bezug auf das Thema dieses Kapitels könnten wir noch hinzufügen:

Das Dasein ist ein Buchstabe,[10] wovon du als Bedeutung übrigbleibst.
Gott ist in dieser Welt meine einzige Hoffnung!
Der Buchstabe hat einen Sinn,
Und dessen Sinn ist Jener, der sich darin findet.
Jedoch außerhalb dieses Sinns
Kann das Auge nichts erschauen.

Das Herz, mit seiner ursprünglichen Natur, schwankt
Zwischen dem Ort und dem Sinn dieses Buchstabens.

Die Göttliche Macht versteht Niemand!
Und doch, auf andre Weise,
Enthalten wir sie![11]
Nicht ich bin es, der dies behauptet,
Sondern eine Offenbarung von Gott.
Und jene Göttliche Rede umfasst diesen Sinn.

Gott ist wahrhaftig!
Also wohnt Er im Menschenwesen.
Darum legt Er in es
Maß und Gleichgewicht.

Die Essenz meines Wesens ist die Seiner Form.[12]
Jedoch die Rede, die Gott enthüllte,
Wird nicht begriffen denn durch Ihn allein.

10. Arabisch *ḥarf*. Das Wort bedeutet auch »Schneide«, »scharfe Kante«, »Rand«. Der zugehörige Verbstamm *hrf* bedeutet »verdrehen«, »verzerren«, »umstellen«.

11. Hier wird der Hadith *qudsī* (wo Gott selbst aus dem Munde des Propheten spricht) in Bezug genommen: »Weder Mein Thron noch Mein Schemel enthalten Mich, doch Mich umfasst das Herz Meines treuen Dieners.« Dazu Ibn ʿArabī: *Fuṣūṣ al-Ḥikam*, Kapitel über Shu'ayb, (AUS 145ff, GIL 311ff).

Gott ist so groß
Dass nichts Ihm gleicht.
Auch ist das Ding[13] nichts anderes als Er!
Und mehr noch, es ist Er!

So kann das Sein nichts schauen
Als das Nichtsein eines Anderen.
Denn Wer versteht,
In Wahrheit, das ist Gott!

Also schaue Gott nicht als Gott!
Unterscheide meine Worte wohl,
Auf dass du erkennst,
An wen sie sich richten und woher sie kommen!

Doch fahren wir mit unserem Thema fort!

In einer bestürzenden spirituellen Vision (*wāqiʿah*) sah ich das Wahre Wesen (*ḥaqq*), das mit mir die in den folgenden Versen enthaltene Bedeutung besprach. Es rief mich bei einem Namen, den ich noch nie außer von Gott in eben dieser Situation gehört hatte: »Der Falke der Wohnstätten (*bāz diyār*)«[14] Das war der Name. Ich bat Gott – Gepriesen sei Er! – mir die Deutung dieses

12. Über die »Form Gottes« gibt es zahlreiche Hadithe, von denen wir die folgenden anführen: »Gott bestimmte Adams Schöpfung nach Seiner Form.« Ibn ʿUmar berichtet, der Gesandte Gottes habe Folgendes gesagt: »Sagt nicht Schlechtes über das Gesicht Gottes, denn Er bestimmte Adams Schöpfung nach der Form des Allbarmherzigen. Am Tag der Auferstehung wird Gott Sich den Dienern in einer Gestalt zeigen, die sie an Ihm nicht kannten. Er wird zu ihnen sagen: »Ich bin euer Herr!« Darauf werden sie antworten: »Wir suchen gemäß der üblichen Weise bei Gott Zuflucht, bis unser Herr zu uns kommt! Gewiss gibt es zwischen Ihm und uns ein Zeichen im Geiste, an dem wir unseren Herrn erkennen können, wenn Er zu uns kommt!« Dann wird Gott zu ihnen in der Gestalt kommen, die sie an Ihm bereits kennen, und sie werden sagen: »Du bist unser Herr!« Erst dann werden sie Ihm folgen.« Nach Muslim: »Ich habe meinen Schöpfer in allerschönster Gestalt gesehen.«

13. »Ibn ʿArabī verwendet gelegentlich das Wort ›Ding‹ (*shay'*), um eine Wirklichkeit zu bezeichnen, die er in keiner Weise definieren will. Er sagt nicht ›Essenz‹ (*dhāt*), um nicht die Transzendenz und die Nicht-Manifestation des In-Frage-Stehenden zu behaupten, und er sagt auch nicht ›Sein‹ oder ›Existenz‹ (*wujūd*), um nicht damit die Immanenz und Manifestation zu unterstreichen.« (Titus Burckhardt in FUS 25, Fußnote 7) [WH].

Ausdrucks zu geben, und so antwortete Er: »Das ist derjenige, dessen Wohnstätte geschützt ist (*mamsūk al-dār*).« Und solcherart ist die Bedeutung dieser Verse. Dieses Thema habe ich in diesem Werk [den *Futūḥāt*] schon ausführlicher abgehandelt. Den Inhalt dieser Vision werde ich hier jetzt nur skizzieren.

Ich habe Dich in meiner Wohnung gehütet,
Auf dass meine Form[15] offenbar werde.
Ruhm sei Dir! Dir, Der mir erscheint
Im Glanze, immer im Glanze.

In Deinen Augen haben sich niemals gespiegelt
So vollkommene, mir ähnliche Wesen!
Und kein Auge konnte je erschauen
Ein menschliches Wesen, das Dir gleicht.

Keine Wirklichkeit vermag es
Vollkommener zu sein als Du!
Du bringst dafür einen Beweis,
Sehr wohl im Einklang mit dem heiligen Gesetz.

Was auch immer die Vollkommenheit sein mag,
Immer geht es um Dich!
Und wie es auch immer erscheinen mag,
Das Ding gibt es in Wirklichkeit nicht.

14. Der Verbstamm von *diyār,* der Mehrzahl von *dār,* bedeutet »drehen«, »umkreisen«. Die *diyār* sind runde Beduinenzelte, die kreisförmig um das Zelt des Häuptlings angeordnet sind. Der Falke hat hier also die Bedeutung des unangreifbaren Schutzes.

15. Die Form eines Wesens oder Dings setzt sich aus allen Möglichkeiten zusammen, die es zum Ausdruck bringt. Sie ist nicht lediglich sein äußerer Aspekt, der es beschränkt und offensichtlich von einem anderen trennt. Wenn die Vokabel »Form« (*ṣūrah*) auf Gott angewendet wird, spielt sie auf alle Vollkommenheiten an, die sich in und durch die Göttliche Imagination, im Dasein Gottes selbst, bestimmen und gestalten. Wenn der Liebende die Form seines Geliebten wahrnimmt, tut er in Wirklichkeit nichts anderes, als die eigene Form – das heißt seine eigenen Möglichkeiten oder Vollkommenheiten, die in Ihm, dem Geliebten, in Seinem Archetypus verborgen sind – innerhalb seiner schöpferischen Imagination zu projizieren.

Du ließest meine Natur erscheinen
In Adams Gestalt.
Dies erkenne ich in jeder Glaubensform
Und in den Vorschriften des Gesetzes.

Hätte in den möglichen Dingen
Etwas Vollkommeneres als Du
Existieren können,
So hätte in mir das Unvollkommene
Erscheinen müssen!

Denn Du hast Dich vereinzelt
In der Form meines Seins.
Folglich scheint da hindurch,
Dass etwas Vollkommeneres als ich
Nicht ins Sein gelangen kann.

Hier noch ein Gedicht, das sich mit demselben Thema beschäftigt:

Gott ist so groß, dass ein jeder aus Ihm Nutzen zieht!

Er ist der höchste Geliebte, der undurchdringliche Fürst!
Die Sonne erreicht uns, wir nehmen sie wahr,
Mit ihr kehren Zauber und Segnungen zu uns zurück.

Wir sind es, die sie in ihrer Offenbarung sehen,
Eine Erscheinung Gottes, deren sich niemand sonst rühmen kann.

Ihr Licht verbietet uns, ihr eine Seinsweise vorzuschreiben.
Wie sonst könnte der Eine, Der keine Modalität duldet,
Zur Vereinheitlichung gelangen?

Denn das Wie und das Wieviel
Sind den Körpern eigen!
Doch auf jener Stufe wirst du niemals
Weder Körper, noch Bedingung, noch Zahl finden!

Und ein weiteres Gedicht zu diesem Thema:

Komm herbei, den Mangel deines Lebens zu heilen!
Vom Gnädigen stamme die Wegzehrung auf deiner Reise!
Und sag Ihm mit Inbrunst:
»Oh Ziel meiner Hoffnung!
Wer ist wohl mehr vernarrt in die Liebe
Als das Geheimnis des Daseins und seine Essenz,
Wenn Du Dich an sie beide wendest?

Du kennst sie gut!
Ich höre nicht auf, unter Deinem Blick zu stehen,
Solange ich Denjenigen selbst erschaue,
Der die Welt erschuf!

Wäre nicht alles verschwunden und vernichtet,
Was Dir ähnlich ist.
Hätte es nicht das verzehrende Feuer gegeben,
Das aus Deinem Auge strahlt,[16]
So hätte ich doch meine Hoffnung
Allein auf die Versenkung in Dich gesetzt!

Ich hätte keine Bücher gelesen,
Die nicht von Dir reden!

Ich erbitte von Dir,
Oh Du Unvergleichlicher, das,
Was Deine Macht befiehlt, auch zu wollen!

›Siehst du Mein Einhaltgebieten‹,
Hast Du mich gefragt, ›Meine Macht,
Wie sie von Meiner eigenen Macht
Zurückgestoßen werden kann?‹«

Von einem Propheten wird euch berichtet,
Was den derart festgesetzten Befehl
Hinweg fegen kann,
Und was es möglich macht,
Dein Leben zu verlängern!

16. Eine Anspielung auf folgenden Hadith: »Gott hat siebzigtausend Schleier oder Finsternisse. Würde Er sie entfernen, würde der alles übersteigende Glanz Seines Antlitzes alles verzehren, das Sein Blick erreicht.«

Du sprichst von seltenen Dingen,
Die allesamt Perlen sind!
Geben wir also dieses reine Kleinod
Dem, der Deine Edelsteine besitzt!

Lasset uns nun die Liebe zur Liebe besingen:

Als ich erfuhr, wie unschätzbar
Die Liebe ist,
Ohne dass ich sie je beherrscht hätte,
Niemals bis zum Ende meines Lebens,
Da war ich für immer vernarrt in die Liebe zur Liebe!

Und doch wage ich nicht zu behaupten,
Dass der Segen, den sie mir bringt,
Mir reichlich genügen,
Ja mich vollends ausfüllen würde!

Denn der Geliebte ließ mich erschauen
Den Blitzesstrahl Seiner Einheit,
Der mein Wesen funkeln lässt
Und meine innerste Essenz.

Mein Geist ging vor Seiner Majestät
In die Knie,
Als Er mir zur rechten Zeit
Sein Vertrauen bezeugte!

Er führte mich durch die Blumenbeete
Seiner innigsten Schönheit.
Er hat mich den Dschinns und auch den Menschen
Entrissen, den beiden Schuldbeladenen![17]

Er hat mich gegenwärtig gemacht,
Mich dem Geheimnis übergeben.
Darauf hat Er mich bedeckt
Und ich kam Ihm nahe!

17. Anspielung auf Sure 55:31: »Bald werden Wir frei sein, Uns mit euch zu beschäftigen, oh ihr beiden Arten von Wesen, die ihr mit Schwere behaftet seid [ihr Menschen und Dschinns]« [WH].

Sagt man: »Ich bin Eines«,
So ist es auch Sein Wesen!
Behauptet man dagegen »mein Wesen«,
So entsteht daraus Zweiheit!

Mag Er auch zusammengesetzt sein,
Er ist fein und rein.
Man stellt sich einen Einzigen vor,
Und doch lässt der Verstand einen zweiten zu!

Dies würde man ihm sagen:
»Oh wie beredsam du doch bist!«
Nun, das ist ein Bild, nichts weiter,
Das die Sprache uns einflüstert!

Oh du, der du dir selbst doch
So bedeutsam vorkommst um deines Wertes willen!
Es geht gar nicht mehr um die Zahl,
Denn dein Dasein ist erloschen!

Aus sich heraus betrachtet dein Sein beglückt
Diesen kostbaren Schatz.
Schau in diesen Spiegel!
Denn darin wirst du Mich erkennen!

Oh du Abwesender!
Wem eine solche Stufe gewährt wurde,
Sieht sich, gleich dem Narren,
In den Paradiesen der Glückseligkeit!

Oh welch Wunder!
Der, Dessen Schönheit die Herzen mit Sich erhebt,
Beraubt sie ihrer selbst
Im Moment des Aufschwungs!

Wisse – und möge Gott dich dabei unterstützen: Die Liebe ist eine Göttliche Station (*maqām ilāhī*). Gott hat sie Sich verliehen, indem Er Sich (im Koran) als den »unendlich Liebenswerten und Zärtlichen« (*wadūd*)[18] bezeichnet und in den prophetischen Worten als der »Liebende« (*muḥibb*).

In der Thora spricht Gott zu Moses davon wie folgt:[19] »Oh Sohn Adams! Mit dem Anrecht, das Ich dir verliehen habe, liebe Ich dich (*muḥibb*), und mit dem Recht, das Ich auf dich habe, liebe du Mich.«

Die Liebe (*maḥabbah*) wird, im Koran wie auch in der Sunna, gleichermaßen als Vorrecht Gottes wie auch der Geschöpfe angesprochen. Gott berichtet dort von den verschiedenen Arten der geliebten Wesen (*maḥbūbūn*)[20] und ihren Kennzeichen ebenso wie von den Beschaffenheiten mancher, die Er nicht liebt, indem Er die Gattungen, zu denen sie gehören, ausdrücklich angibt.

Gott weist Seinen Propheten (Friede und Segen seien mit ihm!) an, uns diese Vorschrift zu übermitteln: »Sprich! So ihr Gott liebt, folget mir [dem Propheten], auf dass Gott euch liebe« (3:31). Gott sagt auch deutlich: »Oh ihr Gläubigen! Wer sich unter euch von seiner Religion abkehrt (...) Wisset, dass Gott Menschen hervorbringen wird, die Er lieben wird und die Ihn lieben werden« (5:54).

So spricht Gott von den von Ihm geliebten Wesen: »Gott liebt die, die nicht ablassen, zu Ihm zurückzukehren, und Er liebt die, die sich reinigen« (2:222). »Er liebt diejenigen, die sich auf Ihn verlassen« (3:159). »Er liebt die Standhaften« (3:146). »Er liebt die aufrichtigen Wesen. Er liebt die, die sich vollendet benehmen (*muḥsinūn*)« (2:195). »Er liebt die Dankbaren. Er liebt diejenigen, die auf Seinem Weg kämpfen, als ob sie ein fest gefügtes Gebäude wären« (61:4).

Wenn Gott Sich andererseits weigert, Wesen zu lieben aufgrund mancher ihrer Eigenheiten, die Er missbilligt, so gibt Er damit zu

18. Der Gottesname *al-Wadūd* ist nach der Partizipform *fa'ūl* gebildet und hat daher sowohl aktive als auch passive Bedeutung. *Al-Wadūd* ist also sowohl der Liebende wie auch der Geliebte. Er ist einer der neunundneunzig Gottesnamen in der traditionellen Auflistung. *Al-Ḥabīb* (nach der analogen Partizipform) findet sich nicht in dieser Liste. (Der Akzent liegt bei *al-Wadūd* mehr auf der freundschaftlichen, bei *al-Ḥabīb* mehr auf der gefühlsmäßigen Liebe [WH].)

19. Es ist nicht ganz eindeutig, auf welche Stelle der Thora sich Ibn 'Arabī hier bezieht. Am nächsten käme wohl Exodus 20:6: »... bei denen, die Mich lieben und auf Meine Gebote achten, erweise Ich Tausenden meine Huld« [WH].

20. Gottes ursprüngliche Liebe berührt die Wesen in ihrer grundlegenden Wirklichkeit, noch bevor sie ihr tatsächliches Dasein betrifft. Sobald sie sich als kosmische Orte manifestieren, wo die Eigenschaften und Namen Gottes in Erscheinung treten, und zu den Geschöpfen gehören, die im Einklang mit der Göttlichen Weisheit präzisen Existenzbedingungen unterliegen, bilden sie eben diese Veranlagungen entsprechend dem schöpferischen Willen Gottes (*mashī'ah*) aus. Die dabei gezeigten Charakterzüge können lobenswerte oder verwerfliche sein, was vom normativen Willen Gottes (*irādah*) abhängt.

verstehen, dass diese verschwinden sollten. Doch ist es dafür zwingend erforderlich, die gegenteiligen Eigenschaften zum Ausdruck zu bringen.

So sagt Gott: »Gott liebt nicht diejenigen, die das Verderben bringen, und Er liebt nicht die Verderbnis« (5:64). Nun ist das Gegenteil dieser Haltung die Rechtschaffenheit (*ṣalāḥ*) und auf das Erstere zu verzichten bringt das Zweite hervor. Gott spricht: »Gott liebt die Ungestümen nicht« (27:76). »Er liebt nicht den Anmaßenden und den Aufschneider« (6:141). »Er liebt weder die Ungerechten« (42:40), »noch die Maßlosen« (6:141). »Er liebt die Untreuen nicht« (30:45), »nicht die Verleumdung« (4:148) »und auch nicht die Angreifer« (2:190).

Mehr noch, Gott schätzt es, wenn wir Eigenschaften zeigen, von denen einige auf das schlichte Schmücken der Seele (*tazyīn*) zurückgehen und andere einen Wert schlechthin (*muṭlaqan*) haben. Aus liebevoller Fürsorge heraus spricht Gott: »Doch hat Gott euch den Glauben lieben lassen und ihn in euren Herzen ausgeschmückt« (49:7). Im gleichen Sinn hat Er festgestellt: »Man hat dem Menschen die Liebe zu den begehrenswerten Gütern schön erscheinen lassen...« (3:14). Zum Thema der Ehegatten hat Er offenbart: »Eines der Zeichen Gottes besteht darin, eure Seelen paarweise erschaffen zu haben, und zwar euretwegen, damit ihr darin in Frieden ruhen möget. Auch hat Er zwischen euch Zuneigung (*mawaddah*) und Mitgefühl (*raḥmah*) eingesetzt« (30:21). Aber Gott hat es uns untersagt, Mitgefühl für Seine Feinde zu haben.[21] Er spricht: »Oh ihr Gläubigen! Nehmet Meine und eure Feinde

21. Die Feinde Gottes sind jene, die schlechte oder negative Neigungen entwickeln, die es den fraglichen Wesen verbieten, die ursprüngliche Göttliche Liebe angemessen widerzuspiegeln. Damit diese ursprüngliche Liebe sich bei den Wesen, die ja nur Erscheinungsträger Göttlicher Namen sind, segensreich und positiv auswirkt, müssen sie eine kristalline Reinheit aufweisen und dürfen nicht trübe und verworren aufgrund einer Übertretung Göttlicher Anweisungen sein. Auf derartige Personen wirkt die Liebe Gottes nur in Form einer *Ab-Weisung*, da sie sich in einer Lage befinden, in der sie die Liebe in ihrer ganzen Reinheit nicht annehmen können. Daher dürfen die wahren Gläubigen, jedenfalls nach einem bestimmten Typus der gegebenen Offenbarung, angesichts des verdorbenen Charakters jener Geschöpfe keine Liebe zeigen, während sie zugleich gehalten sind, jene nicht zurückzustoßen, insoweit sie von Gott in aller Ewigkeit geliebte Wesenheiten sind. Der Ausdruck *mawaddah*, mit demselben Wortstamm wie der Gottesname *al-Wadūd*, »der treu Liebende und Geliebte«, drückt eine wechselseitige treue Liebe aus, die es dem Liebenden und Geliebten nicht gestattet, sich für getrennt zu halten.

nicht zu euren Freunden (*awliyā'*), indem ihr ihnen Zuneigung bezeugt« (60:1).

Im Koran findet sich die Liebe an vielen weiteren Stellen erwähnt.

Auch gibt es in großer Zahl Worte des Propheten über die Liebe, wie etwa die folgenden:

Der Prophet (Friede und Segen seien mit ihm!) hat in Gottes Auftrag gesprochen: »Ich war ein [verborgener] Schatz und nicht erkannt. Daher liebte Ich es, erkannt zu werden. Also schuf Ich die Kreaturen und machte Mich ihnen bekannt, auf dass sie Mich erkennen mögen.«

Vor diesem Hintergrund hat uns Gott allein für Sich erschaffen und nicht für uns selbst. Aus diesem Grund wird die Belohnung an Handlungen geknüpft, und auch wenn wir für uns und nicht für Ihn handeln, richtet sich doch unsere Anbetung (*'ibādah*) an Ihn und nicht an uns, obwohl die dienende Haltung nicht die Tat selbst ist. Das äußere Gebaren der geschaffenen Wesen gehört Ihm an, denn Er bleibt der (wahre) Täter. Das Vollbringen der Handlungen kommt, wie es sich gehört, Ihm zugute, denn alles geht von Ihm aus, gemäß Seinem Wort: »Mit der Seele und wie Er sie harmonisch gestaltet hat, Er gab ihr sowohl Gottlosigkeit als auch scheue Ehrfurcht ein« (91:7–8). »Gott ist es, Der euch und eure Taten erschaffen hat« (37:96). »So ist Gott, euer Herr. Es gibt keinen Gott außer Ihm, den Schöpfer aller Dinge. Also betet Ihn an« (6:106).

In diesen Stellen der Offenbarung werden also die Handlungen der Diener angesprochen.

Der Gesandte Gottes (Friede und Segen seien mit ihm!) hat gesagt: »So hat Gott gesprochen: ›Diejenigen, die sich Mir nähern, tun es mit dem Werk, das Ich am meisten schätze, nämlich die vorgeschriebenen Taten zu vollbringen. Der [wahre] Diener lässt nicht davon ab, sich Mir mit freiwilligen Gaben (*nawāfil*) zu nähern, bis Ich ihn liebe. Und wenn Ich ihn liebe, bin Ich sein Hören, mit dem er hört, das Sehen, mit dem er sieht, die Hand, mit der er greift, und sein Fuß, mit dem er geht.‹«

[Nur] wegen dieser Göttlichen Erscheinung (*tajallī*) hat man die Lehre der Einheit (*ittiḥād*)[22] aufrecht erhalten können. Hat denn Gott nicht gesagt: »Als du geworfen hast, hast nicht du geworfen, Gott war es, Der geworfen hat (8:17). Es war Gott, Der euch und eure Taten erschuf« (37:96).

Dazu gibt es noch diese prophetischen Worte: »Gott liebt den reuigen Aufrührer.« »Liebet Gott um des Guten willen, das Er mit Seiner Gunst spendet.« »Gott ist schön (*jamīl*), und Er liebt die Schönheit (*jamāl*).« »Wahrlich, Gott liebt es, wenn man Ihn lobt.« »Drei Dinge aus eurer niederen Welt hat man mir der Liebe wert gemacht: die Frauen, das Dankgebet und das liebliche Parfüm.«

Die Worte des Propheten enthalten eine Überfülle zu diesem Thema.

Wisse, die Stätte (*maqām*) der Liebe ist von herausragender Vornehmheit, und die Liebe ist die Quelle (*aṣl*) des universellen Daseins (*wujūd*).

Von der Liebe sind wir ausgegangen,
Gemäß der Liebe sind wir gemacht,
Zur Liebe zieht es uns,
Der Liebe geben wir uns ganz hin.

22. Dazu siehe Anmerkung 6 zu dem dortigen Gedichtvers, der die *beabsichtigte* Vereinigung (*ittiḥād*) mit Gott als frevelhaft ansieht. Die hier gemeinte Vereinigung geschieht aus Liebe, weil sich der wahre Diener Gott mit freiwilligen Gaben (*nawāfil*) nähert. Das ist eine ganz andere Qualität, als »vorgeschriebene Taten zu vollbringen«, wenngleich auch das von Gott »geschätzt« wird. Damit wird der bei den orthodoxen Theologen höchst umstrittene Begriff der *ittiḥād* von Ibn 'Arabī ins rechte Licht gerückt (zur Kontroverse der Theologen vergleiche SCH 209ff) [WH].

Kapitel 2
Vier Bezeichnungen für die Liebe[23]

DER ORT, AN DEM DIE LIEBE WOHNT, NIMMT VIER BEZEICHnungen an:

1. Die Liebe als Samen, keimhaft oder ursprünglich (*ḥubb*),[24] deren Reinheit das Herz erfüllt und deren Lauterkeit keinen zufälligen Veränderungen unterliegt.

Das bedeutet, uneigennützig zu sein und seinen eigenen Willen (*irādah*) vor dem des Geliebten (*maḥbūb*) aufzugeben.

2. Die Zuneigung oder treue Anhänglichkeit aus Liebe (*wadd*). Mit diesem Wort hängt der Göttliche Name *al-Wadūd*, »der unendlich Liebenswerte und Zärtliche«, zusammen. Die treue Anhänglichkeit aus Liebe ist eines der Göttlichen Kennzeichen (*nuʿūt*). [Gemäß dem Wortstamm] bedeutet sie, einer Sache beständig innezuwohnen. Der Name *wadd*, »Pfahl«, »fester Halt«, wird allem gegeben, das sich in der Erde verankert.[25]

3. Die verlangende oder glühende Liebe (*ʿishq*), die äußerste Liebe oder auch der Gipfelpunkt der Liebe.

Auf diese wird im Koran mit den folgenden Versen angespielt: »Die Gläubigen haben eine stärkere Liebe (*ashadda ḥubba*) für Gott« (2:165). »Joseph hat das Herz der Frau des Mächtigen (des Verwalters)[26] liebeskrank werden lassen (*shaghafa-hā*)« (12:30). Das heißt, die Liebe, die sie Joseph entgegenbrachte, wurde gleichsam

23. In Kapitel 7 wird der Autor auf diese verschiedenen Namen der Liebe zurückkommen.

24. Die Wurzel *ḥbb*, aus der das Wort *ḥubb* stammt, hat einerseits die Bedeutung von »lieben«, andererseits die von »Samen hervorbringen«. Daraus leiten sich die Substantive *ḥubb*, »Liebe«, und *ḥabb*, »Korn«, »Saatgut« ab. Die mit diesem Wort bezeichnete Liebe ist also keimhaft, ursprünglich. Die bildende Kraft des Samens bringt das Wesen, oder in anderer Symbolik den Baum der Welt, zum Erblühen, infolge der Anziehung der Liebe Gottes, erkannt zu werden. Siehe dazu unsere Übersetzung von Ibn ʿArabīs *Arbre du Monde*, Paris 1982.

25. Gemäß Wehrs *Arabischem Wörterbuch für die Schriftsprache der Gegenwart* liegen hier zwei *verschiedene* Wortstämme zugrunde: *watad* oder *watid* (»Pfahl«, »Pflock«) kommt von *wattada* (»einen Zeltpflock einschlagen«), beruht also auf der Wurzel *wtd* und nicht *wdd*. Möglicherweise haben sich die beiden Wortstämme erst in späterer Zeit getrennt oder es liegt ein Transkriptionsfehler vor [WH].

zu einer äußeren Haut ihres Herzens,[27] zu einer dünnen Einkleidung, die es wie eine feine Salbe umgibt.

In einem prophetischen Wort hat Sich das Wahre Wesen selbst mit der Intensität Seiner Liebe (*shiddat al-ḥubb*) bestimmt, freilich mit dem feinen Unterschied, dass die beiden Namen *ʿishq,* »verlangende Liebe«, und *ʿāshiq,* »derjenige, der von verlangender Liebe erfüllt ist«, auf Gott nicht anwendbar sind, denn mit dem Begriff *ʿishq* ist eine zärtliche List (*iltifāf al-ḥubb*) verbunden, die den Liebenden (*muḥibb*) einwickelt, bis sie ihn vollständig überfallen und in all seinen Teilen eingehüllt hat.

Der Ausdruck *ʿishq* stammt aus derselben Wurzel wie *ʿashaqa,* »die Winde« (die Pflanze, die sich um einen Stab windet).[28]

4. Die jähe Anwandlung von Liebe, der Anfall von Leidenschaft (*hawā*).[29] Dieser Ausdruck zeigt an, wie der Wille eines Wesens, das sich im Geliebten in völliger Abhängigkeit verliert, schon bei der ersten Anwandlung, die das Herz bewegt, gefügig wird. Dieser Name kann nicht zu Gott passen.

Ein derartiger Zustand kann von einem Liebesblick, von Worten oder von einer guten Tat hervorgerufen werden. Die Ursachen für diese plötzliche Liebe sind zahllos und ihre Idee (*maʿnā*) wird in einem prophetischen Wort verkündet, in dem Gott selbst spricht. [Der am Ende des Kapitels eins bereits zitierte Hadith *nawāfil* wird folgendermaßen zusammengefasst]: Gott liebt Seinen Diener, der Ihm zahlreiche freiwilligen Gaben dar-

26. Es handelt sich hier um Zulaykha, Gattin des ägyptischen Verwalters, die sich unsterblich in den Propheten Yūsuf (Joseph) verliebt hatte (vergleiche Sure 12 bzw. Genesis 39,7–22).

27. *Shaghaf* hat die anatomische Bedeutung von »Herzbeutel« und zugleich die abstrakte von »Liebesleidenschaft«. Bei der allerersten Begegnung Ibn ʿArabīs mit Niẓām (vergleiche Anmerkung 8) deutet sie ein Gedicht von ihm mit den Worten: »Oh, mein Herr, der Bergpfad, der zwischen dem Herzbeutel und dem Herzen liegt, ist das, was der Erkenntnis versagt ist« (GIE 227) [WH].

28. Auch wenn der Ausdruck *ʿishq* aus Gründen, die Ibn ʿArabī weiter ausführt, auf Gott nicht anwendbar ist, ist es doch nichtsdestoweniger wahr, dass diese Liebe, die innig mit dem sie verbreitenden Geist verbunden ist, ihre Tugenden gemäß dem Eigenrhythmus des Geistes (*spiritus*) entfaltet, was gemäß ihrer Etymologie und Ausbreitungsweise eine doppelte Spiralbewegung, die des Einrollens und Ausfaltens, zur Folge hat. Siehe dazu: *L'Arbre du Monde* a.a.O. 28ff.

29. Der zugehörige Wortstamm *hwy* bedeutet »herabfallen«, »abstürzen«, »sich stürzen auf«. Die englische Redewendung *to fall in love* kommt dem Sinn von *hawā* sehr nahe [WH].

bringt oder der sich an die Regeln hält, mit deren Einsetzung der Gesandte beauftragt wurde.

Es ist dies eine besondere Würde, von der wir beherrscht sind und die man *hawā,* »alles durchdringende Liebe«, nennt. Manche haben diese Liebe eine Liebe genannt, die von Worten hervorgerufen oder erzeugt wird.[30]

Ihr Eingeweihten! Mein Ohr hat sich in ein bestimmtes Wesen
verliebt.
Manchmal wird das Ohr schon vor dem Auge ergriffen!

Über die von Blick und Wort erweckte Liebe haben wir die folgenden Verse verfasst:

Der Liebesblick bindet mich an eine andere als dich,
Trotz meiner Leidenschaft für dich, die auf dem Wort gründet.
Doch von jener Geliebten habe ich nichts gewusst, Gott sei mein
Zeuge!
Ich bin derjenigen verpflichtet, die, wie man mir gesagt hat,
Eine vom Mann ausgegangene Gefährtin ist![31]
Ich wünschte, einsam zu sein, um sie besser zu erobern,
Auf dass sie meinem Wesen einen freimütigen Blick zuwerfe.

Um dieses Motiv zu veranschaulichen haben wir die folgenden Strophen verfasst:

Meine Essenz beginnt, nach ihr zu seufzen,
Und doch hat mein Auge sie noch nicht einmal gesehen.

30. Dies deswegen, weil die Worte unmittelbar die Seele ansprechen und somit deren ständige Bereitschaft zur Liebe in einer alles durchdringenden Weise aktivieren. Das bringen auch die folgenden Gedichte anschaulich zum Ausdruck. Insbesondere die Worte Gottes können die *hawā* hervorbringen, die sich dann gemäß dem unmittelbar zuvor zitierten Hadith in »freiwilligen Gaben« äußert. Dass Ibn ʿArabī die Anwendung der Begriffe *ʿishq* und *hawā* auf Gott nicht zulässt, kann in Umkehrung so verstanden werden, dass es sich hier um Benennungen der Liebe handelt, die eine spezifisch *menschliche* Würde zum Ausdruck bringen [WH].

31. Sure 7:189: »Er ist's, Der euch [alle] aus einer Seele erschaffen hat, und aus ihr machte Er ihren Partner.« Ibn ʿArabī könnte an dieser Stelle den »Seelenpartner« (in der Sprache der Psychologie *anima* bzw. *animus*) gemeint haben, dem man »verpflichtet« im Sinne von »bestimmt« ist [WH].

Denn hätte es sie wahrgenommen, wäre es unweigerlich
Dieser schönen Jungfrau zum Opfer gefallen.
Denn im ersten Moment, als ich sie sah,
Schlug mich ihr Blick in seinen Bann.
Befangen von ihrem Zauber ersparte ich mir die Nacht,
Bis zum frühen Morgen war ich ganz in der Liebe verloren.
Wo ist meine Umsicht, die der Klugheit entspringt?
Hätte mir mein Scharfsinn nicht die Macht von Gottes
Unerbittlichem Urteil ersparen können?
Doch er hat nur erreicht, dass ich von der Liebe hingerissen bin!
Oh mein Gott! Wer ist denn nun diese Seele, die mich erobert
hat?
Es ist eine Schönheit, von Scham erfüllt.
Die vollkommene Herrlichkeit einer anmutigen Gazelle!
Oh du, die du den Durst an der Quelle der Trunkenheit stillst!
Wenn du deinen Zauber oder gar deine Zuneigung gebrauchst,
Wirst du schließlich den Verstand des Mannes verführen.
Du erhellest die Finsternis, so hat die vor der Liebe
Sich türmende Wolke sich endlich aufgelöst.
Ihr Atem gleicht dem Wohlgeruch des Moschus,
Der einen Duft voll süßem Dunst verbreitet.
Sie gleicht der Sonne, die am Morgen glänzt
In ihrem klaren Licht, oder mehr noch dem Monde.
Bevor sie zu schimmern beginnt, lässt sie es bereits ahnen,
Das Morgenlicht im Augenblick des Sonnenaufgangs!
Dann wiederum macht sie sich selbst verschwinden
In dichter Finsternis, die der Ahnung so günstig ist.
Oh du Mondgestirn, in tiefer Nacht,
Nun komm und erfasse mein Wesen ganz und gar!
Erleuchte mein Auge, auf dass ich dich sehe,
Denn der mir zustehende Teil ist Sache des Schauens.
Doch die wirkliche Grundlage des liebenden Sehnens,
Das mich zu ihm zieht, ist Sache der Worte.

Über dasselbe Thema fügen wir noch weitere Zeilen hinzu:

Das Ohr bleibt verliebt und das Auge ebenso.
Indes scheidet sich die aus dem Blick geborene Liebe
Von derjenigen, die dem Hören der Worte entspringt.
Die vom Blick erzeugte Liebe bewahrt nur unzureichend

Das so geformte Bild des geliebten Wesens.
Die im Schauen geborene Liebe bleibt den Formen treu.
Manchmal erscheint die Geliebte dem verliebten Auge des
Wesens,
Damit er sie anschaue und sich an ihrem Anblick erfreue.
Dem verliebten Ohr des Wesens erscheint sie ungetrennt
Von allen Wesen auch in ihrer sinnlichen Gestalt.[32]
Bis auf die Liebe zur Göttlichen Essenz,[33] oh welch Wunder,
Denn in ihr haben das Sehen und das Hören das gleiche Ziel!

32. Das liebende Sehen vereinzelt in die Trennung sinnlicher Gestalten, während das Hören der Liebe im geliebten Wesen die ungetrennte Einheit »heraushört« [WH].

33. Im Text steht hier *Zaynab,* was wir sinngemäß mit »Göttlicher Essenz« wiedergegeben haben. *Zaynab* ist auch der Name von Ibn ʿArabīs Tochter. Siehe Anmerkung 7 [WH].

Kapitel 3
Die Wirkungen der Liebe

ICH SELBST SPÜRE DIE AUSSERORDENTLICHE FEINHEIT, DIE man in der Liebe finden kann. Du empfindest starkes Verlangen (*ʿishq*), eine durchdringende Leidenschaft (*hawā*), eine brennende Sehnsucht (*shawq*), die Liebe als überwältigende Macht (*gharām*), eine völlige Auszehrung (*nuḥūl*), und du wirst daran gehindert, zu schlafen oder deine Nahrung zu genießen. Du weißt weder, in wem noch durch wen das geschieht. Dein Geliebter zeigt sich dir nicht auf deutliche Art.[34] Dies ist die köstlichste Gnade, die ich mit unmittelbarer Erfahrung (*dhawq*)[35] spüre.

Andere ähnliche Zustände können sich dem anschließen. Manchmal zeigt sich dir eine Erscheinung des Göttlichen (*tajallī*) in einer spirituellen Enthüllung (*kashf*)[36] und die besagten Anzeichen der Liebe sind davon gefärbt. Manchmal siehst du eine Person und ein Gefühl der Entrückung (*wajd*)[37] ergreift dich genau in dem Moment, in dem du sie siehst, und du weißt, dieses Wesen ist dein Geliebter, obwohl du dir dessen niemals zuvor bewusst gewesen bist. Manchmal sogar wird ein Individuum lediglich erwähnt, und schon empfindest du dank der Leidenschaft, die dich durchdringt, Zuneigung (*mayl*) für sie. Dann weißt du, dass dieses Wesen dein Meister (*ṣāḥib*) ist.

34. Das gerade macht die »Feinheit« aus, von der Ibn ʿArabī spricht. Auch wenn das Objekt der Liebe (zum Beispiel ein menschliches Wesen) deutlich und die Begleiterscheinungen drastisch zu sein scheinen, ist der Göttliche Geliebte dahinter nur unbestimmt zu erahnen [WH].

35. *Al-dhawq:* »Dies ist der allererste Beginn einer Göttlichen Erscheinung, die einen zu trinken (*shurb*) veranlasst« (*Futūḥāt,* Kapitel 73, Antwort 153). »Im Hinblick auf das Wissen um Gott, bezeichnet der Ausdruck *dhawq* ein erkennbares Licht, welches das Wahre Wesen mit Seiner Gotteserscheinung auf das Herz der Heiligen wirft. Damit unterscheiden sie das Wahre vom Falschen, ohne dass diese Erleuchtung bei ihnen aus Bücherweisheit oder einer anderen Quelle käme« (Jurjānī: *Das Buch der Definitionen, al-Taʾrifāt*).

36. *Al-kashf:* »Das bedeutet, das erkennbar Wirkliche in der Welt der Geheimnisse und wahren Urgründe zu erfassen, das sich hinter dem Schleier befindet und das in ekstatischer Gefühlsregung (*wujūd*) und anschauender Versenkung (*shuhūd*) erfahren wird« (Jurjānī: *al-Taʾrifāt*).

37. *Al-wajd:* »Das ist, was dem Herzen plötzlich widerfährt, ohne Eifer und ohne Übung« (Jurjānī: *al-Taʾrifāt*), »und was es dem unmittelbaren Bewusstsein entzieht« (Ibn ʿArabī: *Kitāb al-Iṣṭilāḥāt*).

In diesem Fall handelt es sich um eine Erfahrung von einer sonst völlig unerreichbaren Feinheit, die es den Seelen gestattet, eine Vorahnung der Dinge zu haben, indem man sie durch den Schleier des Geheimnisses (*ghayb*)[38] hindurch entdeckt, doch gleichwohl ohne die näheren Umstände zu erkennen. Du verstehst nicht, wovon oder von wem diese Seelen eingenommen sind, noch was ihre Liebessehnsucht ausmacht. Die Veranlagung dazu erkennt man an der ängstlichen Eingeschnürtheit (*qabḍ*) oder der Hochstimmung (*basṭ*),[39] für die jeweils kein Grund vorliegt. Wenn einer dieser Zustände Trauer hervorruft, so weiß man, sie ist Folge der Einschnürung. Bringt er dagegen Freude, erkennt man den Zusammenhang mit dem Hochgefühl. Dies Vorgefühl, das die Seele von den Dingen hat, stellt sich bei ihr ein, noch bevor diese Dinge im eigentlichen Bereich der äußeren Sinne eintreffen. Solcher Art sind also die Vorboten jeder Aktualisierung der Liebe.

Dieser Vorgang weist eine gewisse Analogie zum Schließen des Urvertrags (*mithāq*) auf, den die Nachkommen [Adams eingingen, als sie von der Existenz ihres Herrn Zeugnis ablegen mussten, gemäß den Worten der koranischen Episode: »Bin Ich denn nicht] euer Herr? (7:172), und den sie annahmen mit dem Wort: »Ja doch!« Wer könnte wohl die Wahrheit dieser ursprünglich eingegangenen Verpflichtung in Abrede stellen? Aus diesem Grunde wirst du finden, dass die ursprüngliche Natur (*fiṭrah*) jedes Wesens der menschlichen Art die Bedürftigkeit gegenüber Dem, Der das Dasein gibt, auf Den sich alle stützen, anerkennt, und das ist Gott, auch wenn sie davon kein klares und deutliches Bewusstsein haben. Gott spricht davon: »Oh ihr Menschenwesen! Ihr seid die

38. *Al-ghayb:* »Das ist, was dir Gott deinetwegen und nicht Seinetwegen verborgen hat« (Ibn ʿArabī: *Kitāb al-Iṣṭilāḥāt*).

39. *Al-basṭ* ist »der Zustand desjenigen, der alles umfasst und den selbst kein Ding umfasst. Man sagt auch, das sei der Zustand, der die Hoffnung begleitet oder ein Ereignis, in dem der Hinweis verborgen ist, in die Barmherzigkeit und Vertrautheit [mit Gott] aufgenommen zu sein.« *Al-qabḍ* ist »der Zustand der Furcht im gegenwärtigen Augenblick und das, was dem Herzen widerfährt, wenn sich ein Tadel oder Missfallen [Gottes] ankündigt. Der Zustand besteht darin, dieses Ereignis sofort zu gewärtigen« (Ibn ʿArabī: *Kitāb al-Iṣṭilāḥāt*). »Der Unterschied, einerseits zwischen Furcht und Hoffnung und andererseits zwischen Eingeschnürtheit und Hochstimmung, besteht hinsichtlich des ersten Begriffspaars darin, etwas Kommendes zu befürchten oder zu lieben, hinsichtlich des zweiten handelt es sich um etwas Gegenwärtiges, das um eines noch nicht eingetroffenen Ereignisses willen das Herz des Wissenden machtvoll ergreift« (Jurjānī: *al-Ta'rifāt*).

Armen gegenüber Gott [wohingegen Gott der absolut Reiche und Lobenswerte ist]« (35:15). Hiermit stellt Gott diese ursprüngliche Armut (*iftiqār*) heraus, die wir in uns selbst finden, da wir nur in Gott allein verliebt sind, freilich ohne es zu wissen. Mittels dieser grundlegenden Bedürftigkeit haben wir also das Wahre Wesen erkannt.

Nachdem wir uns also selbst an dieser Quelle mit unmittelbarer Erfahrung gelabt haben, lasst uns ihre Wirklichkeit besingen:

Ich bleibe an diejenige gekettet, deren Liebe
Zwanzig Pilgerfahrten aufwiegt.
Nie habe ich ihre heftige Leidenschaft begriffen,
Und jetzt kann ich sie nicht mehr ertragen!
Mein Auge war außerstande, einen Blick zu werfen
Auf die vollkommene Schönheit, die aus ihrem Antlitz strahlt.
Genauso wenig, wie meine Ohren es hätten hören können,
Wäre von ihr die Rede gewesen.
Bis zu dem Tage, an dem ich von Angesicht zu Angesicht
Den gleißenden Blitz, der vom Lebendigen zuckte, sah.
Eines Tages hat Er mich überhäuft mit Seinen Wohltaten
Und mir Seinen Zorn gezeigt, bis zum Ende der Zeiten!

Und noch einmal wollen wir das besingen, was wir erlebt haben, denn wir können nichts anderes als die köstliche Liebe zum Ausdruck bringen!

Ich bin an die gekettet, die ich ohne mein Wissen liebe.
Ich höre nicht auf den, der behauptet, das nicht zu verstehen.
Ich bleibe ratlos, meine Gedanken tragen mich hinweg!
Die Bestürzung dringt in mich und erfasst mich ganz.
Endlich, nach zwanzig Pilgerfahrten, sehe ich deutlich,
Dass ich eine Liebe zum Ausdruck bringe, die mein Geheimnis umarmt.
Wen ich liebe, weiß ich nicht! Ich kenne nicht ihren Namen.
Ich wüsste nichts von der, die meine Brust umschlingt,
Solange sie nicht den Schleier vor ihrem Angesicht hebt,
Der Wolke gleich, die des Nachts schimmert
Im Schein des vollen Mondes.
Bei dieser Gelegenheit sagte ich denen, die mir zuhörten:
»Dies ist wohl, so sagte man mir, die Absicht des Herzens selbst.«

Denn es ist die Brust, die Tochter meines Bruders!
Gott ist groß! sagte ich, um sie zu erhöhen
Ebenso wie ihre Nachkommen. Und meine Nacht mit ihr
Ist viel erbaulicher als die Nacht der Macht.[40]

Das erste Mal, als ich Syrien bereiste,[41] habe ich in lebendiger Erfahrung die Wirklichkeit, die ich soeben zum Ausdruck brachte, gekostet. Und ich verspürte einen unbekannten und beharrlichen Zauber während einer längeren heiligen Erzählung (*qiṣṣa*), die in meiner Vorstellung eine körperliche Form annahm. Dank dieser Anwandlung können wir davon sprechen:

Unter dem Eindruck der Liebe, die ich für dich empfinde,
Gebe ich die Worte dessen wider,
Den der Geliebte immer wieder aufgefordert hat: »Sage Mir!«
Als ich nach Syrien kam, war mein Verstand gestört.
Keine Verliebten sah ich, die wie ich besessen waren.
In wen bin ich verliebt? Ich kann es nicht verstehen.
Ist der Geliebte Der, Der mich erschaffen hat,
Oder bleibt Er mir eher ähnlich?
Niemals haben meine Ohren solche Worte gehört.
Haben vor mir andere Liebende so gesprochen?
Ich machte mich auf, Gottes Königreiche zu durchstreifen,
Die Länder des Ostens wie des Westens,
Um das mir gemäße Wesen zu finden.
Da traf ich einzig und allein die Geliebte,
An der man mit natürlicher Liebe hängt,
Wie der Schatten sich an den Körper klammert.
Oh mein Gott! Wie aufgeregt ist mein Herz vor Liebe!
Mein Verstand ist gestört! Richte Deinen Blick
Auf meinen erhabenen Grad und meine Dienstbarkeit.
Der Herold der Liebe ruft mich von meiner schwachen Seite:
Oh du hilfloses Wesen! Du bleibst versunken
Im tiefen Ozean der Unwissenheit.
Hör mein Wort! Nimm Anteil an meiner innersten Weisheit!
Denn ich bin der sich der Gunst erfreuende Lehrer.
Über die Sieben, die Zehn und danach die Fünfzig,

40. *Laylah al-Qadr*, die Nacht, in der der Koran offenbart wurde, siehe Sure 97.
41. Wohl im Jahre 1213.

Erfährst du dann meine Einheit in den zweien.[42]
Du erhältst die Form eines idealen Quadrates,
Die in sich Vereinigung und Trennung vervollkommnet.
Gleichwie der Name Allāh, der Namen meines Geliebten,
Nach der Gestalt dieses Prinzips sich zusammensetzt.[43]
So ist, du wusstest es schon, der Name deiner Geliebten.
Und wenn du verstehen kannst, suche nach nichts anderem,
Als das Quadrat zu verdreifachen, um das Ganze zu einen.[44]
Seine Dreiheit ist ein Tempel, ein heiliges Buch
Für die innigste Schönheit, und zeigt meine Bedürftigkeit.
Sie ist auch ein Tempel für mich, für die Essenz des Wesens,
Und, nicht zu vergessen, ein Tempel für den Herrlichen.
Die Essenz und der Herrliche sind es, die dort wohnen,
Für das Wohlwollen wie auch für die Ergebenheit.
Ihr Prinzip ist ein siebenfältiger Buchstabe, der die sechs Zeichen
Übersteigt, die aus den einsamen Buchstaben[45] gewonnen
werden.

Solcherart ist die angenehmste Erfahrung, die man in der Liebe erlebt.

In geringerem Maße findet man die Liebe zur Liebe (*ḥubb al-ḥubb*), die darin besteht, mit der Liebe derart beschäftigt zu sein, dass man die Person, in die man verliebt ist, beiseite lässt. Layla bot sich Qays, dem Poeten, an, der sie laut schreiend begehrte: »Layla! Layla!« Er nahm Eis, um es auf sein glühendes Herz zu legen, das es zum Schmelzen brachte. Layla begrüßte ihn, als er sich in diesem Zustand befand, und sprach ihn an: »Ich bin die, nach der du verlangst; ich bin die, die du begehrst; ich bin deine Geliebte, die

42. Nach dem Zahlenwert der Buchstaben ergäbe sich 7+10+50+2 = *z+y+n+b* plus die ›Einheit‹ des Dichters, das macht in der Summe 70 (vergleiche Transkriptionstabelle Seite 262). Ob hier Ibn ʿArabī den Namen seiner Tochter *Zaynab* erneut als Chiffre der Göttlichen Essenz verwendet? (Siehe Anmerkung 33). Andererseits entspricht dem Zahlenwert der Summe 70 der Buchstabe *ʿayn*, und das Wort *ʿayn* bedeutet »Essenz« [WH].

43. Der Name Allāh ähnelt in arabischer Schriftweise einem ausgefüllten Quadrat [WH].

44. Mit »Verdreifachung« ist der Übergang vom Quadrat zum dreidimensionalen Würfel gemeint, was nach den folgenden Versen eindeutig als Anspielung auf den »Tempel« der Kaʿbah in Mekka zu verstehen ist [WH].

45. Anspielung auf die einzeln stehenden Buchstaben, mit denen manche Suren des Koran eingeleitet werden.

Erquickung deines Wesens, ich bin Layla!« Qays drehte sich nach ihr um und rief: »Geh mir aus den Augen, denn die Liebe, die ich zu dir empfinde, erregt mich so sehr, dass ich dich beiseite lasse!«[46]

Ein solcher Zustand ist der köstlichste und erlesenste, den man in der Liebe empfinden kann. Indessen bietet er einen weniger feinen Genuss als der zuvor beschriebene.

Unser Meister, Abū-l-ʿAbb'as Jaʿfar al-ʿUryanī[47] (Möge Sich Gott seiner erbarmen!) bat Gott einmal darum, ihm die Lust auf Liebe (*shahwat al-ḥubb*) zu verschaffen, doch nicht die Liebe selbst.

Begriffsbestimmungen der Liebe wurden vorgeschlagen, doch habe ich niemanden kennen gelernt, der hätte definieren können, was sie in sich bedeutet. Man kann sich nicht einmal vorstellen, dass solche Definitionen überhaupt gültig sein sollen.

Wer auch immer den Versuch unternehmen sollte, die Liebe zu definieren, könnte es nur mit Hilfe der Früchte tun, die sie hervorbringt, der von ihr hinterlassenen Spuren und der Folgerungen, die ihr innewohnen, denn sie bleibt eine Eigenschaft der vollkommenen und unnahbaren Macht, die Gott selbst ist. Noch das Beste, was mir in diesem Fall zu Ohren gekommen ist, wurde mir von verschiedenen Personen berichtet, die es Abū-l-Abbās ad-Dahājī zuschrieben. Als man ihn zum Thema der Liebe befragte, antwortete er: »Die Eifersucht (*ghayrah*)[48] ist eins der Merkmale der Liebe und hält alles, außer sich keusch zu verschleiern, für unter ihrer Würde. Folglich kann die Liebe nicht definiert werden.«

46. Auf die im Orient sehr bekannte Liebesgeschichte zwischen Layla und Qays (der auch Majnūn, der Verrückte, genannt wird) wird sich Ibn ʿArabī noch des Öfteren beziehen. Erst kurz zuvor, im Jahre 1188, hatte der Persische Dichter Nizami die seit Jahrhunderten mündlich überlieferte Fabel erstmals zu einer in sich geschlossenen Dichtung *Layla und Majnūn* (deutsch z.B. Manesse-Verlag, Zürich 2004) gestaltet. Möglicherweise kannte Ibn ʿArabī dieses Werk bereits. In den 1970er Jahren hat der Rockmusiker Eric Clapton zu den Motiven dieser Liebesgeschichte den bekannten Song *Layla* geschrieben [WH].

47. Abū Ja'far Aḥmad al-'Uryanī, geboren in Sevilla, einer der ersten Lehrer von Ibn ʿArabī. Siehe *Les Soufis d'Andalousie (Rūḥ al-Quds)* von Ibn ʿArabī, von Ralph W.J. Austin in Englische und von da ins Französische übersetzt von Gerard Leconte, Paris 1979, Seite 61ff.

48. *Al-ghayrah:* »Die Eifersucht hat drei Stufen: 1. Die Eifersucht für das Wahre Wesen oder Seinetwegen, veranlasst vom Verstoß gegen die [von Gott festgelegten] Grenzen oder Regeln. 2. Die Eifersucht, die einen zwingt, Geheimnisse und intimes Gebaren zurückzuhalten. 3. Die Eifersucht des Wahren Wesens für die Heiligen, die im Besitz des spirituellen Sehnens und somit kostbare und eifersüchtig bewahrte Wirklichkeiten sind« (Ibn ʿArabī: *Kitāb al-Iṣṭilāḥāt*).

Wisse, dass die erkennbaren Wirklichkeiten von zweierlei Art sind. Manche sind einer Begriffsbestimmung zugänglich und andere nicht. Nun zählt die Liebe, nach den Fachgelehrten, die sich mit ihr befasst haben, nicht zu den Gegebenheiten, die man definieren könnte. Also kennt sie nur derjenige, in dem sie sich festsetzt und dessen Eigenschaft sie ausmacht, freilich ohne dass er in der Lage wäre, ihre Natur zu erkennen oder ihre Wirklichkeit abzuleugnen.

Wohlgemerkt, die Liebe nimmt nur dann von jemandem Besitz, wenn sie ihn für jede andere Rede als die des Geliebten taub macht, blind gegenüber jedem Blick, der nicht von ihm kommt, gleichgültig für die Worte, die nicht vom Geliebten stammen, und sogar gleichgültig gegenüber der Rede derer, die von ihm geliebt werden. Das Siegel des Herzens lässt nur die Liebe zum Geliebten hindurch, es ist ein Sperrriegel für die unverhohlene Einbildungskraft des Herzens, auf dass es sich allein die Gestalt seines Geliebten vorstelle, sich verbiete, einen anderen anzuschauen, der mit ihm wetteifern könnte, und jede ihm fremde Beschreibung abweise, deren sich die Einbildungskraft bemächtigen könnte. Mit all dem verhält es sich so, wie der Dichter gesagt hat:

Dein Bild ist in meinem Auge,
Und in meinem Mund dein Wort.
Du wohnst in meinem Herzen.
Wo wärest du dann verborgen?

Durch den Geliebten und für ihn hört er, er sieht durch ihn und für ihn, und schließlich spricht er durch ihn und für ihn.

Ich selbst bin von der Vorstellungskraft derart übermannt worden, dass die Liebe vor meinen Augen in sinnlicher Form die Gestalt meines Geliebten annahm, in derselben Weise, wie der Engel Gabriel sich vor dem Gesandten Gottes (Friede und Segen mit ihm!) in körperlicher Form darstellte. Schließlich konnte ich ihn nicht mehr anschauen, obwohl er sich mit mir unterhielt, ich ihm aufmerksam zuhörte und seine Worte verstand. Tagelang konnte ich nicht die mindeste Nahrung zu mir nehmen. Jedes Mal, wenn ein gedeckter Tisch vor mich hingestellt wurde, kam er ganz nahe zu mir heran, schaute mich an und sagte in einer Sprache, die ich mit eigenen Ohren hörte: »Wirst du denn wirklich essen, wenn du mich siehst?« So verbot er mir das Essen, ohne dass ich danach Hunger verspürt hätte. Ich füllte mich derart mit ihm an, dass davon schließlich meine Leibesfülle zunahm. Mein Blick war schwanger mit ihm, von ihm, der mir zur Nahrung diente. Meine Freunde wunderten sich, dass ich ohne irgendetwas gegessen zu haben, gestärkt war, denn viele Tage blieb ich so ohne ein Verlangen, etwas zu kosten, was auch immer es sein mochte, und ohne Hunger oder Durst zu empfinden. Er war mir ständig vor Augen, in welcher Stellung ich mich auch befinden mochte, ob aufrecht stehend, sitzend, in Bewegung oder in Ruhe.

Ich wusste sehr wohl, dass die Liebe den Liebenden erst dann voll und ganz überfluten kann (*istighrāq*), wenn der Geliebte das Wahre Wesen (Gepriesen sei Er!) ist oder jemand von derselben Art wie der Liebende, etwa bei jungen Frauen oder jungen Männern. Ein Wesen, das sich seiner Natur nach von den eben erwähnten Arten unterscheidet, empfindet keine Liebe für jene.[49]

Hierzu seien einige Betrachtungen am Rande angestellt. In der Tat kann der Mensch von seinem Wesen her mit einer geliebten Person nur dann in völliger Harmonie sein, wenn sie seiner Wesensart entspricht. Es gibt dann keinen Aspekt seiner Person, der nicht in der Geliebten aufginge und in ihr fortbestünde, ohne dass dieser Aspekt ganz und gar in Besitz genommen wäre. Das geht sogar soweit, dass das Äußere seines Wesens von der Erscheinung der Geliebten eingenommen wird und sein inneres Wesen das innere Wesen der Geliebten ist. Hast du denn nicht bemerkt, dass Gott in Seiner Wahrheit Sich sowohl »der Äußere« oder »Erscheinende« (*ẓāhir*) wie auch »der Innere« oder »Verborgene« (*bāṭin*) nennt? Deswegen ist das menschliche Wesen sowohl von der Liebe zu Gott [in Seinem inneren Aspekt] wie auch zu den von Ihm erzeugten Formen durchdrungen.[50] Nun kann dieses Aufgehen bei den weltlichen Wesen, die von anderer Art als der Liebende sind, niemals vorkommen. Diejenigen Seiten der geliebten Gestalt, die ihm nicht ähnlich sind, bleiben von der Liebe unberührt.

Die totale Besitzergreifung der Liebe von dem Wesen, das Gott liebt, findet ihre tiefere Begründung in der Beschaffenheit des

49. Will heißen, die polare »alles überflutende« Liebe zwischen Mann und Frau ist nur in der Jugend möglich, wobei Ibn ʿArabī »Jugend« sicher nicht allein an der Anzahl der Lebensjahre misst [WH].

50. Gott ist dem Menschenwesen sowohl innerlich als auch äußerlich nahe und kann ihm somit nicht, in keinem einzigen Aspekt, »wesensfremd« sein [WH].

Menschen, der nach der Form (*ṣūrah*) Gottes erschaffen ist, wie in dem [bereits angeführten] prophetischen Wort bezeugt. Ein derartiges Wesen ist also fähig, mit seiner ganzen Person die erhabene Gegenwart Gottes in vollständiger Entsprechung zu empfangen, und aus diesem Grunde offenbaren sich ihm alle heiligen Namen. Auch derjenige, in dem die Tugend der Liebe noch nicht tätig geworden ist, kann sie nichtsdestoweniger erwerben, ist sie doch verborgen gegenwärtig in seiner [auf Ganzheit zielenden] Verfassung, die sich grundsätzlich [ganz und gar] von der Liebe in Besitz genommen findet.[51] Und wenn seine Zuneigung sich auf Gott bezieht, wird Gott von daher sein Geliebter. In seiner Liebe erlischt er im Wahren Wesen mit einer vollkommeneren Auslöschung als der, welche die Liebe zu den von Gott geschaffenen Formen hervorruft. Es ist so, dass die Liebe zu jenen Formen aussetzt, wenn die äußere Gegenwart des Geliebten schwindet. Wenn jedoch Gott [in Seinem inneren Aspekt] der Geliebte ist, kann Er ohne Unterlass angeschaut werden. Dann ist das Anschauen des Geliebten der Wirkung vergleichbar, welche die Nahrung auf den Körper hat, der sich dank ihrer entwickelt und aufblüht. Indem sich die Anschauung vertieft, verstärkt sie die Liebe. Mit dieser der Liebe eigenen Sparsamkeit beruhigt sich das glühende Verlangen (*shawq*) bei der Begegnung [mit der geliebten Person], doch wird die Suche des Verlangens von [der Aussicht auf neue] Begegnungen angestachelt. Dies ist der Zustand, der von dem verliebten Wesen im Augenblick der Vereinigung mit der Geliebten empfunden wird. Sein Drang, sie anzuschauen, kommt niemals zu einem Ende. Nie kann er sich seiner unersättlichen Begierde, die sie in ihm entzündet, entledigen. Jedes Mal, wenn er den Blick zu ihr hinwendet, wachsen seine ekstatische Bewegung (*wajd*) und sein brennendes Verlangen, obgleich er sich in ihrer Gegenwart befindet. Wie es der Dichter besungen hat:

51. Der Geliebte ist nichts weiter als das Alter Ego des Liebenden, sein essenzielles Wesen, das er mit aktiver Imagination ins Äußere seiner selbst projiziert und mit dem dieser Fähigkeit eigenen Auge anschaut. Er ist also in der Göttlichen Imagination der Prototyp des Liebenden, und diese Relation ist von derselben Art wie jene, die den Herrn und den Diener bestimmt. Diese Anschauung des Geliebten wird in einem prophetischen Wort wie folgt zum Ausdruck gebracht: »Ich habe meinen Herrn in der allerschönsten Gestalt gesehen.« Siehe dazu Henry Corbin: *L'Imagination dans le Soufisme d'Ibn 'Arabi*, Paris 1976, Kapitel über die Form Gottes.

Ist es nicht überraschend, dass ich nach ihnen seufze
Und sie über das brennende Verlangen befrage,
Wo sie doch ohne Unterlass in meiner Gegenwart sich
  befinden?
Mein Auge beweint sie, obwohl sie in meiner Pupille sind,
Meine Seele begehrt sie, obwohl sie mir nahe sind![52]

Eine Liebe, die beim Liebenden noch eine Spur von Vernunft übrig ließe, die es ihm also gestatten würde, an jemand anders als an seine Geliebte zu denken, wäre nicht wahrhaftig. Sie wäre lediglich ein vorübergehender Zustand des Seins. Eine derartige Liebe hat man so beschrieben:

Es gibt nichts Gutes in einer Liebe,
Die sich von Vernunft leiten lässt.

Unmöglich können wir hier alle Anekdoten über die Liebenden zitieren, so zahlreich sind sie!

Hier eines unserer Gedichte, das die Verstärkung der Liebe im Augenblick der Anschauung und des Verlangens [nach der Geliebten] zum Gegenstand hat:

Von mir löse ich mich ab, doch saugt mich das Verlangen auf.
Ich besuche die Geliebte häufig, aber ich kann nicht gesunden.
Denn das Verlangen bleibt, wenn die Geliebte abwesend ist,
So wie es fortdauert, während sie zugegen ist.
Doch wird jede Begegnung mit ihr in mir
Einen unerwarteten Zustand hervorbringen.
Aber an Stelle der Heilung trat in mir
Eine neue Zuneigung, geboren aus der überbrachten Liebe,
Indem ich ein Wesen erkannte, dessen Schönheit aufwuchs
Seit dem ersten Augenblick, in dem ich ihm begegnete
In seiner glanzvollen Schönheit und Pracht.
Und doch ziemt es dem Liebenden, bei allem Überschwang,
Mit der Geliebten ein Band der Verwandtschaft zu bewahren,[53]
Auf dass sich in ihm angesichts ihrer Schönheit
Eine im Einklang voll erblühte Verbindung entfalte.

52. Ein Gedicht des Scheichs Abū Madyan, eines algerischen Heiligen, der 1197 starb und in Tlemcen begraben ist.

Hier spiele ich auf die Erscheinung (*tajallī*)[54] Gottes (Er sei gepriesen!) unter verschiedenen Gestalten an, die Er, wie im künftigen Leben für Seine Diener, so auch im Diesseits zugunsten der Herzen der Ihn Anbetenden annimmt. So wird es verlässlich berichtet in der Sammlung von Muslim über die Verwandlungen (*taḥawwul*) Gottes (Ruhm sei Ihm!) in Formen, die Seiner wesentlichen Wirklichkeit (*dhāt*) gemäß sind, freilich ohne dass man in Ihm die Existenz von Ähnlichkeiten (*tashbīh*) oder Seinsbestimmungen (*takyīf*) gewärtigen müsste.

Bei Gott, ich schwöre es! Hätte das offenbarte Gesetz (*sharīʿah*) keine solchen heiligen Botschaften überbracht, kein Mensch hätte jemals Gott erkannt! Und hätten wir lediglich die verstandesmäßigen Beweise zur Verfügung gehabt, mit deren Hilfe die Intellektuellen die Erkenntnis der wesentlichen Wirklichkeit Gottes ausarbeiten, nur um zu behaupten, dass Er weder dies noch jenes sei, so hätte kein Geschöpf Ihn geliebt. Doch die eben erwähnte Göttliche Botschaft bekräftigte, auf offenbarten gesetzlichen Wegen, dass Gott (Ruhm sei Ihm!) gerade so auch mit jenen Dingen war, deren äußere Beschaffenheit sich verstandesmäßigen Überlegungen sperrt. Wenn wir also Gott lieben, verdanken wir das Seinen feststehenden Attributen (*ṣifāt thubūtīyah*).

Als nun Gott derart die Beziehungen von Ähnlichkeit (*nisab*) vorgeführt und die die Liebe zwingend lenkenden Ursachen und Beziehungen bestätigt hatte, betonte Er: »Nichts ist wie Seinesgleichen« (42:11). Dadurch bekräftigte Er die notwendigen Ursachen (*asbāb*) der Liebe, die der Verstand mit den ihm eigenen Argumenten gerade aufhebt. Dies ist der Sinn des heiligen Hadith: »Ich war ein [verborgener] Schatz, Ich war nicht bekannt und sehnte Mich danach, erkannt zu werden. Also schuf Ich die Geschöpfe und machte Mich ihnen bekannt, auf dass sie Mich erkennen würden.«

Gott wird also einzig und allein über die Offenbarung erkannt, die Er von Sich gibt aufgrund der Liebe, der Gnade, des Wohlwollens, des Mitgefühls und der Freundschaft, die Er für uns emp-

53. Der Versuchung, sich im transzendenten Göttlichen Geliebten zu verlieren, ist zu widerstehen. Erst die Rückkehr zu Seiner immanenten »verwandten« Gestalt (zum geliebten Wesen also) schafft »die im Einklang voll erblühte Verbindung« [WH].

54. Siehe Anmerkungen 12 und 15. *Al-tajallī* ist »der Begriff, der die Lichter der Geheimnisse bezeichnet, die sich dem Herzen entdecken, nachdem sie verschleiert waren« (Ibn ʿArabī: *Kitāb al-Iṣṭilāḥāt*).

findet, und auch dank der Offenbarung, mit der Er die Ihn betreffenden Ähnlichkeiten (*tamāthīl*) bestimmt (Erhaben sei Er!). Daraufhin machen wir aus Ihm den Gegenstand unserer Aufmerksamkeit in unserem Herzen, in unserer Ausrichtung ebenso wie in unserer Einbildungskraft, bis es uns vorkommt, als würden wir Ihn sehen. Wir können dann nicht einmal mehr sagen, wir sehen Ihn in uns, denn wir erkennen Ihn aus dem Umstand heraus, dass Er Sich [uns] bekannt gemacht hat, und nicht über die Vermittlung der Spekulation. Daran hindert auch nicht der Umstand, dass manche von uns Ihn sehen und Ihn doch nicht erkennen.[55]

Gott ist nicht auf andere angewiesen. Er ist es, Den Er durch die ins Dasein gekommenen Wesen hindurch liebt. Er ist es also, Der Sich jedem geliebten Wesen und im Auge jedes Liebenden offenbart. So gibt es im Universellen Dasein nur einen einzigen Liebenden [und das ist Gott] derart, dass die ganze Welt liebend und geliebt ist. Auf Ihn geht alles mit Bestimmtheit zurück, so wie es sich auch in der Anbetung verhält, denn Er allein wird angebetet. Kein Wesen wäre in der Lage, Ihn anzubeten, würde es sich nicht bildhaft die Göttliche Funktion (*ulūhīyah*) vorstellen, die in ihm steckt und bei deren Fehlen es niemals würde Gott dienen können. Diesen Punkt verdeutlicht Gott sehr gut in folgendem Vers: »Dein Herr hat festgesetzt, dass ihr keinen als nur Ihn anbeten sollt« (17:23).

So ist es auch in der Liebe. Ein jeder liebt nur seinen Schöpfer, vor Dem er freilich eben durch die Liebe verschleiert ist, die er zum Beispiel Zaynab, Su'ād, Hind oder Layla oder gar dem Niedrigen, dem Geld, der Ehre oder allem, was in dieser Welt liebenswert ist, entgegenbringt. Die Dichter tragen den Menschen ihre Verse über die Liebe vor und verkennen sie doch [in ihrer essenziellen Wirklichkeit]. Die Wissenden (*'ārifūn*) jedoch, sie hören weder das Gedicht noch die Allegorie noch die galanten Reden an, ohne dass sich ihnen Gott durch den Schleier der Form hindurch darstellen

55. Die Sicht auf Gott (*ru'yat Allāh*) ist also möglich, doch vollzieht sie sich nur mit dem Auge der Imagination. Diese ist das Werkzeug des Sehens, das die Göttlichen Präsenzen oder Archetypen wahrnimmt, in Formen, die der sinnlichen Welt entlehnt sind. Dazu hat der Prophet in einem Hadith *qudsī* gesagt: »Mit Dem, Dessen Hand meine Seele leitet, wird es für euch nicht schwerer sein, euren Herrn zu schauen, als jedes der beiden [Lichter, Sonne und Mond]« (Sammlung *Muslim* nach Abū Hurayra). »In den Paradiesgärten werden die Bewohner des Paradieses zu Gott sagen: »Oh unser Herr! Wonach wir bei Dir verlangen, ist der Blick (*naẓar*) auf Dein edles und großzügiges Antlitz, immerdar, und dass Deine Seele an uns Wohlgefallen haben möge« (berichtet von 'Abd Allāh Ibn Mas'ūd).

würde. Nun, der Grund für all das liegt in der Eifersucht (*ghayrah*) Gottes, Der nicht duldet, dass ein anderer als Er geliebt werde.

Gewiss hat die Liebe die Schönheit (*jamāl*) zur Ursache, die Gott, dem essenziell Liebenswerten, angehört. Denn »Gott ist schön (*jamīl*) und liebt die Schönheit«.[56] Daher liebt Er Sich selbst.

Eine andere Ursache der Liebe ist die Wohltätigkeit oder das vollkommene Betragen (*iḥsān*), das allein von Gott stammt, denn es gibt keinen anderen Wohltäter (*muḥsin*) als Gott. Wenn du also etwas aufgrund der Wohltat liebst, liebst du allein Gott, den Wohltäter. Und wenn du jemanden für seine Schönheit liebst, liebst du den Schönen (Gepriesen sei Er!).

So ist also in jeder Hinsicht, Gott der Gegenstand der Liebe.[57] Indem das Wahre Wesen Sich selbst kennt, kennt Es die Welt, die sich gemäß Seiner Form offenbart, aus Sich selbst heraus. Mithin erweist sich die Welt als Spiegel für Gott, in dem Er Seine Form anschaut. Also liebt Er nur Sich selbst. Wenn Gott spricht, »wenn ihr Gott liebt, so richtet euch nach mir« – es geht um den Propheten – »und Gott wird euch lieben« (3:31), ist Er es selbst, Den Er in Wirklichkeit liebt. Deswegen ist, ganz allgemein gesprochen, die Übereinstimmung (*ittibā'*) Grund der Liebe, und die Übereinstimmung mit Gott im Spiegel der Welt ist daher Ursache der Liebe, sieht Er doch darin nichts als Sich selbst.

Andererseits [und nach dem bereits angeführten Hadith] ist die Ursache der Liebe den uneigennützigen oder gutwilligen Werken (*nawāfil*) vorbehalten, die auch als zusätzliche Gaben (*ziyādāt*) angesehen werden. Nun stellt auch die Form der Welt selbst eine zusätzliche Leistung innerhalb des universellen Daseins (*wujūd*) dar. Aufgrund dieser Wahrheit liebt Gott das Universum wie ein uneigennütziges Werk (*nāfilah*), und in dieser Sichtweise [und immer noch im Zusammenhang mit dem Hadith], ist Gott das Hören und das Sehen dieses Dieners, bis er schließlich nur Ihn allein liebt.[58]

56. Ein berühmter, in den authentischen Sammlungen verzeichneter Hadith.

57. Das ist die im Islam offenbarte ontologische Grundlage der Liebe, die allen mit ihr verbundenen Formen, den Göttlichen, spirituellen, seelischen und körperlichen, mit Notwendigkeit einen positiven und echten Wert verleiht.

58. Die Erschaffung der Welt ist ein »zusätzliches Geschenk« an das universelle Dasein. Gott (und damit auch der Diener, insoweit sein Sehen, Hören und so weiter Gott ist) erfreut Sich daran und liebt Sich selbst dafür. In der Sufi-Tradition heißt es auch: »Liebe ist die erste Ursache für das Überfließen der Göttlichen Essenz« (Reshad Feild). Das Überfließen ist die umgekehrte Analogie jenes »zusätzlichen Geschenks« [WH].

* * *

Hier kommt einem sofort ein besonderer, einer der heikelsten Punkte in den Sinn, der von nun an zu beachten ist. Er hängt mit der Einbildungskraft (*wahm*)[59] zusammen.

Nehmen wir einmal an, etwas Ungewöhnliches tritt auf, etwas von dem, dessen Existenz der Verstand (*ʿaql*) beweisen und bestätigen kann, ohne davon beunruhigt zu sein. Es sperrt sich jedoch der Vorstellungskraft, die im betreffenden Fall seine Gegenständlichkeit nicht festhalten kann. Ebenso bejaht der Verstand das Vorhandensein von Dingen, die er nicht beiseite schieben kann, weil sie aus dem Reich der Einbildung hervorgehen, die ihnen freilich keine objektive Wirklichkeit zusichert.

Umgekehrt findet man andere Dinge, die aus dem Verstand herausfallen und deren Existenz von der Einbildungskraft, die auf diese Dinge eine Macht ausüben kann, verbürgt wird.

Um diesen Gedankengang zu verdeutlichen, nehmen wir zum Beispiel einen Mann, dessen Verstand den Beweis dafür erbringt, dass er nur dann seine Nahrung erhalten wird, wenn er dafür diese oder jene Anstrengungen auf sich nimmt. Die eigentliche Grundlage für seine Überzeugung ist jedoch nicht im Verstand zu finden, sondern in seiner Vorstellungskraft, die im jeweiligen Fall eine Entscheidung herbeiführen kann. Wenn dieser Mensch unfähig bliebe, sich auf die Suche nach Nahrung zu machen, würde er schließlich von Not überwältigt sterben. Nur um dem Äußersten zu entgehen, wird er sich anstrengen, für seine Selbsterhaltung Vorsorge zu treffen. In Bezug auf den Verstand braucht das Anrecht dieses Wesens auf Nahrung nicht geltend gemacht zu werden und in Bezug auf die Einbildungskraft hat es unstrittig keine Bedeutung.

Nehmen wir ein anderes Beispiel: Jemand sieht eine Schlange oder einen Löwen in einer Gestalt, die ihm nach dem Zeugnis seines Verstandes nicht schaden kann. Wenn er diesen Verstandesbeweis nicht beachtet und jenes Tier als schädlich einstuft, wird er, von der Angst gepackt, unter dem Einfluss der Einbildungskraft vor ihm fliehen.

59. *Al-wahm* ist »ein dem Menschen eigentümliches Vermögen, dessen Aufgabe darin besteht, die besonderen Bedeutungen der Sinnesdaten zu erfassen« (Jurjānī: *al-Taʿrīfāt*).

So ist die Wirklichkeit: In manchen Bereichen wirkt die Einbildungskraft und in anderen die Vernunft.[60]

* * *

So Gott will, werden wir jetzt in diesem Kapitel die Eigenschaften und Stufen der Liebe behandeln. Möge Gott uns dieses Unterfangen erleichtern!

Wir würden sagen, die Liebe ist eine der für den Willen (*irādah*) bezeichnenden Zuwendungen (*taʿalluqāt*). Die Liebe hängt sich nur an etwas, das möglich sein kann oder virtuell (*maʿdūm*) ist, das also in einem anderen Wesen (*ghayr mawjūd*) im Moment dieser Willensregung nicht oder noch nicht da ist. Der Liebende will die konkrete Verwirklichung (*wujūd*), das heißt die Seinswerdung oder die Ankunft (*wuqūʿ*) der geliebten Sache. Mit Bedacht habe ich hier von der Seinswerdung gesprochen, kann sich doch die Liebe auch darauf verlegen, die tatsächliche Existenz des konkreten (*mawjūd*) liebenswerten Wesens verschwinden (*iʿdām*) zu machen.[61] Allerdings ist es nicht möglich, dass ein Individuum gleichzeitig aufhört zu sein und sich tatsächlich verwirklicht (*wāqiʿ*). Woraus zu schließen ist, dass der nichtexistente (*ʿadam*) Aspekt des konkreten Wesens, an den sich die Liebe notwendigerweise heftet, wirklich werden kann, ohne dass man deswegen von der Existenz von etwas Irrealem oder von einem Aussetzen der Existenz (*wajd al-iʿdām*) sprechen müsste, denn eine solche Formulierung gehört der Unwissenheit an.[62]

60. Diese Abschweifung ist nur zu verständlich, denn in dem ganzen zugehörigen Abschnitt nimmt die Vermutung (*wahm*) eine Funktion an, die sie in die Nähe der Imagination (*khayāl*) rückt, »welche die Sinnesformen, die der normale Verstand nach dem Verschwinden ihrer Trägersubstanz gesammelt hat, bewahrt und benutzt und sie jedes Mal vergegenwärtigt, wenn sich die Imagination ihnen wieder zuwendet« (Jurjānī: *al-Taʿrīfāt*). Die Person, die mit ihrer schöpferischen Einbildungskraft alle sie betreffenden Göttlichen Formen bewahrt, kann sie mit einer zielgerichteten spirituellen Anstrengung, oder einfach mit Göttlicher Gnade, zurückrufen und in jene Imagination herabsteigen lassen, indem sie ihr verwandte feinstoffliche Formen verleiht.

61. In extremen Formen der Liebe, wie zum Beispiel der im Koran und in der Bibel berichteten Liebe Salomes zu Jochanaan (Johannes dem Täufer) [WH].

62. In Kapitel 4 wird Ibn ʿArabī genau diese fundamentalen Begriffe, die das Problem der realen Existenz der Liebe aufwerfen, unter ontologischen und existenziellen Aspekten näher erläutern.

Ich habe gerade betont, dass der Liebende nach der konkreten Verwirklichung oder besser der Seinswerdung des Liebenswerten trachtet, denn in Wahrheit existiert der Gegenstand der Liebe nur der Möglichkeit nach und nicht tatsächlich (*ma'dūm*). In der Tat verspürt der Liebende eine willentliche Zuneigung zu dem, was er liebt. Das bringt ihn dazu, sich mit einem bestimmten Wesen, wem auch immer, vereinigen zu wollen. Wenn nun dieses Wesen für einen Kuss empfänglich ist, wird er es liebend gern umarmen. Und wenn er es gar heiraten darf, wird er davon begeistert sein. Ist er diesem Wesen freundschaftlich zugetan, wird er sich gerne in seiner Gesellschaft aufhalten. Seine Liebe wird also lediglich an einem Aspekt dieser Person hängen, den sie gegenwärtig noch nicht besitzt. Er stellt sich vor, dass seine Liebe von der Person abhängig bleibt. Doch dem ist nicht so, denn mit seinem Verhalten begehrt er lediglich, sie zu treffen oder zu sehen. Würde er die Person als solche oder die Existenz des geliebten Wesens als solche lieben, das heißt die Person in sich oder ihre Verwirklichung, dann wäre die Liebesregung für ihn von keinem Nutzen.

Du könntest indes einwenden: Wir lieben den Umgang mit einer Person, es gefällt uns, sie zu umarmen oder Zärtlichkeit für sie und Vertrautheit in ihrer Gegenwart zu empfinden, oder uns mit ihr zu unterhalten, und wir stellen fest, wenn all das sich verwirklicht, lässt es die Liebe als solche nicht aufhören, obwohl doch Zuneigung und Vereinigung schon geschehen (*wujūd*) sind. Lässt sich daraus nicht schließen, dass der Gegenstand der Liebe sehr wohl mehr als bloß virtuell oder inexistent sein kann?

Wir würden antworten, dass du dich im Irrtum befindest! Umfängst du eine Person, für die du Liebe empfindest, wenn du dich bei ihr aufhältst oder sie vertraut kennenlernst, so ist unter diesen Umständen der Beweggrund deiner Liebe nicht die daraus entstehende Besitzergreifung, er besteht lediglich aus dem Andauern (*dawām*) und der Stetigkeit (*istimrār*), die der Besitznahme folgt.[63] Nun liegen Fortdauer und Stetigkeit einfach in der Möglichkeit zu sein (*ma'dūm*) und sind eigentlich nicht in die Tat umgesetzt worden (*fī al-wujūd*), denn dieser Vorgang der Seinswerdung findet niemals ein Ende. Folglich ist die Liebe, während

63. Das heißt, die Liebe will an sich nichts erreichen – Es gibt ja nichts zu erreichen, da außerhalb der Liebe nichts existiert! –, sie strebt einzig und allein danach, selbst als ›Prozess‹ lebendig zu bleiben [WH].

des Zustandes der Vereinigung, nur an einen virtuellen Aspekt der Geliebten geknüpft, denn Vereinigung erheischt Dauer [die sich niemals einstellt].[64]

Der auf diesen Fall am besten passende Koranvers ist der folgende: »Er wird sie lieben und sie werden Ihn lieben« (5:54).[65] Das Verb »lieben« steht in der dritten Person, die den Abwesenden (*ghā'ib*) bezeichnet, und im Futur. In der Tat hat Gott [nach der soeben gegebenen Deutung] die Liebesregung nur in Beziehung mit etwas Abwesendem oder einem liebenswerten Wesen, das für den Liebenden keine gegenwärtige Existenz hat, gesetzt.[66] Nun ist das Abwesende in seiner Relation zu etwas anderem tatsächlich nicht gegenwärtig.

* * *

Noch eine andere Besonderheit der Liebe lässt sich darstellen. Der Liebende hat zwei gegensätzliche Aspekte zu vereinen, auf dass die Gestalt seiner Liebe vollkommen sei, sofern er mit freiem Willen (*ikhtiyār*) begabt ist. Dieses Kennzeichen [des Willens] macht den Unterschied zwischen einer natürlichen Liebe (*ṭabī'ī*) und einer spirituellen Liebe (*rūḥānī*) aus. Nun hat einzig der Mensch die Fähigkeit, diese beiden Arten der Liebe zu vereinen, im Gegensatz zu den Tieren, die in ihrer Liebe die beiden gegensätzlichen Aspekte nicht zusammenbringen. Nur der Mensch verbindet sie in seiner Liebesleidenschaft, weil er nach der Form Gottes gestaltet ist, Der sich gelegentlich mit gegensätzlichen Eigenschaften beklei-

64. Somit stellt die Liebe einen wesentlichen Aspekt der Lehre vom so genannten *tajdīd* oder *khalq jadīd*, der sich stets erneuernden Schöpfung, dar. Dazu siehe Toshihiko Izutsu: *Unicité de l'existence et création perpétuelle en mystique islamique*, Paris 1981, und Henry Corbin: *L'Imagination Créatrice dans le Soufisme d'Ibn 'Arabi*, a.a.O.

65. Der vollständige Vers lautet:

> Oh ihr Gläubigen! Wenn jemand unter euch seine Religion verleugnet, so wird Gott Menschenwesen hervorbringen, die Er lieben wird und die Ihn lieben werden. Sie werden bescheiden den Gläubigen gegenüber und unnachsichtig mit den Ungläubigen sein. Auf dem Weg Gottes werden sie kämpfen und den nicht fürchten, der ihre Fehler tadelnd aufdeckt. Das ist die besondere Gunst, die Gott gewährt, wem Er will. Gott ist allgegenwärtig und allwissend (5:54).

66. Auch Gottes Liebe für die Gläubigen muss sich ständig erneuern – sie »steht nicht fest«. Was nur möglich ist, wenn sich im Gegenzug auch der Glaube an Gott ständig erneuert, denn dieser steht genauso wenig »fest« [WH].

det, wie in dem Vers: »Er ist der Erste und der Letzte, der Äußere und der Innere« (57:3).

Der Grund für die Vereinigung dieser beiden gegensätzlichen Aspekte in der menschlichen Liebe liegt in den ihr innewohnenden Eigenschaften, die Liebe zur Vereinigung mit dem Geliebten und die Liebe zu dem, was dieser schätzt. Wenn zum Beispiel jemand die Trennung mag, wird der ihn Liebende sie auch mögen. Folglich kann es sein, dass sein Verhalten im Gegensatz zu den Forderungen der Liebe steht, da ja die [natürliche] Liebe zur Vereinigung aufruft. Wenn andererseits der Geliebte die Vereinigung schätzt [und der Liebende die Trennung], kann es dadurch zu einer im Bereich der Liebe ungewöhnlichen Lage kommen, denn der Liebende mag ja das, was das geliebte Wesen mag. In diesem Fall verhält er sich aber nicht so.[67] Daran kann man sehen, dass der Liebende in allen Umständen unter dem Bann der geliebten Person steht. Der Mittelweg aus diesen beiden extremen Positionen wäre, dass der Liebende den Geliebten um der Trennung willen, der dieser zuneigt, liebt, und nicht wegen der Trennung als solcher, und dabei immer noch die Vereinigung mit ihm schätzt. Es gibt keinen besseren Weg, dieser Zwickmühle zu entgehen![68]

Dieser Fall ist mit dem des vom Göttlichen Ratschluss (*qaḍā*) befriedigten Wesens vergleichbar, denn der Begriff »Befriedigung« ist auf ihn gültig anwendbar, selbst wenn er mit dem Inhalt der Göttlichen Verfügung, zum Beispiel der Untreue, nicht einverstanden ist.

Wie es sich mit dem heiligen Gesetz verhält, so wird es sich auch in der Liebe verhalten. Der Liebende schätzt die Vereinigung mit der geliebten Person, und folglich wird er die Liebe schätzen, welche die geliebte Person für die Trennung empfindet, und nicht die Trennung selbst, denn diese ist nicht das, was sie im Wesentlichen liebt. In derselben Weise ist der Befehl nicht die Sache selbst, die

67. Das war bei Qays der Fall, als sich ihm Layla anbot (siehe Anmerkung 46) [WH].

68. Die Frage, ob die natürliche und die spirituelle Liebe nicht auch einmal dasselbe Ziel haben können, stellt sich für Ibn ʿArabī nicht. Im Gegenteil, er spricht recht nüchtern eine bestürzende Wahrheit aus: Die Liebe wird in diesen beiden Aspekten *immer* gegensätzlich bleiben und somit – auf der eigentlich menschlichen Ebene – stets mit Leid verbunden sein! Ibn ʿArabī hat diese Antinomie selbst in seiner Beziehung zur schönen Niẓām erfahren und in den *Tarjumān al-Ashwāq* dichterisch gestaltet (GIE 227ff) [WH].

derart anbefohlen wird, sondern eher die Setzung (*ḥukm*) Gottes betreffs der anbefohlenen Sache. Daher hat man in die Entscheidung (*ḥukm*) Gottes einzuwilligen [ohne notwendigerweise mit deren Inhalt einverstanden zu sein].

Die Liebe, die für das Tier kennzeichnend ist, ist nicht von dieser Art, denn bei ihr kann es sich nur um eine physische (*ṭabīʿī*) und nicht um eine spirituelle Liebe handeln. Das Tier sucht ausschließlich die Vereinigung mit dem geliebten Partner, ohne ein Bewusstsein dafür zu haben, ob dieser die Zuneigung mit ihm teilt. Es spürt sie nämlich nicht.[69]

Aus diesem Grunde haben wir die dem Menschen eigene Liebe in zwei Arten eingeteilt: die natürliche oder physische Liebe, die er mit den Tieren gemein hat, und die spirituelle Liebe, mit der er sich von der animalischen Liebe trennt und unterscheidet.

Nachdem nun das feststeht, wisse: Die Liebe ist von dreierlei Art und nichts darüber hinaus – Göttlich, spirituell oder natürlich (beziehungsweise physisch).

Die Göttliche Liebe ist diejenige, die Gott für uns hegt. Auch die Liebe, die wir Ihm entgegenbringen, kann als eine solche Liebe gelten.

Die spirituelle Liebe ist die eines Liebenden, der sich bemüht, den Geliebten zufrieden zu stellen. Nichts bleibt bei ihm übrig, das sich dem Geliebten entgegenstellen könnte, weder Absicht noch Wille. Mehr noch, der Liebende ist von dem Willen der geliebten Person ganz und gar abhängig.

Die natürliche Liebe ist die eines Liebenden, der die volle Befriedigung seiner Begierden sucht, wobei es wenig darauf ankommt, ob dieses Drängen dem Geliebten nun gefällt oder nicht. Derzeit sind die meisten Menschen von dieser Art Liebe beherrscht.

Wir werden also damit beginnen, im folgenden Kapitel die Göttliche Liebe zu behandeln. Auf dieses lassen wir eine Dar-

69. Im Sommer 2006 hatte sich auf dem Aasee in Münster (Westfalen) ein schwarzer Trauerschwan in ein weißes Tretboot, das die Form eines Höckerschwans hatte, verliebt. Diese ›Liebesaffäre‹ hielt immerhin über ein Jahr an und überstand sogar die Eifersucht des liebenden Schwans auf die menschlichen Benutzer des Tretboots. Von diesem Ausnahmefall abgesehen stellen die biologischen Mechanismen des Paarverhaltens bei den Tieren eine gewisse Konkordanz von »Zuneigung« und Bereitschaft her, die jedoch die Ebene des Bewusstseins nicht erreichen kann [WH].

stellung der spirituellen Liebe folgen und drittens werden wir aufzeigen, was die natürliche Liebe ist.

Und es ist Gott, Der die Wahrheit spricht und auf den rechten Weg führt!

Kapitel 4
Von der Göttlichen Liebe

IN DER GÖTTLICHEN LIEBE LIEBT GOTT UNS FÜR UNS UND für Sich selbst.

Die Liebe, die Er uns für Sich selbst entgegenbringt, gründet sich auf den heiligen Hadith: »Ich war ein verborgener Schatz und Ich war nicht bekannt. Nun aber liebte Ich, bekannt zu werden. Also erschuf Ich die Geschöpfe, auf dass Ich Mich ihnen bekannt mache. Da erkannten sie Mich.« Aus dieser Botschaft geht hervor, dass Gott uns für Sich selbst erschaffen hat, damit wir Ihn erkennen. Auch der folgende Koranvers findet hier seine Anwendung: »Ich habe die Dschinns und Menschen nur erschaffen, damit sie Mich anbeten« (51:56). Folglich hat Er uns allein für Sich selbst erschaffen.

Die Liebe, die Gott für uns hat, kommt auch durch die von Ihm gegebenen Unterweisungen zum Ausdruck, uns passend zu benehmen, um zur Glückseligkeit zu gelangen. Damit bewahrt Er uns vor Handlungen, die mit unserer Bestimmung oder unserer Natur nicht im Einklang sind.[70]

Gott (Er sei gepriesen!) hat die Geschöpfe hervorgebracht, auf dass sie Ihn rühmen. Er hat sie dazu bestimmt, Seinen Ruhm und Lobpreis zu verkünden und sich vor Ihm niederzuwerfen. So gelangen wir dazu, Ihn zu erkennen. Und so spricht Er davon: »Die sieben Himmel und die Erde feiern Seinen Ruhm ebenso wie alles, was sich in ihnen befindet. Nichts gibt es, das Ihn nicht mit Seinem Lobpreis verherrlicht« (17:44). Angesichts Seiner eigenen Wirklichkeit und Seiner Werke steht Ihm der Lobpreis zu. Diese Art, Ihn zu erkennen, bestätigt uns der andere Vers: »Hast du nicht

70. Dies deswegen, weil der Mensch nach der Form Gottes gemacht ist, die Er liebt ganz und gar, und weil der Mensch Gott ganz liebt. Keine der menschlichen Seinsweisen kann sich also der grundlegenden und ganzheitlichen Anbetung Gottes entziehen oder Seiner Liebe entgehen. Folglich ist jede Form der Liebe, die mit der Göttlichen, für den Menschen aufgestellten Regel im Einklang ist, rechtmäßig, befreiend und heiligend. Der weitere Verlauf der Abhandlung wird dies zur Fülle belegen. Dass wir die Liebe, die Gott uns bezeugt, Ihm zurückgeben, stellt einen Akt der Anerkennung dar, der aus sich selbst heraus eine ständig wachsende Liebe für Gott erzeugt, ohne dass dieser Prozess je zu einem Ende käme.

gesehen, dass die Wesen in den Himmeln und auf der Erde, wie die Vögel, die in einer aufgereihten Ordnung fliegen, den Ruhm Gottes feiern? Jeder von ihnen kennt sein Dankgebet (*salāḥ*) und seine Tat des Rühmens« (24:41). Jedes Wesen ist dazu angehalten und sollte sich dem auch ständig widmen.

Im zuletzt zitierten Vers wandte sich Gott an Seinen Propheten (Friede und Segen seien mit ihm!) und nahm ihn zum Zeugen für diesen universellen Akt des Rühmens, denn der Prophet hatte diesen Akt erschaut, da ihn ja Gott fragte: »Hast du nicht gesehen?« Zu uns hat Er nicht in dieser Weise gesprochen, wie etwa so: »Habt ihr nicht gesehen?« Dies deswegen, weil wir den Akt des Rühmens [der Geschöpfe] nicht gesehen haben und wir ihn daher nur unter Einsatz unseres Glaubens bezeugen können, wohingegen er, Mohammed (Friede und Segen mit ihm!), es mit eigenen Augen sah.

Ähnlich sprach Gott zu dem Gesandten Gottes, als dieser bezeugen sollte, dass alle Dinge sich niederwerfen: »Hast du nicht gesehen, wie die Wesen in den Himmeln und diejenigen auf der Erde, wie die Sonne, der Mond, die Sterne, die Berge, die Bäume, die Tiere und die Mehrzahl der Menschen, sich vor Gott niederwerfen« (22:18)? Dabei schloss Gott niemanden aus, vielmehr erwähnte Er alle Wesen, die sich in den Himmeln und auf Erden befanden. Seine Aufzählung umfasste die höheren wie auch die niederen Welten. Er ließ also den Propheten bezeugen, dass alles sich niederwarf, und deswegen sind alle, die Gott zu Zeugen dieser Unterwerfung macht, und alle, die sie tatsächlich sehen, von dieser Göttlichen Rede betroffen. Es handelt sich um einen Akt des Rühmens aus einer ursprünglichen und wesentlichen Natur (*tasbīḥ fiṭrī dhātī*), die sich diesen Zeugen in Erscheinungen Gottes offenbart.

So lieben sie Gott, ohne dazu verpflichtet zu sein, denn sie tun es aus einer eingeborenen oder inneren Notwendigkeit heraus (*iqtiḍā' dhātī*). Solcherart ist die essenzielle Dienerschaft, in welche sie Gott kraft eines Ihm zukommenden Anrechts eingesetzt hat.

In gleicher Weise spricht Gott von intuitiven Personen (*ahl al-kashf*), die ebenso gut die große Mehrzahl der Menschen wie die einsichtigen Individuen umfassen können: »Und haben sie denn nicht gesehen, wie die Schatten aller von Gott erschaffenen Dinge sich nach rechts oder nach links ausdehnen und sich dabei ehrfürchtig vor Gott niederwerfen« (16:48)? Offensichtlich liegt auch darin eine Glückseligkeit. Mehr noch, Gott setzt uns darüber in Kenntnis, dass diese Ausdehnung des Schattens zur Rechten und zur Linken einer Unterwerfung gleichkommt, die aus Ehrerbietung und Demut vor Seiner Herrlichkeit vollzogen wird. Daher betont Gott: »und sich dabei ehrfürchtig vor Gott niederwerfen.« Er gesteht den betroffenen Wesen die Einsicht (*'aqlīyah*) zu, sich in Ehrfurcht vor Ihm niederzuwerfen.

Schließlich wird auch im folgenden Vers niemand von Gott ausgenommen: »Alle Wesen, die in den Himmeln und auf Erden vor Gott sich niederwerfen, wie auch die Engel. Und jene sind überhaupt nicht hochmütig« (16:49), das heißt all jene, die sich dort entwickeln und diese Orte durchqueren [im Anklang an 24:45]. Wenn Gott hier von »allen Wesen« spricht, so handelt es sich auch um die Himmelsbewohner; wohingegen die Engel, von denen in diesem Vers gleichfalls die Rede ist, weder im Himmel noch auf der Erde sind. Gott beschließt diese Passage mit: »Und jene [Engel] sind überhaupt nicht hochmütig«, da sie sich nicht davon befreien können, ihren Herrn anzubeten.

Im unmittelbar darauf folgenden Vers spricht Gott wie folgt: »Sie fürchten ihren Herrn und tun, was man ihnen befiehlt« (16:50). Er bezeichnet sie als furchtsam, damit wir daraus lernen; sie wissen sehr wohl, vor Wem sie sich niederwerfen. Darum bezeichnet Gott die Engel als Seiner Anordnung unterworfene Wesen, »die tun, was man ihnen befiehlt«, sie, von denen Er auch sagt, dass »sie Gott gegenüber nicht ungehorsam sind und tun, was ihnen angewiesen wird« (66:6). In einem anderen Vers bekräftigt Gott: »Diejenigen, die sich bei deinem Herrn aufhalten, feiern Seinen Ruhm Tag und Nacht ohne Unterlass« (21:20), und ohne dass es ihnen lästig wäre.

All diese Zitate beweisen: Das Universum ist ohne jede Ausnahme dazu angehalten, Zeugnis abzulegen (*shuhūd*) und sich anbetender Dienstbarkeit (*'ibādah*) zu befleißigen. Indes sind von diesen Geschöpfen jene auszunehmen, die über die Fähigkeit der Reflexion verfügen: die mit der Sprache der Logik begabten menschlichen Wesen und die Dschinns, wobei diese beiden Wesensarten einzig hinsichtlich ihrer seelischen Befindlichkeit und nicht hinsichtlich ihrer körperlichen Form in Betracht kommen, denn das Gefäß ihrer Gestalt (*hayākil*) gehört derselben Seinsebene an wie das der anderen Wesen dieser Welt. Wenn sie zum Rühmen Gottes und zur Niederwerfung vor Ihm aufgerufen werden, können die Teile ihres Körpers nicht anders, als die Göttliche Herrlichkeit zum Ausdruck zu bringen. Hast du denn nicht bemerkt, dass die verschiedenen Elemente, welche die körperliche Grundlage ausmachen, am Tag der Auferstehung über die dem Körper unterworfene Seele Zeugnis ablegen werden, ob es sich nun um die Haut, die Hände, die Füße, die Zunge, das Hören, das Sehen handelt, nicht zu vergessen die anderen Organe oder Sinne?[71] »Und die Entscheidung liegt bei Gott, dem Erhabenen, dem unendlich Großen« (40:12).

Nun sind diese grundlegenden Verhaltensweisen von der Liebe anbefohlen, die uns Gott für Sich selbst bezeugt. Gott belohnt denjenigen, der sich danach richtet und Ihm Dank sagt. Wenn wir jedoch eine umgekehrte Haltung zeigen, straft Er uns. Er selbst also ist es, Den Er liebt, so wie Er liebt, dass man Ihn verherrliche und lobe.

Was nun die Liebe betrifft, die Gott uns für uns selbst entgegenbringt, so gibt Er sie zu unserem Wohl (*maṣāliḥ*) im Diesseits wie auch im Jenseits zu erkennen. Er hat uns reichlich mit Beweisen Seines Wissens versehen, auf dass wir Ihn erkennen und nicht unwissend über Ihn bleiben. Auch gewährt Er uns den Lebensunterhalt und überschüttet uns mit Gunstbezeugungen. Freilich beachten wir das nicht, obwohl wir davon wissen und sichere Kenntnis darüber besitzen, dass alle Segnungen, die uns zum Handeln veranlassen, von Seiner Schöpfung (*khalq*) herrühren und allein Ihm zugeschrieben werden müssen. Fügen wir hinzu, dass Gott uns diese großzügigen Geschenke allein deswegen gewährt hat, damit wir daraus Nutzen ziehen und uns demzufolge verhal-

71. »Und versteife dich nicht auf das, wovon du keine Kenntnis hast. Gewisslich, das Hören, das Sehen und das Herz, sie alle werden der Befragung unterworfen werden« (17:36). »An diesem Tag werden ihre Zunge, ihre Hände und ihre Füße von ihren Taten Zeugnis ablegen« (24:24). [Diese beiden Koranstellen werden nach dem üblichen Verständnis als drohende Mahnung aufgefasst: Am Tag des Gerichts wird der Körper die »bösen Taten« der Seele schon noch aufdecken. Ibn ʿArabī weist jedoch überzeugend darauf hin, dass aus ontologischen Gründen die körperliche Form des Menschen gar nicht anders kann, als Gott zu rühmen und zu preisen und Ihm dienstbar zu sein. Sie legt also gerade umgekehrt Fürsprache ein, weil ihr – wie Ibn ʿArabī betont – die Seele unterworfen ist. Die Seele ist ungehorsam allein aus Unwissenheit, eben deswegen »soll sie sich nicht versteifen auf das, wovon sie keine Kenntnis hat«. Hier wie auch anderswo kommt Ibn ʿArabīs esoterisches Verständnis des Korans zum Ausdruck, das den Horizont der orthodoxen Theologie weit hinter sich lässt [WH].]

ten. Darum brauchen wir uns keine Sorgen zu machen und können so unseren Seelenfrieden bewahren.

Trotzdem zeigen wir uns, angesichts all des Guten, mit dem man uns überhäuft, Ihm gegenüber nicht erkenntlich, wo uns doch schon die Vernunft dazu verpflichten müsste, eben Demjenigen zu danken, Der uns damit beschenkt hat, und wo wir doch wissen, dass Gott der einzige Wohltäter (*muḥsin*) ist.

Gott hat uns aus Seiner Umgebung einen Botschafter gesandt, und das ist eine Seiner Wohltaten, um uns zu unterweisen und uns gutes Benehmen (*adab*) beizubringen. Zu diesem Zweck hat Er uns über das in Kenntnis gesetzt, was wir von Ihm wissen sollten. Er hat also den Weg vorgezeichnet, der zu unserer Glückseligkeit führt. Er hat ihn deutlich gemacht und uns vor Auflehnung und absonderlichen und tadelnswerten Charakterzügen gewarnt, von denen wir uns zu befreien haben.

Auch legte Er uns Beweise für die Redlichkeit dieses Botschafters vor und gab uns davon offensichtliche Zeichen. Er breitete das Licht des Glaubens in unseren Herzen aus, machte ihn uns liebenswert und verschönerte ihn in uns. Doch ließ Er uns auch Abscheu vor der Untreue, der Gottlosigkeit und dem Ungehorsam empfinden. Nachdem wir uns als aufrichtig erwiesen haben, sind wir also zum Glauben gelangt.

Daraufhin versicherte Er uns Seiner gnädigen Hilfestellung und bat uns, Seine Freundschaft zu pflegen und Sein Wohlgefallen zu suchen. Er lehrte uns auch, dass es keine Seiner Wohltaten gegeben hätte, hätte Er uns nicht geliebt.

Er setzte uns auch darüber in Kenntnis, dass Sein Erbarmen Seinem Zorn vorausgeht, selbst wenn der Unglückliche seinen Teil des Unglücks auf sich nimmt, denn sein Fall ist mit Notwendigkeit in das allseitige Erbarmen und die Vorsehung einbezogen, ebenso wie in die essenzielle Liebe, welche die letzten Bestimmungen (*ʿawāqib*) der Wesen betrifft. Schließlich enthüllte Er uns, dass die Liebe ursprünglich ist, das Göttliche Wort wahrhaftig und das Erbarmen allseits gültig.

Die Stätte des Diesseits setzt sich aus Wirklichkeiten und Schleiern zusammen, die uneinheitlich sind. Sie sind nur auf das angelegt, was der Allmächtig Unzugängliche und der Unendlich Weise ihnen zugewiesen haben. Die Stätte des Jenseits hat Er erschaffen und führt uns zu ihr, dorthin, wo sich trügerische Absichten nicht hinwenden können. Er hat die Wesen allesamt

Seine Herrschaft (*rubūbīyah*) anerkennen lassen, wie Er es für die Nachkommenschaft Adams in der Handvoll Staub, die aus seinen Lenden hervorkam, tat.[72] Im diesseitigen Leben befinden wir uns also in einer [heiklen] Mittellage zwischen zwei äußersten Positionen: derjenigen Göttlicher Einheit (*tawḥīd*) und derjenigen der Anerkennung von Herrschaft. Daher kommt es in dieser Mittellage auch vor, dass jemand neben Gott gestellt wird (*shirk*), sogar mit der Behauptung von tatsächlicher Existenz, so dass diese mittlere Position brüchig wird.[73]

Aus diesem Grund »sagen diejenigen, die Herren außerhalb von Gott annehmen: ›Wir beten sie einzig deswegen an, damit sie uns sehr nahe zu Gott bringen‹« (39:3) In ihrem Polytheismus stellen sie eine [versteckte] Relation her zwischen der Unvergleichlichkeit (*'aẓamah*), der Größe (*kibriyā'*) und Gott selbst.

Außerdem teilt Gott uns mit, dass Er ein Siegel auf die Herzen all jener Wesen gelegt hat, die mit den Eigenschaften von Größe und Amtsgewalt (*jabarūt*) auftreten. Doch hat Er diese Spur nicht etwa auf Grund der prägenden Göttlichen Fürsorge [die sich dort eingeboren und unzerstörbar findet] in ihre Herzen gelegt. Jene können in sich selbst mit untrüglicher Gewissheit entdecken, dass sie von diesem Siegel gedemütigt und erniedrigt werden [wenn sie die besagten Eigenschaften äußerlich manifestieren]. In Wahrheit

72. Es handelt sich hier um den ursprünglichen Vertrag, der im Koran in Sure 7:172 verkündet wird: »Als Gott aus den Lenden der Kinder Adams ihre Nachkommenschaft zog und sie über Sich selbst Zeugnis ablegen ließ: ›Bin Ich nicht euer Herr?‹, da antworteten sie: ›Doch, und wir bezeugen es.‹ Dies, damit ihr nicht am Tage der Auferstehung sagen könnt: ›Wahrlich, darauf haben wir nicht geachtet.‹« Um diesen Punkt von Ibn ʿArabīs Lehre zu veranschaulichen, sei folgender Hadith *qudsī* angeführt, der von Anas berichtet und von Bukhārī erfasst wurde:

> Wahrlich, Gott wird denjenigen Bewohner des Höllenfeuers, dem die leichteste Strafe zugedacht ist, fragen: »Wäre alles, was auf Erden zu finden ist, in deinem Besitz gewesen, hättest du es verwendet, um dich freizukaufen?« »Gewiss doch!«, wird jener antworten. »Indessen hatte Ich damals, als du noch in den Lenden Adams weiltest, von dir etwas viel Leichteres verlangt: Dass du Mir niemanden zur Seite stellen wirst. Nun, allem hattest du widerstehen können, nur nicht der Tat des Hinzugesellens!«

73. Dieser Eigendynamik – man könnte fast von einer Dialektik im Hegelschen Sinne sprechen – wird Ibn ʿArabī später das ganze Noah-Kapitel der *Fuṣūṣ al-Ḥikam* widmen (FUS 53ff, GIL 115ff) [WH].

durchdringt die Göttliche Größe niemals [wirklich] das Herz eines geschaffenen Wesens, selbst wenn die Merkmale von Größe von ihm ausstrahlen, denn da verhält es sich wie bei einem Gefäß ohne einen [wirklichen] Inhalt.[74]

All das rührt somit her von dem Göttlichen Erbarmen und der Liebe, die Er Seinen Geschöpfen entgegenbringt, auf dass sich letztlich die Glückseligkeit einstelle.

[Doch um auf das zurück zu kommen, was wir weiter oben erwähnt haben], nachdem also diese heikle Mittellage brüchig wird und die beiden sie begrenzenden Orte an Festigkeit gewinnen, verkümmert sie schließlich ganz. Die beiden angrenzenden Orte erweisen sich als von Wesen bevölkert, und Gott stattet sie beide überreich mit einer Schönheit aus, an der sich jene erfreuen, die dort wohnen dürfen, nachdem sie sich im Diesseits um ihres Glückes willen der reinigenden Züchtigung unterzogen haben.[75]

Hast du nicht den Fall des Mörders in Betracht gezogen, der für ein schlimmes Verbrechen zu einer schweren Strafe verurteilt und durch den Tod gereinigt wird? Der Krummsäbel lässt ihn das Verbrechen büßen.

Auf derselben Gedankenebene stellt in diesem Leben die tatsächliche Anwendung der Strafen oder der von Gott gesetzten Grenzen (*iqāmat al-ḥudūd*), wie auch immer sie beschaffen sein mögen, für die Gläubigen eine Reinigung dar, sollte es sich auch nur um den Biss eines Flohs oder die von einem Dorn gerissene Wunde handeln.

Fügen wir hinzu, dass auch andere Arten von Wesen[76] reinigende Strafen im Höllenfeuer erleiden, wo ihnen letztlich das Erbarmen zuteil wird, dank der von der Göttlichen Vorsehung ge-

74. Das Siegel der Demut bewahrt diese mächtigen Geschöpfe (zum Beispiel den Propheten) davor, irrtümlich als Gottheiten angebetet zu werden [WH].

75. Erst jetzt wird deutlich, dass mit den beiden »angrenzenden Orten« Paradies und Hölle gemeint sind, die schon im Diesseits in einer »heiklen Mittellage« vorhanden sind. Im Jenseits wird lediglich die »brüchige Uneinheitlichkeit« in eine klare Unterscheidung von der Immanenz Gottes (Paradies) und Seiner Transzendenz (Hölle) aufgelöst. Doch Glückseligkeit wird allen Wesen zuteil, ob sie nun den einen oder anderen Ort bewohnen (und darin zeigt sich wiederum die Göttliche Liebe). Da Ibn ʿArabī diese kühne Lehre in den mehr eschatologischen Kapiteln der *Futūḥāt al-Makkīyah* ausführlich darstellt (FUT 93ff), begnügt er sich hier mit Andeutungen [WH].

76. Gemeint sind wohl die Dschinns [WH].

planten Liebe, selbst wenn sie diesen höllischen Ort niemals verlassen sollten.[77]

* * *

Die Liebe, die Gott für Seine Diener empfindet, trägt in sich weder Ursprung noch Ziel, denn sie ist nicht dazu bestimmt, bedingte oder zufällige Wirklichkeiten zu umfangen. Und zwar derart, dass die Liebe, die Er für Seine Diener empfindet, vom ersten bis zum letzten in einer endlosen Abfolge, in ihrer Essenz genau das Prinzip ihres Daseins ausmacht. Deswegen steht die Liebe, die Gott für sie empfindet, in inniger Beziehung zu Seinem Dasein (*kaynūnah*), das nicht von ihnen getrennt werden kann, was auch immer ihre mögliche oder tatsächliche Lage sein mag, denn Gott ist mit ihnen in ihrer tatsächlichen wie auch in ihrer möglichen Befindlichkeit, da sie von Ihm erkannt werden, Der sie ohne Unterlass anschaut und liebt. Keine neue Eigenschaft, die Er nicht bereits besäße, kann Ihm zugeschrieben werden. Keine mehr! Gott hat nie davon abgelassen, sie zu lieben, wie Er nie aufgehört hat, sie kennen zu lernen, so dass Gott in dem nachfolgenden Göttlichen, vom Propheten ausgesprochenen Wort: »Ich liebte es, erkannt zu werden«, uns erkennen lässt, wie der liebende Fortgang der Schöpfung sich selbst beisteht, wie es der Göttlichen Majestät zusteht. Von dem Intellekt freilich kann Gott lediglich als Handelnder und Schöpfer begriffen werden.[78]

Jede besondere Essenz besteht ursprünglich nur der Möglichkeit nach. Sie wird von Gott erkannt, und dann liebt Er es, sie wirklich werden zu lassen (*ījād*). Auf diese Weise lässt Er sie ins Dasein gelangen (*aḥdatha lahu al-wujūd*). Mehr nicht! Er lässt das Dasein in ihr selbst geschehen, oder noch besser, Er schmückt die Essenz mit dem Kleid des Daseins. Erst dann erweist sie sich als seiend, sie

77. Diese letzte Reflexion lässt die ganze Vielfalt der Lagen nach dem Tode des Menschen und seinem Übergang von einem Zustand zum andern, dem paradiesischen oder höllischen, durchscheinen. Der zugrundeliegende Koranvers ist der folgende: »Jene werden ständig (*khālidūn*) im Höllenfeuer sein, solange Himmel und Erde bestehen, es sei denn, Gott will es anders. Dein Herr handelt nach Gutdünken« (11:107). Siehe dazu Rāzī: *Traité des Noms Divins*, Kapitel 60, *al-Ākhir.*

78. Der »liebende, sich selbst beistehende Fortgang der Schöpfung« kann (als immanenter Aspekt Gottes) nur existenziell erfahren, vom Verstand her nicht begriffen werden. Die Schöpfungstat Gottes dagegen gehört Seinem transzendenten Aspekt an und ist dem Erkennen zugänglich [WH].

und andere und wieder andere, in einem unaufhörlichen und sich stets wiederholenden Vorgang, der seit dem ersten daseienden Wesen, das sich auf die Ursprünglichkeit des Wahren Wesens stützt, andauert. Nun aber lässt sich nichts anderes Existierendes [außer dem ersten Dasein] finden. Vielmehr handelt es sich um ein fortlaufendes Dasein, zuerst in den Individuen, dann in den Arten und Gattungen. Die geschaffenen Wesen existieren nur innerhalb einer bestimmten Art, die erst im Jenseits zu einem Ziel gelangt, auch wenn das Diesseits ein Ende hat. Sie werden gezeugt, ohne dass dieser fortlaufende Prozess ein Ende haben könnte, denn den zufällig möglichen Wirklichkeiten wüsste man kein Ziel zuzuweisen.[79] Sie bestehen unablässig ohne Ende, so wie das Wahre Wesen ewig ohne Ursprung ist, unbeweglich und notwendig. Dessen Dasein hat keinen anderen Urgrund als Seine Liebe zu Seinen Dienern (Ruhm sei Gott!). Die Erwähnung der Liebe beginnt bei dem Geliebten mit dem ersten Augenblick der Göttlichen Information, nicht jedoch die Liebe selbst.[80]

Das Wort Gottes ist die von Ihm, Dem unablässig Sprechenden, offenbarte koranische Rede. Und doch spricht Er nur, um erkannt zu werden, und das formuliert Er so: »Keine neue Erinnerung (*dhikr*) kommt ihnen von Ihrem Herrn zu, ohne dass sie diese mit Erheiterung zur Kenntnis nehmen« (21:2). Diese Mahnung oder Erinnerung erscheint nur in uns neu. In sich selbst ist sie es nicht, da sie von Seiten unseres Herrn und Meisters kommt, von Ihm, Der uns zu unserem Wohl führt und uns stärkt. »Keine neue Mahnung des Erbarmenden begegnet ihnen, ohne dass sie sich ab-

79. Das diesseitige Dasein kann nicht anders als zufällig und ziellos sein. Erst vom Jenseits her ergeben sich Sinn und Deutung [WH].

80. Der Schöpfungsakt und sein Ergebnis, die Schöpfung, sind ebenso beständig, wie der Schöpfer selbst nicht aufhören kann zu sein, hat sich doch Gott selbst als der ununterbrochen Tätige (*khallāq*) bezeichnet. Wenn man schon einen Beginn im Schöpfungsakt in Betracht ziehen sollte, wie es manche Theologen befürwortet haben, so könnte es sich dabei nur um eine ontologische Selbstbestimmung der Göttlichen, bedingungs- und eigenschaftslosen Essenz (*dhāt*) handeln, die sich jenseits der wechselseitigen Unterscheidung von Gottesnamen und ihrer Tätigkeitsfelder ansiedelt. Daher werden die Wesen ohne Unterlass von der Liebe Gottes, erkannt zu werden, gezeugt, ohne dass man diesen ontologischen und existenziellen Prozess benennen könnte. Damit verhält es sich wie mit den Blättern am universellen Baum, die sich ständig erneuern, wachsen und wieder abfallen, gemäß einer endlosen Abfolge, die aber als solche an der dauerhaft vollkommenen Gestalt des kosmischen Baums, symbolisiert mit einer ausgefüllten Kugel, nichts ändert.

wenden« (26:5). Diese Mahnung oder Erinnerung, die vom Allerbarmenden herrührt, offenbart sich neu für uns und nicht für Ihn. Und so finden sich Erbarmen, Gunst und Wohltat in unserem Ursprung, in unserer Belohnung und Zweckbestimmung. Die Göttliche Mahnung, die solcherart auftritt, offenbart sich nicht ausgehend von einem Namen der Härte, sondern eher von den Namen des gnädigen Herrn oder Gottes, damit sie uns über Ihn belehren.

Ergänzung zur Göttlichen Liebe

Die Göttliche Liebe ist jene, die wir für Gott im Einklang mit Seinem Wort hegen: »Er liebt sie, und sie lieben Ihn« (5:54). Gleichwohl ist die uns eigene Liebe nicht von derselben Natur wie die Seinige.

Die Liebe, die unsere eigene essenzielle Wirklichkeit betrifft, ist von zweierlei Art, die man »spirituelle Liebe« und »natürliche« oder »physische Liebe« nennt. Die Liebe, die wir für Gott empfinden, fällt zugleich auch in den Bereich dieser beiden Arten der Liebe [der spirituellen und der natürlichen]. Doch dieser Aspekt der Lehre ist begrifflich schwierig, umso mehr als es nicht jedermann gegeben ist, daran fest zu glauben,[81] demzufolge, was Gott über Sich selbst in manchen Koranversen offenbart. In dieser Hinsicht hat Gott Seinen Propheten (Friede und Segen mit ihm!) mit einer besonderen Gunst ausgestattet, wie Er uns in folgendem Vers mitteilt: »Auf diese Weise haben Wir dir, oh Mohammed, auf dem Wege der Offenbarung einen Geist gewährt, der aus Unserer Anweisung hervorgeht. Du verstandest weder, was das Buch noch was der Glaube war. Dennoch haben Wir sie [die Offenbarung] zu einem Licht gemacht, mit dem Wir die Diener führen, wohin Wir es wollen. Und du wirst sie auf einen unverrückbar geraden Weg führen« (42:52). Nun hat Er mit Seiner Gnade uns[82] unter die Diener eingereiht, die Er sehr wohl hat leiten wollen.

81. Dem orthodoxen Gläubigen fällt es schwer zuzugestehen, dass innerhalb der menschlichen Liebesformen (etwa der natürlichen Liebe des Mannes zu einer Frau) auch die Liebe zu Gott sich entfalten kann. Insoweit gibt es die von Ibn ʿArabī angesprochene »Imparität« von Gottes Liebe zu uns (sie ist unmittelbar) und unserer Liebe zu Ihm (die von den anderen Liebesformen vermittelt wird). Das eben macht die Sache »begrifflich schwierig« [WH].

82. Gemeint ist Ibn ʿArabī selbst [WH].

Nachdem wir die Liebe, die wir Gott entgegenbringen, [in einen spirituellen und einen natürlichen Modus] aufgeteilt haben, sind noch vier andere Weisen, Ihn zu lieben, ins Auge fassen:

- Wir lieben Gott um Seiner selbst willen.
- Wir lieben Ihn um unsererwillen.
- Wir lieben Ihn aus diesen beiden Gründen.
- Wir lieben Ihn aus keinem der erwähnten Gründe.

Doch beim letzten Punkt kommt uns gleich etwas anderes in den Sinn: Warum lieben wir Ihn dann? Gerade haben wir behauptet, Ihn zu lieben, doch weder um Seinetwillen noch um unsererwillen, also aus keinem dieser beiden Gründe? Was also ist diese vierte Kategorie, die Gegenstand einer besonderen Prüfung sein sollte?

Und es gibt noch eine letzte Differenzierung:

- Wenn wir Gott lieben, lieben wir Ihn durch uns (*bi-nā*) oder durch Ihn (*bi-hī*)?
- Oder lieben wir Ihn durch uns und durch Ihn zusammen?
- Oder lieben wir Ihn, doch auf keine der erwähnten Arten?

Jede dieser Einteilungen wird von uns kommentiert werden, so Gott will! In der vorliegenden Ergänzung werden wir auch die folgenden Fragen behandeln:

- Was ist der Ursprung der Liebe, die wir für Gott hegen?
- Hat diese Liebe eine Zweckbestimmung oder keine?
- Und falls ja, welche?

Unter allen mit dem Problem der Liebe befassten Personen hat mir nur eine einzige Person, eine Frau von durchdringendem Geist,[83] diese letzte Frage gestellt!

Ebenso werden wir uns, so es Gott gefällt, gleichermaßen mit folgendem Thema befassen:

Ist die Liebe eine seelische Eigenschaft (*ṣifah nafsīyah*) des Liebenden?

Oder ist sie ein gedankliches Prinzip, welches das Dasein des Liebenden überlagern will?

83. Möglicherweise die schöne Niẓām, deren überragende geistige Fähigkeiten Ibn ʿArabī ausdrücklich hervorhebt (GIE 229) [WH].

Und schließlich: Ist sie eine Beziehung zwischen Liebendem und Geliebten ohne eigentliche Wirklichkeit?

Es gibt so viele Aspekte der Liebe, die in diesem Anhang erklärt werden müssten!

Wisse: Wenn die Essenz des Liebenden eins und unteilbar ist, und nur dann, erträgt die Liebe keine Aufsplitterung. Ist sie dagegen zusammengesetzt, dann mag es vorkommen, dass die Liebe sich an mehrere Aspekte heftet, die auf voneinander deutlich unterschiedene Wirklichkeiten verweisen. Diese Aspekte können das einzig konkrete Wesen (*ʿayn*), nämlich den Liebenden, der zu ihnen in Beziehung steht, betreffen oder zu zahlreichen Wesen verzweigen, die ihm nahestehen.[84] Die Liebe kann somit auf einer großen Zahl von Personen ruhen, und der Mensch wird dann viele von ihnen lieben. Wenn es sich schon als möglich erweist, dass der Liebende mehr als eine Person liebt, wird er auch eine ganze Menge lieben können. Der Gebieter über die Gläubigen [der Kalif] hat davon gesprochen:[85]

Drei Mädchen halten mich am Zaum und bändigen mich.
Ein jedes durchdringt mein Herz von allen Seiten.

Der Kalif hat den Ausdruck »meinen Zaum« (*inān-ī*) in der Einzahl belassen, um damit anzudeuten, dass diese drei Geliebten keine voneinander verschiedenen Zügel in der Hand halten. Mag dieser Liebende auch sehr wohl mehrere Personen lieben, so bleibt er doch nur in ein einziges Prinzip verliebt, dank dessen er sich in gewisser Weise gegenüber diesen drei Geschöpfen verhalten wird. Das heißt, dieses Prinzip wohnt jedem von ihnen inne.

Der Beweis, den wir für diese Deutung führen können, liegt in der zweiten Verszeile:

Ein jedes durchdringt mein Herz von allen Seiten.

84. Die Zusammengesetztheit der Essenz drückt sich entweder in den vielfältigen Aspekten des Liebenden selbst aus (auch wenn er nur ein einziges Wesen liebt) oder sie projiziert sich auf eine Mehrzahl geliebter Wesen [WH].

85. Es handelt sich um den Kalifen Harūn al-Rashīd (763–809). Siehe *Futūḥāt*, Kapitel 78, Antwort auf die Frage 116: »Was ist der Liebestrank?« Ibn ʿArabī gibt von diesem Gedicht hier nur zwei Zeilen an. Siehe *Futūḥāt*, Band II, Seiten 111 bis 114.

In der Tat, hätte er jede von ihnen aufgrund eines Prinzips geliebt, das in den anderen beiden Mädchen nicht vorhanden gewesen wäre, so wäre der Zügel, den er der einen zugewiesen hätte, von dem Zügel, den die anderen in der Hand hielten, verschieden gewesen und den von dem einen Mädchen durchdrungenen Ort, das Herz, hätten die anderen nicht besitzen können. Das liegt daran, dass ein ungeteiltes Wesen nur ein einziges Prinzip lieben kann, auch wenn dieser einzige Geliebte aus dem gerade angeführten Grund sich in zahlreichen Geschöpfen wiederfindet und er daher mehrere Personen lieben wird.

* * *

Die Liebe, die wir Gott (Gepriesen sei Er!) um Seiner selbst willen entgegenbringen, ist von dieser Art.

Manche unter uns lieben Gott um Seiner selbst willen und andere lieben Ihn aus all den angeführten Gründen. Nun ist dieser letztere Aspekt der Liebe vollkommener, denn das Wissen, das er uns über Gott schenkt, und die daraus folgende Präsenz in der Anschauung (*shuhūd*), sind vollständiger. In der Tat erfahren manche von uns Gott in der anschauenden Präsenz derart, dass sie Ihn aus allen Gründen gleichzeitig lieben. Andere kennen Ihn nicht in der anschauenden Präsenz, jedoch in der übermittelten oder indirekten (*khabar*) Erfahrung und dann lieben sie Ihn um Seiner selbst willen. Wieder andere erfahren Gott über Seine Wohltaten und lieben Ihn somit um ihrer selbst willen. Andere schließlich lieben Gott gleichzeitig aus allen diesen Gründen. Es verhält sich also so, dass die anschauende Präsenz [Gottes] nur in Formen auftreten kann, die mit Notwendigkeit zusammengesetzt sind. Nun weist auch der Liebende selbst eine solch zusammengesetzte Form auf. Wenn folglich der Liebende [zum Beispiel] von seinem Geliebten auf eine bestimmte Weise sprechen hört, liebt er Ihn für die indirekte Kenntnis, die er dadurch von Ihm erhält. Wie es in dem prophetischen Wort gesagt wird: »Näherst du dich der Geliebten Meinetwegen, oder entfernst du dich Meinetwegen von dem Feind?« Also, die Dinge wegen des Geliebten zu lieben und sich von ihnen Seinetwegen abzuwenden, stellt das einzige Prinzip unserer Liebe für Gott dar, mit Ausschluss aller anderen. Daher tun wir mit Freuden alles, was der Geliebte von uns verlangt. Wer Ihn aber nicht anschaut, haftet an seinem eigenen gestalthaften

Aspekt, wie den Sinnesorganen und der Tierseele. Eigentlich sollten diese der geistigen Seele unterstehen und sich ihr nicht entgegenstellen können, sind sie doch Instrumente, mit denen die geistige Seele handelt, um nach ihrem Verständnis Gott zufrieden zu stellen oder auch nicht. Wenn jedes menschliche Organ nicht mehr mit sich selbst beschäftigt ist, ist sein einziges Ziel, Gott wohlgefällig zu sein, denn dafür ist es gemacht. Nun entgeht kein Wesen im Universum dieser Bestimmung, mit Ausnahme zweier Kategorien von Wesenheiten, die mit Schwere ausgestattet sind, den Dschinns und den Menschen. Von dem wohlgefälligen Benehmen spricht Gott so: »Es gibt nichts, das Ihn nicht mit Seinem Lobpreis verherrlichen würde« (17:44).

In dieser Verherrlichung hat Gott den Ihm zustehenden Lobpreis gesehen, ohne dafür eine Belohnung in Betracht zu ziehen, denn dieser Lobpreis enthält eine essenzielle Anbetung, zu der die Erwartung [einer Gegenleistung] nicht passen würde.

Das ergibt sich aus der Liebe, die wir für Gott um Seiner selbst willen hegen – und Sein Ruhm möge verkündet werden!

Und doch weichen manche geistige Seelen von dieser Haltung ab, da all das intellektuelle Vermögen, das ihnen gegeben wurde, Gott zu erkennen, sie doch nicht dazu gebracht hat, Sein Wissen zu empfangen.

Aus diesem Grunde – und so schildert es die koranische Episode (7:172) – zwang Gott, als Er die in Adams Lenden enthaltenen Wesen, dessen Nachkommenschaft, ergriff, die Seele[86] mit Seiner ganzen Amtsgewalt dazu, über sich selbst Zeugnis abzulegen. Da musste die Seele sich wohl oder übel niederwerfen, denn sie fühlte sich eingeschnürt [in der Hand Gottes, die sie gepackt hatte]. Gott entließ zwar die Seele aus der zu diesem Zweck eingesetzten Einschnürung und sie wähnte sich davon [von dem Druck] befreit, doch stand sie, ohne sich dessen bewusst zu sein, immer noch in der Pflicht [des Urvertrags].[87]

Als sie sich dem dunklen Tempel (*haykal*) [des Leibs] ausgeliefert sah, benahm sie sich entsprechend dem Lockruf ihrer Begier-

86. Gemeint ist die Urseele, die nach Sure 7:189 die ganze Nachkommenschaft Adams umfasst: »Er ist's, Der euch [alle] aus einer Seele erschaffen hat« [WH].

87. Siehe dazu Anmerkung 72. In diesem Zusammenhang lässt Ibn 'Arabī die Symbolik der Göttlichen Hand, geschlossen und wieder geöffnet, einfließen, die gleichzeitig alles enthält und zum Ausdruck bringt, Adam und seine Nachkommenschaft.

den, ohne etwas anderes zu lieben als einzig das Eingehen auf ihre natürlichen Neigungen, und missachtete die ursprüngliche Anerkennung der Göttlichen Herrschaft über die Seele, die sie doch Demjenigen, Der sie ins Dasein brachte, eigens hatte bezeugen müssen [als sie noch Urseele war]. Doch davon war bereits weiter oben die Rede.

Aus einer Laune heraus wandte sich das Verstandesvermögen an die Seele und ihre Fähigkeiten wie folgt: »Du bedienst dich ihrer, ohne dich um mich zu kümmern, und du vernachlässigst mich umso mehr, als ich doch auch eines deiner Instrumente bin, und würdigst mich nicht. Mache doch endlich von mir Gebrauch!«

»Das ist wohl wahr«, erwiderte die Seele, »doch komm mir nicht schon wieder damit, denn ich kenne deinen Wert nicht! Nun, ich gestatte dir also, nach Belieben gemäß deinen natürlichen Neigungen tätig zu sein, auf dass ich mich von deinen Fähigkeiten überzeugen kann und von dir Gebrauch mache, indem ich deine Möglichkeiten verwirkliche!«

»Einverstanden!«, erwiderte der Verstand und wandte sich zur Seele, über die er sich nunmehr erhaben wähnte. Er sprach zu ihr wie folgt: »Weder um deine Essenz noch Existenz hast du dich allzu sehr gekümmert. Bist du denn, in deiner gegenwärtigen Situation, unausgesetzt auf der Höhe deiner Essenz gewesen? Oder warst du es einmal nicht, aber danach wieder?«

Die Seele erwiderte: »Ich war es nicht, und danach war ich es wieder.«

Darauf der Verstand: »Und Jener, Der dir das Sein gegeben hat, bist du das oder ein anderer? Bedenke das wohl, erkenne diese Wahrheit und bediene dich meiner, denn dazu bin ich da!«

Darauf ging die Seele in sich und erkannte, wie wohlbegründet dieses Argument war. Tatsächlich war sie nicht aus sich selbst heraus erschaffen, sondern mittels einer anderen Wirklichkeit. Die Notwendigkeit jemanden zu haben, der einem das Dasein verleiht, erschien ihr als für sie wesentlich. Sie spürte, wie sehr sie natürlichen Neigungen unterworfen war, die schon mit gewöhnlichen Mitteln wieder zum Verschwinden gebracht werden konnten. Diese Bedürftigkeit ließ sie verstehen, dass sie mit ihrem Sein einem Prinzip verpflichtet war, dem Grund ihres Daseins.

Nachdem die Seele von ihrer Unbeständigkeit überzeugt und sicher war, einen Grund, den Ursprung ihrer Seinswerdung, zu haben, begann sie nachzudenken. Daraus zog sie den Schluss, dass ihr dieses Prinzip nicht ähnlich sein konnte, auch ihrer Bedürftigkeit nicht, sondern dass es im Gegenteil mit den gewöhnlichen Mitteln, welche die belastenden Neigungen vergehen ließen, unvergleichbar war. Es wurde ihr klar: Diese Mittel, die entstehen, sich verändern und wieder zersetzen konnten, waren unbeständig.[88]

Als sie sich somit dessen versichert hatte, kam sie zur Überzeugung, dass ein größeres Wesen sie ins Sein hatte bringen müssen, sie und alle die zufällig hinzutretenden Wirklichkeiten, die eine Ähnlichkeit zu ihr aufwiesen, wie auch die Mittel, die das Verschwinden ihrer [belastenden] Neigungen zuwege brachten. Und sie wurde sich dessen wohl bewusst, dass, wäre dieses Wesen nicht gewesen, die Krankheiten und Behinderungen nicht aufgehört hätten, sie niederzudrücken. Er, in Seiner Barmherzigkeit für die Seele, schafft die Mittel, um ihr Unwohlsein zu beseitigen.

Die Seele war nun dahin gelangt, diese Mittel zu lieben, und ließ sich von ihnen in natürlicher Weise anziehen. So gab sie die Liebe weiter, mit der sie zu Jenem entbrannt war, Der diese Mittel geschaffen hatte. Dann, so sagte sie sich, verdient Er es, dass ich Ihn noch mehr liebe, obwohl ich nicht weiß, was Ihm wohlgefällig sein wird. So kann ich mit Ihm umgehen, wie es sich geziemt. So erkannte sie schließlich die Liebe, die sie für Ihn hegen sollte, und liebte Ihn wegen der Segnungen der Existenz, die Er ihr geschenkt hatte, und den damit verbundenen Dingen. Doch leider beschränkte sie sich auf diese Feststellung und blieb, ungeachtet all dieser offenkundigen Tatsachen, unachtsam, vergaß die Herrschaft Dessen anzuerkennen, Der sie ins Dasein gebracht hatte, obwohl sie doch im Augenblick, als die Nachkommenschaft Adams gepackt wurde, selbst davon Zeugnis abgelegt hatte, wie es die bereits angeführte koranischen Episode berichtet.[89]

So kam also ein Mahnender aus ihrem eigenen Stamm, von Jenem entsandt, Der ihr das Dasein verliehen hatte, und bean-

88. Die moralischen Instanzen, welche die Seele in sich selbst erschafft, sind nur »gewöhnliche Hilfsmittel«, ein Provisorium, das der Kontingenz und Zufälligkeit unterliegt [WH].

89. Die Seele kann also sehr wohl mittels des Verstandes die Notwendigkeit des einen erzeugenden Prinzips anerkennen und sogar dazu gelangen, dieses Prinzip in all Seinen Verästelungen aufrichtig zu lieben. Hier, an dieser Stelle, ist aber die Liebe nicht genug, es ist die *Herrschaft* anzuerkennen, der transzendente Aspekt Gottes zu würdigen, damit der »Urvertrag« eingelöst werde [WH].

spruchte für sich die Eigenschaft des Propheten. Sie sprach ihn folgendermaßen an:

»Du bist von meiner Art und daher, so fürchte ich, bist du nicht glaubwürdig! Trägst du denn Jenen, Der dich bestätigt, in dir selbst? Mir ist nämlich ein Verstandesvermögen gegeben, dank dessen ich zur Kenntnis meines Erzeugers gelangt bin.«

Dieser Prophet erbrachte den Beweis für die Glaubwürdigkeit seiner Mahnung, woraufhin die Seele solange in sich ging, bis sie erkannte, dass er verlässlich war, und fortan an ihn glaubte.

Er ließ sie erkennen, dass jenes Wesen, Das sie ins Dasein gebracht hatte, genau Dasjenige war, Das sie [ursprünglich] gepackt hatte und sie gegen sich von Seiner Herrschaft hat Zeugnis ablegen lassen. Aufgrund dessen musste die Seele Ihn bestätigen.

Schließlich erklärte sie: »Von all dem hatte ich bisher keine Kunde (*khabar*) erhalten, doch von nun an fühle ich mich verpflichtet, mich entsprechend meinem ursprünglichen [im Urvertrag ausgesprochenen] Geständnis zu benehmen, denn die von dir überbrachte Kunde ist glaubwürdig. Und doch weiß ich nicht, was ich tun muss, um meinem Herrn wohlgefällig zu sein! Wenn du mir die zu beachtenden Gebote angibst und die gültigen Regeln vorschreibst, werde ich mich danach richten. So weißt du wohl, dass ich zu jenen gehöre, die sich Ihm gegenüber der Dankespflicht für die erwiesenen Wohltaten entledigen.«

Unter diesen Umständen gab er ihr die Gebote des offenbarten Gesetzes und sie richtete sich aus Dankbarkeit danach, musste damit aber ihren Neigungen entgegenwirken; doch tat sie es weder aus Furcht noch aus dem Verlangen [nach einer Belohnung]. Denn auch wenn der Gesandte gleich zu Beginn der Seele die geforderten Verpflichtungen mitteilte und sie darüber belehrte, dass deren Befolgung für das Wohlgefallens ihres Schöpfers notwendig sei, verschwieg er ihr doch, dass dieser Gehorsam von einer Belohnung begleitet sein würde und andererseits jede Nichteinhaltung einer Strafe gewärtig sein müsste.[90] Diese reine Seele beeilte sich, Ihn zufrieden zu stellen, und so bekannte sie, was man ihr beigebracht hatte: Es gibt überhaupt keinen Gott, wenn es nicht Gott ist (*lā ilāha illā-Llāh*).

90. Dann wäre die Seele nämlich wieder in die Kontingenz ihrer selbstgesetzten moralischen Instanzen, die sich von Belohnung und Strafe abhängig machen, zurückgefallen [WH].

Erst nachdem er der Seele die Gesamtheit dieser Vorschriften gelehrt hatte, teilte er ihr mit, dass dieser Gehorsam eine beachtliche Belohnung und gänzliche Glückseligkeit verdiene, doch dass derjenige, der ihnen zuwiderhandle, eine Strafe zu gewärtigen habe.

Damit fügte er der Anbetung, welche die Seele Ihm aus Liebe und Zufriedenheit schuldete, einen anderen Aspekt hinzu, der sie dem Reiz der Belohnung und der Furcht vor Strafe aussetzte. Von da an fand sie bei sich zwei Arten der Verehrung: diejenige, die sie einzig Ihm zugestand, und die zweite, die aus Glücksverlangen und Furcht bestand. So liebte sie Ihn Seinetwegen und ihretwegen, dank der zahlreichen Facetten, welche ihre doppelte Beschaffenheit, die natürliche und spirituelle, aufweist. An die erste heftete sich ihr Verlangen und ihre Furcht, an die zweite die Anbetung, die sie Ihm allein aus Liebe zu Ihm, aufgrund ihrer spirituellen Wirklichkeit, schuldete, selbst wenn sie manche Seiner unterschiedlichen Schöpfungen auch [in natürlicher Weise] geliebt hätte. In der Tat, aus ihrer spirituellen Sicht liebt sie Ihn einzig um Seinetwillen, und hinsichtlich ihres natürlich gestalthaften Aspekts wird sie von ihren eigenen Neigungen angezogen.[91] Als das Wahre Wesen die Seele derart beschaffen vorfand, erkannte Es, dass deren Natur vielfältige Aspekte aufwies und zwei Arten der Liebe in sich vereinte. Nun hat Gott aber Sich selbst die Eifersucht (*ghayrah*) zugeschrieben. Aus diesem Grund hat Er jegliches Beigesellen (*mushārakah*) verworfen und gefordert, allein Ihm gegenüber aufrichtig zu sein und niemanden anders als Ihn zu lieben.

Das Wahre Wesen zeigte sich der Seele unter einer der Natur abgeborgten Gestalt und versah sie mit einem Erkennungszeichen (*ʿalāmah*), das die Seele in ihrem Innersten, das man auch als »eingeborenes Wissen« (*ʿilm ḍarūrī*) bezeichnet, nicht verkennen konnte. Auf diese Weise merkte sie: Gott steckte unter dieser Form; und sie erkannte, dass sie es ihr [der Form] zu verdanken hatte, von Ihm auf spirituelle und zugleich natürliche Weise angezogen zu werden.[92]

91. Wie der Kalif von den drei reizenden Mädchen [WH].

92. Gottes Eifersucht richtet sich nicht auf einen anderen (Gott), sondern auf die Spaltung der menschlichen Liebe in zwei Modalitäten, die Er wieder zur Einheit zwingt, indem Er Sich mit beiden Modalitäten bekleidet und dem Menschen Sein Versteckspiel enthüllt. Ein wahrhaft Göttlicher Trick! [WH]

Von dem Augenblick an, als der Wahrhaft Seiende die Seele in ihren [der Form] Bann gezogen hatte – und Er wusste sehr wohl, dass die zufälligen Ursachen (*asbāb*) auf die Seele in ihrem gestalthaften Aspekt mit Notwendigkeit eine Wirkung ausüben –, gab Er ihr ein weiteres Zeichen, dank dessen sie Ihn erkannte und mittels dessen Er Sich ihr auch in diesen Ursachen offenbarte. Darin erkannte sie Ihn und liebte diese um Seinetwillen, und nicht um ihretwillen; und die Seele verwirklichte sich durch jede von ihnen Ihm zuliebe, und nicht wegen ihrer eigenen gestalthaften Natur, und auch nicht aus anderen Motiven als nur Seinetwegen. Sie betrachtete Ihn in jedem Ding, erkannte auch ihren eigenen Wert, freute sich daran und sah, dass sie dank dieser in ihr angelegten Wirklichkeit die anderen Seelen überragte.

Und Er offenbarte Sich ihr mit diesem Erkennungszeichen, wirklich genau in der Essenz ihres doppelten Aspekts, des natürlichen und des spirituellen. Sodann stellte sie fest, dass sie nur durch Ihn, nicht durch sich selbst, sah, dass sie nur durch Ihn, nicht durch sich selbst liebte. Er ist es, der Sich selbst liebt, nicht die Seele, die Ihn liebt, sie, die Ihn in jedem Geschöpf mit jenem essenziellen Auge (*ʿayn*) erblickt. Sie erkannte darüber hinaus, dass der Wahrhaft Wirkliche nur Sich selbst liebt. Er ist der Liebende und der Geliebte, der Begehrende und der Begehrte.

Aus dieser ganzen Darstellung erhellt sich, dass die Liebe, welche die Seele für das Wahre Wesen hegt, Ihm und zugleich ihr selbst gilt. In dieser letzteren Sicht bleibt die betrachtende Versenkung, der sie sich wegen der für Ihn empfundenen Liebe hingibt, durch Ihn und nicht durch sie bestehen, und auch nicht durch die Verbindung der beiden Arten von Liebe. Dieser Einteilung lässt sich wirklich nichts mehr hinzufügen.

Einmal an diesem Punkt angelangt, wollte die Seele auch die Tragweite und den Zweck dieser Liebe kennen lernen. Sie hielt sich an das Göttliche Wort: »Ich war ein Schatz und war unerkannt. Also habe Ich es geliebt, erkannt zu werden.« Freilich hatte sie den Wahrhaft Wirklichen schon erkannt, als Er Sich ihr in einer der Natur entliehenen Form zeigte. Dank dieser Form, unter der Er erschien, wusste sie: Der Name des »Äußeren« (*ẓāhir*) ebenso wie derjenige des »Inneren« (*bāṭin*) standen Ihm wirklich zu. Darüber hinaus wusste sie: Die Liebe, mit der Er gerne erkannt werden wollte, stand über Seinen Namen »der Innere« mit Ihm in Verbindung. Und sie wusste: Wenn der Liebende, den Umständen entsprechend, eine Form annimmt, liebt er zu seufzen (*tanaffasa*), denn in diesem tröstenden Atem (*tanaffus*) findet er den erstrebten Genuss. Dieser Atem (*nafas*) entwich der Quelle Seiner Liebe durch die Geschöpfe hindurch, denn damit wollte das Wahre Wesen Sich ihnen bekannt machen, auf dass sie Ihn erkennen mögen.[93]

Dann gab es da die undurchdringliche Wolke (*'amā'*),[94] die man auch das »Wahre Wesen, durch Das die geschaffene Welt existiert« (*al-ḥaqq al-makhlūq bi-hi*) genannt hat. Diese dichte Wolke, die Erste Substanz (*jawhar*) der Welt, empfängt ohne Unterlass alle Seine Formen, ebenso wie die Geister und Wesenheiten, die der Universellen Natur (*ṭabā'i'*) unterworfen sind, ohne Ausnahme. So entstand Seine Liebe für uns.[95]

Der Ursprung der Liebe, die wir für Gott hegen, ist im Hören aufzusuchen, nicht im Sehen, dank jenes Gotteswortes, das Er an uns richtete, als wir uns noch in der Ursubstanz der dichten Wolke befanden: »Sei!« (*kun*). Nun geht die undurchdringliche Wolke aus dem Göttlichen Atem (*tanaffus*) hervor, und die Formen – oder in anderer Formulierung die Welt – sind diesem Göttlichen Wort »Sei!« entsprungen.[96] Wir sind also das Wort Gottes, das sich nicht erschöpfen kann. Gott hat gesagt: »Und Sein Wort, das Er auf Maria richtete« (4:171),[97] das Wort, das Jesus ('Isā) ist »und Geist, der von Ihm ausging«, Geist, der in dem Göttlichen Hauch oder Atem (*nafas*) aufgeht. Diese Wirklichkeit (*ḥaqīqah*) pflanzt sich im beleb-

93. Das liebende Erkennen Gottes wird von Seinem inneren (*bāṭin*) Aspekt vermittelt. Daher auch die Erwähnung des Atems, der aus dem Inneren des Wesens strömt [WH].

94. Der Ausdruck *'amā'* ist in folgendem Hadith des Propheten angeführt: »Man fragte den Gesandten Gottes: ›Wo war unser Herr, bevor Er Seine Geschöpfe erschuf?‹ Er antwortete: ›Er befand Sich in einer undurchdringlichen Wolke, oberhalb derer es keinen Himmel und unterhalb derer es auch keinen Himmel gab.‹« In den *Futūḥāt* II, 310 führt Ibn 'Arabī aus, dass in der arabischen Sprache dieser Ausdruck *'amā'* die »dünne Wolke« (*ṣaḥāb raqīq*) meint, oberhalb und unterhalb derer es sehr wohl eine Atmosphäre gibt. Der Prophet wollte mit diesem Bild jede Idee von Analogie und Lokalisierung aus dem Begriff von Herrschaft ausschließen.

95. Ibn 'Arabī brennt hier ein kleines Feuerwerk kosmologischer Ideen ab, wobei er sich nur deswegen so kurz fasst, weil er an anderer Stelle der *Futūḥāt* (I, 147) ausführlich auf die Erschaffung des Universums eingeht (GIE 147ff) [WH].

96. Das Hören ist somit die erste Differenzierung, die Gott im Antlitz des Wesens vornimmt, damit es jenes Göttliche, das Dasein verleihende Wort vernehmen könne, in dem von Ibn 'Arabī in Bezug genommenen Vers: »Gewiss, das Wort, das Wir an ein Ding richten, wenn Wir wollen, dass es ins Dasein kommt, ist dieses: ›Sei!‹, und dann ist es« (16:40).

ten Wesen fort. Will Gott es sterben lassen, ruft Er dessen Atem zu Sich zurück. Durch den Atem vollzieht sich also die Ausbreitung des Lebens. In unserem Kapitel über den Göttlichen Atem[98] werden wir die Seinsformen behandeln, die er in der Welt zeugt.

Jenes Existenz gebende Wort »Sei!« haben wir vernommen, als wir noch in der Ursubstanz der undurchdringlichen Wolke angesiedelt waren. Da konnten wir es wirklich nicht mehr aufschieben, in unser Dasein zu kommen. Sodann wurden wir zu Formen innerhalb der Ursubstanz der dichten Wolke. Indem wir in ihr erscheinen, verwirklichen wir ihr Dasein. Denn nachdem sie vorher lediglich ein gedankliches Dasein (*ma'qūlī al-wujūd*) aufgewiesen hatte, erwirbt die undurchdringliche Wolke nunmehr eine essenzielle Existenz (*al-wujūd al-'aynī*). Und das ist der Urgrund unserer Liebe zu Ihm.

Deswegen also sind wir so bewegt, wenn wir einem Psalmodieren lauschen, und deswegen gewinnen wir daraus Balsam für unser Herz. Diese Rührung beruht auf dem Existenz gebenden Wort »Sei!« (*kun*), das der Göttlichen Form in einem Modus von Manifestation oder Nichtmanifestation entspringt.

Die manifestierte Form des Wortes »Sei!« (*kun*)[99] enthält die beiden Konsonanten *k* (*kāf*) und *n* (*nūn*). Analog dazu weist die erscheinende oder gegenwärtige Welt (*'ālam al-shahādah*) zwei Aspekte auf: einen offensichtlichen und einen anderen, innerlichen. Der erste wird sinnbildlich von dem Buchstaben *n* dargestellt, der zweite von dem *k*. Deswegen gewährt das Aussprechen des *k* dem Menschen Zugang zur Welt der Verborgenheit (*ghayb*) oder des nicht Gegenwärtigen. Der Buchstabe *k* ist ein Gaumenlaut und wird zwischen Kehle und Zunge ausgesprochen, das *n* ist ein Zungenlaut.

97. Hier der vollständige Vers 4:171:

Oh Volk der Schrift, übertreibt nicht in eurem Glauben und saget von Gott nichts als die Wahrheit. Der Messias, Jesus, Sohn der Maria, war nur ein Gesandter Gottes und eine frohe Botschaft von Ihm, die Er hernieder sandte zu Maria, und eine Gnade von Ihm. Glaubet also an Gott und Seine Gesandten, und saget nicht: »Drei.« Lasset ab – es ist besser für euch. Gott ist nur ein Einziger Gott. Fern ist es von Seiner Heiligkeit, dass Er einen Sohn haben sollte. Sein ist, was in den Himmeln und was auf Erden ist; und Gott genügt als Beschützer.

98. Kapitel 198 der *Futūḥāt*, II, 390 [Vergleiche dazu auch das Jesus-Kapitel der *Fuṣūṣ al-Ḥikam* (FUS 92ff, GIL 395ff) [WH].]

99. Siehe dazu unsere Übersetzung des *L'Arbre du Monde* von Ibn 'Arabī, Seite 50ff und 110ff.

Das im Wort »Sei!« (*kun*) enthaltene Verborgene wird vom Buchstaben *w* (*wāw*) symbolisiert, der in der Befehlsform des Wortes »sein« [als verborgener] vorkommt, zwischen dem *k* und dem *n*.[100] Das w ist ein Lippenlaut, Sinnbild der Äußerung (*ẓuhūr*). Das w gilt auch als ein Laut der Schwäche (*ʿillah*) oder unvollkommener Laut (*lā ḥarf ṣaḥīḥ*). Die Verwirklichung des Seins oder seine Erschaffung (*takwīn*) geht [symbolisch] aus ihm hervor, weil er als schwacher oder den Ursachen unterworfener Laut gilt und auch weil er ein Lippenlaut ist, der es dem Atem (*nafas*) erlaubt, stetig aus den Lippen hinaus zum Äußeren des Seins oder des Kosmos (*kawn*) zu entweichen.[101]

Deswegen also vollzieht sich die Manifestation dieses belebenden Prinzips durch den Körper hindurch kraft des Geistes [*rūḥ*, oder des spirituellen Atems] und deswegen bringt der belebende Geist die Taten und Bewegungen aller Arten von Lebewesen aus dem körperlichen Sein hervor.

Der Geist des belebten Wesens ist somit eine verborgene Wirklichkeit, das *w* hat in der gegenwärtigen Erscheinung (*shahādah*) keine eigentliche Realität, da dieser Buchstabe, in der Ausrufeform des Verbs »sein«, »Sei!« (*kun*), ausgelassen wird. Er ist nur noch ein Vokalisierungszeichen [und wird daher stumm genannt], so wie auch das *n* [in der vorliegenden Verbform] keines trägt [und daher stumm klingt]. Der Buchstabe *w* wirkt [symbolisch gesehen] hinter dem Schleier, er hat also keine eigentliche Existenz, doch sehr wohl äußere Wirkungen.[102]

* * *

Es liegt in der Bestimmung unserer Liebe zu Gott, das Wesen unserer Bindung an Ihn erkennen zu wollen.

Ist sie eine innere seelische Eigenschaft (*ṣifah nafsīyah*) oder ein äußeres begriffliches (*maʿnawīyah*)[103] Attribut des Liebenden?

100. Der Verbstamm *kwn* bedeutet »sein«, »schaffen«. Im Imperativ »Sei!« wird der lange Vokal *w* zum *dammah* (kurzes Vokalisierungszeichen) zurückgebildet. Die weiter unten erwähnten Wörter *takwīn* und *kawn* stammen aus derselben Wurzel [WH].

101. Die Aussprache des arabischen Vokals *wāw* entspricht der des englischen *w*, und nicht der des deutschen (wo die Berührung von Unterlippe und Zahnreihe das stetige Ausströmen der Luft hemmt) [WH].

102. Das war eine Kostprobe von Ibn ʿArabīs »Wissenschaft der Buchstaben«, der sich das ausgedehnte Kapitel 2 der *Futūḥāt* widmet (FUT2 165ff) [WH].

Oder einfach die Beziehung (*nisbah*) oder Zuneigung (*'alāqah*) zwischen Liebendem und Geliebten, die den Liebenden drängt, die Vereinigung mit dem Geliebten zu suchen?

Darauf würden wir antworten, dass die Liebe eine innere seelische Eigenschaft des Liebenden darstellt. Würde man einwenden, dass man dieses Attribut ja auch verschwinden sieht, so würden wir erwidern, dass dies nur dann sein kann, wenn der Liebende selbst aufhört zu existieren. Nun kann dieser, genauso wenig wie die Liebe selbst, des Daseins entbehren. Das Einzige, auf dessen Verschwinden man gefasst sein muss, ist die Bindung an ein bestimmtes geliebtes Wesen. Es ist ja durchaus möglich, dass dieses besondere Verhaftetsein schwindet und die Zuneigung, die einen an ein geliebtes Wesen bindet, vergeht. Doch erneut wird sich ein Haften an ein anderes geliebtes Wesen einstellen, da diese Gefühlsregung imstande ist, sich auf unzählige liebenswerte Personen zu richten. Ein solches Band, das den Liebenden an ein bestimmtes geliebtes Wesen bindet, kann reißen, aber an sich bleibt das Verhaftetsein aus Liebe bestehen. Für ein liebendes Wesen ist es essenziell und wird aus diesem Grunde nicht vergehen. Die Liebe ist also der Liebende selbst, ebenso wie dessen seelische Essenz. Sie und ihre Tugend sind keine äußerlichen Eigenschaften, die ihm weggenommen werden könnten. Folglich ist die liebende Zuwendung die Beziehung, die den Liebenden mit dem Geliebten vereint, und zwar derart, dass die Liebe den Liebenden selbst ausmacht, niemals einen anderen.

Du kannst die Liebe, wem immer du willst, zuschreiben, einem vergänglichen Wesen oder einem beliebigen anderen Gegenstand, doch wird die Liebe ganz bestimmt nichts anderes als der Liebende selbst sein! In der Existenz gibt es nur den Liebenden und den Geliebten, wenn auch der Status des Geliebten zuerst lediglich ein virtueller (*ma'dūm*) ist und eine Aktualisierung (*ijād*) dieser Seinsmöglichkeit erfordert, und zwar als Seinswerdung in einer Person, niemals bloß in der Möglichkeit [einer solchen Seinswerdung]. Das ist eine auf diesem Gebiet anerkannte Wahrheit.[104]

103. Zu diesen Begriffen siehe unsere Übersetzung des *Traité sur le Nom Allah*, Paris 1981, Seite 223ff.

104. Dieser zentrale Punkt in Ibn 'Arabīs Metaphysik der Liebe ließe sich wie folgt zusammenfassen: Die Liebe existiert nicht außerhalb des Liebenden (also auch nicht im geliebten Wesen), muss sich aber zwingend in einer realen Beziehung zu einem geliebten Wesen verwirklichen. Eine bloß potenzielle Liebe – etwa als Wunschtraum – kann es nicht geben [WH].

Die Gefühlsregung, die sich des Liebenden bemächtigt, erweist sich in einer Person als fähig, die tatsächliche Gegenwart oder Existenz (*wujūd*) eines Geliebten zu empfangen, oder zumindest dessen Kommen zu erahnen. Diese Ankündigung hat noch kein wirkliches Dasein, solange sie sich noch nicht mit einer konkreten Verwirklichung ausweist, wenngleich gesagt werden könnte, dass sie zu jener Gegenwart hinführt.

Ein Mensch möchte zum Beispiel, dass etwas aufhört zu existieren (*iʿdām*), zum Beispiel ein Schmerz, der ihn befällt. Somit ist der Schmerz bei der betroffenen Person sehr wohl etwas Wirkliches. Nun wäre es ihm sehr recht, wenn dieser Schmerz schwinden würde, und der Gegenstand seiner Liebe ist dessen Verschwinden, das freilich noch nicht eingetreten ist. Wenn nun dieser Schmerz anfängt zu vergehen, könnte man sagen, dass dieses Schwinden seine Existenzlosigkeit hervorgebracht hat, nachdem der Schmerz ja tatsächlich existiert hat, und ihn in den Zustand einer reinen Möglichkeit hat übergehen lassen. Deshalb haben wir mit dem gewählten Beispiel deutlich gemacht, dass der Geliebte ins Sein gelangen kann (*bi al-wuqūʾ*) und doch konkret nicht existiert (*bi al-wujūd*).

Folglich ist das liebenswerte Objekt immer virtuell, und die Liebe zu einem bestimmten Menschen kann sich vollständig und augenblicklich nur im Hinblick auf die Gefühlsregung realisieren, vorausgesetzt, sie betrifft ein wirkliches Individuum, das in sich ein virtuell liebenswertes Wesen erzeugt.[105] Doch diesen Punkt unserer Lehre haben wir in dem vorliegenden Werk bereits erörtert.

In diesem Anhang haben wir dir dargestellt, was die Liebe ist, ihr Ursprung, ihre Zweckbestimmung, das, womit der Liebende liebt, und was die Liebe ist, die der Liebende für seinen Geliebten oder für sich selber spürt. All dies ist somit schon dargelegt.

Gehen wir also nunmehr, so es Gott (Gepriesen sei Er!) gefällt, das folgende Kapitel an. Dasjenige über die Göttliche Liebe möge für den Augenblick genügen und endet hier.

105. Das heißt, auch wenn die Liebe nur innerhalb des Liebenden existiert, unterliegt sie doch nicht seiner Willkür. Es muss so etwas wie eine »objektive Resonanz« im geliebten Wesen geben [WH].

Kapitel 5
Von der spirituellen Liebe

DIE SPIRITUELLE LIEBE VEREINIGT BEIM LIEBENDEN DIE Liebe zu dem Geliebten um dessentwillen mit der Liebe zu ihm um des Liebenden willen, wohingegen bei der natürlichen oder physischen Liebe der Liebende den Geliebten nur um seiner selbst willen liebt.

Wisse: In der spirituellen Liebe verbindet der Liebende Vernunft (*'aql*) mit Erkenntnis (*'ilm*). Mit der Vernunft stellt er seine Weisheit unter Beweis und mit der Erkenntnis sein Wissen. Auch gelingt es ihm auf der Ebene der Weisheit, die Dinge in Ordnung zu bringen, ohne damit den ihnen zukommenden Platz zu verändern.

Wenn er liebt, weiß er

- was die Liebe ist,
- was unter einem Liebenden zu verstehen ist,
- was das geliebte Wesen in Wirklichkeit ist,
- was er vom Geliebten erwartet,
- ob sein Geliebter über Willen (*irādah*) verfügt und fähig ist, frei zu entscheiden (*ikhtiyār*), zu lieben, was auch er liebt,
- oder ob, im Gegensatz dazu, der Geliebte nicht in der Lage ist, seinen Willen auszuüben, so dass der Liebende seinen Geliebten einzig um seiner selbst willen liebt.

Er weiß, wer diese Person ist, von der er möchte, dass sich in ihr, und nur in ihr, der Gegenstand seiner Liebe verwirkliche.[106] Erst in diesem Fall können wir mit Bestimmtheit sagen, dass jene Person vom Liebenden geliebt wird, und wenn [er weiß, dass] der Antrieb für seine Liebe nur in jener Person zu finden ist, ohne deswegen diese Person selbst zu sein.

106. Die spirituelle Liebe enthält also nicht nur das Moment des Wissens, sondern auch das Moment der Entscheidung (für ein bestimmtes geliebtes Wesen) [WH].

Ist diese Person imstande, ihren Willen auszuüben, so ist es möglich, dass der Liebende sie um ihretwillen und nicht um seinetwillen liebt.

Wenn dagegen diese Person ihren Willen nicht ausüben kann, würde der Liebende sie nur um seinetwillen lieben, ich meine für sich selbst als Liebender und nicht für die geliebte Person, denn dann wäre diese, in ihrer eigenen Liebe [im Hinblick auf den sie Liebenden] nicht von einem bestimmten Motiv beseelt. Nichtsdestoweniger kann es vorkommen, dass dieses liebenswerte Wesen dem Liebenden seinen Willen derart aufzwingt, dass dieser mühelos auch das selbst schätzt, was das geliebte Wesen mag. Dann könnte der Liebende es auch um seinetwillen lieben, doch nur aufgrund einer mittelbaren Wirkung der Liebe.

Der Liebende sehnt sich naturgemäß nach Vereinigung, nachdem er die tatsächliche Existenz des Gegenstands seiner Liebe gesucht hat. Und ganz gewiss ist das tatsächliche Dasein des Geliebten der Vereinigung mit ihm gleich, es kann gar nicht anders sein![107]

Was wir dazu zu sagen haben, ist dies:

Der Augenblick der Verzückung ist der Moment der Vereinigung
Und der Liebe. Also esst und trinkt!

Während einer wahrhaftigen Offenbarung, die uns in betrachtender Versenkung zuteil wurde, haben wir die folgenden Verszeilen entworfen:

Zaynab[108] hat mich mit Liebesleidenschaft erobert.
Außerhalb von ihr weiß ich mich nicht zu benehmen.
Doch da erschien mir das Licht des Seins
Und tauchte mich ganz in Glut, die Finsternis entfloh.
Ich gab mich ihr in wilder Zuneigung hin.
Doch seit jeher zieht einen die Liebe mit Ermattung nieder.

107. Das geliebte Wesen geht also erst im Moment der Vereinigung von dem virtuellen Status in einen Status wirklichen Daseins über, woraus zu schließen wäre, dass nach der (wie auch immer gemeinten) Vereinigung das geliebte Wesen in den virtuellen Status zurückkehrt. Daher betont Ibn ʿArabī im folgenden Gedicht den *Augenblick der Verzückung*, in dem die Liebe zur eigentlichen »Wirklichkeit« gelangt, und ermuntert dazu, diesen Augenblick auszukosten [WH].

108. Siehe dazu Anmerkung 33.

Zwischen dem Akt der Liebe und dem Reiz erneuten Verlangens
Findet man kaum einen Augenblick der Ruhe.

Wenn die Liebesleidenschaft sich im Akt erfüllt, atmen (*tanaffus*) die Liebenden wohlig ineinander, und tiefe Seufzer (*tanahhud*) lassen sich hören, der Atem strömt in der Weise aus, dass er im Liebenden das Bild der Geliebten formt. Ja, er kann es gar als äußeres Bild erscheinen lassen, das der Liebende anschaut und worin er sein Verlangen und sein Glück außerhalb jeder zeitlichen Beschränkung erkennt.

Den gerade dargestellten Gedanken haben wir bereits anlässlich der Existenz der undurchdringlichen Wolke (*ʿamā'*) ausgeführt [und hier auf individuelle Wesen angewendet].[109]

In folgendem Gedicht geben wir die Quintessenz dessen an:

Ich bin dem Erbarmen unterworfen,
Das mir Gott gewährt hat. Deswegen ist es in der Liebe
Wünschenswert, dass du erobert werdest.
Der Augenblick der Verzückung ist der Moment der Vereinigung
Und der Liebe. Also esst und trinkt!
Wo ist es heftige Liebe? Wo ist es Krankheit?
Und wo ist es Leidenschaft? Seid ihr da nicht verwirrt?
Die Geliebte, deren Gewand rein bleibt, ist verborgen.
Doch dann kann sie sich niemandem zugesellen!

Wir haben gesehen, dass der Gegenstand der Liebe mit Notwendigkeit ein virtueller und ein noch nicht in die Wirklichkeit übergegangener (*maʿdūm*) ist. Nun ist in diesem Zustand der Möglichkeit (*ʿadam*) die Geliebte in ihrem Gewand rein, sogar noch zu Beginn ihres Daseins, denn im allerersten Augenblick ihrer Verwirklichung und ihrer Existenz kann nichts sie erniedrigen oder beschmutzen.

109. Siehe dazu Anmerkung 94 und die zugehörige Textstelle. Der Liebesakt ist eine Analogie zum ursprünglichen Schöpfungsakt Gottes, der über den Göttlichen Atem (*tanaffus*) vermittelt wird und die individuellen Wesen aus der Urwolke heraus ins Dasein bringt. Im »wohligen Ineinanderatmen« erzeugen die Liebenden wechselseitig das geliebte Wesen und können es gar (als Bild) außerhalb von sich selbst erfahren. Dies alles ohne jeglichen Bezug auf die rein biologische Zweckbestimmung des Liebesakts. Auf die Bedeutung des Seufzens (*awwāh*) wird Ibn ʿArabī später noch zu sprechen kommen [WH].

Der Grund für diese ursprüngliche Reinheit wird von dem Prophetenwort bezeugt: »Jedes Wesen wird mit seiner ursprünglichen Natur (*fiṭrah*) geboren«,[110] was eben »Reinheit« bedeutet, von der hier die Rede ist.

Im letzten Vers unseres Gedichts haben wir betont: *ist verborgen,* da es sich hier um den Zustand der reinen Möglichkeit des Wesens handelt, den wir zur unmittelbaren Bewusstwerdung der tatsächlichen Existenz (*shuhūd al-wujūd*) [im Liebesakt] in Beziehung gesetzt haben.

Der letzte Teil eben dieses Verses, »doch dann kann sie sich niemandem zur Seite stellen«, betrifft das virtuelle Wesen, das noch nicht im Modus einer Beziehung existiert, wenn auch der Liebende eine solche Beziehung für sich selbst ersehnt.

Diesen Punkt unserer Lehre ergänzen wir mit folgendem Vers, der das vorhergehende Gedicht vollendet:

Wohl ist es notwendig, Gott zu danken!
Ich halte sie für eine Jungfrau, doch ich bin es nicht mehr!

Das könnte man wie folgt deuten: Das liebenswerte Objekt verwirklicht sich ausgehend von einer Möglichkeit, die [symbolisch] eine Jungfrau (*bikr*) darstellt. Und doch fühle ich mich bereits geliebt [von der Göttlichen Liebe], noch bevor ich gezeugt wurde, aber nunmehr bin ich mit einem Gewand begleitet [dem der Existenz, so dass ich meine ursprüngliche Jungfräulichkeit nicht mehr habe bewahren können].

[Nach diesen Betrachtungen würden wir hinzufügen:] Wenn das liebenswerte Wesen, das [ursprünglich] virtuell ist, sich in einer Person, die nicht ihren Willen ausübt, verkörpern wird, kann man vom Liebenden nicht sagen, er würde das liebenswerte Wesen um des Geliebten willen lieben. Folglich liebt er es notwendigerweise um seiner selbst willen, wie es in der natürlichen Liebe vorkommt.

Wenn sich, im Gegensatz dazu, das Objekt der Liebe nur in einem Wesen verwirklicht, das freiwillig [auf den Liebenden] einwirken kann, wie zum Beispiel in Gott (Gepriesen sei Er!), in

110. Der zitierte (von Abū Hurayra) berichtete Hadith fährt fort: »... und seine Eltern machen dann aus ihm entweder einen Juden, Christen oder Sabäer. Genauso wie das Tier, das ein vollkommenes Junges zur Welt bringt. Fehlt da etwa irgendein Körperteil?« Im Hadith folgt dann als Zitat Sure 30:30, welche die natürliche Religion definiert (Bukhārī, 1385) [WH].

einem jungen Mädchen oder einem Jüngling, kann der Liebende von der Zuneigung der eben erwähnten Wesen berührt werden. Von daher leuchtet es ein, dass der Liebende die Gefühlsregung eines derartigen Wesens liebt, in dem – und nur in dem – sich der Gegenstand seiner Liebe kristallisiert. Würde sich jedoch heraus stellen, dass dieses Wesen nicht das schätzt, was der Liebende schätzt, so würde dieser in seiner ersten Befindlichkeit verbleiben, das heißt in der [bloß virtuellen] Liebe, die er für das geliebte Wesen hegt, da es auf ihn nicht einwirken kann, was auf das oben Ausgeführte hinausläuft.[111]

Diese letztere Betrachtung meint nun nicht, der Liebende solle sich an das, was die geliebte Person liebt, hängen, wenn diese nicht das liebt, was der Liebende schätzt.[112] Denn diese Person ist nicht der eigentliche Gegenstand der Liebe, sondern lediglich ein Ort, wo dieses liebenswerte Objekt Gestalt annimmt. In der Tat liegt es nicht in der Macht des Liebenden, den Gegenstand seiner Liebe in dieser Person wirklich werden zu lassen, außer sie wünscht es von sich aus. Wenn umgekehrt das, was [dem Liebenden] liebenswert ist, sich nicht in einer Person entfaltet findet, wird es dem Liebenden niemals möglich sein, den Gegenstand der Liebe zu verwirklichen, ohne dass eine spezielle Hilfestellung von Seiten Gottes eingreift, um ihm, sofern er das will, zu gestatten, jene das Dasein gebende Tat (*takwīn*) auszuüben, in Vertretung von Jesus (Friede sei mit ihm!) und anderen Gottesdienern. Wenn Er aber dem Liebenden eine solche Gnade erweist, dann verpflichtet ihn die Liebe dazu, dem liebenswerten Objekt auch wirklich Dasein zu verleihen.[113]

In keiner anderen Abhandlung wirst du diesen Punkt unserer Lehre in einer derart realistischen Weise ausgeführt finden, denn ich habe niemanden getroffen, der das von mir eben Ausgeführte bereits entwickelt hätte.

111. In anderen, etwas schlichteren Worten: Wenn die Liebe nicht erwidert wird, kann sie keine wirkliche Liebe sein [WH].

112. Die häufig anzutreffende Strategie der unerwiderten Liebe, sich der geliebten Person ähnlich zu machen, indem man etwa ihre Gewohnheiten, Ansichten und so weiter übernimmt, ist hoffnungslos, wie Ibn ʿArabī sogleich nachweist [WH].

113. Das Problem der unerfüllten Liebe kann sich also mit Gottes Beistand lösen, indem der Liebende sich die geliebte Person (als Ort der Erfüllung) tatsächlich ›erschafft‹. Aber er muss es selbst wünschen und die ihm dann gegebene Chance auch wirklich wahrnehmen. Der liebende Schwan (siehe Anmerkung 69) könnte sich auf diese Weise seinen Geliebten (über die Verwandlung eines Tretboots) erschaffen haben [WH].

Dennoch: Es sind der Liebenden unzählig viele. Wir könnten sogar behaupten, alle seienden Wesen sind Liebende, doch haben sie kein Bewusstsein, wovon ihre Liebe abhängt, und sie werden eben von dem Wesen verschleiert, in dem die Liebe ihren Gegenstand findet. Folglich stellen sie sich vor, dass es diese Person sei, die sie lieben, wohingegen es sich wahrlich um einen zweitrangigen Effekt handelt. In Wirklichkeit liebt doch niemand die geliebte Person um ihretwillen, er liebt sie einzig und allein um seinetwillen. Das ist die Wahrheit, ohne jeden Zweifel!

Niemals kann ein gegenwärtig nicht existentes Wesen (*maʿdūm*) willkürlich mit Eigenschaften bekleidet werden. Aus diesem Grund liebt der Liebende die geliebte Person für sich, für den Liebenden, und gibt seinen eigenen Willen [oder Wunsch] zugunsten ihres Willens dahin. Angesichts dieser Wahrheit bleibt dem Liebenden nur übrig, um seinetwillen zu lieben. Nun versteh das doch![114]

So ist die spirituelle Liebe durchaus abgelöst von der sinnlich naturhaften Form (*ṣūrah ṭabīʿīyah*). Wenn sich die Liebe gleichwohl mit ihr bekleidet und sich durch sie ausdrückt, wie wir es weiter oben bei der Göttlichen Liebe ausgeführt haben,[115] so bleibt dennoch eine Befindlichkeit übrig, die sie dem spirituellen Aspekt noch mehr annähert, denn diese [naturhafte] Form ist eine der vielen möglichen vom Geist angenommenen Weltgestalten, mag er auch eine Stufe höher als die Natur stehen.

Also wisse: Wenn der Geist sich mit einer natürlichen Form bekleidet, die von der Welt der Bilder gestützt wird, und nicht in festen Körpern, die für gewöhnlich im Sinnenreich wahrgenommen werden, dann werden auch jene Formen der bildhaften Welt auf eine Art normal wahrgenommen. Freilich ist es nicht jedem gegeben, den Unterschied zwischen den Körpern aus feinstofflicher Herkunft und jenen der Sinnenwelt auszumachen.

114. Wären die meisten Wesen vor der Wahrheit der Liebe nicht »verschleiert«, würden sie sich eingestehen, dass sie den Gegenstand ihres Verlangens eigentlich nicht kennen. Dann bliebe ihnen nichts anderes übrig, als ihren eigenen Wunsch (nach einer bestimmten Beschaffenheit der geliebten Person) zurückzustellen und somit die Liebe um ihrer selbst willen zu lieben. Dann wäre ihre Liebe mit Notwendigkeit spirituell. Der deutsche Schlagersänger Chris Roberts hat 1970 (wohl ohne es zu wissen) diese Wahrheit wie folgt besungen: »Ich bin verliebt in die Liebe // Sie ist okay für mich // Ich bin verliebt in die Liebe // Und vielleicht auch – in dich« [WH].

115. Am Beispiel der Liebe des Kalifen zu den drei Mädchen [WH].

Aus diesem letzteren Grund haben die Gefährten des Propheten den Engel Gabriel nicht erkannt, als er sich ihnen in Gestalt eines Arabers zeigte, und sie wurden sich des Umstands, dass es sich dabei um ein körperliches Wesen handelte, das aus der bildkräftigen Welt stammte, erst bewusst, als der Prophet (Friede und Segen seien mit ihm!) sie es wissen ließ, indem er sagte: »Dieser Mann ist Gabriel!« Und von da an stand für sie sogar fest, dass Gabriel ein Araber sei![116]

116. Auf diesen wichtigen Hadith bezieht sich Ibn ʿArabī mehrfach im Verlauf seiner Abhandlung. Angesichts seiner zahlreichen Kommentare dazu geben wir hier eine vollständige Übertragung des Hadith an:

> Man berichtet, ʿUmar bin Khaṭṭāb [der zweite Kalif] (Möge Gott Sein Wohlgefallen an ihm haben!) habe erzählt: »Während wir bei dem Gesandten Gottes (Friede und Segen seien mit ihm!) weilten, trat ein stattlicher Mann ein, weiß gekleidet und mit tiefschwarzen Haaren. Er zeigte keine Anzeichen von einer Reise und niemand unter uns kannte ihn. Er ging auf den Propheten zu, setzte sich Knie an Knie zu ihm hin und legte seine Hände auf die Schultern des Gesandten. Dann sprach er: ›Oh Mohammed, sage mir, was ist der Islam?‹ Der Gesandte Gottes antwortete: ›Der Islam besteht darin zu bezeugen, dass es keinen anderen Gott als Gott gibt und dass Mohammed der Gesandte Gottes ist, dass du dein Gebet verrichtest, dass du das gesetzliche Almosen zur Buße gibst, dass du am Monat des Ramadan fastest, dass du die Pilgerfahrt unternimmst, so du dazu in der Lage bist.‹ Daraufhin sprach der Mann: ›Du hast wahr gesprochen!‹ Wir waren erstaunt darüber, dass er den Propheten befragen und bestätigen konnte. Jene Person bat ihn: ›Sage mir etwas über den Gegenstand des Glaubens!‹ Der Prophet antwortete: ›Das heißt an Gott glauben, an Seine Engel, an die von Ihm offenbarten Bücher, an Seine Gesandten, an den Jüngsten Tag, an das vorherbestimmte Geschick im Guten wie im Bösen.‹ Wiederum sprach der Mann: ›Du hast wahr gesprochen!‹ Und bat ihn noch ein drittes Mal: ›Erzähle mir etwas über vollkommenes Benehmen!‹ Da sprach der Prophet: ›Das heißt, Gott anzubeten, als ob du Ihn sähest. Und nimmst du Ihn auch nicht wahr, Er sieht dich gleichwohl.‹ Ein weiteres Mal fragte er ihn: ›Sag, was ist die Stunde?‹ Der Prophet antwortete: ›Wer darüber befragt wird, weiß auch nicht mehr als der Fragende!‹ Die nächste Bitte: ›Sag mir etwas über Seine Vorboten!‹ ›Das ist‹, sprach er, ›wenn die Sklavin als Dienerin ihre Herrin gebären wird, und du sehen wirst, dass Barfüßige, Unbekleidete, Elende, Schafhirten hohe Gebäude errichten werden.‹ Der Mann verschwand und ich blieb noch eine ziemlich lange Weile sitzen. Da fragte der Prophet mich: ›Oh ʿUmar, weißt du, wer der Mann war, der mir die Fragen gestellt hat?‹ Ich antwortete: ›Gott und Sein Gesandter wissen es besser!‹ Er entgegnete: ›Das war Gabriel, der kam, euch eure Tradition zu lehren!‹«

Dasselbe lässt sich auch auf Maria anwenden, als sich der Engel ihr in Gestalt eines ausgebildeten menschlichen Wesens zeigte, denn sie verfügte nicht über die Kenntnis des Unterscheidungsmerkmals (*ʿalama*), das die Geister kenntlich macht, wenn sie den körperlichen Aspekt[117] annehmen. Nun, der Prophet hatte dieses Wissen, das ihn wahrnehmen ließ, dass es sich hier sehr wohl um einen Engel handeln musste, und zwar um Gabriel.

Auf diese [bildhafte] Weise wird sich das Wahre Wesen Seinen Dienern am Tag der Auferstehung darstellen, aber so, dass sie vor Ihm Zuflucht suchen, weil es ihnen an Kenntnis über Es mangelt.

Dieses Prinzip waltet also sowohl im Bereich des Göttlichen als auch des Spirituellen. Es findet im Übrigen auch auf ein beliebiges Wesen Anwendung, das sich einer Person ohne deren Wissen [in einer bildhaften Gestalt] zeigt.

Jeder, der sich der Göttlichen Gunst erfreut, sollte das besondere Zeichen erkennen, das die Erscheinung Gottes von der eines Engels, eines Wesens aus der feinstofflichen Welt, eines Dschinns und schließlich eines menschlichen Wesens unterscheidet, wenn Er diesem die Fähigkeit verliehen hat, unter Gestalten wie Qadib al-Bān[118] und noch anderen zu erscheinen.

Wenn schon ein menschliches Wesen, das aus dem Erdelement besteht, sich unter den Augen eines Beobachters verwandeln (*taḥawwul*) und doch in seiner ursprünglichen Form fortbestehen kann, so werden die Metamorphosen den Geistern aus Feuer und Licht erst recht leicht fallen.

Unterscheide also, wen du siehst, womit du siehst und was die Wirklichkeit dessen ist, das sich deinem Auge zeigt!

117. Mit Bezug auf die Sure 19:16–41.

118. Qadib al-Bān Hasan al-Mūsuli: irakischer Heiliger, der 1174/75 in Mossul starb. Ibn ʿArabī bezieht sich auf folgende Geschichte:

> Der Kadi von Mossul hielt Qadib al-Bān für einen abscheulichen Irrlehrer. Eines Tages entdeckte er ihn, als er dem Kadi in einer Gasse der Stadt entgegenkam. Da wollte er ihn packen und vor dem Wesir Anklage gegen ihn erheben, auf dass er bestraft würde. Jedoch bemerkte er, dass Qadib al-Bān die Gestalt eines Kurden angenommen hatte, und als der Heilige ihm noch näher kam, verwandelte er sich erneut, dieses Mal in einen Nomaden aus der Wüste. Als er dem Kadi schließlich ganz nahe war, erschien er gar in der Kleidung eines Theologieprofessors und rief: »Oh Kadi! Welchen Qadib al-Bān wirst du nun vor Gericht stellen?« Da bereute der Kadi seine Feindseligkeit und wurde zu einem der Schüler des Heiligen

(nach Reynold Nicholson: *The Mystics of Islam*, London 1914, Seite 144f) [WH].

Diese Frage haben wir auch im Kapitel über das Wissen um die bildhafte Welt behandelt. Studiere es aufmerksam![119]

Der Geist, der sich in einer natürlichen oder körperlichen Form manifestiert, macht dies immer auf eine [bildhafte] Weise, wie wir es schon im Kapitel über die Göttliche Liebe dargestellt haben. Ob diese Form nun äußerlich oder innerlich [von dem Liebenden, der diese Erscheinung empfindet] wahrgenommen wird, [ist unerheblich], denn sie kann diesem Gesetz nicht entgehen. Wisse das wohl!

Die spirituelle Liebe schließt somit die natürliche Liebe ein, doch auch die Liebe für sich selbst und für den Geliebten, sofern er wie beschrieben beschaffen ist, nämlich seinen Willen ausüben kann.

Nach dem, was wir gerade ausgeführt haben, wird es dir klar einleuchten, dass die Menschen keine Kenntnis von dem haben, was sie [eigentlich] lieben, und dass der Gegenstand ihrer Liebe sich in einem beliebigen Wesen zuinnerst verborgen findet. Von daher stellen sie sich vor, sie würden diese oder jene Person lieben, während es gar nichts damit auf sich hat.

Erkenne wohl die Tragweite dessen, was ich dich gerade gelehrt habe, und danke Gott dafür, dich von einer Unwissenheit befreit zu haben! Indes mag die vorliegende Darstellung genügen. Das Ziel, das wir uns mit ihr gesetzt haben, ist erreicht, wenn auch zahlreiche Anwendungen [der spirituellen Liebe] offen bleiben. Doch wollten wir in dieser Abhandlung lediglich die Grundlagen dafür bereitstellen. Möge Gott gelobt sein!

119. In den *Futūḥāt,* Kapitel 63, und in unserer Übersetzung des *L'Arbre du Monde,* a.a.O., Seite 154ff.

Kapitel 6
Von der natürlichen Liebe

DIESE BEZEICHNUNG FASST DIE NATÜRLICHE LIEBE (ṬABĪʿĪ) und die körperliche Liebe im ursprünglichen (*ʿunṣurī*) Sinn zusammen.

Von der natürlichen Liebe in Beziehung zur spirituellen Liebe

Da wir gerade versäumt haben, die Zweckbestimmung der spirituellen Liebe näher zu bestimmen, werden wir davon in diesem, der natürlichen Liebe gewidmeten, Kapitel sprechen. Die spirituelle Liebe hat nämlich eine enge Beziehung zu ihrer natürlichen oder körperlichen Ausformung.

Der Zweck der spirituellen Liebe besteht in der Wiedervereinigung oder Angleichung (*ittiḥād*), was bedeutet, dass die Essenz des Geliebten (*dhāt al-maḥbūb*) zur wesentlichen Essenz des Liebenden (*ʿayn dhāt al-muḥibb*) wird und die Essenz des Liebenden zur wesentlichen Essenz des Geliebten. Darauf spielen jene an, welche die Lehre der Einflößung oder Verkörperung (*ḥulūlīyah*) vertreten,[120] doch wissen sie nicht, woraus die mit dieser Angleichung verbundene Form besteht.

Wisse: Die Form des Natürlichen – wie auch immer sie erscheinen mag, als Körper (*jism*) oder Verkörperung (*jasad*), und in welcher Art von Beziehung sie auch auftritt – macht es erforderlich, dass das liebenswerte Wesen, das zunächst nur als reine Möglichkeit (*maʿdūm*) existiert, bildhaft vorgestellt werden kann, selbst wenn es [letztlich] dazu bestimmt sein sollte, virtuell zu bleiben. Dabei handelt es sich um eine der möglichen Daseinsarten, die von dem vorstellenden Blick in der bildhaften Welt (*fī al-ḥaḍrat al-khayālīyah)* erschaut werden kann, freilich nur mit einem Auge (*ʿayn*), das dieser Zwischenwelt gemäß ist.

120. Mit der *ḥulūlīyah* sind schiitische Ideen im Ägypten der Fatimiden gemeint. Der dortige Imām Ḥākim wurde von seinen Anhängern im Jahre 1017 zur Inkarnation Gottes erklärt, bevor er 1021 auf geheimnisvolle Weise verschwand. Noch heute erwarten die im Libanon lebenden Drusen (benannt nach Ismāʾil al-Darazī, einem Propagandisten jener Ideen) die Wiederkunft des Göttlichen Kalifen Ḥākim (Annemarie Schimmel: *Der Islam*, Stuttgart 1990, Seite 87ff) [WH].

Wenn zwei Liebende sich innig küssen, atmet jeder den Speichel des anderen, der in ihn eindringt. Der Atem des einen verbreitet sich somit beim Küssen oder Umarmen im anderen, und was so ausgeatmet wird, geht jedem der beiden Liebenden durch und durch.

Der Tiergeist, der in den Formen der Natur zugange ist, unterscheidet sich von einem derartigen Atem insofern nicht, als dieser Atem der [Tier-]Geist einer jeden der beiden atmenden Personen darstellt und sie im Moment der Umarmung und des Ineinanderatmens verlebendigt. So wird zum Beispiel der Tiergeist von Zayd zu eben dem Geist von ʿAmr. Dieser Hauch, einmal vom Liebenden ausgeatmet, überbringt eine bestimmte Art von Liebe, die von Genuss durchtränkt ist. Wenn dieser Atem zum Geist dessen wird, zu dem er sich hinbewegt hat, und der Atem des Partners auf dieselbe Weise zum Geist des vorigen wird, dann kann man für beide betroffene Wesen von Identifikation (*ittiḥād*) sprechen, im Einklang mit den Worten des Dichters:

Ich bin der, der liebt,
Und die ich liebe, bin ich selbst!

Und dies ist der Zweck der spirituellen Liebe in ihrer sinnlichen Gestalt, wie ich ihn schon in einem der Gedichte besungen habe, die diese Abhandlung einleiten:

Der Zweck der Liebe beim Menschen
Ist Vereinigung zu erreichen:
Die Vereinigung zweier Geister
Und die Vereinigung zweier Körper.

Von der natürlichen Liebe in sich selbst

Doch kehren wir zur natürlichen Liebe zurück. Sie ist, um es klar zu sagen, uns allen gemeinsam. In der Tat nehmen die von der Liebe in Besitz genommenen Wesen je nach ihrer Beschaffenheit naturhafte Zustände an, wie wir es bereits aufgezeigt haben.[121] Entsprechend ihrem Stellenwert innerhalb der Liebe werden diese

121. Siehe den Beginn des Kapitels 3 über die Wirkungen der Liebe [WH].

Zustände mit passenden Kennzeichen beschrieben. Unter ihnen finden wir: die ekstatische Gefühlsregung (*wajd*), das brennende Verlangen (*shawq*), das sehnsüchtige Ziehen (*ishtiyāq*), den Wunsch, den Geliebten zu treffen, den Liebesblick auf ihn und die Vereinigung mit ihm.

Diesbezüglich gibt es zahlreiche prophetische Überlieferungen, die authentisch und glaubwürdig sind, wie zum Beispiel: »Wer Gott zu treffen wünscht, den wünscht auch Gott zu treffen«, wenngleich der Diener unablässig unter den Augen Gottes weilt, und es auch kaum einleuchten würde, wenn er es nicht täte, da »Gott Zeuge aller Dinge ist« (85:9) und wachsam. Doch im angesprochenen Prophetenwort ist das Treffen für Gott ebenso wichtig wie für den Diener.

Gott beschreibt Sich auch als besessen vom brennenden Verlangen nach Seinem Diener, als empfände Er, wenn dieser in Reue zu Ihm zurückkehrt, eine größere Freude und heftigere Liebe als jener Reiter, der schon, des Verderbens gewiss, verzweifelt sein Leben aufgeben wollte und sein mit Speis und Trank versehenes Reittier, das sich in öder Landschaft verlaufen hatte, wiederfindet. Ja, Gott zeigt eine größere Freude an der Reue Seines Dieners als jene Person an der wiedergefundenen Kamelstute, und das, obwohl Gott über absoluten Reichtum verfügt, über Macht und einen Willen, der durch Seine Diener hindurch wirksam ist.

Beachte indes das Geheimnis, das in folgendem Gotteswort enthalten ist: »Gott hat jedem Ding sein Maß als geschaffenes Wesen gesetzt« (20:50),[122] denn du weißt sehr wohl, dass Er die den Geschöpfen zukommenden Möglichkeiten nicht überschreitet, aus dem einfachen Grund, weil keine Rangstufe der des Wissens [worüber Gott in unendlichem Maße verfügt] überlegen ist.

Deswegen spricht Gott: »Bei Mir wird das Wort nicht geändert« (50:29), da es unmöglich ist, einem Ding zuwider zu handeln, dessen Dasein tatsächlich schon anerkannt ist.

Etwas kann sehr wohl aus geistiger Sicht als verwirklichbar angesehen werden und doch – je nachdem, ob es eintreten wird oder

122. Das Wort *khalq*, das wir mit »geschaffenes Wesen« übersetzt haben, stammt aus einer Wurzel, die nicht nur »erschaffen« bedeutet, sondern auch und vornehmlich »benutzt und geglättet sein«, »formen«. Daher die Bedeutung der äußeren Form, die von Gott gemäß dem in Seinem ewigen Wissen enthaltenen Prototyp bestimmt wird.

nicht – angesichts des Göttlichen Wissens und Willens, die durch es hindurch wirken, unmöglich sein.[123]

Wenn sich der Göttliche Wille darin übt, ein Wesen zu erzeugen, wird es mit Notwendigkeit auch wirklich sein. Andererseits kann das, was ins Dasein kommen muss, nicht mehr als rein mögliche [doch sehr wohl als notwendige] Wirklichkeit qualifiziert werden, berücksichtigt man das, worauf wir gerade hingewiesen haben. Deswegen nehmen jene, die sich in diese Frage vertiefen, völlig zu Recht davon Abstand, den Ausdruck »mögliches Wesen« (*mumkin*) zu gebrauchen, und ziehen sich lieber auf den Ausdruck »ein Wesen, das durch ein anderes notwendig ist« (*al-wājib al-wujūd bi al-ghayr*) zurück, denn diese Ausdrucksform entspricht eher der Art und Weise, wie der Göttliche Wille wirklich (*taḥqīq*) wird.

Um diese Deutung zu erhärten, wollen wir die Göttliche Wendung zitieren: »Wenn Er nur gewollt hätte« (16:35 u.a.). Nun enthält in den koranischen Passagen, in denen Gott diesen Ausdruck verwendet, die Konjunktion »wenn« (*law*) [keine relative, sondern] eine absolute Unmöglichkeit. In der Tat geht der Göttliche Wille (*mashī'ah*) sehr wohl allem vorläufig Bestimmten voraus, wie Gott es ausführt: »Wahrlich, Unser Wort ist [der Ankunft] Unserer Diener, der Gesandten, vorausgegangen« (37:171).[124]

Der eben erwähnte Ausdruck »das durch ein anderes notwendige Wesen« ist im Hinblick auf die Seinsordnung (*amr*) passender als der des »möglichen Wesens«, doch handelt es sich in Wirklichkeit um ein und dasselbe, denn die Aktualisierung erfolgt augenblicklich wie der Wimpernschlag des Auges.

123. In Anwendung auf die Göttliche Liebe im natürlichen Modus – denn um diese geht es hier – bedeutet das: Die Liebe Gottes ist *nicht* allmächtig, weil sie nämlich der »Rangstufe Seines Wissens« gehorchen muss. Nur aus dieser (Selbst-)Beschränkung heraus ist es verständlich, dass Gott Sich selbst als eifersüchtig, voll brennenden Verlangens, ja als »unglücklich Liebender« beschreibt. Diese Spannung zwischen der Liebe Gottes und Seinem Wissen ist (und bleibt) nach Ibn 'Arabīs Worten »ein Geheimnis« [WH].

124. »*Mashī'ah* oder ›das gute Göttliche Wollen‹, ›der schöpferische Wille‹, bezeichnet eine Gotteserscheinung der Essenz und der ursprünglichen Vorsehung mit der Absicht, das virtuelle Wesen ins Dasein zu bringen oder auch das Dasein des geschaffenen Wesens zu beenden. *Irādah*, oder ›der normative Wille‹, bezeichnet die Göttliche Erscheinung, das [ursprünglich bereits gewollte] Virtuelle ins konkrete Dasein zu bringen. In gewisser Hinsicht ist der erste Wille universeller als der zweite« (Jurjānī: *al-Ta'rifāt*).

Dann verschwindet die Wahrscheinlichkeit (*iḥtimāl*) ebenso wie die Möglichkeit (*imkān*) zugunsten der absoluten Notwendigkeit (*wujūb muṭlaq*) oder der bedingten Notwendigkeit (*wujūb muqayyad*).

* * *

Doch kehren wir zu unserem eigentlichen Gegenstand, der natürlichen Liebe, zurück.

Wisse: Die natürliche Liebe erfordert in ihrer Wirklichkeit, dass der Liebende sich einer Person aufgrund des Glücks und Vergnügens, das er bei ihr empfindet, zuneigt. Er liebt sie also um seinetwillen, und nicht um der geliebten Person selbst willen. Weiter oben haben wir dir bereits dargelegt, dass das Wirkliche dieser Liebe [die geliebte Person für einen selbst zu lieben] sich auch in den beiden anderen Arten, der Göttlichen und spirituellen Liebe, findet.

Im Unterschied dazu hat die natürliche Liebe ihren Ursprung im Wohlgefallen (*niʿām*) und in der Wohltat (*iḥsān*), denn von Natur aus (*ṭabʿ*) ist ein Wesen niemals fähig, eine andere Person um ihretwillen zu lieben. Es liebt die Dinge nur für sich selbst im Verlangen, sich mit ihnen zu verbinden oder ihnen nahezukommen, wie das bei dem Tier oder beim Menschen, in Anbetracht seiner Tierhaftigkeit, der Fall ist.

In Wahrheit liebt das Tier [oder dieser Mensch] seinen Partner, um sein [arteigenes] Dasein zu erhalten, und aus keinem anderen Grund, wenn es auch kein Bewusstsein von der Bedeutung seiner Existenzerhaltung hat. Es bringt ja in sich lediglich eine einfache spontane Anziehungskraft hervor, die es dazu treibt, sich mit einem bestimmten Wesen zu vereinigen. Letztlich ist es diese Vereinigung, die im Grunde den Gegenstand seiner Liebe ausmacht. Nun erzeugt sich diese Verbindung nur mit einem ganz bestimmten Individuum, daher wird das betreffende Wesen auch dessen Existenz lieben, freilich nur beiläufig [weil sein Verlangen sich auf es richtet] und ohne dieses Individuum in seiner Essenz zu lieben. Eine derartige Vereinigung gehört der sinnlichen oder Erscheinungswelt an. Das haben wir mit der bereits angeführten Verszeile sagen wollen:

Und die Vereinigung zweier Körper

Dies ist also der Zweck der natürlichen Liebe.

Wenn dieses Wesen nun die sexuelle Vereinigung (*nikāḥ*) wünscht, wird sich der Gegenstand seiner Liebe in irgendeiner Person verkörpern. Es wird dann nach dem Wesen, in dem sich das Objekt seiner Leidenschaft zeigt, suchen und es heftig begehren. Nun kann diese Liebe nur zwischen zwei verschiedenen Wesen, und nicht innerhalb eines einzigen entstehen, denn hier handelt es sich um eine Wechselbeziehung. Was wir gerade von der sexuellen Vereinigung gesagt haben, gilt gleichermaßen für den Kuss, die Umarmung, für vertrauliche Beziehungen und andere Verhaltensweisen dieser Art.

Hier kann man keinen Unterschied machen zwischen dem, was wir die Natur (*ṭabī'ah*) einer Sache genannt haben, und ihrer Wirklichkeit (*ḥaqīqah*), beide Ausdrucksweisen sind zulässig. Doch im Falle des Menschen ist diese Feststellung noch gültiger als in dem andersartiger Lebewesen, weil er nämlich alle Wirklichkeiten (*ḥaqā'iq*) der Welt und der Göttlichen Form einschließt, aber auch weil er eine bevorrechtigte Beziehung zum heiligsten Aspekt [des Wahren Wesens] aufweist. Aus Ihm zieht er seine Manifestation, so wie er aus Seinem Wort »Sei!« (*kun*) ins Dasein gelangt (*takawanna*).

Der Mensch steht über seinen Geist auch in Beziehung zu anderen Geistern sowie über seinen Körper in Beziehung zur Welt der Natur (*'ālam al-ṭabī'ah*) und der Urelemente (*'anāṣir*),[125] wenn man den Menschen im Hinblick auf die zweckmäßige Entwicklung (*nash'ah*) seiner Gestalt betrachtet.

So liebt der Mensch von seinem Wesen her die Bedingtheiten, die ihn an die Urelemente und die Natur fesseln. [Also kommen drei Ebenen der Wirklichkeit ins Spiel:] das Reich der Körper (*'ālam al-ajsām*), das der verkörperten feinstofflichen Wesenheiten (*'ālam al-ajsād*)[126] und das Reich der Geister (*'ālam al-arwaḥ*).

Manche Geister setzen sich aus elementaren Körpern (*ajsām 'anṣarīyah*) zusammen – und jeder Elementarkörper ist auch naturhaft. Andere bestehen aus naturhaften Körpern (*ajsām ṭabī'īyah*),

125. Die Grundelemente, vier an der Zahl, stellen die unmittelbaren Prinzipien jedes Körpers dar, der in den Bereich der Natur eintritt, ob es sich dabei um einen physischen oder feinstofflichen Körper handelt. Über sie entwickelt sich die ganzheitliche formale Gestalt jedes Wesens, das ihnen unterliegt.

126. *Al-jasad* (Mehrzahl *ajsād*) »ist jeder Geist oder Archetyp, der in Gestalt eines Lichtkörpers oder elementaren Körpers auftritt, die von jemand anderem wahrgenommen werden können« Ibn 'Arabī: *Kitāb al-Iṣṭilāḥāt.*

die nicht elementar sind. Denn nicht jeder naturhafte Körper ist [zwangsläufig] auch elementar, doch sind umgekehrt die Urelemente in denjenigen naturhaften Körpern enthalten, die man nicht [unbedingt] »elementar« nennen würde, wie in den himmlischen Sphären (*aflāk*) oder den Königreichen (*amlāk*).[127]

Bei dieser Einteilung sollten wir uns merken, dass die Wesen der höchsten Fülle (*mala' a'lā*) miteinander wetteifern, und sie sind mit folgendem Göttlichen Wort gemeint: »[Und hätte Dein Herr es nur gewollt, Er hätte alle Menschen zu einer einzigen Gemeinschaft gemacht]. Doch sie lassen nicht davon ab, sich einander zu widersetzen, die allein ausgenommen, derer Dein Herr sich erbarmt hat. [Und deswegen hat Er sie erschaffen]« (11:118–119). Nun stellen sich die einen gegen die anderen, denen das Erbarmen gewährt wurde und die sich ihnen widersetzen. »Und deswegen hat Er sie erschaffen«, das heißt, einzig zu dem Zweck, ihresgleichen Widerstand (*khilāf*) zu leisten.[128]

Die Ursache, die man für diese Entgegenstellung angeben könnte, findet sich in der unauflöslichen Rivalität (*mutafāḍilah*), die zwischen den Göttlichen Namen waltet, wo man Denjenigen finden wird, Der stört, wenn der Nutzbringende eingreift, oder auch Denjenigen, Der zur Würde erhebt, und andererseits den Erniedrigenden, den Einschnürenden und den Befreienden! Und wie bestehen nicht auch Hitze und Kälte, Feuchtigkeit und Trockenheit, Licht und Dunkel, Sein und Nichtsein, Feuer und Wasser, Zorn und Gelassenheit, Bewegung und Ruhe, Dienstbarkeit und Herrschaft nebeneinander! Stellen sich diese Paare nicht gegeneinander, und zwar auf Dauer? Und wie soll man bei ein und derselben Angelegenheit, die zwei Personen betrifft, das Erlaubte und das Verbotene einschätzen, wenn das, was der einen untersagt ist, der anderen gestattet werden kann! [Als ein anderes Beispiel]

127. Gemeint sind das irdische Mineral-, Pflanzen- und Tierreich [WH].

128. Gemäß dem orthodoxen Verständnis dieser beiden Verse (das sich übrigens in allen gängigen Koranübersetzungen spiegelt) wird die Hölle mit Menschen und Dschinns gefüllt, weil sie untereinander uneins sind: »Doch das Wort deines Herrn soll erfüllt werden: ›Wahrlich, Ich will die Hölle füllen mit Dschinns und Menschen insgesamt‹« (Nachsatz von 11:119). Ibn 'Arabī weist jedoch im weiteren Verlauf des Textes nach, dass diese »Polarität der Uneinigkeit« bis hinauf in die höchsten Sphären reicht und somit Gott-gewollt ist (wie es ja der Koranvers ausdrücklich bestätigt). Die »Hölle« bezeichnet nur den speziellen Ort der »Transzendenz« (vergleiche Anmerkung 75), der Dschinns und Menschen vorbehalten ist [WH].

könnten wir auch zwei verschiedene Rechtslagen bei derselben Streitsache erwähnen.

Schau überall hin, wo das Gesetz, das die gegensätzliche Natur lenkt, ins Spiel kommt! Indessen fällt es der grundlegenden Dualität, welche der Natur ihre Ordnung gibt, nicht ein, sich dem Göttlichen Wissen entgegenstellen zu wollen. In der Tat solltest du wissen, dass kein geschaffenes Wesen auch nur die kleinste Möglichkeit hat, auf etwas einzuwirken, das Gott gestaltet hat, weder hier im Diesseits noch im Jenseits, so dass es sogar an dieser letzten Stätte noch die beiden Aspekte des Schauens (*ru'yah*) und des Schleiers (*ḥijāb*) gibt.[129]

Wir danken Gott dafür, dass Er uns diese Dinge hat unterscheiden lassen, ihre Ursprünge und Zweckbestimmungen, und uns zu denen zählt, die um diese Geheimnisse wissen. Möge Gott uns in den Kreis jener führen, denen Er Wohlergehen beschert hat, indem Er ihnen das Wissen schenkt!

* * *

Nunmehr dürfte es dir recht klar geworden sein, dass der Gegenstand der [natürlichen] Liebe die Vereinigung mit irgendeinem Wesen ist. Nichtsdestoweniger kann sich diese auf sehr verschiedene Weise verwirklichen, etwa in intimen Beziehungen (*mu'ānasah*), vertraulichen Treffen (*mujālasah*), Küssen, Umarmungen und noch vielen anderen Verhaltensweisen dieser Art, im Einklang mit den Ansprüchen des Wesens, in dem sich der Gegenstand der Liebe verkörpert findet, und denen des Liebenden.

Der Gegenstand der Liebe ist ein einziger, wenn auch die Wesen, in denen sie sich entfaltet, die verschiedensten sein mögen. Er ist und bleibt ausschließlich die Liebe zur Einheit. Dennoch vermag er im Äußeren mannigfaltige Erscheinungsweisen anzunehmen, wie Austausch von Liebesworten, Umschlingungen, Küssen. Letztlich sind das nur verschiedene Arten, welche die Liebe in Bezug auf ein oder mehrere Individuen annimmt [denn sie liebt mit einer einzigen Liebe die verschiedenen Wirklichkeiten]. Also kann es nie wahr sein, dass der Liebende zwei Wesen [gleichzeitig] liebt, denn das Herz kann sie nicht beide zusammen enthalten.

129. Die Dualität der Natur bewirkt im eigentlichen Sinne nichts, da sie in der Vorherbestimmung des Göttlichen Wissens schon enthalten ist. Der Schleier der *maja* liegt auf ihr, sogar noch im Jenseits [WH].

Freilich könntest du einwenden, die solcherart vorgestellte Liebe meint die Liebe, die das Geschöpf berührt und nicht den Schöpfer. Denn Gott hat gesagt: »Er liebt sie« (5:54), was doch darauf hinausläuft zu sagen, Er liebe zahlreiche Wesen!

Wir würden darauf antworten, dass sich mit dieser Liebe [Gottes] eine durchaus fassbare Bedeutung verbindet, mag man ihren Begriff auch nicht zutreffend bestimmen können, denn sie wird vor allem in unmittelbarer Erfahrung (*dhawq*) erfasst. Dennoch weiß man genau, was sie ist, selbst wenn ihr Begriff wegen der Unmöglichkeit, irgendeine Beziehung zu Gott (Gepriesen sei Er!) herzustellen, unzugänglich ist. In der Tat, hat Er denn nicht gesagt: »Nichts ist Ihm gleich« (42:11)?

Der von dir geäußerte Einwand – dass Gott nicht imstande sei, eine Mehrzahl von Menschen zu lieben – fällt auf dich zurück, denn nur jemand, der die Essenz des Wahren Wesens kennt, die in sich selbst unerkennbar ist, könnte eine solche Behauptung wagen. So ist nämlich auch die Beziehung, die jene Liebe [Gottes] zu ihm wahrt, unerkennbar, wenn auch die Liebe [in gewisser Hinsicht] erfahren werden kann. Der Grund dafür ist, dass sich Gott in Seiner Offenbarung Seinen Dienern nur in deren Sprache zuwendet, indem Er ihnen durch sie von den Wahrheiten spricht, die sie dann als zu Ihm gehörig anerkennen und die Er auch als Ihn betreffende beschrieben hat, wenn auch [den Geschöpfen] die damit verbundenen näheren Umstände unbekannt bleiben.

Von der elementaren Liebe

Die elementare Liebe, die auch eine natürliche Liebe ist, unterscheidet sich doch von der Letzteren, die in sich keine naturhafte Form zu Lasten einer anderen ausschließt. Die natürliche Liebe verhält sich zu der einen Form genauso wie zu einer anderen. Sie ist dem Bernstein vergleichbar und den von ihm durch seine besondere Eigenschaft [der elektrostatischen Aufladung] angezogenen Objekten.

Dagegen hängt die elementare Liebe an ein und derselben natürlichen Form, so zum Beispiel die Liebe von Qays zu Layla, von Kathir zu ʿUzza und von Jamīl zu Luthayna.[130]

Diese wenigen Beispiele sollen lediglich die Relation allgemeiner veranschaulichen, die sich zwischen zwei Personen nach dem

Muster magnetischer Anziehung ausbildet. Die elementare Liebe, die eine gewisse Analogie zur spirituellen Liebe aufweist, wird im folgenden Vers zum Ausdruck gebracht: »Es gibt keinen unter uns, der nicht seinen zugewiesenen Platz hätte« (37:164) [der nur ihm zu Eigen ist].[131]

Eine Ähnlichkeit zwischen der elementaren Liebe und der Liebe zu Gott besteht dann, wenn man sich auf eine einzige feste Glaubensüberzeugung mit Ausschluss aller anderen beschränkt.

Auf dieselbe Weise ähnelt die spirituelle Liebe der natürlichen im Hinblick auf ihre Reinheit, wie auch die Liebe zu Gott der natürlichen Liebe ähnlich ist bei demjenigen, der in der Vielfalt der Glaubensmeinungen eine einzige Wirklichkeit erkennt.[132]

130. Denn die elementare Liebe lässt sich in ihrem reinen Zustand auf Gegensatzpaare zurückführen, am Beispiel von Wasser und Feuer oder von Erde und Luft. Solche Paare können sich nur vereinen über gegenseitige Resorption, es sei denn sie schließen einander aus, ohne eine Hoffnung, sich in ihrem gewohnten Bereich zu treffen oder zu verschmelzen, was klar ersichtlich nur selten vorkommt. Wenn die Wesen in der natürlichen Liebe die Unterschiede hervorheben, haben sie in verschiedenem Umfang an den vier Grundelementen teil und können daher auf dem Wege der Ergänzung oder Ähnlichkeit miteinander eins werden. Indessen kommt im ersten Fall die Vereinigung zustande, indem man über die bloßen, nicht mehr weiter auflösbaren Elemente hinaus geht, und im zweiten Fall dadurch, dass man die Unterschiede auf derselben Ebene über die natürliche Anziehung verwirklicht. Doch letztlich kommt in beiden Fällen die essenzielle Einheit zustande, wenn man über jede Art von Unterscheidung hinausgeht. Die Ausgangslagen, ob gegensätzlich oder einander ergänzend, spielen kaum eine Rolle. Diese wenigen Ausführungen könnten dazu beitragen, die nun folgenden Betrachtungen des Meisters, die das Kapitel abschließen, besser zu verstehen.

131. Dieser Koranvers meint die Engelwesen. Dieselbe Klarheit, die im Reich der Engel hinsichtlich der übernommenen Aufgaben und ihrer Hierarchie besteht, gibt es auch bei der elementaren Liebe [WH].

132. Die Liebe zu Gott kann sich also in der Annahme eines festgefügten Glaubens äußern – dann hat sie die Bestimmtheit der elementaren Liebe – oder in der Erkenntnis der Einheit hinter der Vielfalt der Glaubensmeinungen – dann weist sie die »Großherzigkeit« der natürlichen Liebe auf. Die spirituelle Liebe nimmt eine Art Zwischenstellung ein: Hinsichtlich ihrer Reinheit ähnelt sie der natürlichen, hinsichtlich ihrer festen Bestimmtheit der elementaren. Es ist bemerkenswert, dass Ibn ʿArabī hier, am Ende der drei grundlegenden Kapitel seiner Abhandlung, keinerlei hierarchische Rangordnung aufstellt, geschweige denn eine Wertung in »höhere« oder »niedere« Arten der Liebe vornimmt, sondern stattdessen die innige Verbundenheit und das gegenseitige Durchdringen aller Formen der Liebe betont [WH].

Kapitel 7
Namen der Liebe[133]

WISSE: DER LIEBE, WIE WIR SIE VORSTEHEND DARGESTELLT haben, kommen vier Hauptbezeichnungen zu. Und mit jeder von ihnen verbindet sich ein bestimmter spiritueller Zustand, den die restlichen drei nicht teilen. Davon soll jetzt die Rede sein.

I
Die jähe Liebesleidenschaft oder die plötzliche Neigung zur Liebe (al-hawā)

Wenn man diesen Begriff auf die Liebe anwendet, nimmt er zwei Bedeutungen an.

Die erste Bedeutung bringt das zum Ausdruck, was auf das Herz einstürzt oder jäh in ihm auftaucht (*suqūṭ*) und von der noch nicht manifestierten Wirklichkeit (*ghayb*) des Wesens herrührt, die das Herz durchdringt bis in die äußere Erscheinung (*shahādah*) des Wesens.

So sagt man zum Beispiel von einem Stern, dass er verschwindet (*hawā*), wenn er herabzufallen [scheint]. Gott (Gepriesen sei Er!) hat gesagt: »Bei dem Stern,[134] wenn er herabfällt« (53:1).

Wenn dieser innere Zustand (*ḥāl*) eingetreten ist, kann die Liebe den Namen der jähen Zuneigung annehmen. Das Zeitwort, das ihn ausdrückt, ist *hawiya*, im Futurum *yahwī*, und das zugehörige Hauptwort heißt *hawā*, »an der Liebe leiden«. Aus derselben, jedoch anders vokalisierten Wurzel *huwiya*, im Futurum *yahwī*, stammt das Hauptwort *huwīy*, »hineinfallen«.[135]

Drei Ursachen verdeutlichen den Sinn von »ins Herz fallen«, den wir dem Hauptwort *hawā* gegeben haben. Jede von ihnen kann diese Art von Liebe auslösen, auch zwei davon oder gar alle drei: nämlich der Blick (*naẓar*), das Hören (*samāʿ*) oder die Gefälligkeit (*iḥsān*).

133. Damit wird das Thema des Kapitels 2 wieder aufgenommen.

134. Manchen Kommentatoren zufolge ist hier ein ganz bestimmter Stern, das Siebengestirn (die Plejaden), gemeint. Es hat in vielen Traditionen eine symbolische Bedeutung [WH].

135. Vermutlich besteht hier auch eine etymologische Verwandtschaft zum hebräischen Gottesnamen *jhwh* [WH].

Der wichtigste und nachhaltigste Auslöser ist der Blick, denn die von ihm hervorgerufene Liebe ändert sich nicht nach der Begegnung [mit dem geliebten Wesen], im Unterschied zum Hören der Stimme, deren Eindruck sich nach einem solchen Treffen verändern kann. In der Tat ist es wenig wahrscheinlich, dass die Gestalt des geliebten Wesens, die man beim Hören einer Stimme vermutet hat,[136] ihrer bildlichen Vorstellung treu entsprechen wird. Was die von einer Gefälligkeit verursachte Liebe angeht, so ist sie eher schwach. Missachtung lässt sie vergehen, selbst wenn die Gefälligkeit nach dem Verschwinden des Wohltäters noch bestehen bleiben sollte.

Mit der zweiten Bedeutung des Begriffs *hawā* ist eine jähe Leidenschaft oder Liebesneigung gemeint, die mit dem geoffenbarten Gesetz in Einklang gebracht werden soll. Das folgende, von Gott an den Propheten David gerichtete Wort betont das: »So richte also zwischen den Menschen nach wahrhaftigem (*bi-l-ḥaqq*) Recht und folge nicht der jähen Neigung deiner Leidenschaft (*hawā*)…« (38:26). Die Deutung des Verses ist die folgende: Sei kein Spielball deiner Liebe, sei vielmehr Gegenstand Meiner Liebe, denn die dir gegebenen Vorschriften sind von dieser [liebevollen] Art.

Gott fährt fort: »... denn sie wird dich vom Weg Gottes abbringen.« Das heißt, diese leidenschaftliche Neigung wird dich verwirren, damit in den Untergang führen und dich für den Weg blind machen, den Ich dir in Meiner Offenbarung vorgezeichnet habe und auf dem Ich dich gebeten habe zu gehen. Das ist die Göttliche Lehre zu diesem Punkt.

Vor diesem Hintergrund ist die jähe Liebesneigung eine, die der Mensch pflegt, die Gott jedoch aufzugeben fordert, wenn diese Liebe einer Seinsweise entspricht, die nicht im Einklang mit den Göttlich festgesetzten Vorschriften steht.

Solltest du nun fragen, warum Gott dem Menschen eine natürliche Veranlagung untersagt – derer er sich nicht entledigen kann, weil eine solche Liebe, eine derart leidenschaftliche Neigung, so große Macht über ihn gewinnt, dass keine Vernunft daneben besteht –, so würden wir dir antworten, dass Gott diesem Wesen keineswegs das [völlige] Verschwinden der verliebten Neigung aufer-

136. Etwa, wenn man die Stimme einer Frau durch den Schleier hindurch hört [WH].

legt. Findet doch die Leidenschaft immer zur freien Entfaltung, indem sie sich, wir haben es oben betont, an vielfältige Gegenstände knüpfen und an zahllosen Wesen auslassen kann.

Wir haben bereits aufgezeigt, dass die verliebte Neigung, als welche die Liebe sich darstellt, in Wirklichkeit die Liebe zur Vereinigung mit einem oder mehreren Individuen ist. Daher fordert Gott (Gepriesen sei Er!) vom Menschen, er solle sich in seiner Liebe an die einzige Wahrheit halten, die für ihn verkündet worden ist – genau das ist der Weg Gottes – und zwar mit derselben Schärfe, die ihn bisher an die vielfältigen Wege, die nicht Gottes Wege sind, gekettet hat.[137] All das verweist wiederum auf das oben angeführte Wort Gottes: »Und folge nicht der Neigung deiner Leidenschaft.« Gott wird ihm somit nichts auferlegen, was jenseits seines Vermögens liegen würde.[138] Die Vorschrift einer widernatürlichen Bürde kann auch kaum von Demjenigen gewollt sein, Der bei den von Ihm gegebenen Anweisungen über Weisheit und Wissen verfügt.

Wenn du nun weiterhin auf die [paradoxe] Pflicht zum Glauben für denjenigen verweisen würdest, dem es gar nicht bestimmt sei zu glauben – weil dies schon für alle Ewigkeit in Gottes Wissen entschieden ist, wie bei Abū Jahl[139] und noch anderen –, so würden wir sagen, dass diesem Einwand [einer Vorbestimmung der jähen Liebesleidenschaft] unter zwei Aspekten begegnet werden kann.

Bei der ersten Sichtweise verstehe ich unter Auferlegen oder Verpflichtung (*taklīf*) einfach nur die Anpassung an die natürliche Regel (*ʿādah*). Wer ihr unterworfen ist, kann ohnehin nicht gegen sie verstoßen. Wie wenn jemand von einem anderen verlangen würde, sich ohne ein Hilfsmittel in den Himmel hinaufzuziehen oder zwei Gegensätze zu vereinen oder im Augenblick zu verweilen, der nicht andauert! Ein jeder ist also sehr wohl derjenigen natürlichen Ebene unterworfen, auf der seine Möglichkeiten liegen. Sie ist eine sichere Grundlage für den Glauben (*īmān*) und dessen Art, sich auszudrücken. Jedem Menschen ist es in sich selbst

137. Die Verkündung der »einzigen Wahrheit« im Unterschied zu den »vielfältigen Wegen« soll ihn (über eine subtile Analogie) dazu ermahnen, sich in seiner Liebe nicht zu zersplittern, was die allseits bekannte Gefahr der jähen Leidenschaftlichkeit ausmacht [WH].

138. In Anspielung auf den Koranvers: »Gott bürdet keiner Seele mehr auf, als sie tragen kann« (2:286) [WH].

139. Abū Jahl, der Onkel des Propheten (väterlicherseits), war ein unversöhnlicher, grausamer und nachhaltiger Feind des gerade erst entstehenden Islams und seines eigenen Neffen Mohammed. In der Schlacht bei Badr wurde er getötet.

möglich, sich an ihn anzupassen, entweder über eigenen Erwerb (*kasb*) oder natürliche Veranlagung (*khalq*), wie es ihm beliebt. Sprich also: Aus diesem Grund gebührt die stichhaltige Entgegnung auf jene Frage, die den Diener am Tag der Auferstehung angeht, allein Gott, Ihm, Der es auch so ausgesprochen hat: »Sprich! Bei Gott ist der überzeugende Beweis (*ḥujjah bālighah*). [Hätte Er es nur gewollt, Er hätte euch alle geleitet]« (6:149). Hätte Gott dem Menschen etwas auferlegt, was nicht zu seiner normalen Verfassung passt, wäre der Satz »bei Gott ist der überzeugende Beweis« nicht angebracht. Aber wie Er es wirklich gesagt hat, ist es an Gott, das zu tun, was Er will. So bestätigt Er es in folgendem Vers: »Er wird nicht über das befragt werden, was Er getan hat, sie dagegen sehr wohl« (21:23). Diese Worte sind folgendermaßen zu verstehen. Keiner stellt Gott eine derartige Frage: »Warum hast Du uns diese Bürde auferlegt? Warum hast Du uns dies oder das untersagt oder angewiesen, wo Du doch weißt, dass wir uns Deinem Befehl widersetzen werden?« Die Göttliche Rede »Er wird nicht über das befragt werden, was Er getan hat«, läuft darauf hinaus, umgekehrt ihnen die Frage zu stellen: »Habe Ich euch nun Anweisungen gegeben, für deren Befolgung ihr zuständig seid, oder nicht?« Darauf wären sie im Einklang mit der natürlichen Ordnung der Dinge (*ʿādah*) gezwungen zu antworten: »Wir wären dazu fähig!« Das heißt also zuzugestehen, dass Gott ihnen Pflichten, die zu tragen sie fähig sind, aufbürdet und dass es schlussendlich feststeht, dass »bei Gott der überzeugende Beweis ist«, mögen jene auch weiterhin verkennen, dass Gott während der ganzen Dauer der ihnen auferlegten Verpflichtung über sie Bescheid weiß.

Nach der zweiten Deutung handelt es sich, wie wir es eben schon ins Auge gefasst haben, um die Notwendigkeit des Glaubens an Gott. Sie geht aus dem Zusammenhang des Koranverses [7:172] hervor, wo Gott die Nachkommenschaft Adams, noch vor ihrer Ankunft auf der Erde, ergreift und dies zur Manifestation Seiner Entscheidung (*ḥukm*) im Jenseits in Bezug gesetzt wird. Dort kann allein der Gläubige (*mu'min*) bestehen, mag er auch im Diesseits noch Polytheist bleiben (*ashraka*), und die Existenz Gottes auf diese Weise anerkennen.[140] Er gesellt ja nur einem seienden Wesen

140. Die behauptete Antinomie zwischen »glauben müssen« und »nicht glauben können« löst sich im Jenseits also von selbst auf. Auch einem Abū Jahl wird nichts anderes übrig bleiben, als *mu'min* zu werden. Analog dazu wird auch der im Diesseits in *hawā* »zersplitterte« Liebende zur Einheit der Liebe zurückfinden [WH].

noch andere hinzu, und deshalb fordert man von ihm lediglich die Anerkennung einer einzigen Göttlichen Einheit, die in dieser Wirklichkeit steckt und die den Gegenstand der Liebe zum Wahren Wesen ausmacht. Im Hinblick auf die Wesen, die er hinzu gesellt, ist der Gegenstand dieser Liebe noch ein virtueller. Er liebt also die Anerkennung der Göttlichen Einheit, die in diesen Personen erscheint, und wenn er eine einzige davon liebt, wird er sie unter zahllosen anderen bevorzugen. Gott liebt jeden, der sich mit einer solchen Liebe auszeichnet, einfach weil das, was er liebt, existiert, nämlich die Göttliche Einheit, die durch jene [vielfältige] Wirklichkeit hindurch zum Ausdruck kommt. Jeder, der eine Person verabscheut, benimmt sich auch so, denn der Gegenstand seiner Liebe zeigt sich nicht in ihr, und diese Haltung stammt wiederum aus der Anerkennung der Göttlichen Einheit.[141]

Hinter allem steckt also als letztes Ziel das Vertrauen [in Gott], und dies können wir aufs Neue bestätigen, da das Erbarmen Gottes Seinem Zorn vorausgeht.[142]

Die Bedeutung des Ausdrucks *hawā,* der »jähen Liebesneigung«, wird dir nun klar aufgehen.

141. Der Widerstand, den das Individuum der Göttlichen Liebe entgegensetzt, liegt an seiner zugrunde liegenden Manifestation, die mehr oder weniger »getrübt« ist und jene Liebe nicht durchdringen beziehungsweise sich nicht von ihr gefangen nehmen lässt. Die Liebe kehrt somit zu ihrer Quelle zurück, ohne dass sie das betreffende Wesen hätte durchdringen oder verwandeln können. Auch dieser Widerwille ist somit eine Manifestation der [Reinheit der] Liebe und folglich ein Beweis für die Einmaligkeit der Göttlichen Wirklichkeit und für Ihr Wirken an unzähligen Orten der Erscheinung, die Sie in unbestimmter Weise zu brechen scheinen, anders als die Sonnenstrahlen, die entweder reflektiert werden oder nicht, und in diesem letzteren Fall zur einen Quelle zurückzukehren scheinen.

142. Das heikle Thema des Glaubens hat schon sehr früh verschiedenartige Deutungen im Islam erfahren. Der Glaube ist ein beständiges Attribut des Wesens, allein schon deswegen, weil Gott Sich als Getreuen oder Gläubigen, *al-Mu'min* (wörtlich: »der Sicherheit verleiht«), bezeichnet. Als Folge davon nehmen alle Wesen an diesem Göttlichen Attribut teil und alle haben sie den essenziellen Glauben. Doch nach dem Fall aus dem Paradies verloren die Kinder Adams nach und nach das Bewusstsein von der Göttlichen Einmaligkeit. Das Anhaften ihres ganzen Wesens an sie und das Hingezogenwerden zu ihr, die wesentlichen Bestandteile des ursprünglichen und essenziellen Glaubens, gingen verloren. Gott veranlasst die Gesandten, den Diener zur Anerkennung Göttlicher Einheit und seiner Bindung an sie zu ermahnen. Die überlieferten Gemeinschaften sollten dann dem Gesandten Gottes nachfolgen, damit jedes Mitglied sich deren dauerhafter Wahrheit anbequemen und in kleinen Schritten wieder ein inniges und ganzheitliches Bewusstsein davon erlangen kann. Wer dem Gesandten Gottes nachfolgt,

2
Die ursprüngliche Liebe (al-ḥubb)

In dieser Gefühlsregung verfeinert das Wesen seine unmittelbare Liebesneigung (*hawā*), indem es sich einzig dem Weg Gottes unter Ausschließung aller anderen anschließt. Hat es diese Reinigung vollzogen und ist lauteren Wesens geworden, nachdem es sich der Unreinheiten entledigt hat, die von der Versammlung einer Vielzahl von Göttern in auseinander strebenden Verästelungen herrühren, dann kann man von ihm in Begriffen der ursprünglichen Liebe (*ḥubb*) reden, eben wegen dieser Klärung und Reinigung, die es kennzeichnen.

Aus demselben Grunde nennt man *ḥabb* das »Gefäß«, welches das trübe Wasser auffängt. Indem sich seine Unreinheiten auf dem Grund des Gefäßes absetzen, soll es lauter und klar werden.

So verhält es sich auch mit der ursprünglichen Liebe (*ḥubb*) bei den Geschöpfen. Sobald sie sich an das Wahre Wesen (Ruhm sei Ihm!) anschließen, und die Seele sich Ihm zuliebe von der Zuneigung befreit, die sie den vielen Göttern entgegenbringt, die sich rivalisierend Gott zur Seite stellen, wird diese Haltung »ursprüngliche Liebe«[143] genannt.

glaubt an Gott, an Seine Offenbarung und hält den Gesandten, der mit der Aufgabe betraut ist, das Göttliche Gesetz zu übermitteln, für glaubhaft. Wer ihm nicht folgt und ungehorsam ist, ist im Hinblick auf dieses Gesetz ein Ungläubiger und bleibt unfähig, den in ihm schlummernden Glauben wachzurufen und zu entwickeln. Aus diesen Gründen ist kein Menschenwesen im Wesentlichen untreu oder nicht gläubig, doch ist es genau genommen auch ungläubig, das heißt, sein Glauben ist im Hinblick auf ein Göttliches Gesetz, das eingerichtet wurde, ihn zu jenem echten unzerstörbaren Glauben hinzuführen, schlecht begründet. Nur der auf dem Wege einer Offenbarung begründete Glaube ist jenes Wachsens oder Abnehmens fähig, von dem Gott in Seinem Buch gesprochen hat: »Er ist es, Der den wohleingerichteten Frieden (*sakīnah*) in die Herzen der Gläubigen (*mu'minūn*) hat herabsinken lassen, auf dass sich ein neuer Glaube zu ihrem Glauben hinzugesellt« (48:4) Das Wort *mu'min* stammt aus einer Wurzel, die bedeutet: »Vertrauen, Sicherheit schaffen«. Die beiden Wurzeln *amina* (»glauben«, »vertrauend sein«) und *kafara* (»bedecken«, »ungläubig sein«) bedeuten jeweils, dass der wahre Gläubige sich im Vertrauen und in der Göttlichen Einzigartigkeit und Einheit geborgen fühlt, wohingegen der Ungläubige eben diese Wahrheit bedeckt, indem er sie entstellt und in der dunklen Welt der Vielfalt verdirbt.

143. In dieser ursprünglichen und einfachen Verfassung findet das Wesen sich selbst wieder, in der Einheit mit seinem Ursprung in Gott, die von allen Aufpfropfungen, die mit der Welt der Vielfalt einhergehen, abgelöst ist.

Darüber hinaus hat Gott (Gepriesen sei Er!) gesagt: »Doch die Gläubigen haben eine stärkere Liebe zu Gott« (2:165). In der Tat, wenn der Schleier sich einmal lüftet, »werden die, denen man nachgefolgt ist, sich von ihren Nachfolgern lossagen, und die ihnen gefolgt sind, werden sprechen: ›Könnten wir doch umkehren, wir würden uns von ihnen lossagen, wie sie sich von uns losgesagt haben!‹« (2:166–167). Die Liebe, welche die Ersten den Zweiten bezeugt haben, wird in der letzten Heimstatt aufhören, doch die Gläubigen werden damit fortfahren, Gott zu lieben. Ihre Liebe für Ihn wird sogar noch stärker werden, bis sie alle anderen übertrifft, während jene die Liebe zu ihren Gottheiten gerne verleugnen würden, »in dem Moment, in dem ihre Güter und ihre [zahlreiche] Nachkommenschaft ihnen gegen Gott zu nichts nütze sind« (3:10). Am Tag der Auferstehung werden die, die Gott jemanden zur Seite stellen wollten, mit der Liebe Gottes allein sein, während sie hier im Diesseits Ihn noch zusammen mit ihren Göttern hatten lieben können. In Wirklichkeit ging es bei ihrer Liebe um die Göttliche Funktion, die sie in zahlreichen Geschöpfen zu finden glaubten. Nur eine solche Fehleinschätzung hatte sie dazu verführen können, diese überhaupt zu lieben. Sie liebten also Gott, doch zugleich auch die Wesen, die sie Ihm zur Seite stellten. Im Augenblick der Wiederauferstehung – gerade haben wir davon gesprochen – wird ihnen einzig die Liebe zu Gott bleiben, und infolgedessen werden sie Ihm im Jenseits eine viel stärkere Liebe entgegenbringen als die, welche sie für ihre Götter im Diesseits hegten, einfach weil ihre Liebesneigung, übertragen auf die jenseitige Welt, sich nunmehr auf Gott allein richtet. So wird also ein solches Wesen den Gegenstand seiner Liebe anschauen, der nichts anderes darstellt als die Göttliche Funktion, die nunmehr einzig diesem Wesen innewohnt.[144] Aus diesem Grund ist das Erbarmen vorgeordnet, sind die beiden aneinander grenzenden Wohnstätten [Paradies und Hölle] machtvoll und das [diesseitige]

144. In diesem einzigartigen Augenblick am Tag der Auferstehung wird keine andere Wirklichkeit als nur die Gottes anerkannt werden, und kein Platz kann den scheinhaften, nebeneinander gestellten oder rivalisierenden Göttern gewährt werden. Daher ist die Liebe, die jene Polytheisten dann für Gott empfinden, heftiger, aber auch von kurzer Dauer! In der Tat werden jene, nachdem sie an diesem Tag die ausschließliche Einheit Gottes anerkannt haben, verurteilt und derjenigen Rangstufe zugeführt, die ihnen auf der kosmischen Waagschale zukommt. [Das Göttliche Erbarmen ist auch da jedoch vorgeordnet; siehe Anmerkung 75 [WH].]

Zwischenreich schwach, mit dem ganzen damit verbundenen Risiko des Polytheismus. Doch über diese Frage haben wir uns an einer früheren Stelle[145] schon ausgelassen.

Darin besteht also der Unterschied zwischen ursprünglicher Liebe und jäher Liebesneigung.

3
Die überschwängliche Liebe (al-ʿishq)[146]

Auf das Übermaß von Liebe (*ifrāṭ al-maḥabbah*) oder die übertriebene Liebe (*maḥabbah mufriṭah*) passt das folgende Göttliche Wort: »Die Gläubigen haben eine stärkere Liebe (*ashaddu ḥubban*) zu Gott« (2:165).

Über die Lauterkeit in ihrer Anbindung an ein einziges Wesen hinaus ist diese Gefühlsregung recht eigentlich das, was man »ursprüngliche Liebe« (*ḥubb*) nennt. Und zusätzlich zu ihrer Erscheinungsform im Samen des Herzens (*ḥabbat al-qalb*),[147] die auch »ursprüngliche Liebe« genannt wurde, hat sie das Vermögen, den Menschen vollkommen zu durchdringen und ihn für alles außer dem geliebten Wesen blind zu machen. Die innerste Wirklichkeit (*ḥaqīqah*) einer derartigen Liebe ergießt sich noch in die kleinsten Elemente seines Körpers, seiner Organe und seines Geistes. Sie strömt in ihm wie das Blut in den Adern und dem Gewebe. Sie tränkt alle Gelenke seines Körpers und bringt es fertig, sich seinem Dasein anzugleichen, indem sie alle seine Aspekte, Körper und Geist, in ihrem Innersten berührt, bis nichts mehr in ihm bestehen kann, das noch auf etwas anderes verweist. Er spricht nur noch von der Liebe zu dem Geliebten, er hat nur noch Ohren für ihn und mit seinem Blick erschaut er in allem nur noch ihn. In jeder Form sieht er ihn, und nichts sieht er ohne auszustoßen: »Er!« So wird diese Art von Liebe (*ḥubb*) »der Überschwang« oder »die Aus-

145. Siehe die Textstelle zu Anmerkung 75 [WH].

146. In Kapitel 2 haben wir das Wort *ʿishq* mit der »sich herumwindenden Liebe« übersetzt, entsprechend seiner von Ibn ʿArabī augenfällig dargelegten etymologischen Bedeutung. In der sinnbildlich spiralförmigen Bewegung, die der keimhaft ursprünglichen Liebe (*ḥubb*) zu Eigen ist, wird das Wesen unwiderstehlich von der Liebeskraft angetrieben, die nur mit einem Rhythmus wirken kann, der ihr vom Geist vorgegeben ist, in einer Doppelbewegung von Ausdehnung und Aufnahme.

147. Hier ist zu bemerken, dass Ibn ʿArabī die Ähnlichkeit zwischen Liebe und Samen mit der gemeinsamen Wortwurzel begründet.

schweifung der Liebe« (*ʿishq*) genannt. Es wird überliefert, dass dieses Gefühl von Zulaykha (der Frau des Putiphar) Besitz genommen hatte.[148] Sie öffnete sich die Ader, das Blut tropfte an vielen Stellen auf den Boden und sie schrieb damit: »Joseph, Joseph!« Denn in ihren Adern hatte sich der Klang des Namens ihres Geliebten ausgebreitet. Auch von Al-Ḥallāj wird dies berichtet. Das Blut, das aus seinen abgetrennten Gliedern quoll, schrieb überall, wo es sich auf den Boden ergoss, den Namen »Allāh«. In diesem Zustand sprach er spontan diese Verse (Möge Gott mit ihm Erbarmen haben!):[149]

Kein Glied und kein Gelenk wurden von mir getrennt,
Ohne dass es nicht Eurer, oh Herr, gedacht hätte!

So etwas kommt bei dieser Art von Gefühlsregung vor und es betrifft jene Wesen, die vor Liebe überfließen (*ʿushshāq*) und die dann auch auf diese Weise den Liebestod erleiden. Ein solches Opfer nennt man »Liebesleidenschaft« (*gharām*). Wir werden sie näher beschreiben, wenn wir die Eigenschaften der Liebenden behandeln,[150] so Gott will!

4
Die Treue in der Liebe (al-wadd)

Sie besteht in der Beständigkeit der ursprünglichen Liebe (*thabāt al-ḥubb*), der überschwänglichen Liebe (*ʿishq*) und sogar auch der jähen Liebesneigung (*hawā*). Was auch immer der Zustand der Liebenden sei, dieser Modus von [treuer] Liebe gehört zu einem der drei [bereits behandelten] Begriffe.

Wenn das [zu einer der drei Arten] veranlagte Wesen beständig ist und nichts diese Veranlagung in ihm verändern wird, wenn es ungeachtet angenehmer oder unerfreulicher Begleitumstände unablässig unter deren Einfluss steht, wenn sich dieses Wesen an der Trennung oder Entfernung vom Geliebten, dessen Anwesenheit es gleichwohl begehrt, weder stört noch sich an ihr freut, wenn es schließlich unentwegt in der Abhängigkeit vom Geliebten wohnt,

148. Siehe dazu Sure 12, »Joseph« (Yusuf).
149. Siehe Louis Massignon: *Akhbar al-Hallāj*, a.a.O.
150. In Kapitel 9, Abschnitt 3.

eben wegen dessen Gegenwart, dann werden alle diese Haltungen von dem Namen der »Beständigkeit in der Liebe« (*wadd*) erfasst.

Der folgende Vers mag diese Treue der Liebe verdeutlichen: »Wahrlich, der Barmherzige wird Seine stetige Liebe (*wadd*) denjenigen zuwenden, die gläubig gewesen sind und gute Werke vollbracht haben« (19:96). Darin bestehen die Treue der Liebe Gottes und die Standhaftigkeit Seiner Diener im Herzen.

Und das ist die Bedeutung jenes Begriffs (*wadd*).[151]

Die Liebe (*ḥubb*) führt zu zahllosen Seelenzuständen, die von den Liebenden Besitz ergreifen. Wenn es Gott gefällt, werde ich noch weiter von ihnen sprechen. Wir können jetzt schon einige aufführen: das brennende Liebesverlangen (*shawq*), die Liebesleidenschaft (*gharām*), die ekstatische Liebe (*hiyām*), der Liebesschmerz (*kalaf*), die Tränen (*bakā'*), der Trübsinn (*ḥuzn*), die Liebeswunde (*kabd*), die Auszehrung (*dhubūl*), das Schmachten (*inkisār*) und noch andere, den Liebenden eigene Seelenzustände, die sie in ihren Gedichten beschreiben und auf die ich im Einzelnen eingehen werde, wenn es Gott gefällt.

151. Aus dieser Sicht müsste der Gottesname *al-Wadūd* übersetzt werden als: »Der in der Liebe ausdauernd und beständig ist«.

Kapitel 8
Irrige Ansichten über Liebe

ÜBER DIE LIEBE GIBT ES ZAHLREICHE IRRIGE ANSICHTEN. Beginnen wir mit der bereits behandelten, derzufolge man sich einbildet, das Objekt der Liebe habe eine eigene Existenz (*amr wujūdī*), wohingegen es lediglich reine Möglichkeit (*amr ʿadamī*) ist. Die Liebe versteift sich darauf, es in einer Person (*ʿayn mawjūdah*) als gegenwärtig anzusehen. Immer wenn der Liebende das geliebte Wesen sieht, erneuert sich seine Liebe, auf dass jener Zustand andauere, dessen wirkliche Existenz (*wujūd*) er liebt und dessen Grund in jener Person zu finden ist. Der Gegenstand der Liebe verbleibt daher ständig in der bloßen Möglichkeit des Seins (*maʿdūm*), auch wenn die Liebenden in ihrer Mehrzahl sich dessen nicht bewusst sind. Die einzige Ausnahme davon bilden Wissende, welche die grundlegenden Wirklichkeiten [der Liebe] und die ihr innewohnenden Folgerungen kennen. Doch diese Frage haben wir schon weiter oben[152] behandelt.

In diesem Teil unserer Abhandlung werden unsere Ausführungen zumeist die überschwängliche Liebe (*ʿishq*) betreffen, welche die Vernunft in Beschlag nimmt und Auszehrung und geistige Besessenheit erzeugt. Sie werden sich beziehen auf das hartnäckige Kreisen der Gedanken, die Unruhe, die Schlaflosigkeit, die brennende Liebessehnsucht, das Feuer der Leidenschaft und die durchwachten Nächte. Sogar noch, was eine Verhaltensstörung hervorruft, ist Liebe, was sich die Möglichkeiten verscherzt, was einen die Fassung verlieren und kindisch werden lässt, bis man sich daraus eine schlechte Meinung über die geliebte Person bildet.

152. In Kapitel 3 zu Beginn des dritten Hauptabschnitts, in Kapitel 4 am Ende des ersten Hauptabschnitts und in Kapitel 5. In jener aristotelischen Lehre über Handeln und Möglichkeit, findet der kreisförmige, rhythmisch wiederkehrende Vorgang des Göttlich schöpferischen Wirkens ihren Ausdruck. In einem einzigen metaphysischen Augenblick, der als ein immer neuer erscheint, hallen die endlosen Möglichkeiten wider, die in dem ursprünglichen, von Liebe durchdrungenen Samen zusammengezogen schlummern. Beim Vorgang der allseitigen Entfaltung Göttlicher Möglichkeiten geschieht alles so, als ob der von der Liebe schwangere Samen von seinem innersten Zentrum ausgehend den Weltenbaum in spiralförmigen Wellen erschaffen würde, im Einklang mit dem universellen Vortex. Siehe René Guénon: *Le Symbolisme de la Croix,* Paris.

Wohlgemerkt handelt es sich nur darum, dass du den Gegenstand deiner Liebe liebend gerne in einer Person (*mawjūd*) verkörpert sehen willst. Die meisten Leute stellen sich aber vor, bei der Person handele es sich um den Gegenstand der Liebe selbst.

Was diesen Streitpunkt angeht, so teilen wir Eingeweihten (*ṭā'ifah*) uns in zwei Gruppen auf.

Manche unter uns betrachten mit ihrem Vorstellungsvermögen das Bild, das sie sich von der Person machen, in der das Objekt der Liebe erscheint. Dank dieser Fähigkeit können sie deren Gegenwart anschauen und sich mit ihr vereinigen. Auf diese Weise halten sie die Präsenz der Person, der sie sich angeglichen haben, fest, und tatsächlich vollziehen sie mit diesem Wesen eine zartere Vereinigung als eine körperliche.

Dieses Vermögen brachte Qays, den Verrückten, von seiner Vernarrtheit in Layla ab, als sie sich ihm körperlich anbot. Mit einem Mal sagte er nämlich zu ihr: »Geh mir aus den Augen!« Die sinnliche Wahrnehmung der Geliebten verdeckte ihm die Zartheit jener bildhaften Schau, erschien Layla in der Vorstellungskraft von Qays doch viel anziehender und verführerischer als von ihrer körperlichen Gestalt her. Eine derartige Begabung macht die süßeste Seite der Liebe aus, und wer sie hat, bleibt beständig im Glück. Nie muss er sich über eine Trennung vom geliebten Wesen beklagen![153]

Wir selbst sind einer derer gewesen, die aus diesem Vorrecht den größten Nutzen gezogen haben.[154] Indes findet man diese Gabe bei Liebenden selten, da sie dazu neigen, sich von ihrer groben Natur beherrschen zu lassen. Unseres Erachtens hat das Wesen, das sich der Liebe zu den von der körperlichen Hülle befreiten Urbildern (*ma'ān*) hingibt und sie mit einer festen Form bekleidet, damit letztlich nur im Sinn, sie bis auf die Ebene der

153. Ein solcher Genuss stellt sich nur durch und in einer schöpferischen Einbildungskraft (*khayāl*) ein, die der von ihr erfassten prototypischen Realität Gestalt verleiht. Diese bildhafte Wirklichkeit, die es erlaubt, den Ursprung der Dinge in eine Form projiziert anzuschauen, ist weit entfernt von der ordnungslosen, gleichsam anarchischen Anwendung einer phantastischen Vorstellungskraft, welche die Engländer *fancy* nennen.

154. Wer würde bei diesem Satz, mit dem sich Ibn 'Arabī als feinsinniger Genießer ausweist, nicht sofort an seine Begegnung mit der schönen Niẓām denken? Einer physischen Liebe zu ihr standen wohl auch äußere Hindernisse im Weg, und es ist wohl kein Zufall, dass er den *Tarjumān al-Ashwāq* erst nach dem Tod von Niẓāms Vater veröffentlicht hat (GIE 233) [WH].

Einbildungskraft herabsteigen zu lassen, ohne sie noch tiefer hinab [in die grobstoffliche Natur] stürzen zu wollen. Was hat nun deiner Meinung nach die Feinheit desjenigen zu bedeuten, der die Urbilder wirklich werden lässt und dessen gröbster Zustand [in der Liebe] die Ebene der Einbildungskraft ist? Das Wesen mit einer derartigen seelischen Veranlagung ist imstande, Gott zu lieben [wie es sich gehört]. Wenn es nämlich die Liebe, die es zu Gott hegt, nicht mehr von einem gewissen Erscheinungsbild (*tashbīh*) trennen kann, lässt das Wesen diese Liebe bis auf die Ebene der Bilder herabsteigen, im Einklang mit dem Hadith des Propheten (Friede und Segen seien mit ihm!): »Bete Gott an, als sähest du Ihn. Und wenn du Ihn auch nicht siehst, Er sieht dich gleichwohl.«[155] Wenn wir also unter diesen Umständen eine Person lieben, sehnen wir uns danach, dass der Gegenstand unserer Liebe sich über die Welt der Bilder in sinnlichen Wirklichkeiten offenbare, die dem Grobstofflichen angehören. Dann wollen wir ihn verfeinern, indem wir ihn wieder auf die bildhafte Ebene anheben und mit einer Schönheit ausstatten, die seine eigene übersteigt, und indem wir ihn auf eine derartige Stufe der Gegenwärtigkeit stellen, dass es dem geliebten Gegenstand nicht mehr möglich ist, sich von dieser bildhaften Verbindung zu entfernen oder gar sich davon zu lösen. Deswegen wird der Liebende nie aufhören, [mit dem Gegenstand seiner Liebe] verbunden zu sein.[156] Hierzu noch die von uns verfassten Gedichtzeilen:

Der leidenschaftlich Liebende, besessen von seiner Neigung,
Ist immer dabei, sich zu beklagen
Über die Trennung von der Geliebten,
Oder von ihr entfernt zu sein.

155. Teil des Hadith über Gabriels Besuch, der in Anmerkung 116 vollständig wiedergeben ist.

156. Die »ewige Liebe« kann sich nur auf der feinstofflichen Ebene der schöpferischen Imagination verwirklichen, wozu aber – als alchimistischer Zwischenschritt – zuvor die Offenbarung in der grobsinnlichen Welt nötig ist. Auf der imaginativen Ebene ist sodann die lineare Zeit aufgehoben, die Liebe wird ewig. Der zuvor angeführte Hadith ermuntert mit dem Nebensatz »[Bete Gott an,] als sähest du Ihn« ausdrücklich zu dieser schöpferischen Imagination und stellt zugleich klar, dass das geliebte Wesen nichts anderes ist als ein mit »Schönheit ausgestattetes« Bild des Einzigen Geliebten, Der nicht unmittelbar angeschaut werden kann. Was Ibn ʿArabī hier in schlichten Sätzen zum Ausdruck bringt, ist nichts weniger als die Quintessenz seiner Metaphysik der Liebe! [WH]

Dies sei fern von mir!
Denn in der Welt der Einbildung
Wohnt die Geliebte
Immer in meiner Nähe.
Sie geht aus mir hervor,
Durchdringt mich ganz und gar,
Und bleibt mir innig vertraut.
Warum dann sollte ich sagen:
»Was geschieht mir? Was geschieht mir?«

Weiter oben haben wir gesagt, die Liebe rafft den Gebrauch der Vernunft hinweg. Ja, man hat sogar gesagt:

Es ist nichts Gutes in einer Liebe,
Die sich vom Verstand leiten lässt!

Abū al-'Abbās al-Muqarānī al-Kussād ist da noch genauer:

Die Macht der Liebe ist so stark,
Dass sie sogar den Verstand unter sich zwingt!

Diese Meister konnten so darüber sprechen, weil der Gebrauch der Vernunft [das Wesen als festgefügte] Person bestimmt, im Gegensatz zur Liebe, zu deren Folgen Unordnung (*ḍalāl*) und Verstörtheit (*hayrah*) zählen, die mit der freien Ausübung jener Fähigkeit unvereinbar sind. In der Vernunft sammelst du dich, doch in der Verwirrung bist du zerstreut.

Nachdem der Prophet Jakob zu seinen Söhnen gesprochen hatte, »ich spüre den Duft von Joseph, erwiderten sie: Gewiss bist du wieder in deinem alten Irrtum befangen« (12:94–95). Damit wollten Josephs Brüder die Verwirrung ihres Vaters, in seiner Liebe zu Joseph, andeuten.

Die Verwirrung bringt also Zerstreuung, nicht Sammlung hervor, und die Liebe findet sich folglich gekennzeichnet von Ausbreitung (*bathth*), indem sie die Tätigkeit des Liebenden über alles Mögliche hin verstreut. So hat Gott gesagt: »Gott hat das Paar [aus einer einzigen Seele] erschaffen und, ausgehend von diesen beiden Elementen, hat Er zahlreiche Männer und Frauen verbreitet« (4:1) Immer noch in diesem Sinn, offenbart Er: »Und wenn die Berge zu weithin verstreutem (*munbaththa*) Staub geworden sind« (56:5–6).[157]

Der Liebende untersteht der Amtsgewalt des geliebten Wesens und verliert seine Eigenständigkeit. Er ist auf die Großzügigkeit und die Anweisungen des höchsten Herrn der Liebe angewiesen, Der Sich seines Herzens bemächtigt hat.

Diese Unordnung, die den Verstand des Liebenden niederzwingt, entsteht, wenn er sich vorstellt, dass das geliebte Wesen allen, denen es begegnet, vollkommen erscheint. Er stellt sich auch vor, dass diejenigen, die es sehen, in ihm das finden, was er selbst im geliebten Wesen wahrgenommen hat, und das beruht auf der Verwirrung (*ḥayrah*), die ihn befallen hat. Darauf passt folgendes Sprichwort:

> Der, den du liebst, erscheint dir auch in den Augen aller
> als schön!

Oh du Liebender! Daraus magst du für dich selbst folgenden Schluss ziehen: Du stellst es dir [nur] vor, dass all jene, die deine Geliebte sehen, sie so schön finden, wie sie dir erscheint![158]

* * *

Ein anderer Grund für die Unordnung, die sich des Liebenden bemächtigt, liegt in der geistigen Zerstreutheit aufgrund der Anwendung verschiedener Hilfsmittel, mit denen er den Gegenstand seiner Liebe zu verwirklichen meint. Er sagt sich: »Ich werde das und das unternehmen, um das Objekt meiner Liebe zu erreichen« oder: »Ich werde mich zu diesem Zweck so und so verhalten.« Und so bleibt er ständig in der Unsicherheit, welches Mittel anzuwenden sei. Er stellt sich in der Tat vor, er würde auf der sinnlichen Ebene mit seiner Geliebten einen stärkeren Genuss erleben als auf der bildhaften. Diese Haltung rührt daher, dass die grobstoffliche Natur über den Liebenden obsiegt, wenn er auf das

157. Die Verwirrung des Liebenden – die gemeinhin für ein pathologisches Symptom gehalten wird – ist einerseits Sinnbild für die Polarisierung und Vervielfältigung des biologischen Lebensstroms und andererseits Symbol der auflösenden ›Entropie‹ am Tag des Gerichts [WH].

158. Das heißt, die »Idealisierung« der/des Geliebten kann von anderen nicht bestätigt werden, was genau an jener »aufsplitternden« Verwirrung (*ḥayrah*) liegt. Gleichwohl hat die Idealisierung – im Sinne der angesprochenen schöpferischen Imagination – für den Liebenden ihre eigene Wahrheit, und nur für ihn [WH].

Vergnügen verzichtet, das im Traumzustand in der Welt der Bilder empfunden wird. Jenes Erlebnis verschafft ihm eine stärkere Lust, als die von der Einbildungskraft versprochene, weil die grobstofflich vollzogene Vereinigung auf ihn stärker wirkt als die, die er über Imagination erreichen könnte. [In Wirklichkeit] jedoch bringt die Vereinigung in der Vorstellung mehr Befriedigung als eine physisch sinnliche Verbindung. Deswegen erzeugt auch der Genuss [der Liebe] auf der geistigen Ebene eine stärkere Bindung als die Vereinigung in der Welt der Bilder.[159] Jener [sinnlich] Liebende ist sich unsicher, mit welchen Mitteln er die physische Vereinigung mit der Geliebten herbeiführen kann. Zu diesem Zweck wird er jemandem, der ein wenig Ahnung von der Sache hat, Fragen stellen in der Hoffnung, mit List seinen Fall zu lösen, insbesondere, wenn ihm der diesbezügliche Vers zu Ohren gekommen ist:

Wenn deine Liebesleidenschaft begründet gewesen wäre,
Hätte man dich auf die Liebeslist vorbereitet!

Dann nämlich würdest du ihr entsprechend handeln, um dich mit der Geliebten zu vereinigen.

159. Je höher der Grad der Feinheit im »Liebesakt«, umso stärker die Verbindung und umso größer der Genuss. Dass Ibn ʿArabī hier einigermaßen unvermittelt und nur kurz die rein geistige Ebene der Liebe ins Spiel bringt, mag man als Absicht deuten, im Leser selbst Verwirrung (*ḥayrah*) über die Vielfalt der Ebenen der Liebe hervorzurufen [WH].

Kapitel 9
Über manche Zustände der Liebenden

1
Von der Verkümmerung (nuḥūl)

Über den ersten der Liebeszustände, die ich beschreiben will, wurde mir von Yunūs Ibn Yaḥyā Ibn Abī-l-Ḥasan al-'Abbāsī al-Qassārī berichtet, als wir uns in Mekka im Jahr 599 [1203] an der jemenitischen Ecke der erhabenen Ka'bah aufhielten. Folgende Rede, die zuverlässigen Quellen zufolge von Dhū-n-Nūn al-Misrī[160] stammt, wurde von ihm wiedergegeben:

> Gott hat Diener, deren Herzen von der kristallinen Klarheit Seiner Liebe durchdrungen sind und deren Geist Er mit der brennenden Sehnsucht nach Seiner Schau (*ru'yah*) geweitet hat. Lob sei Dem, Der sie mit der Liebe zu Ihm angefüllt hat, indem Er ihrem Geist die Gabe verliehen hat, sich Ihm zu nähern, und ihre Brust durchlässig werden ließ, um Seine Gunst zu empfangen. Ruhm sei Ihm, Der ihnen mit Seiner Gnade beigestanden und innige Vertrautheit in ihre dürre Einsamkeit gebracht wie auch Balsam auf ihre seelischen Wunden gelegt hat.
>
> Mein Gott! Um Deinetwillen haben sich ihre Körper erniedrigt, und ihre ausgestreckten Hände öffnen sich in der Hoffnung, dass Du ihnen verstärkt die Gunst zuwendest und sie den süßen Geschmack Deiner Wahrnehmung kosten lassest. Wie angenehm hast Du ihr Leben gemacht, und wie dauerhaft sind die Segnungen, die Du ihnen verschaffst! Du hast ihnen die Pforten Deiner Himmel geöffnet und hast ihre Herzen in Dein himmlisches Königreich einziehen lassen.
>
> Und doch hast Du dabei nicht die Liebe der Liebenden übersehen, denn das heiße Verlangen derer, die in diese Glut eingetaucht sind, ist Dir zugedacht, und um Dich seufzen die

160. Dhū-n-Nūn al-Misrī wurde in Ikhmīm in Oberägypten ca. 796 geboren und starb in Kairo 859. Für nähere Einzelheiten zu diesem Heiligen und Wissenden sei auf die Arbeiten von Emile Dermenghem: *La Vie des saints musulmans,* Paris, und auch Farīd ad-Dīn 'Attar: *Le Mémorial des saints,* Paris 1976, Seite 140ff, verwiesen.

Herzen der [um die Liebe] Wissenden, so wie jene Wahrhaftigen in der innigen Vertrautheit mit Dir leben! Die Angst der Furchtsamen hält Dich fest, und die Mittellosen suchen Deinen Schutz, denn manchmal verzweifeln sie ihrer Lauheit wegen an der Ruhe des Geistes. Dennoch neigen sie wenig zur Nachlässigkeit und geben sich zu Dingen, die sie nichts angehen, kaum mit Überlegungen ab. Des Weiteren sind sie nicht entmutigt von der Müdigkeit und den durchwachten Nächten. In aller Unbefangenheit pflegen sie mit Ihm Umgang und vor Ihm demütigen sie sich, da sie um ihre Bedürftigkeit wissen. Darum betteln sie um Nachsicht für ihre Irrtümer und ersuchen um Verzeihung für ihr fehlerhaftes Betragen. Sie bleiben im Herzen gerührt, und meditieren im Dienste Gottes über ihr trauriges Los, wie es die frommen Wesen tun.

Die Verkümmerung, die sie in ihren gröberen und feineren Lebensumständen heimsucht, ist eines der Kennzeichen dieser Wesen (Möge Gott sie günstig aufnehmen!).

Von den feineren Begleiterscheinungen, die sich an diesen Zustand der Liebenden knüpfen, ist ihr Geist betroffen. Dessen unstoffliche Natur entgeht sowohl der sinnlichen Wahrnehmung als auch dem bildhaften Vorstellungsvermögen. Und doch verleiht ihnen ihre [geistige] Liebe eine feine Materie (*laṭīfah*), die der einer Luftspiegelung (*sarāb*) gleicht. Hier ist meine Erklärung dafür:

Der halb Verdurstete hat angesichts der Notwendigkeit, seinen Durst zu stillen, den Eindruck, die Luftspiegelung bestünde aus Wasser.[161] Ohne den Durst würde er nicht an Wasser denken, das ihm Bedürfnis und Rettung zugleich ist. Das Wasser, in dem das Geheimnis des Lebens steckt, ist Anlass für seine Suche und seine Liebe. Gelangt er jedoch dahin, wo er meint, das Wasser kosten zu können, findet er nichts. Statt Wasser findet er nur Gott – in sich selbst. Die Absicht des halb Verdursteten war, trinkbares Wasser zu finden, während Gott darauf abzielte, ihn über dies Trugbild zu Sich zu führen, ohne dass ihm das klar gewesen wäre.

161. Anspielung auf Sure 24:39: »Die aber ungläubig sind – ihre Taten sind wie eine Luftspiegelung in einer weiten Ebene. Der Dürstende hält sie für Wasser, bis er, wenn er hinzutritt, sie als Nichts findet. Doch er findet Gott bei sich, Der ihn voll entschädigt; und Gott ist schnell im Begleichen.«

So treibt Gott (Gepriesen sei Er!) mit Seinem Diener ohne dessen Wissen falsches Spiel (*makr*). Auf die gleiche Weise jedoch nimmt Er Sich Seines Dieners an, der sein Heil in Ihm findet, zu Ihm zurückkehrt und sich auf Ihn stützt. Ohne sein Wissen löst Er ihn von den zufälligen Ursachen (*asbāb*) ab, eben in dem Moment, in dem Er sie ihm [als scheinhaft] offenbart. So findet der Diener Gott in sich selbst (*wujūd Allāh ʿinda hu*), genau in dem Augenblick, wo ihm das Wasser, das er in der Luftspiegelung vermutete, versagt (*faqada*) wird. Er kommt somit auf Gott zurück, nachdem er sich von den nachrangigen Ursachen abgelöst hat und nachdem sich die Tore [der trügerischen Wirklichkeiten] für ihn wieder geschlossen haben, ohne dass er das Objekt seiner Begierde hätte erlangen können. Nur folgerichtig kehrt er zu Gott zurück, »in Dessen Hand die höchste Herrschaft über jedes Ding liegt« (36:83). Also das ist es, worauf Gott mit dieser List hinaus will, und das ist auch die Art und Weise, wie Er mit denen umgeht, die Ihn lieben, indem Er sie nämlich zu Sich zurückführt, ob freiwillig oder mit Gewalt. Und auch diese schätzen es, wenn ihr Geist sich den von Gott auferlegten Verpflichtungen unterwirft und sie bewusst auf Seine Anweisung hin arbeiten. Sie tun das aus reiner Liebe zu Ihm und wegen der heftigen Sehnsucht, Sein Wohlgefallen zu erlangen, wenn Er sieht, dass sie sich gemäß dem erteilten Befehl betragen.

Wenn der Schleier sich vor ihnen hebt und ihre innere Sicht durchlässig wird, kommen sie sich selbst vor wie die Luftspiegelung, die unter dem Anschein des Wassers erschien, und sehen niemanden mehr, der die Rechte Gottes wahren könnte als nur den einzigen Schöpfer der Taten, und das ist Gott selbst (Gepriesen sei Er!). Sie spüren also: Gott ist jene Essenz, Die Sich von dieser Luftspiegelung ablöst, und Die sie sich [irrtümlich] als ihre eigene Essenz vorgestellt hatten. Was also allein übrig bleibt, ist das Wahre Wesen, Das von Seiner eigenen Essenz (*ʿayn*) angeschaut wird. In analoger Weise hört [das Trugbild] des Wassers in jener Luftspiegelung auf zu existieren, und diese wird als das angeschaut, was sie, ohne aus Wasser zu bestehen, in sich ist. Daraus lässt sich folgern, dass der Geist, der wohl auch als eine Wirklichkeit in sich erscheint, es tatsächlich nicht ist.[162]

162. Gemeint ist der »individuelle« Geist. So wie auf der imaginativen Ebene das Trügerische entlarvt und die Wahrheit enthüllt wird, so geschieht es auch auf der (höheren) mentalen Ebene [WH].

Hier erkennt man wieder, dass der Liebende sich selbst dem Gegenstand seiner Liebe gleichsetzt und letztlich nur sich selbst liebt. Es kann nicht anders sein.

Eine feinere (*alṭaf*) Verkümmerung als die beschriebene lässt sich im Geist der Liebenden nicht finden.

Die Auszehrung, welche die grobstoffliche oder sinnliche Befindlichkeit dieser Liebenden befällt, führt zu einer Verfärbung der Haut und zu einem Zerfall des Gewebes. Angesichts der auf ihnen lastenden Verpflichtung, die von Ihrem Geliebten geforderten Leistungen zu vollbringen, stürmt eine Flut von bedrückenden Gedanken auf sie ein. Mithin geben sie sich eifrig den Verpflichtungen aus dem mit Gott geschlossenen Vertrag hin, um sich ihrer treu ergeben vor allen Augen zu entledigen. Deswegen bemühen sie sich, vor Seinen Augen an Ihn und Seinen Gesandten zu glauben, wenn sie ihn Seinen Befehl verkünden hören: »Oh ihr Gläubigen! Erfüllt die eingegangene Verpflichtung voll und ganz« (5:1). »Erfüllet wohl die Verpflichtung, die ihr um Meinetwillen eingegangen seid« (2:40) und brechet nicht den Bund des Vertrauens, denn ihr habt Gott zu eurem Bürgen (*kafīl*) gemacht.

Und das ist der Grund, der die Auszehrung ihrer Leiber hervorruft.[163]

2
Vom Welken (dhubūl)

Dies ist wahrlich ein Kennzeichen für Liebende in ihrem Geist und ihrem Körper.

Das Welken, das sich ihres Körpers bemächtigt, liegt an dem Verzicht auf wohlschmeckende und appetitanregende, auf cremige und erfrischende Speisen, die eine Wonne für die Seele sind und dem Körper den Glanz der Gesundheit und des Wohlbefindens verleihen.

163. Die »Verkümmerung« aus Liebe, von der Ibn ʿArabī spricht, äußert sich auf allen Ebenen, der körperlichen, der seelisch imaginativen und der rein geistigen, je nach dem Stand der Gläubigen. Diejenigen, von denen Dhū-n-Nūn in seiner Rede als den »vor Angst Furchtsamen« und »Mittellosen« spricht, müssen sich zwangsläufig *voll und ganz* den äußeren Vorschriften der *sharīʿah* hingeben. Das erzeugt Verkümmerung auf der körperlichen Ebene (Askese), jedenfalls bei ihnen. Für die anderen, zuvor behandelten, feineren Kategorien von Liebenden muss das keineswegs gelten [WH].

Diese Liebenden (Möge Gott sie gnädig aufnehmen!) stellen sich vor, der Geliebte (*ḥabīb*) habe ihnen aufgetragen, sich in Seiner Gegenwart wach zu halten und des Nachts im Moment Seiner Erscheinung als Eingeweihte mit Ihm umzugehen, während die sonstigen Wesen im Schlummer befangen sind.

Sie haben [nämlich] sehr wohl bemerkt, dass die Verdauungssäfte Dämpfe erzeugen, die ins Gehirn aufsteigen und ihre Sinne beherrschen und abstumpfen lassen. Dann bemächtigt sich ihrer der Schlummer, um sie daran zu hindern, sich vor ihrem Geliebten im Wachzustand aufrecht zu halten, auf dass sie einsam und zurückgezogen allein mit Seiner Gegenwart innige Zwiesprache halten.

Überdies werden von jenen Dämpfen in ihren Körpern Energien freigesetzt, die abirrende Bewegungen (*jawāriḥ*) auslösen und den Samenfluss hervorrufen, dessen willkürliche Auslösung der Geliebte untersagt hat.[164]

So kommt es dann dazu, dass sie Speisen und Getränke, die nicht unbedingt notwendig sind, verschmähen. Deswegen werden die vom Körper abgesonderten Säfte schließlich eintrocknen, und wirklich macht dieser Entzug den Glanz von Gesundheit und Wohlergehen schwinden, lässt ihre Lippen welken und das Gewebe schlaff werden. Ihre Schläfrigkeit verfliegt und das Wachsein kräftigt sich. So gelangen sie schließlich zu ihrem Ziel, nämlich sich vor ihrem Geliebten wach zu halten. In ihrer Enthaltsamkeit finden sie das nötige Hilfsmittel dazu. Und das macht das Verwelken des Körpers aus.

Bei den geistig Liebenden geht die welkende Veränderung, die sich ihrer bemächtigt, von der Glücksseligkeit aus, die bei ihnen von Wissen und Wissenschaft hervorgerufen wird. In der Tat steht ihr Geist in enger Beziehung mit dem Geist der Wesen der höchsten Seinsfülle (*mala' a'lā*), und diese Artverwandtschaft lässt sie innige Vertrautheit mit ihnen empfinden und stachelt sie auch dazu an, sich gegenseitig zu helfen, erst recht, wenn sie dieses Gotteswort vernehmen: »Ermutigt euch gegenseitig zur Tugend und Gottesfurcht« (5:2). Dabei stellen sie sich freilich vor, diese Rede sei [nur] an sie selbst gerichtet. Doch keineswegs! Die Wesen [der

164. Nach gängiger Auslegung wird die Masturbation in Sure 23:5–7 angesprochen (gemeint sind die Gläubigen): »Und die ihre Sinnlichkeit im Zaum halten – es sei denn bei ihren Gattinnen oder bei denen, auf die sie ein Anrecht haben, denn dann sind sie nicht zu tadeln. Die aber darüber hinaus Gelüste tragen, das sind die Übertretenden« [WH].

höchsten Seinsfülle], an die sich diese Worte [auch] richteten, waren von Natur aus dazu angehalten, sich gegenseitig bei Sünde und Übertretung zu helfen. Daher lässt Gott auf diese Worte sogleich ein Verbot folgen: »Doch helfet einander nicht bei Sünde und Übertretung. Schützet euch mit eurer Gottesfurcht« (5:2). Nun kommt aber eine solche Haltung [der Gottesfurcht] in der Natur der Wesen dieser erlauchten Versammlung (*mala' a'lā*) nicht vor.

Da – weil sie ihre Verwirrung erkannten – wandten sie sich von diesem Vers ab und einem anderen zu: »Bittet um Gottes Hilfe und seid standhaft« (7:128), was darauf hinaus läuft zu sagen: Zieht euch ganz auf Gott zurück![165]

Unter dem Eindruck dieses Verses konnten sie jene Wesen deutlich [in ihrer wahren Natur] unterscheiden. Obwohl sie schon auf dem Gipfel des Wohlbehagens standen, da sie mit den Wesen [der höchsten Seinsfülle] – denen sie sich ja verwandt fühlten – verkehrten, verging ihr Geist vor Sehnsucht. Und dies deswegen, weil sie sich [nunmehr einzig] an »Denjenigen, Dem nichts gleichkommt« (112:4) gebunden hatten. Sie konnten keine Beziehung von Ähnlichkeit zwischen jenen Wesen und Gott mehr anerkennen, über die sie sich ihnen [allein wegen dieser Verwandtschaft] anschließen konnten. Also sprachen sie zu den Wesen dieser erlauchten Versammlung: »Die Kenntnis Gottes ist nur möglich, wenn Er – Dessen Ruhm verkündet wird – Sich in eurer Sprache mit eurer Ausdrucksweise und euren Redewendungen ausdrückt und wenn bei den Wesen, die diese Sprache sprechen, wozu auch ihr gehört, über das Gesagte Einigkeit besteht. Kehrt also zu eurem Verständnis der Rede, die Gott an euch richtet und deren Sinn mit dem eben entfalteten Gedanken in Einklang steht, zurück. Doch macht euch nicht in Unkenntnis daran, nur wegen der innigen Beziehung, die wir zu euch haben, eine Ähnlichkeit zu Gott herzustellen.«[166]

165. In dem angeführten Koranvers lässt Gott Moses sprechen. Die geistig Liebenden fühlen sich innig mit den Wesen der höchsten Seinsfülle (deren Gesamtheit im esoterischen Christentum auch *Pleroma* genannt wird) verbunden, meinen aber irrtümlich, das Pleroma sei Gott ähnlich, und wollen sich daher – über die Vermittlung ihrer eigenen Verbundenheit und dieser Ähnlichkeit mit dem Pleroma – Gott »annähern«, obwohl sie ihre Verwirrung ahnen. Moses nun mahnt sie an die unmittelbare Gottesfurcht, er verwirft die Vermittlung des Pleroma [WH].

166. Hier findet eine überraschende Wendung statt: Die »geistig Liebenden«, als die wahren Wissenden, maßregeln die Wesen der höchsten Seinsfülle (*mala'*

Diese Art der Unterhaltung, die Gott mit dir in der Weise der Offenbarung pflegt, ist durchaus notwendig, denn Gott bedient Sich ihrer, um Sich zu beschreiben. Im Übrigen ist sie nur wegen des Vorrechts der Beziehung gültig, die sich von uns[167] zu Ihm herstellt.

Wenn du dich an jene Ausdrucksweise von Gott anlehnst und mit unerbittlicher Notwendigkeit an ihr festhältst, wird sie dir bei Ihm Zugang verschaffen, und über diesen sinnbildlichen Stil wirst du die Analogie kennen lernen, die diese Unterhaltung mit Ihm [wenn dem so ist] zu einem schmeckenden Wissen (*dhawq*) und einer Gotteserscheinung aufweist.[168] Dein Welken wird nur noch fortschreiten, bis du zu dem imaginären Punkt (*nuqṭah mutawahhamah*) wirst, von dem der Dichter gesagt hat:

Nach all dem Schmachten
Fand ich in Dir mich wieder
Wie der imaginäre Punkt,

der nur in der Einbildung (*wahm*) existiert.

Dieses Verwelken ist das Mal der geistig Liebenden.

In einer Nachricht, die uns über innere Enthüllung (*kashf*) bestätigt wurde, hat man uns mitgeteilt, dass ʿIsrāfīl, der Engel des Jüngsten Gerichts (Möge Gottes Frieden auf ihm ruhen!), einer der erhabensten Geister, jeden Tag unter der Last der Größe Gottes auf seinem Herzen siebzigmal kleiner wurde, bis er zu einem Punkt ohne Ausdehnung (*waḍʿ*) schrumpfte. Ebenso werden die Wesen, die ihren Hochmut zur Schau stellen, um die Diener Gottes zu überragen, am Tag der Auferstehung versammelt

aʿlā oder Pleroma) und weisen sie auf deren eigene Relativität und potenzielle »Uneinigkeit« hin (vergleiche Anmerkung 128). Damit wird der Anspruch des Pleroma, Gott ähnlich zu sein, zunichte und zugleich der (wissende) Mensch von der Abhängigkeit von diesen Wesen befreit. Er kann nunmehr gewissermaßen auf der geistigen Ebene »fasten« [WH].

167. Ibn ʿArabī sagt hier »uns« und nicht »dir«, weil diese bevorrechtigte Beziehung nur den wahren Wissenden, zu denen er selbst sich zählt, zusteht. Gäbe es die wahren Wissenden nicht, gäbe es auch keine Offenbarung, die im Nachhinein freilich allen zugänglich ist [WH].

168. Es gibt also drei Arten, mit Gott in Berührung zu kommen: das unerschütterliche Festhalten an der Offenbarung, das unmittelbar »schmeckende« Wissen und die visionäre Erscheinung. Alle drei Arten waren Ibn ʿArabī innig vertraut [WH].

werden, gleich winzigen Wesenheiten, gefügig und demütig, weil sie sich im Diesseits vor Wichtigkeit (*ta'āẓum*) aufgebläht und sich als großartig (*takabbur*) aufgespielt haben.

So werden also die Liebenden gekennzeichnet, deren Geist und Körper verwelken.[169]

3
Der Bann oder die Umnachtung aus Liebe (gharām)

Das ist die Auflösung im Geliebten, hervorgerufen von ständiger Melancholie (*kamad*). Gott (Gepriesen sei Er!) hat gesagt: »Wahrlich, die Strafe der Hölle ist Umnachtung (*gharām*)« (25:65). Der Begriff »Umnachtung« hat hier den Sinn von Auflösung, hervorgerufen von stetiger Anhänglichkeit an die Gegenwart des Geliebten.

Der *gharīm* – ein Wort derselben Wurzel wie *gharām* – ist derjenige, dem etwas geschuldet wird, und wird »Gläubiger« genannt.

Die Umstellung der Buchstaben dieser Wortwurzel *gharima* ergibt *arghma,* was bedeutet: »Widerwillen empfinden«, »zwingen«, »erniedrigen«. Davon stammt *raghām,* »feine Erde«, »Erdhaufen«. Zum Beispiel gibt es die Redensart: »Seine Nase ist gedemütigt worden«, da sie derjenige Gesichtsteil ist, der Macht zum Ausdruck bringt. Im Ritualgebet [während der Niederwerfung] wird die Nase mit diesem Begriff *raghām* in Verbindung gebracht, denn in dieser heiligen Stellung, die an ein Aufgenommenwerden erinnert, neigt sie sich zur Erde.

Das Wort *gharām* oder »Umnachtung der Liebe« bedeutet also, vor dem Hintergrund der Buchstaben *rā', ghayn* und *mīm,* aus denen es zusammen gesetzt ist, dass das von der Liebe umnachtete (*mughram*) Wesen von Gefügigkeit (*dhillah*) durchdrungen ist, da die Erde die gefügigste der Wirklichkeiten ist. Der Erdboden, der von den sich niederwerfenden Wesen mit Füßen getreten wird, ist eben aus diesem Grund in der Redekunst als gefügig (*dhalūl*) bezeichnet worden.

169. Der Unterschied zwischen dem »Welken« und der im vorigen Abschnitt behandelten »Auszehrung« liegt an der Haltung des Menschen. Während im ersten Abschnitt die Auszehrung als etwas erscheint, das den Liebenden zwangsläufig zustößt, ist das Welken eine Folge der bewussten Abkehr von allem, was von Gott ablenken könnte, und wird symbolisiert durch das Fasten [WH].

Die ursprüngliche Liebe (*ḥubb*) wohnt im Herzen der [rein] Liebenden, im Herzen der begehrlichen Verliebten wohnt das heiße Liebesverlangen (*shawq*), die Schlaflosigkeit wohnt in der Seele der Schlaflosen und so weiter für jede Eigenschaft der Liebe. Wer unter dem Bann all dieser Gefühlsregungen steht, erhält die Bezeichnung, »von der Liebe umnachtet« (*mughram*) zu sein, und seine Liebesneigung wird »Umnachtung aus Liebe« (*gharām*) genannt. Dies ist also eine Bezeichnung, die alles zusammen fasst, was den Liebenden an Eigenheiten der Liebe befallen kann, und deswegen gibt es für den Liebenden kein umfassenderes Attribut als die Umnachtung aus Liebe.[170]

4
Das brennende Liebesverlangen (shawq)

Hier handelt es sich um eine geistige, doch zugleich auch natürliche, körperliche und sinnliche Triebkraft, die eine Begegnung mit dem geliebten Wesen herbeiführt, sofern dieses von der derselben Art ist wie der Liebende. Wenn er irgendeinem Wesen, das Gegenstand seiner Liebe ist, [im Liebesakt] begegnet, findet seine Aufregung Ruhe, und doch lässt ihn der Friede verwirrt zurück. In der Tat, warum packt ihn erneut die Unruhe, wo er doch dem geliebten Wesen wirklich begegnet ist? Er verspürt jene [sinnliche] Erregung nur noch stärker, weil die Angst, die unversehens im Liebesakt auftaucht, zur selben Zeit in ihn eingedrungen ist wie der Sog der Liebe.[171] Da haben wir ihn nun, besessen von der Sorge um die zu erwartende Trennung. Und doch spürt er: Eben diese drangvolle Sorge begehrt den andauernden Liebesakt und stachelt auf zu einer neuen Begegnung. In diesem Sinn hat jemand von einer derartigen Befindlichkeit gesagt:

170. Die totale Liebe führt also zu völliger Selbstauflösung und somit – in die Hölle; oder, nach Ibn 'Arabīs Verständnis, in die totale Transzendenz Gottes (vergleiche Anmerkung 75). Fürwahr eine originelle Deutung des Koranverses 25:65! [WH]

171. Die Angst – und hier zeigt sich Ibn 'Arabī als feinfühliger Psychologe – entsteht also bereits in dem Moment, in dem der Liebesakt vollzogen wird. Der Friede nach einem erfüllten Liebesakt ist nur um den Preis einer temporären Verdrängung dieser »Urangst« zu haben. Angst und Begierde sind hier gleichbedeutend [WH].

Gibt es etwas Süßeres als einen Tag voller Leidenschaft,
Wenn das Liebeslager und die Angst naht?

Über diese Sorge, die einen im Zustand der Vereinigung überkommt und von der wir gerade gesprochen haben, hat jemand den folgenden Vers vorgetragen:

Wenn sie mir ferne sind, beweine ich sie voll Liebe,
Doch auch in meiner Nähe, aus Furcht, verstoßen zu werden!

Wer auch immer einen anderen liebt als Ihn, muss auf diese Weise dafür büßen, seine Glut in eine äußere Wirklichkeit hineingelegt zu haben. Hätte er Gott geliebt, wäre er nicht zum Spielball dieser Gefühle geworden. Wer Ihn liebt, sorgt sich nicht darum, von Ihm getrennt zu sein. Wie könnte er sich auch von etwas ablösen, das ihm innewohnt und seiner Herrschaft untersteht, noch dazu, wenn er den Geliebten beständig vor sich sieht? In der Tat, »Er ist ihm näher als seine Halsschlagader« (50:16). »Als du geworfen hast, hast nicht du geworfen, es war Gott, Der geworfen hat« (8:17).

Wo ist die Trennung,
Wenn es im Dasein
Nichts gibt außer Ihm?

In einem heiligen Hadith sagt Gott: »Wer sich Mir um eine Handbreit nähert, dem komme Ich um Armeslänge entgegen. Wer sich Mir um eine Armeslänge nähert, dem komme Ich um einen Klafter entgegen. Kommt er aber im Laufschritt auf Mich zu, dann bin Ich sofort bei ihm.«[172]

Deswegen, oh mein Bruder, gehört es sich, dass du den Wert der Person, die du um Gottes willen oder ihretwillen liebst, zu schätzen weißt, denn das Wahre Wesen bleibt Sich selbst absolut genug und kommt ohne das Universum aus! Wenn der Diener Gott liebt, eilt Gott zu ihm, die Vereinigung zu vollziehen, und Er zieht ihn [zu Sich] heran, auf dass Ihm der Diener während seiner spirituellen Versenkung ganz nahe komme. So setzt Gott ihn also unter diejenigen Wesen ein, die damit ausgezeichnet sind, in Seiner Gegenwart zu weilen. Nun, wenn dich eine Person liebt,

172. Nach Abū Hurayra und Anas, siehe Bukhārī: Buch 93, 502 u.a. [WH].

taugst du sehr dazu, diese Weihe zu empfangen, denn indem sie sich dem fügt, was du von ihr verlangst, erkennt sie an, dass du Macht über sie hast!

Du hast also scharfsichtig zu sein, damit du die Reichweite der Liebe und den Wert der Person, die dich liebt, erkennst und auch damit du eilst, dich mit ihr zu vereinen, indem du dich über Seine Liebe mit Eigenschaften Gottes (*takhalluq bi akhlāq Allāh*)[173] tränkst. So legt Er es dir nahe. Ist Er es doch, Der dich ursprünglich mit dieser Liebe, der nie etwas gleichkommen wird, erschaffen hat. Deshalb ist der Liebesakt, wenn er auch im Grunde genommen mit Ihm [jedes Mal neu] vollzogen wird, lediglich die Folge jener Liebe, mit der Er dich schon seit Anbeginn liebt.[174]

5
Die ekstatische Liebe oder die verliebte Irrfahrt (hiyām)

Die von dieser Leidenschaft beherrschten Wesen sind verrückt vor Liebe, hilflos und unfähig dazu, entschlossen über sich zu bestimmen. Die in Gott Verliebten zeigen eine starke Neigung zu dieser Art von Gefühlsregung. Jeder, der ein geschaffenes Wesen liebt, kann von der Leidenschaft unterjocht und in der verzweifelten Hoffnung, sich mit dem geliebten Wesen zu vereinigen, in all seinen Sinnen erregt werden. Der in Gott Verliebte dagegen ist davon überzeugt, Vereinigung zu erlangen, auch wenn er weiß, dass Gott von einem Ort, zu dem Er Sich hinneigen sollte, weder bedingt noch auch näher bestimmt ist, denn die Wirklichkeit des Wahren Wesens lässt dies nicht zu. Gott spricht davon: »Wohin du dich auch immer wendest, dort ist das Angesicht Gottes« (2:115). »Er ist überall mit euch, wo ihr seid« (57:4).

Die Liebe eines solchen Wesens ist gegenwärtig an jedem Ort und in jeder Lage, denn sein Geliebter ist das Wahre Wesen, auf Das er sich nicht in einer besonderen Weise auszurichten braucht.

173. Mit Bezug auf folgenden Hadith: »Bezeichnet euch mit den Eigenschaften Gottes!«

174. Als Gott Sich in der von Ihm geschaffenen Schöpfung selbst erkannte, war das der ›erste Coitus‹. Und wenn sich in der Schöpfung zwei Wesen zum Liebesakt zusammen finden, ist das nichts anderes als eine Verwirklichung des ursprünglichen Göttlichen Geschehens in Raum und Zeit. Daher eilen die Wissenden unter den Liebenden, »sich über Seine Liebe mit Eigenschaften Gottes zu tränken« [WH].

Man könnte sogar hinzufügen, Gott zeigt sich ihm, wie auch immer seine Ausrichtung auf Ihn beschaffen sei, da diese Gotteserscheinung [für ihn] in jedem beliebigen Umstand vorkommt. Solche Personen verdienen die Bezeichnung »liebestoll« eher als jene, die ihre Liebe auf Geschöpfe richten.

Bei den Liebenden ist Gott (Gepriesen sei Er!) das Wesen, Welches das Auge anschaut, die Zunge erwähnt, das Ohr vernimmt. So kennen Ihn die Wissenden, und wegen dieser Ausrichtung der Liebe offenbart Er sich den Liebenden.

6
Die tiefen Seufzer (zafrāt)

Die Seufzer, die sich selbst verzehren und die das Herz kaum ertragen kann, haben die Natur des Feuers (*nār*) oder des Lichts (*nūr*). Mit unablässiger Heftigkeit entfliehen sie dem Liebenden, der unermesslichen Traurigkeit wegen, die ihn befallen hat, und erzeugen einen geräuschvollen Atem von starker und heißer Inbrunst, der dem Knistern des Feuers ähnelt.

Dieses Klagen, das wir als »tiefes Seufzen« (*zafrah*) bezeichnet haben, geht vorzugsweise von einem naturhaften Körper aus, wenngleich es auch eine nicht verkörperte Form (*ṣūrah mutajassadah*) befallen kann. Diese weist dann einen Bezug zu einem unstofflichen Prinzip – dem Feuer – auf, das sich durch sie manifestiert.

Man sagt, dass dann diese Form Aufreizung wie auch Befriedigung, nach dem Beispiel sinnlich fassbarer Körper, zu erwarten hat, gemäß dem auf ihn selbst bezogenen Wort des Propheten (Friede und Segen seien mit ihm!): »Gewiss bin ich tatsächlich ein Wesen von menschlicher Gestalt (*bashar*), ich ärgere mich wie ein menschliches Wesen und bin zufrieden, wie ein Mensch zufrieden ist.«[175]

In Seiner Vortrefflichkeit hat Gott, »Dem nichts gleichkommt« (112:4),[176] gleichwohl Sich selbst zum Beispiel die Eigenschaften von Zufriedenheit und Ärger, wie auch weitere ähnliche Attribute,

175. Dieser Hadith gibt, kaum verschleiert, zu verstehen, dass der Prophet zwar Mensch gewesen ist, doch damit lediglich das Äußere seiner inneren Wirklichkeit zutage getreten ist.

176. Vers 112:4 (»Und es gibt nichts, das Ihm gleicht«) lässt sich auf zweierlei Weisen verstehen und übersetzen: »Nichts ist wie Er« oder »Nichts ist wie Seinesgleichen«. Diese doppelte Deutung lässt einen den Sinn der im Text auf das

zugeschrieben. Aus dieser doppelten, in sich gegensätzlichen Wirklichkeit heraus wurdest du in der Welt manifestiert. Daher sagen wir, dass Gott (Lob sei Ihm!) die Welt aus Sich selbst wie auch durch die Welt kennt und dass es gar nicht anders sein kann! Die Wirklichkeiten und Seinsweisen, die auf die Welt kommen, haben ein Göttliches Prinzip (*aṣl*), von dem sie alle abhängen. Wäre dieser Göttliche Ursprung, der diesen Wirklichkeiten und Eigenschaften das Dasein sichert, nicht, so wären sie nicht erzeugt und würden auch nicht fortbestehen. Doch in dieser Frage wissen vom Stamme Gottes nur manche Eingeweihten Bescheid, denn hier handelt es sich um eine Wissenschaft der besonderen Art.

Gott (Gepriesen sei Er!) hat gesagt: »Gott ist zornig auf ihn« (4:93 u.a.). In einem prophetischen Wort findet man eine noch schwerwiegendere Aussage bezüglich desjenigen Wesens, das Gott [in Seiner unbedingten Essenz] zu erkennen versucht. Dies wird in einem verbürgten Hadith berichtet bei Gelegenheit der Sprache, der sich die Propheten am Tag der Auferstehung befleißigen: »Gewiss ist Gott an jenem Tag von einer Wut aufgebracht, dergleichen Er vorher noch nie hatte und nie mehr haben wird.« Nun, dieser Zorn ist heftiger als der andere Ärger [in der vorerwähnten Sure des Korans], auch insoweit als der Göttliche Ärger als in Erscheinung tretend und wieder verschwindend beschrieben werden kann.

Zitat folgenden Sätze besser erfassen. Die erste Version schließt alles aus, was Gott ähnlich ist, die zweite bejaht Gott den Ähnlichen als unvergleichlich, einzig und einzigartig. Daraus wird Ibn ʿArabī an zahlreichen Stellen seines gewaltigen Werks schließen, dass jener Ähnliche nichts anders ist als der universelle oder vollkommene Mensch (*insān kāmil*). Hat Gott nicht Seinesgleichen, so kennt Er den ›Inhalt‹ Seines Wissens aus Sich selbst. Wenn man es dagegen so versteht, dass nichts ist *wie* Seinesgleichen, dann kennt Gott die Welt über die Welt, welche die Manifestation der Möglichkeiten darstellt, die in Seinem unendlichen Wissen enthalten sind. Die arabische Wurzel *ʿalima* bedeutet: »wissen«, »mit Erkennungszeichen unterscheiden«. Das aus dieser Wurzel abgeleitete Wort *ʿālam* oder »Welt«, bedeutet zunächst einmal die Gesamtheit der unzähligen Möglichkeiten oder Zeichen, die alle voneinander unterschieden im Göttlichen Wissen enthalten sind. Sie stellt die erste ontologische Unstetigkeit dar, mit der Erkenntnis überhaupt erst möglich wird. Wenn das Wort in der Mehrzahlform *ʿālamūn* auftritt, bezieht es sich auf belebte Wesen, die vom Göttlichen Wissen betroffen sind, und lässt sich übersetzen als »Welt« oder »weltliche Wesen«, wie in dem von Ibn ʿAbbās überlieferten prophetischen Wort: »Die *ʿālamūn* sind die Dschinns und die Menschen, denn ihnen wird gepredigt.«

In einem weiteren verlässlichen Hadith hat Mohammed (Friede und Segen mit ihm!) zu diesem Punkt gesagt, dass seine Gefährten, die ihm von Generation zu Generation nachfolgen sollten, abhängig von ihrer augenblicklichen Verfassung (*ḥāl*) und den gewöhnlichen Umständen (*mawṭin*) bleiben würden: »Wer eine Machtstellung innehat, passe sich in seinen Entscheidungen an, indem er dem Zeitmoment und den gewöhnlichen Umständen Rechnung trage.«[177]

7
Die Schwermut der Liebe (kamad)

Das bedeutet der Höhepunkt der Traurigkeit (*ḥuzn*) des Herzens, die nicht einmal mehr Tränen hervorbringt, auch wenn der davon Betroffene nicht müde wird, zu wimmern und zu seufzen.

Diese Traurigkeit entdeckt er in sich selbst. Sie wird weder von Entzug noch von Unvermögen hervorgerufen, sondern von einem Grund, den er selbst nicht kennt. Sie ist für Liebende bezeichnend, denn ihre einzige Triebfeder ist die Liebe und das einzige Heilmittel ist die Vereinigung mit dem Geliebten. Besessen zu sein von der geliebten Person, das beherrscht seine ganze Sinneswahrnehmung und das ist jene Traurigkeit, die ihn lähmt. Wenn sich die Vereinigung mit dem Geliebten nicht persönlich verwirklichen kann und die geliebte Person zu denen gehört, die Anweisungen erteilt, so kann er sich immerhin der Aufgabe widmen, sie auszuführen. Daran wird er sich erfreuen, bis seine Schwermut verfliegt. Wenn sich dagegen keinerlei Beziehung mit der geliebten Person ergibt, die den Liebenden von sich selbst ablenken könnte, könnte sich seine Schwermut sogar verdoppeln.

177. In diesem Abschnitt scheint Ibn ʿArabī vom selbst gestellten Thema der »tiefen Seufzer« durchaus abgekommen zu sein. Doch zeigt sich gerade im Seufzen des Menschen die Doppelnatur der Liebe: Zorn und Unmut als ihr feuriger (*nār*) Aspekt und wissende Ergebung als Aspekt des Lichtes (*nūr*). Da der Lichtaspekt des Seufzens bei der Beschreibung des Liebesaktes im Kapitel über die natürliche Liebe bereits ausführlich gewürdigt wurde, konzentriert sich Ibn ʿArabī hier auf den feurigen Aspekt und weist nach, dass dieser auch der Liebe Gottes eignet, und zwar im Umkehrschluss: Weil der Mensch zornig ist, muss es auch Gott sein können, denn der Mensch als Ebenbild Gottes spiegelt Dessen Eigenschaften. Daher finden sich in diesem Abschnitt auch Ausführungen über die Ähnlichkeit (Immanenz) Gottes. Die Polarisierung der Liebe in Feuer und Licht hat einen Zeitkern, und das gilt auch für Gottes Liebe, die sich vorübergehend als Ärger äußern kann [WH].

Von all den Eigenschaften des Liebenden ist einzig die Schwermut eine vergängliche, doch nur, wenn er sich zu beschäftigen weiß.

* * *

Die Ausdrucksformen der Liebe sind von beträchtlicher Anzahl. Führen wir einige davon an:

Bedauern (*asaf*), Kopflosigkeit (*walah*), Verleumdung (*baht*), Bestürzung (*dahash*), Verwirrung (*ḥayrah*), Eifersucht (*ghayrah*), Verstummen (*kharas*), Abmagerung (*saqām*), Unruhe (*qalaq*), Starre (*jumūd*), Tränen (*bakā'*), Heimsuchung (*tabrīḥ*), Schlaflosigkeit (*suhād*) und all jene Ausdrucksformen, die von Liebenden in ihren Gedichten besungen worden sind.

Im nächsten Kapitel haben wir uns vorgenommen, die Liebe zu behandeln, die Gott insbesondere und ausschließlich für Seine Diener hegt, und die Liebe, die sie für Ihn haben.

Gott (Ruhm sei Ihm!) hat die Wesen, die Er liebt, aufgezählt, indem Er sie mittels der Eigenschaften beschrieben hat, die sie aufweisen müssen, so wie Er auch Seine Liebe von manch anderen ihrer Fehler wegen abgewendet hat. All das ist im Buch Gottes niedergelegt, und auch Sein Gesandter (Friede und Segen seien mit ihm!) hat es [in den Hadithen] zum Ausdruck gebracht.

Kapitel 10
Die Eigenschaften der Liebenden im Koran

I
Von der Liebe zum Propheten Mohammed und seiner Nachfolge

Das Gebot, mit dem Gesandten Gottes (Friede und Segen seien mit ihm!) im Einklang (*ittibāʿ*) zu sein, rührt vom heiligen Gesetz her, das er verkündet, und wird im folgenden Vers verdeutlicht: »Sprich! So ihr Gott liebet, folget mir [Mohammed], dann wird Gott euch lieben« (3:31).

Wisse: In der Liebe, die Gott Seinen Dienern zuwendet, zeigt Er eine zweifache Liebe (*maḥabbatān*) und Zuneigung (*taʿalluqān*), und diese Regung ist etwas, das Seinem Willen innerlich zu Eigen ist.

Eine solche Liebe ist die, die Gott schon seit Anbeginn den Geschöpfen bezeugt, und mit ihr hat Er ihnen gestattet, Ihm nachzufolgen, wie es die Gesandten selbst getan haben (Der Friede Gottes sei mit ihnen allen!).

Fügen wir hinzu, dass diese Nachfolge in ihnen zwei liebevolle Zuneigungen erzeugt, weil sie in zweierlei Arten vorkommt: im Vollbringen entweder von Werken auf Gottes Geheiß (*farāʾiḍ*) oder von freiwilligen Taten (*nawāfil*).

Der Prophet (Friede und Segen seien mit ihm!) überbringt die folgende Nachricht von Seinem Herrn: »Mein Diener nähert sich Mir unablässig mit einem Werk, das Mir zu den angenehmsten gehört, nämlich das zu vollbringen, was Ich ihm vorgeschrieben habe. Mein Diener lässt nicht davon ab, sich Mir darüber hinaus mit freiwilligen Gaben zu nähern, bis ich Ihn liebe. Und wenn Ich ihn liebe, bin Ich sein Hören, sein Sehen, sein Greifen und alle seine anderen Fähigkeiten.«

Doch wenn das Wahre Wesen dank seiner freiwilligen Gaben das Hören des Dieners und seine anderen Organe ist, was ist mit der Liebe, die Gott für ihn empfindet, wenn er sich [nur] der von Ihm auferlegten Pflichten entledigt?

Die Antwort darauf ist: Das Wahre Wesen äußert Seinen Willen durch den Willen jenes auserwählten Dieners, den Er in dieser Welt mit den Führungsaufgaben betraut hat. Er steht vollkommen im Einklang mit Seinem ursprünglichen Willen, der dieser liebevollen Zuwendung zu Eigen ist und mit dem Er ein solches Wesen bei Sich aufnimmt. Also lässt sich die letztere Liebesneigung [begründet durch freiwillige Gaben] auf die erste zurückführen, gemäß dem Göttlichen Wort: »Und ihr wollt nur das, was Gott will« (76:30 und 81:29).[178] Gott liebt [auch] den, der die in Seinem Buch aufgezählten Eigenschaften bei sich pflegt, die nur dank des Einklangs [mit dem heiligen Gesetz] erworben werden.

Nun verhält sich der Botschafter Gottes (Friede und Segen seien mit ihm!) aufgrund jener Veranlagung, mit der er Gott nachschlägt, denn: »Er bringt nichts aus [eigener] Begierde zum Ausdruck« (53:3). Der Gesandte handelt im Auftrag Gottes und in unserem eigenen, doch kann Gott nur zulassen, dass dessen Handeln Seinetwegen geschieht. Und dann handelt er auch für uns, wie es manche [zu Recht] haben vermuten können. Indes hat der Prophet sehr wohl gesagt: »Ich weiß nicht, wie Gott mit mir und mit euch verfährt. Ich richte mich lediglich danach, was Er mir offenbart hat, und bin nur ein deutlicher Mahner.« In diesem Sinn spricht Gott: »Dem Gesandten obliegt lediglich die Übermittlung [der Botschaft]« (5:99).[179]

Ihm nachzufolgen, heißt also, dass die Diener sich verhalten, wie es der Gesandte ihnen abfordert. Ob er nun [ausdrücklich] sagt: »Folget mir!« oder nicht, wir werden es [ohnehin] tun. Wir befolgen seine Anweisungen und richten uns nach seinen Verboten. Die Achtung der uns von ihm aufgezeigten Grenzen bringt es mit sich, dass wir uns sein Verhalten und seine Charaktereigenschaften zum Vorbild nehmen. Diese seine Haltung trägt den Namen des »Wunderbaren« (*karāmah*) oder des »Wunderwerks« (*āyah*) – wahrhaft Zeichen (*āyāt*), welche die Aufrichtigkeit des Gläubigen bezeugen, wenn sie ihm nachfolgen.[180]

178. Auch die freiwillig selbstlosen Handlungen geschehen letztlich auf Gottes Willen hin. Der Aspekt des *nawāfil* ist also nicht ausschlaggebend für die Liebe Gottes. Der Unterschied liegt darin, dass Gottes Wille nur zum Teil (und nur zum jeweiligen an Ort und Zeit gebundenen Zweck) im heiligen Gesetz niedergelegt ist [WH].

179. Der Gesandte kann nicht zu einer vermittelnden Instanz zwischen Gott und den Menschen überhöht werden, er ist lediglich ein Medium der Botschaft. Auch wenn sein Wirken faktisch darauf hinausläuft, dass die Beziehungen zwischen Gott und den Menschen mittels der überbrachten Botschaft ›geklärt‹ werden [WH].

Auch die Gesandten selbst sind gehalten, [dem ausdrücklichen Befehl Gottes] Folge zu leisten. Der Prophet (Friede und Segen seien mit ihm!) hat gesagt: »Ich folge einzig den Angaben, die mir offenbart worden sind.« Deswegen stellt der Einklang mit dem Werk Gottes, der bei ihm als Folge seiner eigenen Anpassung an die Göttlichen Befehle aufscheint, für uns ein wunderbares Beispiel dar, auch wenn es für uns selbst [wenn wir uns genauso verhalten] zu einem Wunder wird, das ans Wunderbare grenzt. Indessen sollte diese Handlung [der Nachahmung] mit dem rechten Streben und der rechten Ausrichtung ausgeführt werden, ohne Nachsicht [gegenüber der eigenen Natur].

Der Diener kann sogar Risse in den Naturgesetzen (*kharq al-ʿawāʾid*) zur Erscheinung bringen. Freilich können sie nur dann auftreten, wenn sie im Willen Gottes (Gepriesen sei Er!) bereits angelegt sind. Wenn es nur aufgrund einer gewöhnlichen äußeren Veranlassung zur Nachfolge kommt, tritt dieser wunderbare Fall nicht ein. Beispielsweise fliegt ein Vogel offensichtlich nur dank eines Hilfsmittels, selbst wenn er in Wahrheit allein von Gott getragen wird,[181] was darauf hinausläuft zu sagen, dass Gott mit diesem geflügelten Wesen auch die Mittel für es erschafft, sich in der Luft zu halten. Wollte dagegen der Mensch in die Luft steigen und dort allein mit seiner Willenskraft gehen, so gibt es offenbar kein normales Mittel, das zu bewerkstelligen. Wenn es doch vorkommt,[182] ähnelt es der Tat des Wahren Wesens, Das die Dinge aus Seinem Willen heraus erschafft. Darin steckt der ganze Unterschied zwischen dem Göttlich schöpferischen Akt und der Seinswerdung mittels zufälliger Ursachen (*asbāb*).

Der Grund für jene Fähigkeit [zu Wundertaten] lässt sich in der Verwirklichung durch Nachfolge finden. Derjenige, Der die eingeführten Gesetze einhält, Das ist Gott, und wer die Ordnung der

180. Der Wechsel zur ersten Person Plural (»wir«) zeigt wiederum an, dass Ibn ʿArabī hier sich selbst (und die Wissenden unter den Gläubigen) meint. Diese verinnerlichen die Botschaft des Gesandten derart, dass sie kein äußeres Gesetz mehr benötigen. Mehr noch: Auf natürliche Weise gelangen sie dahin, den Gesandten auch in seiner menschlichen Erscheinung als Vorbild zu nehmen und darin das »Wunderbare« zu erkennen [WH].

181. Anspielung auf Sure 67:19: »Haben sie nicht die Vögel über sich gesehen, wie sie ihre Flügel ausbreiten und wieder einziehen? Keiner trägt sie als nur der Gnadenreiche. Wahrlich, Er sieht alle Dinge.«

182. Hiermit könnten die Himmelsreise des Propheten gemeint sein oder die häufig berichteten Levitationen der islamischen Heiligen [WH].

Dinge im Einklang mit Seinem Willen achtet, auch Das ist allein Gott! Und all das geschieht unter Zuhilfenahme der Vorsehung (*'ināyah*) und des schöpferischen Wollens (*mashī'ah*) von Gott. »Es gibt keinen Gott außer Ihm, dem Großartigen und dem Weisen« (3:6).

2
Gottes Liebe für die Reumütigen (tawwābūn)

Gott wendet denjenigen Liebe zu, die unablässig reumütig zu Ihm zurückkehren. Sie entstammt eben dieser Rückwendung.

Die Göttliche Eigenschaft »Derjenige, Der unablässig [zu Seinen Dienern] zurückkehrt«, zählt zu Seinen vollkommenen Namen. So hat es Gott ausgesprochen und dabei Sich selbst gemeint: »In Wirklichkeit ist Er es, Gott, Der immer zurückkehrt (*tawwāb*)« (9:104).[183] »Von den Reumütigen sagt Er: Gott liebt diejenigen, die reumütig [zu Ihm] zurückkehren« (2:222). Letzten Endes liebt Er nur Seinen Namen und Seine Eigenschaft, und Seinen Diener liebt Er, weil dieser sich mit ihnen bekleidet hat. Freilich wird der Diener nur insoweit mit jener Eigenschaft beschrieben, als das Wahre Wesen sie ihm zuerkennt, da nämlich Er zu Seinem Diener zurückkehrt, in jedem seiner schmählichen Zustände, die ihn von Gott entfernen und die man »Sünde« (*dhanb*), »Ungehorsam« (*ma'ṣiyah*) und »Übertretung« (*mukhālafah*) nennt. Wenn der Diener, dem jemand von seinesgleichen ein Unrecht angetan hat, ihm für den verursachten Schaden eine gute Tat zukommen lässt, ohne ihm sein schlechtes Verhalten nachzutragen, dann wird auch jener Diener so genannt: »derjenige, der sich zurückwendet« (*tawwāb*), solange er nämlich auf diese Weise zu Gott zurückkehrt. Indes, nur wer verkennt, dass Gott in jedem

183. In allen gängigen Koranübersetzungen liest man hier sinngemäß: »Gott, Der die Reue [des Dieners] annimmt«. Die Reue erscheint demzufolge als einseitige Handlung des Dieners, die Gott »gnädig« annimmt. Es ist dem Genius Ibn 'Arabīs vorbehalten, den hier gemeinten Sinn des Gottesnamens *at-Tawwāb* in aller Klarheit auszusprechen, dass nämlich auch Gott dem Diener gegenüber »bereut«. Er kehrt genauso zu ihm zurück, wie umgekehrt der Diener zu Gott (daher das Analogzitat 2:222). Es ist sogar – nach dem in Abschnitt 4 des vorangegangenen Kapitels zitierten Hadith *qudsī* – so, dass Gott auf den Diener *schneller* zugeht als dieser auf Ihn. Das ist auch der Grund dafür, warum es so etwas wie »unauflösliche Schuld« im Islam nicht geben kann. Der zu dem Wort gehörige Verbstamm *tāba* hat ursprünglich die Bedeutung von »zurückkehren«, »sich zurückwenden« [WH].

Zustand bei ihm ist, kann in stichhaltiger Weise zu Gott zurückkommen. Daher wendet sich Gott wie folgt an die Wesen: »Ihr kehrt zu Gott wegen der und der Sache zurück«, doch nur, wenn sie die Tatsache außer Acht lassen, dass Gott in jeder Lage mit ihnen ist, wie Er es in Seinem Buch festgehalten hat: »Und Er ist mit euch, wo ihr auch sein möget« (57:4). »Wir sind ihm näher als seine Halsschlagader« (50:16).

Wenn du zu Gott zurückkehrst, nachdem du dir Rechenschaft abgelegt und dein Verhalten in Frage gestellt hast, beweist du eine wirkliche Reue, die dich von einem Zustand in einen anderen überführt. Dies deswegen, weil alle Zustände in der Hand Gottes sind und, aus dieser Sichtweise, die Reue oder die Rückkehr (*rujūʿ*) Ihm zukommt. Wer zu Gott zurückkehrt, macht schließlich den Schritt von der Übertretung zur Einhaltung und vom Ungehorsam zum Gehorsam. Diesen Sinn muss man also der Liebe geben, die Gott den Reumütigen zuwendet.

Bist du also jemand, der ein schlechtes Benehmen dir gegenüber verzeiht, kommt Gott zu dir zurück, indem Er dir die schuldhafte Verfassung verzeiht, die du Ihm gegenüber hättest haben können. So kommt Er über deine gute Tat zu dir zurück.[184]

Lerne von nun an die innersten Wirklichkeiten der Dinge kennen! Verstehe auch die grundlegende Bedeutung, die den Worten beigelegt ist, die Gott an Seine Diener richtet, und nehme am Ende die darin vielfältig abgestuften Grade (*marātib*) wahr, auf dass du zu denen gehörest, die Gott und Sein Wort kennen!

Diese Liebe, die Gott für die Reumütigen hegt, wird am Ende des [koranischen] Verses verkündet, der das Unpassende erwähnt, das aus der Menstruation der Frauen folgt.[185]

184. Wer die sonstige Klarheit von Ibn ʿArabīs Gedankenführung kennt, muss es sehr bezweifeln, ob der arabische Urtext hier richtig überliefert ist. Der Sinn des merkwürdig verwickelten Satzes könnte einfach der folgende sein: Der Diener, der ein schlechtes Benehmen einer Person ihm gegenüber verzeiht, kommt jener Person als ein *tawwāb* entgegen. In ihrer Reue ist jene Person selbst *tawwāb*, also kommt Gott (über jene Person) zum Diener zurück [WH].

185. »Und sie fragen dich wegen der monatlichen Reinigung. Sprich: Sie ist schädlich, so haltet euch fern von Frauen während der Reinigung, und gehet nicht ein zu ihnen, ehe sie sich gereinigt. Haben sie sich aber gereinigt, so gehet wieder ein zu ihnen, wie Gott es euch geboten. Gott liebt die Zurückkehrenden und Er liebt die sich Reinhaltenden.« (2:222) Die sexuelle Enthaltsamkeit während der monatlichen Regelblutung ist Symbol für die reinigende »Entfremdung« zwischen Mann und Frau. Danach kehrt jeder der beiden, reumütig auf seine Art, zu dem Partner zurück, wie Gott es geboten hat [WH].

Der Prophet (Friede und Segen sei mit ihm!) hat gesagt: »Wahrlich, Gott liebt den reuigen Verführer«, das heißt das geprüfte Wesen, das will, dass Gott ihn eben durch jene Seine Diener prüft, denen er Unrecht getan hat. Daher kommt er zu ihnen zurück, indem er ihnen zum Ausgleich für das angetane Unrecht Gutes tut, da er [der Unrecht getan hat, den Belästigten gegenüber] bereut. Und doch kann Gott diese [Täter] nicht mit ihrem Ungehorsam prüfen![186] Hüten wir uns, Ihm ein solches Verhalten zu unterstellen, auch wenn an und für sich alle Handlungen Ihm zugeschrieben werden sollten und nur dank des Ratschlusses (*ḥukm*) Gottes, Der es so verfügt, zu Übertretungen werden. Alle Taten Gottes sind somit als solche vollkommen. Verstehe das wohl![187]

3
Gottes Liebe für die Wesen, die sich reinhalten (mutaṭahhirūn)

Die Liebe, die Gott jenen zuwendet, die sich reinigen, stammt aus diesem Verhalten.

Gott hat gesagt: »Er liebt die sich rein erhaltenden Wesen« (2:222). Die Reinigung (*taṭhīr*) ist ein Göttliches Attribut von Heiligung (*taqdīs*) und Erhebung (*tanzīh*).

Die Reinigung des Dieners besteht darin, sich jedes Charakterzugs zu entledigen, der in ihm nicht gefunden werden darf. Dieser wird vom offenbarten Gesetz als in sich tadelnswert angesehen, auch wenn er im Hinblick auf eine andere Person als löblich erscheinen mag. Hat dieses Wesen sich einmal von solch negativen Neigungen wie Hochmut, Tyrannei, Prahlerei, Anmaßung und Eitelkeit befreit, dann liebt Gott es.

Manche dieser Fehler setzen sich im Herzen fest, wenn auch nicht mit einem Mal, wegen der unzerstörbaren Göttlichen Prä-

186. Gott prüft den Täter, indem Er ihm (aus Seiner Liebe heraus) Gelegenheit zur Reue gibt. Es ist jedoch nicht zulässig, die Tat selbst Gott als eine von Ihm auferlegte »Prüfung« zuzuschreiben [WH].

187. Verborgene Anspielung auf folgende Koranverse: »Und wenn ihnen Gutes begegnet, sagen sie: ›Das kommt von Gott‹; und wenn ihnen Schlimmes begegnet, sagen sie: ›Das kommt von dir [oh Mohammed]‹. Sprich: ›Alles kommt von Gott.‹ Was ist diesem Volk widerfahren, dass es so weit davon entfernt ist, etwas zu begreifen?« »Was dich an Gutem trifft, kommt von Gott, und was dich an Schlimmem trifft, kommt von dir selbst. Und Wir haben dich als einen Gesandten zu den Menschen entsandt. Und Gott genügt als Zeuge« (4:78–79).

gung (*ṭābiʿ*), die ihm einbeschrieben bleibt. Doch in folgendem Vers stellt Gott diese Einprägung unter einen Vorbehalt: »So setzt Gott ein Siegel auf das Herz des hochmütigen und selbstüberheblichen Wesens« (40:35). Gott kann also Hochmut und Tyrannei [zunächst] im äußeren Auftreten eines Menschen erscheinen lassen. Dieser würde die Bezeichnung dann auch durchaus verdienen, sei es wegen seines Ehrgeizes oder seiner Kriegslisten, sei es wegen seiner Haltung im Allgemeinen. Und doch mag er in seinem Herzen von diesen beiden Fehlern unbelastet sein, da er immer seine Dienstbarkeit und Bedürftigkeit gegenüber allem Existierenden anerkennen kann, ob es sich um eine schmerzhafte Stichwunde, das mühsame Ausscheiden von Kot[188] oder um den Bedarf an einem Stück Brot handelt, mit dem er seinen Hungerkrampf lindert. Mit welchem triftigen Grund könnte dieses Wesen auch, angesichts der Unwägbarkeiten in jedem Moment, in seinem Herzen an Hochmut und Tyrannei festhalten? Das seinem Herzen aufgeprägte Göttliche Siegel ist also derart, dass es jene Seinsweisen daran hindert, in sein Innerstes zu gelangen.[189]

Was die Ausprägung der beiden angesprochenen Neigungen in seinem Äußeren angeht, so bleibt er im Herzen davon unberührt, auch wenn Gott sie unter bestimmten Umständen in seinem Innern erscheinen lässt – ohne dass sie deswegen einen tadelnswerten Charakterzug darstellen – und auch wenn sie unter anderen Umständen die Missbilligung Gottes finden. Hat er sich einmal ihrer [ganz] entledigt, so dass sie nicht mehr an seinem ungebührlichen Verhalten zutage treten können, so ist er gereinigt und Gott wendet sich ihm zu.[190] Umgekehrt weigert Gott Sich aber, den Hochstapler und den Prahlhans zu lieben.[191]

188. Diese Art von Mühsal – deren Erwähnung überrascht – tritt wohl besonders in wasserarmen Gegenden wie Nordafrika und Arabien auf [WH].

189. Erneut beweist Ibn ʿArabī hier seine Unabhängigkeit von der orthodoxen Koranauslegung: Nach gängigem Verständnis von Vers 40:35 werden die Eigenschaften von Hochmut und Arroganz im Herzen des Wesens *ein*gesiegelt, also eingekapselt, und dessen düsteres Schicksal wird mit wohlbekannter Drohgebärde beschworen. In Wirklichkeit aber – so Ibn ʿArabī – stellt das Siegel einen *Schutz* der »unzerstörbaren Göttlichen Prägung« des Herzens *vor* diesen Eigenschaften dar! Dieses Siegel ist nichts anders als das Wissen um die eigene Bedürftigkeit vor Gott [WH].

190. Gott gibt dem Diener Gelegenheit, die (Ihm freilich schon längst bekannte) ursprüngliche Reinheit des Herzens mit seinem Verhalten explizit zu bestätigen. Erst dann kann Er ihn dafür lieben [WH].

Indes kann nur das von Unwissenheit gezeichnete Wesen solche Fehler ausbilden. Eigentlich ist ihm die Unwissenheit vorzuwerfen, und aus diesem Grund hat Gott Seinen Propheten (Friede und Segen mit ihm!) vor ihr bewahrt. Gott gibt es auch Noah (Friede sei mit ihm!) zu verstehen: »Was Mich angeht, Ich ermahne dich nur, damit du nicht der Toren einer werdest« (11:46).

Der Unwissende kann vor seinesgleichen behaupten, einem anderen überlegen zu sein, oder er behauptet vor seinem Herrn und Schöpfer, Ihm überlegen zu sein. Wenn man sich vor einem anderen so in die Brust wirft, läuft es darauf hinaus, sich auch sich selbst gegenüber so zu verhalten.[192] Aber wie könnte man es sich herausnehmen, besser zu sein als man selbst? Dieser stolze Dünkel ist das Kennzeichen von Unwissenheit. Andererseits ist es auch widersinnig, dass ein Geschöpf sich Seinem Schöpfer überlegen fühlen kann, denn von den beiden müsste eines, nämlich das Geschöpf, Ihn zumindest als Schöpfer anerkennen oder aber gar nicht wissen, dass Ihm dieses Attribut zukommt. Wenn es aber dieses Wissen hat und sich dennoch Ihm überlegen fühlt, dann verbleibt es in der Unwissenheit darüber, dass sein Schöpfer mit den Eigenschaften von Vollkommenheit versehen ist. Nun, über dieses letztere Wissen verfügt es offenbar nicht, somit ist es in der Tat unwissend. Gott ist diesem Wesen feindselig gesinnt und liebt es nicht, allein wegen der Unwissenheit, die ihm zu Eigen ist. Schon aus der bloßen Tatsache seiner Unwissenheit folgt ein unangemessenes Auftreten, und damit ist sein Hochmut ohne Grund.[193] Die Unwissenheit nämlich ist Tod, wie das Wissen Leben ist! Gott (Gepriesen sei Er!) spricht von dieser Verfassung in folgender Weise: »Oder jener, der tot war und den Wir wiederbelebt haben«, dies mit dem Wissen: »Und Wir haben ihm ein Licht gegeben,

191. Anspielung auf Sure 31:18: »Und blähe deine Wange nicht [aus Stolz] vor den Menschen auf und wandle nicht hochmütig auf Erden; denn Gott liebt eingebildete Prahler nicht« [WH].

192. Weil der andere ja ein Spiegelbild von einem selbst ist [WH].

193. Der im Koranvers 40:35 angesprochene Hochmut (*mutakabbir*) ist von anderer Art als die hier – und in Vers 31:18 – gemeinte Prahlerei (*fakhūr*). *Al-Mutakabbir*, »der Übermächtig Große«, wird zu den heiligen Namen Gottes gezählt, daher stellt es für den wissenden Diener eine Versuchung dar, diese Göttliche Eigenschaft widerzuspiegeln (was Gott in der Tat für bestimmte Zwecke zulässt). Eben deswegen schützt Er ihn davor mit dem Siegel des Herzens. *Fakhūr* jedoch ist pure Unwissenheit und damit – tödlich. Um des Lebens willen kann Gott das unmöglich lieben [WH].

damit unter den Menschen zu wandeln« (6:122). Es handelt sich um das Licht des Glaubens und der Offenbarung, die ihm Gott mit Seiner Eingebung und reinen Güte gewährt hat.[194]

Der Mensch, der von diesen Fehlern gereinigt ist, ist der Geliebte Gottes, verstehe das wohl! Deswegen liebt Gott die Wesen, die sich gereinigt haben, im Einklang mit Seinem Wort: »Gott liebt die sich rein Erhaltenden« (2:222).

Es ist nur folgerichtig, dass die derart ausgezeichneten Diener ihresgleichen auf dieselbe Weise reinigen, wie sie es für sich selbst getan haben, denn ihre Reinigung ist nunmehr ansteckend. In Stellvertretung und im Auftrag des Wahren Wesens handeln sie so, wenngleich Gott der Einzige ist, Der in Wahrheit reinigt, Er, der Wachsame, der Erhaltende, der Beschützende und Verzeihende. Wer sich gegen besagte Fehler – die nichtsdestoweniger vorkommen können – wehrt und andere vor ihnen bewahrt, kann vor Gott nicht getadelt werden. Also enthält er sich, schützt sich verlässlich vor den Fehlern und [wenn es sein muss] verbirgt er sie auch, um zu vermeiden, dass andere sich in sie verwickeln. Mit dem Wissen, worüber er verfügt, ist er also imstande, andere von diesen Fehlern zu reinigen.

Die Person, die um das Verhalten weiß, das sie annehmen sollte, um sich von der Finsternis des Unwissens und des Todes mittels des Wissens und des Lebens abzuwenden, wird am Tag der Auferstehung damit aufgewogen werden und sich inmitten von Licht bewegen, das sich um sie drängt. Und sie wird in der Liebe Gottes dastehen und von der Vorsehung mit der Aufgabe eines Stellvertreters betraut werden.

Unter den nahegebrachten Wesen[195] zählen die Inhaber von Befehlsgewalt und die Stellvertreter zu den Personen, die Gott mit Seiner Stellvertretung vor den Menschen betraut hat, denn sie wahren diese Aufgabe, Gott und niemand anders sonst zu vertreten. Indessen ist jedes menschliche Wesen gehalten, über seine Organe, ob es nun Sinnesorgane oder höhere sind, zu wachen. Auf

194. Das Thema des lebendig machenden Wissens, verkörpert in Jesus, wird ausführlich in den *Fuṣūṣ al-Ḥikam* entfaltet (FUS 98ff, GIL 407ff) [WH].

195. Die Nahegebrachten (*muqarrabūn*) werden im Koran anlässlich der Aufstellung der Gläubigen am Tag des Gerichts erwähnt: »Die Vordersten [im Glauben] werden die Vordersten [im Jenseits] sein, und diese werden [Gott] nahegebracht werden« (56:10–11). Die »Station der Nähe« hat sich auch Ibn ʿArabī selbst zugeschrieben. Siehe dazu HIR 180ff [WH].

diese Weise nämlich lehrt ihn Gott, wie bedeutsam die Klärung ist, mit der Er selbst die von Ihm gelenkten Wesen gereinigt hat.

4
Gottes Liebe für die Beständigen (ṣābirūn) oder Ergebenen

Die Liebe, die Gott den Beständigen zuwendet, stammt daher, dass sie Ihm und Seinem Gesandten nachfolgen, wenn Er sie geprüft hat. Sie beklagen sich allein bei Ihm, bei Ihm, Der diese Prüfung auf sie hat herabkommen lassen.

Auf dem Weg zu Gott trifft sie ein widriges Geschick, ohne dass sie sich entmutigt fühlen. Wenn sie aufgerufen sind, es zu ertragen und es von Ihm hinzunehmen – mag es ihnen auch schwerfallen –, zeigen sie keine Schwäche. Und es ist notwendigerweise ein Unglück, denn wäre es nicht so hart zu ertragen, so würde es sich nicht um eine Prüfung handeln. Die Leidgeprüften verlassen sich auf niemand anders als auf Gott, um die Prüfung zu unterbrechen, und, damit sie ganz zu Ende gehe, nehmen sie nur zu Ihm ihre Zuflucht. So sprach Hiob, der aufrechte Diener: »Ich bin von Unglück geschlagen worden, obwohl[196] Du der Gnädigste der Barmherzigen bist« (21:83). Er wagte es also, sich bei Gott, und nur bei Ihm, zu beklagen, lobte Ihn aber auch bei Gelegenheit dieser Prüfung. Deswegen »fand ihn Gott ergeben: Welch hervorragender Diener! Er kehrte ständig zu Mir zurück« (38:44), und dies trotz der Klage, die Hiob vorgebracht hatte.

Damit ist der Beweis erbracht, dass ein ergebenes Wesen sich [wirklich] bei Gott, und nur bei Ihm, beklagt. Wir würden sogar noch weiter gehen! Ein solches Verhalten gehört sich geradezu. Dem Geduldigen, der sich in seinem Kampf gegen die einschränkende Macht Gottes nicht bei Gott beklagt, mangelt es Ihm gegenüber an Anstand. Nun sind die Propheten (Der Friede Gottes sei mit ihnen!) wohlerzogene Wesen und zu Recht mit einem heiligen Wissen ausgestattet.[197]

196. Die orthodoxen Koranübersetzungen lesen hier (sinngemäß): »*Aber* Du bist der Gnädigste der Barmherzigen« statt »*obwohl*«. Diese Variante würde den Sinn nicht treffen: Hiob reagiert nämlich mit Klagen auf das Unglück, statt es stumpf hinzunehmen (wie es ja auch das Buch Hiob im Alten Testament berichtet). Den inneren Sinn von Hiobs Klage legt Ibn ʿArabī ausführlich im einschlägigen Kapitel seiner *Fuṣūṣ al-Ḥikam* dar (GIL 531ff, AUS 212ff) [WH].

Du weißt jetzt: Geduld wird dir nur von Gott kommen, nicht von dir selbst und auch nicht von deiner eigenen Tugend. So hat Gott es klargestellt: »Sei standhaft, doch deine Standhaftigkeit sei nur von Gott« (16:127). Und womit könntest du dich denn brüsten, wenn du eigentlich gar nichts hast? So prüft Gott Seine Diener ausnahmslos nur, damit sie einzig bei Ihm und nicht bei jemand anderem Zuflucht suchen. Nur unter dieser Bedingung zählen sie zu den Ergebenen. Wer sich so verhält, wird von Gott geliebt.

Der sehr Geduldige (*ṣabūr*) gehört zu einem der Namen, die Gott (Gepriesen sei Er!) benennen. Gott liebt nur den Diener, bei dem Er Seine eigene Zierde erkennen kann. Hierin liegt ein Geheimnis: Er hat dich tatsächlich mit Seiner eigenen Würde eingesetzt (*aqāma fī-hi maqāma-hu*).

Die Ergebung kann nur bei jemandem vorkommen, der ein Unglück erlitten hat. Nun wissen wir wohl, dass manche Geschöpfe Gott und Seinem Gesandten Unrecht antun. Gott hat sie uns beschrieben, auf dass wir sie erkennen, um den Schaden von Ihm (Gepriesen sei Er!) zu wenden, indem wir sie bekämpfen oder sie unterweisen, wenn sie in ihrer Unkenntnis nach Wissen suchen. Wenn daher Gott Sich als »den sehr Geduldigen« bezeichnet, weist Er uns die Behebung des verursachten Schadens zu. Er lässt uns die [schädigenden] Geschöpfe erkennen, damit wir dieses Übel mit Hilfe des passenden Namens, des »sehr Geduldigen«, von Ihm abstoßen. Wir sind uns dessen wohl bewusst, dass wir allein Ihn darum bitten können, uns von der Prüfung,[198] die uns bestürmt, zu erlösen. Indes, dass wir Ihn darum ersuchen, die Prüfung enden zu lassen, kann die Eigenschaft der Ergebung nicht von uns nehmen [sie ist Teil unserer andauernden Verfassung, Diener des sehr Geduldigen zu sein]. Von daher verschwindet die Liebe, die Gott für uns hegt, ebenso wenig wie der Name des »sehr Geduldigen«, der immer am Werk ist. Er setzt uns darüber in Kenntnis, was Ihm Schaden verursacht, auf dass wir diesen Schaden von Ihm nehmen.

197. Nach islamischem Verständnis war Hiob ein Prophet, da er eine Botschaft Gottes empfangen hatte.

198. Das Unglück, das uns widerfährt, ist ein Schaden, der Gott betrifft. Gott als *al-Ṣabūr* erträgt ihn in aktiver Weise, indem Er den Schaden erkennt und benennt. Die Prüfung für den Diener besteht darin, Ihm nachzufolgen. So ist Hiobs Klage eine »Benennung« seines Unglücks, und mit der bestandenen (beendeten) Prüfung wird die Behebung seines [oder Gottes] Schadens eingeleitet, was letztlich ein andauernder Prozess ist [WH].

In einer der zuverlässigen Hadith-Sammlungen liest man: »Niemand ist vor einem Unrecht standhafter als Gott«.

Sei also geneigt, die Mahnung, die wir dir in dieser Angelegenheit zukommen lassen, zu empfangen!

5
Gottes Liebe für die dankbaren Wesen (shākirūn)

Auch hier geht die Liebe, die Gott den Dankbaren zuwendet, davon aus, dass sie Ihm [mit ihrer Dankbarkeit] nachfolgen.

Im offenbarten Buch beschreibt sich Gott als Derjenige, Der die erkenntlichen Diener liebt. Das sich erkenntlich Zeigen oder die Dankbarkeit (*shukr*) ist also eines Seiner Attribute, denn »Er ist dankbar und allwissend« (2:158). Deswegen liebt Er es, bei Seinem Diener die Eigenschaften aufzufinden, die Ihm selbst zu Eigen sind.

Die Dankbarkeit begleitet lediglich die Wohltat und nicht die [vorhergehende] Prüfung, im Gegensatz zu den Behauptungen einer gewissen Person, die sich da nicht auskannte. Gott (Gepriesen sei Er!) hat in der Tat Seine Wohltat in Seiner Ungnade und Seine Ungnade in Seiner Wohltat versteckt. Nun bringt diese Sache jemanden in Verlegenheit, der von diesen Wahrheiten keine Kenntnis hat und sich vorstellt, er sei auch in der Prüfung dankbar, wo es sich doch keineswegs so verhält.[199]

Es ist damit so wie bei einem Patienten, der ein ekelerregendes Medikament zu sich nimmt. Es zu nehmen, stellt mit Sicherheit eine Prüfung dar. Für jemanden, der daran [an der Krankheit] sterben würde, wäre das freilich eine einfache und reine Prüfung![200] Doch ist hier eine Krankheit die Ursache für die Anwendung des Medikaments. Die Übelkeit [beim Einnehmen] würde gegen das besagte Heilmittel Widerstand leisten. Wenn der Körper aber von Schmerz heimgesucht wird, pflegt er das zu sich zu nehmen, was den Schmerz lindern soll, und dafür ist das Heilmittel gut. Der Körper empfindet Widerwillen, doch kann der Patient zutreffend davon ausgehen, dass er bereits während der ekelhaften Einwirkung die Wohltat verspüren wird, die daraus folgen soll, nämlich das Übel verschwinden zu machen. Er dankt also Gott (Gepriesen

199. Siehe Hiobs Klage [WH].
200. Er hätte die Wahl zwischen Leben und Tod [WH].

sei Er!) für den damit verbundenen Nutzen und erträgt mit Fassung die Einnahme des verabscheuten Medikaments. Er weiß ja, das Heilmittel bringt Unannehmlichkeiten mit sich, damit das Übel ein Ende nehme. Deswegen kann er es kaum erwarten, eine Linderung des Leidens zu empfangen. Schau dir diese Wahrheit genau an!

Diese [Erwartung] ist der Grund für seine Dankbarkeit. Er bedankt sich bei Gott für den inneren Nutzen, der aus der Einnahme der widerlichen Substanz folgt, und erwirbt dazu noch andere Güter: das der wiederhergestellten Gesundheit, des Verschwindens der Krankheit und der Ergebenheit im Moment der Einnahme des abstoßenden Medikaments. All dies entspricht dem Vers: »Und wenn ihr dankbar seid, werde Ich euch gewiss noch obendrein dazu geben« (14:7). Er schenkt ihm dann gesundheitliche Erholung.

Gedanklich ist es dasselbe, wenn jemand Gott schadet und wir uns bemühen, ihn daran zu hindern, Ihm zu schaden, indem wir selbst ihm Schaden zufügen und ihm entgegentreten, wenn er nicht darauf verzichtet, sich Gott gegenüber in schädlicher Weise zu betragen. Wenn wir beispielsweise diese schädliche Person beseitigen, indem wir sie töten, so hätte das für Gott dieselbe Bedeutung wie die sofortige Einnahme der widerlichen Medizin für den Kranken. Wenn der Schaden behoben ist, stellt der Patient fest, dass es sich tatsächlich um eine Wohltat gehandelt hat![201]

Wir sind auf diese Frage nur deswegen zu sprechen gekommen um aufzuzeigen, dass alles ohne Ausnahme vom Wirken Gottes herrührt, von Seiner unverrückbaren Entscheidung und Seinem vorherbestimmten Maß.

Gott offenbarte Seinem Propheten David die Bitte, Ihm einen Tempel, also ein Heiligtum zu bauen. Jedes Mal, wenn er ihn errichtet hatte, wurde er wieder zerstört. Da gab ihm sein Herr ein:

»Du bist es nicht, der ihn bauen könnte, denn du hast Blut vergossen!«

»Oh mein Herr«, sprach David, »dieses Werk wurde doch nur mit Blick auf Dich in Angriff genommen.«

201. Die Tötung der Ihm »schädlichen Person« ist für Gott, den Allerbarmenden, eine bittere Medizin, aber als *al-Shakūr*, »der Dankbare«, begrüßt Er sie als Wohltat. Es versteht sich, wie gefährlich der Begriff einer »für Gott schädlichen Person« ist. Auf diesen heiklen Punkt geht Ibn ʿArabī jedoch nicht weiter ein [WH].

Gott erwiderte ihm: »Recht hast du, das wurde nur Mir zuliebe ausgeführt. Aber auch wenn das so ist, sind denn jene Wesen nicht auch Meine Diener? Dieser Tempel wird nur von einer Hand erbaut werden, die von jeglichem vergossenen Blut rein ist.«

David entgegnete: »Oh Herr, möge dieser Mensch einer der meinigen sein!«

Darauf enthüllte ihm Gott: »Der Tempel wird von deinem Sohn Salomon erbaut werden!«

Und Salomon (Friede sei mit ihm!) erbaute ihn.[202]

Dies ist der Kernpunkt der Ermahnung, die ich an dich richte, damit du in dieser Angelegenheit klar siehst. Du weißt nun, wie sie sich in Wirklichkeit darstellt, und du kannst auch erkennen, dass die Ausarbeitung des Göttlichen Plans immer auf diese Weise vonstatten geht: Er ist es, und doch ist es wiederum nicht Er. Wenn du Ihn so nicht kennengelernt hast, hast Du ihn nicht [wirklich] erkannt, denn »nicht du warst es, der warf, als du warfest, es war Gott, Der geworfen hat« (8:17).[203] Und genau das haben wir ausdrücken wollen, als wir angegeben haben: »Er und doch nicht Er« (*huwa lā huwa*). Wie verwirrt ist doch der, der die Wirklichkeiten nicht so anschaut, wie sie sind!

Sobald der Diener den Schaden von Gott verschwinden lässt – und in diesem Auslöschen des Übels liegt im Verhältnis dieselbe Wirkung, wie sie die Einnahme eines verabscheuten Medikaments zeitigt –, dankt Gott ihm dafür. Und deswegen verlangt der Dank eine Zugabe. Gott (Ruhm sei Ihm!) fordert, dass Seine Diener sich Ihm noch mehr hingeben, um der Dankbarkeit willen, die Er ihnen bezeugt hat. Infolgedessen widmen sie sich Ihm noch mehr. Dies war die Haltung des Propheten (Friede und Segen seien mit ihm!) als er [seiner Frau ʿĀ'ishah] deutlich sagte: »Dann wäre ich kein dankbarer Diener!« In Anerkennung für Gottes eigene Dankbarkeit ihm gegenüber verstärkte er seine Übung der Anbetung. Denn auf dem Gebiet der frommen Werke hatte Er ihn mit zusätzlicher Anleitung und Hilfestellung versehen, eine Zu-

202. Gott konnte Salomon nicht direkt mit dem Bau des Tempels beauftragen, weil Er von dem Wunsch (und der vorausgehenden Ergebenheit) seines Vaters Davids abhängig war. So könnte man sogar auch David als den Auftraggeber des Tempelbaus betrachten! Diese Doppelbödigkeit spricht Ibn ʿArabī im folgenden Absatz explizit an [WH].

203. In der Schlacht von Badr, die den Muslimen einen überraschenden Sieg brachte [WH].

gabe, die auch in sein jenseitiges Leben hineinreicht, wo es für die Glücklichen freilich weder Handeln noch Leiden mehr gibt.[204]

Die Mahnung, das unangenehme Medikament einzunehmen, das von Gott das Übel entfernt, ist diejenige, die Er an den gläubigen Diener richtet im Augenblick, da Er den Atem des Lebens von ihm nimmt. Gott beschreibt Sich in der Tat [gemäß einem Hadith] als jemanden, Der die Einstellung eines Menschen, den Tod zu hassen, verabscheut. Gott lässt ihn trotzdem sterben, wobei Er freilich andeutet, dass Er selbst es verabscheut [ihn sterben zu lassen].[205]

Derart [unbeachtlich] ist die Abneigung, die der Kranke verspürt, der das Heilmittel zu sich nimmt. Denn er weiß, was Sache ist, und verhält sich dementsprechend. Es wäre ja auch absurd, einem Ereignis entgegen wirken zu wollen, von dem man weiß, das es eintreffen muss!

Diese Frage muss vor dem Hintergrund der Notwendigkeit gesehen werden, welche die Göttlichen Wirklichkeiten (*ḥaqā'iq ilahīyah*) für das Dasein der Welt beanspruchen. Doch was ist schon die einfache Möglichkeit (*imkān*) gegenüber der Notwendigkeit (*wujūb*)?[206]

Verlege dich darauf, die Neigungen deines Herzens zu verfeinern, und wisse: »Gott ist dankbar und allwissend« (2:158). Hier schreibt Er Sich die Dankbarkeit als eine dem Wissen vorrangige Eigenschaft zu. Widme dich weiterhin deinen frommen Werken, um deinen Herrn zufriedenzustellen, Der dir für die Art, wie du dich Ihm gegenüber verhalten hast, gedankt hat.

Dieses Werk der Anbetung über das verlangte Maß hinaus ist wie ein Fasten, das Gott zugehört (wie Er es selbst in einem heiligen Hadith ausspricht: »Das Fasten ist Mein, und Ich bin dessen Lohn«).

204. Weil das Menschenwesen im Paradies die rechte Absicht und die spirituelle Energie bewahrt, die Hauptursachen für sein gutes Betragen im Diesseits waren.

205. Siehe weiter unten, Kapitel 12, Abschnitt 25 und 26.

206. Das Wirkliche bleibt eine einfache Möglichkeit, solange es nicht vom Dasein der Welt aktualisiert wird. Dann erst erwirbt es den Status einer Wirklichkeit, die notwendig ist, notwendig jedoch aufgrund eines anderen, wie es Ibn 'Arabī zu Beginn des Kapitels sechs ausgeführt hat. Analog dazu wird die *mögliche* Verbesserung des Gesundheitszustandes durch ein Medikament erst durch dessen Heilkraft *wirklich*.

Also entferne das Übel von Ihm, gemäß den folgenden, vom Propheten berichteten Gottesworten: »Hast du jemandem um Meinetwillen Freundschaft bezeugt oder hast du ihm Feindschaft um Meinetwillen gezeigt?«, und: »Ich habe Mich verpflichtet, die zu lieben, die sich lieben, sich gegenseitig besuchen, miteinander Versammlung halten und sich einander widmen um Meinetwillen.«

Gott hat uns in die Reihen derer aufgenommen, die Er mit Wohltaten überhäuft hat und die Seine Güter in all ihren Lebenslagen erkennen, auf dass sie Ihm [immer] Dank sagen.

6
Gott liebt die Wesen vollkommenen Benehmens (muḥsinūn)

Wie stets geht die Liebe, die Gott den Wesen vollkommenen Benehmens zuwendet, davon aus, dass sie Seinem Wort nachfolgen: »Und Gott liebt die Wesen, die in ihrem Betragen vollkommen sind« (2:195).

Die Vervollkommnung des Handelns (*iḥsān*) ist eine Göttliche Eigenschaft: Er, Der in Seinem Betragen vollkommen ist, Der Seine Vollkommenheit zugunsten aller (*mujmil*) ausübt. Nun, Gott liebt Seine Eigenschaften, die gleichsam Sein Äußeres ausmachen.

Die Vervollkommnung des Benehmens, die den Diener als *muḥsin*, untadelig in seinem Betragen, auszeichnet, besteht darin, Gott anzubeten, als sähe er Ihn,[207] das heißt, Ihn anzubeten, indem er Ihn in anschauender Versenkung bezeugt (*mushāhadah*).

Die Vollkommenheit der Göttlichen Tat rührt also her von der spirituellen Station der Schau (*ru'yā*), die Seine Diener Ihm durch ihre Handlungen und ihre Seinsweisen vermitteln, denn »Gott ist Zeuge aller Dinge« (100:7). »Und Er ist mit euch, wo immer ihr seid« (57:4).

Die Vervollkommnung Göttlichen Handelns ereignet sich in der Anschauung oder Vision, die Er von jedem Ding hat, und mit ihr bewahrt Er Seinen Diener vor Verderben, so dass jeder beliebige Zustand, in den sich dieser hinein entwickelt, der Vollkommenheit der Göttlichen Tat untergeordnet ist; denn Er, Gott, ist es,

207. Siehe den in Anmerkung 116 vollständig aufgeführten Hadith.

Der [bei vollkommener Kenntnis der Ursachen] den Diener von einem Zustand in den anderen übergehen lässt. Aus diesem letzteren Grund hat er jener Vollkommenheit des Handelns einen weiteren Namen gegeben: »die [angebrachte] Zuteilung der Wohltat« (*in'ām*). In der Tat kann dir nur jemand, der dich kennt, sinnvoll eine Wohltat erweisen. Nun besitzt Jener, Dessen Kenntnis auch das Schauen einschließt, eine immerwährende Vollkommenheit des Handelns, denn unablässig sieht Er dich an, um dich [damit] kennenzulernen.[208]

Unter all den Vorschriften des Göttlichen Gesetzes hat nur die Vervollkommnung des Benehmens die beschriebene Eigenart.[209]

In einem berühmten Hadith bat der Engel Gabriel den Propheten: »Könntest du mich über das vollkommene Benehmen in Kenntnis setzen?« Der Gesandte Gottes antwortete: »Das heißt, Gott anzubeten, als sähest du Ihn, denn wenn du Ihn auch nicht siehst, Er sieht dich gleichwohl.« Was darauf hinausläuft, zu sagen: Wenn du in deinem Benehmen nicht vollkommen bist, so ist es wenigstens Er, Gott. Das ist die Lehre des Propheten (Friede und Segen sei mit ihm!) an Gabriel. Dies fand vor den Augen der Gefährten statt, die das Ereignis berichteten.

Damit spiele ich aber auf dich an! Höre mich wohl, der du indirekt Zeuge dieser Unterweisung bist, denn sie zielt nicht auf jenen, der mit dieser Erkenntnis angesprochen wird [nicht auf Gabriel selbst], denn er besaß das Wissen ja schon. Bei diesem Ereignis waren die anwesenden Zuhörer das ausgesuchte Ziel. Der Gesandte Gottes nutzte die Gelegenheit und gab dem Engel jene Erklärung [die wichtig für die Gefährten war]. Erst im weiteren Verlauf des Hadith machte der Prophet ihnen klar, dass der Fragesteller tatsächlich Gabriel war, gekommen, den Menschen ihre Religion zu lehren.[210]

208. Da gemäß dem eben angeführten Hadith die Schau des Herrn von Angesicht zu Angesicht das Ziel jeder wahrhaften Anbetung darstellt, verwirklicht der Diener in dieser Lage die Göttliche Eigenschaft des *muḥsin,* Dessen, »Der Sich vollkommen benimmt«.

209. Diese »Eigenart« besteht darin, dass eine ethische Vorschrift allein mittels einfacher Schau (*ru'yā*) der Göttlichen Vollkommenheit umgesetzt wird [WH].

210. Siehe den bereits mehrfach erwähnten Hadith.

7
Gott liebt die Mitstreiter auf Seinem Weg (ḥubb-ul-muqātilīn fī sabīl-il-Lāh)

Die Liebe, die Gott den Mitstreitern auf Seinem Weg entgegenbringt, stammt daher, dass diese Ihm und dem Propheten nachfolgen.

Im folgenden Vers hält Gott ein Kennzeichen dieses Kampfes fest: »Wahrlich, Gott liebt diejenigen, die auf Seinem Weg in klarer Ordnung (*ṣaff*) kämpfen, als wären sie ein festes Gebäude (*marṣūṣ*)« (61:4). Das Göttliche Wort will sagen: Keine Bresche (*khalal*) findet sich darin, denn ein Riss in den geraden Kampflinien (*ṣufūf*) würde auf die [vielen] Wege (*ṭuruq*) der Dämonen verweisen, wohingegen der Weg Gottes ein einziger ist.[211]

Wenn die als Linie (*khaṭṭ*) erscheinende Folge von Punkten (*nuqaṭ*) unterbrochen wird, weil diese nicht fest aneinander gefügt sind (*tarāṣṣ*), gibt es die Linie [in Wirklichkeit] nicht. Das erklärte Ziel besteht jedoch darin, dass sie tatsächlich existiere. Man erreicht es nur, indem [die Punkte] eng beieinander stehen (*raṣṣ*). Das ist der Grund, warum derjenige, der sich nicht dafür eignet, [als ein Punkt in der Linie] den Pfad Gottes sichtbar zu machen, nicht zu den Seinen gehört.

Während des [gemeinschaftlichen] Gebets sind die Reihen [der Muslime] eben in dieser Weise aufzustellen.[212] Wären die Reihen nicht lückenlos und würden sich die Männer nicht aneinander drängen (*tarāṣṣ*), so könnte man nicht vom »Weg« [oder der

211. Ein weiterer, von Ibn ʿArabī nicht zitierter, Koranvers (67:3) kann dieses anschauliche Bild bestätigen: »Er, Der sieben Himmel im Einklang erschaffen hat – keinen Fehler (*tafāwut*) kannst du in der Schöpfung des Gnadenreichen sehen. So wende den Blick: Siehst du irgendwelche Risse (*fuṭūr*)?«

212. Hier wird auf folgenden von Anas überlieferten Hadith Bezug genommen:

> Es wird berichtet, dass sich die Gemeinde zum Ritualgebet versammelte und der Prophet sich mit dem Rücken zu uns aufstellte, uns das Gesicht zudrehte und drei Mal wiederholte: »Stellt die Reihen auf und drängt euch aneinander. Gewiss sehe ich euch hinter meinem Rücken!« Es wird auch berichtet, der Prophet habe gesagt: »Stellt euch für das Ritualgebet in Reihen auf und richtet die Linien so aufeinander aus, dass sich eure Nacken in derselben Linie befinden. Bei Dem, Der meine Seele lenkt, ich sehe ganz gewiss die Teufel, wie sie in die Spalten einfallen, die von den Reihen [der Betenden] offen gelassen werden, als ob die Teufel kleine gesprenkelte Schafe wären.

»Linie«] Gottes reden. Wenn diese Ordnung aber erst einmal hergestellt ist, dann ist der Weg Gottes augenfällig sichtbar. Wer sich abweichend verhält und zulässt, dass sich Lücken in den Reihen bilden, trägt dazu bei, den Weg Gottes brüchig zu machen und ihn genau damit zu sperren. Daher will Gott, dass Seine Diener sich dieser Ordnung fügen, damit Er sie zu Schöpfern mache, im Einklang mit jenem Wort: »Gepriesen sei Gott, der Beste der Schöpfer« (23:14). Der Weg Gottes gestaltet sich so nach dem Muster der stetigen Linie, die sich aus aneinandergrenzenden Punkten zusammen setzt, zwischen denen kein Zwischenraum bleibt, der ihre Stetigkeit unterbrechen würde.[213]

So wie eine Linie nur unter dieser Bedingung sichtbare Gestalt annimmt, so bringt die Reihe der Männer nur dann den Weg Gottes zum Ausdruck, wenn sie [dicht] nebeneinander stehen. Es ist jedoch unbestreitbar, dass eine derart wirksame Anordnung auch Vielfalt notwendig macht, und dieser Aspekt stammt, aus Göttlicher Perspektive gesehen, von der gegenseitigen Anziehung (*tarāṣṣ*)[214] der Namen Gottes (Gesegnet und gepriesen sei Er!). Dieses stetige Wechselspiel (*tarāṣṣ*) bestimmt den Weg, der dem schöpferischen Akt zu Eigen ist (*sabīl al-khalq*). Und so befindet sich Gott der Ewiglebende Seite an Seite (*jānib*) mit Gott dem Allwissenden, und zwischen diesen beiden Namen Gottes findet sich keine Lücke (*farāgh*), um ein weiteres Attribut aufzunehmen. In dieser ursprünglichen Ökonomie berührt sich der Allwissende mit dem Wollenden – und so weiter für die anderen Göttlichen Namen, wie dem Sprechenden, dem Mächtigen, dem Richter, dem Ernährer, dem Verteiler, dem Leitenden, dem Belebenden. Die Aneinanderreihung der Gottesnamen ist also notwendig, damit sich der dem schöpferischen Akt eigentümliche Pfad verwirklicht, und zwar eben durch diese gegenseitige Verbundenheit [der Namen]. Wenn dann dieser Weg in Erscheinung tritt, wird er dem stetigen Wechselspiel der Gottesnamen [eigentlich] nichts mehr hinzufügen können. Denn der schöpferische Vorgang wird von diesen Namen festgelegt, eben durch deren Wechselspiel. Und

213. Hinter dieser originellen Veranschaulichung spürt man die Lehre der sich in jedem Augenblick erneuernden Schöpfung (*khalq jadīd*). Siehe auch Anmerkung 64.

214. Die Wurzel *raṣṣa* von diesem Wort *tarāṣṣ* bedeutet: »eine Sache an eine andere anfügen«, »drücken«, »pressen«. Der zugehörige Verbstamm hat den Sinn von »sich aneinander drängen«, »sich zusammenballen«, »sich verschweißen«.

dieser Umstand lenkt sie, auf dass Schöpfung sich ereigne. Unaufhörlich tauchen [die Gottesnamen] in ihr auf, und sie können nur gemäß diesem ursprünglichen Vorgang verstanden werden.[215]

Ihre andauernde gegenseitige Anziehung erklärt, warum das Weltall zugleich lebendig, wissend, willenskräftig, sprechend, mächtig, weise, ernährend, verteilend, lenkend, zerstreuend – und so weiter für alle Göttlichen Namen – ist. Auf dem mystischen Weg (*ṭarīq*) ist dieser Vorgang bekannt unter der Bezeichnung »Kennzeichnung (*takhalluq*) mit den [Göttlichen] Namen, die durch den Diener wirken«.[216] Das tun diese auch, wenn sie den Rechten Weg (*al-ṭarīq al-mustaqīm*) zustande bringen, indem die einen ohne Unterlass durch die anderen handeln. Ließen sie auch nur eine Unstetigkeit ins Universum eindringen, so würde der Weg Gottes zugunsten des Wegs der Dämonen verschwinden, die sich auf der Stelle durch die offenen Breschen in die Reihen hineindrängen,[217] wie es in einem prophetischen Wort überliefert ist. Sei bereit, die Lehre, die ich dir soeben erteilt habe, zu verinnerlichen!

Von da an nimmt der Diener Anteil an der Seinswerdung der Geschöpfe durch die Namen und bekämpft mittels dieser Eigenschaften die Feinde, deren dämonische Natur sich durch die Spalten der Schlachtreihe hinein drängt. Umgekehrt tragen die derart [gut] aufgestellten Diener Gottes mit Notwendigkeit den

215. Das bedeutet, dass die Göttlichen Namen nur über den jeweiligen *konkreten* Schöpfungsakt, wo sie sich in *immer neuen* Konstellationen (und nicht unbedingt linear, sondern eher als Netzwerk) »aneinanderreihen«, verstanden werden können. Das schließt ein isoliertes Verständnis der Göttlichen Namen ebenso aus wie eine feste Hierarchie zueinander [WH].

216. Siehe den bereits angeführten Hadith: »Bezeichnet euch mit den Eigenschaften Gottes!«

217. Dieser eindringliche, ja bestürzende Satz weist auf die Verantwortung des vollkommenen Menschen (*insān kāmil*) hin, die allzeit drohende Unstetigkeit des Universums zu verhindern, mit anderen Worten: die Welt zusammen zu halten. Die Göttlichen Namen allein vermögen es nicht, weil – so wird implizit angedeutet – auch sie »auseinanderklaffen« können. Die Schöpfung ist ein Risiko. Dass »der Weg der Dämonen« sich dem Einflussbereich der Göttlichen Namen entzieht, zeigt eine erstaunliche Öffnung von Ibn ʿArabīs Denken an, welche über die Dogmatik seiner eigenen Lehre von der Einheit des Seins (*waḥdat al-wujūd*) hinauszugehen scheint. Hinsichtlich der Vorstellung, dass auch Gott und die Schöpfung dem Risiko unterworfen sind, siehe: John G. Bennett: *Risiko und Freiheit*, Chalice Verlag, Zürich 2004 [WH].

Sieg davon, denn sie bieten den Feinden keine Lücke, wo sie eindringen könnten. Also liebt Gott die Wesen, die an diesen Eigenschaften reich sind.

Das menschliche Wesen stellt für sich selbst auch eine Schlachtreihe dar, der unablässigen inneren Vorgänge wegen, die es zum Handeln veranlassen. Hinfort [wenn es die Eigenschaften des Dieners aufweist] werden alle seine Bewegungen für Gott vollzogen, ohne dass es sich von einem anderen als Ihn durchdringen ließe und ohne dass es jemand davon ablenken könnte. Seine Feinde halten den Blick auf es gerichtet, belauern noch seine unbedeutendsten Handlungen und Verhaltensweisen, in der Hoffnung, bei ihm irgendeine Bresche zu finden, wo sie einfallen könnten, und bemühen sich, es von Gott zu trennen, indem sie ihm den Weg zu Ihm abschneiden.

Jede Wirklichkeit, die geradewegs in die Tat umgesetzt wird, kann als eine gezogene Linie gesehen werden, die eine Summe aus [zugrunde liegenden] Göttlichen Namen, [Gott] preisenden Eigenschaften und zahllosen [einzelnen] Verrichtungen darstellt. So nimmt sie Festigkeit an, gewinnt an Bedeutung und in der Folge entstehen zusammengesetzte Formen. Der Grund dafür ist einfach: Zwei Linien bilden eine Fläche und zwei Flächen einen Körper. Jeder Körper besteht aus acht Elementen, um eine vollkommene Form zu bilden, die sich aus einer Essenz und sieben Attributen zusammensetzt.[218]

Die gelungenste Zusammensetzung ist der Körper, über den hinaus es keine weitere Bildung [als die soeben angezeigte] gibt. Das heißt also, er ist aus acht Grundelementen zusammengesetzt, ohne dass sich in dieser Gesamtheit eine Verschiedenheit (*khilāf*) ergibt. Jede Beifügung bildet einen ausgedehnteren Körper mit einer weiter entfalteten Oberfläche, längeren Linien und folglich zahlreicheren Punkten. Aber den ursprünglichen Bestandteilen wird nichts grundlegend Neues hinzugefügt. Sie bilden den ersten der Körper, der weder von einem vorgeordneten materiellen Prinzip noch von einem bereits bestehenden Körper abhängen kann.

Jeder, der seine eigene »Schlachtreihe« in einer stetigen Anordnung aufstellt, hört nicht auf, selbst Schöpfer (*khallāq*) zu sein. Er

218. Bei den sieben Attributen handelt es sich vermutlich um die sechs Richtungen des Raumes und die umhüllende Form. Es könnte sich aber auch um die Göttliche Essenz und die sieben traditionell ihr zugeschriebenen Attribute handeln: Leben, Wissen, Macht, Wille, Wort, Hören und Sehen.

steht im Einklang mit dem Wort Gottes (Gepriesen sei Er!): »Gesegnet sei Gott, der Beste der Schöpfer« (23:14). Also um seinetwillen bekräftigt Er diese Funktion und beschreibt sich selbst mit der Steigerungsform »der Beste« (*aḥsan*), eben weil Seine Eigenschaft des Schöpfers [im Hinblick auf Seine Geschöpfe] vorgeordnet ist. Denn hätte Er sich nicht so beschrieben, hätten die Essenzen jener [Geschöpfe] nie hervortreten können. Wirklich, nichts steht fest, als was Gott fordert! Mehr noch, hätte Er diese Wahrheit nicht offenbart, würdest du sehen, dass du dir den Nutzen versagst, der aus dem Wissen, das aus Göttlichem Beistand herrührt, gezogen werden kann. Du würdest dich bei den Übertretenden, also den Unwissenden, wiederfinden.

Ein Wesen mit dieser [nachschöpferischen] Veranlagung bildet den Gegenstand der Liebe Gottes, und niemand weiß, was der Geliebte vom Liebenden empfangen wird, denn der Liebende gibt sich dem Geliebten ganz.

Doch nun stellt sich folgende Frage, die eine Erklärung verdient: Gott liebt Seine Heiligen, also dürfte der Liebende Seine Geliebten nicht leiden lassen! Und doch wird niemand im Diesseits mehr betroffen, mehr geprüft als Gottes Heilige und insbesondere die Gesandten, Propheten und die, die ihnen eifrig folgen und in dieser Nachfolge [eigentlich] geschützt sind! Womit verdienen sie diese Prüfungen, wo sie doch den Gegenstand Göttlicher Liebe bilden?

Darauf würden wir mit einem Gotteswort entgegnen: »Er liebt sie, und sie lieben Ihn« (5:54). Die Prüfung [auf die wechselseitige Liebe] wird nur durchgeführt, wenn ein ehrgeiziger Anspruch nach ihr verlangt. Wer keinen Anspruch erhebt, kann auch nicht das Bedürfnis nach einem Beweis für die Gültigkeit seines Anspruchs haben. Hätte also der Hang, dies einzufordern, nicht Wurzel gefasst, wäre auch die Prüfung nicht weiter vorgekommen. Immerhin wollen wir andeuten, dass man für den Gesandten Gottes keine Prüfung fordern kann, und er selbst fordert sie auch nicht.[219] Man sagt, wer etwas ableugnet, braucht es nicht zu beweisen. Doch in

219. Hier hat Ibn ʿArabī die vielen Koranverse im Sinn, die von dieser Haltung Zeugnis ablegen, zum Beispiel 5:92: »Und gehorchet Gott und gehorchet dem Gesandten, und seid auf der Hut. Kehrt ihr euch jedoch ab, dann wisset, dass Unserem Gesandten nur die deutliche Verkündung obliegt.« Würde der Gesandte geprüft werden (wie die anderen Propheten und so weiter), könnte er seine Botschaft nicht klar und deutlich verkünden [WH].

Wirklichkeit verhält es sich nicht so. Wir würden sogar noch darüber hinaus gehen! Er muss den Beweis für das, was er vorgibt zu leugnen, herbei bringen; denn zu behaupten, etwas zu leugnen, läuft darauf hinaus, eben die Existenz des Anspruchs zu bestätigen, so dass der Leugnende wegen seines Anspruchs ein Pfand [für sein gutes Recht] beibringen muss, da er ihn ja vertritt. Wenn [also] Gott Seine Diener liebt, spendet Er ihnen Seine Liebe, ohne dass sie wissen, wie ihnen geschieht. Sie empfinden dann Liebe für Ihn und geben vor, zu den Ihn Liebenden zu gehören. Deswegen prüft Er sie auf diese Liebe und auch deswegen überschüttet Er sie mit Seiner Gunst, denn sie bilden den Gegenstand Seiner Liebe, und die Wohltat, die Er ihnen erweist, ist sehr wohl Beweis der Liebe, die Er ihnen bezeugt. »Und bei Gott ist der überzeugende Beweis« (6:149). Er prüft sie also, wenn sie vorgeben, Ihn zu lieben, und aus all diesen Gründen prüft er auch die Geschöpfe, die Ihn wirklich lieben.[220]

Gott spricht die Wahrheit, und Er führt auf den rechten Weg!

8
Gottes Liebe zur Schönheit (jamāl)

Die Liebe, die Gott für die Schönheit empfindet, stammt daher, dass diese heilige Eigenschaft auf Gott und Seinen Propheten passt.

In einer verlässlichen Sammlung von Hadithen wird glaubhaft versichert, der Prophet Gottes (Friede und Segen sei mit ihm!) habe gesagt: »Wahrlich, Gott ist schön (*jamīl*), und Er liebt die Schönheit (*jamāl*).« Mit diesem Begriff »schön« ermahnt Er uns also zur Liebe.

In dem Begriff von Schönheit verbirgt sich zweierlei:

Das Erste ist, die Schönheit der Vollkommenheit (*kamāl*) zu bedenken; Sie ist die Schönheit der Weisheit (*ḥikmah*). Der Liebende liebt Gott in den Dingen, die weisheitsvoll (*muḥkam*) gelungen sind und vom Werk eines Weisen stammen. Einige gelangen nicht zu dieser Stufe [und darin besteht der zweite Aspekt der Schönheit] und verfügen nicht über das Wissen von der Schönheit [in sich], sondern eher über eines von bedingter Schönheit, die auf einem

220. Die Prüfung hat also nur den Zweck, die wechselseitige Liebe zu Gott, die den Geschöpfen zunächst nicht bewusst ist, ins Bewusstsein zu heben und den »überzeugenden Beweis« für diese Liebe bei Gott zu finden [WH].

Antrieb beruht, den das heilige Gesetz in diesem prophetischen Wort verdeutlicht: »Bete Gott an, als sähest du Ihn.« Die Konjunktion »als« (*ka*) hat hier eine zuschreibende [und keine bloß fiktive] Funktion, und wer nicht dazu gelangt ist, sich mehr als nur diese bedingte Schönheit anzueignen, stellt sich vor, es sei wirklich so. Er beschränkt also Gott mit seiner Wahrnehmung, wenn er Ihn in der Gebetsrichtung (*qiblah*) ortet [im vorgeschriebenen Ritualgebet, wo er sich vorstellt, dort sei Gott zu finden, wie es in jenem prophetischen Wort heißt: »Gott ist in der *qiblah* dessen, der zu Ihm betet.«]

Der Liebende liebt Gott um Seiner Schönheit willen, ohne Missbilligung fürchten zu müssen.[221] Er wird ja von dem offenbarten Gesetz dazu angehalten, freilich nur seinen Möglichkeiten gemäß: »Gott legt keiner Seele mehr auf, als sie ertragen kann« (2:286). Also ist es an uns, Gott (Gepriesen sei Er!) für Seine Schönheit zu lieben.

Wisse: Die von Gott in vollkommener Ökonomie und nach perfekten Prinzipien erschaffene Welt ist wirklich so, wie der Imām Abū Hāmid al-Ghazzālī von ihr gesprochen hat: »Von allen möglichen Welten ist keine so unvergleichlich wie diese Welt.«[222]

Auf der anderen Seite hat der Prophet berichtet, dass Gott (Gepriesen sei Er!) Adam nach Seiner Form erschaffen hat. Der Mensch ist somit die Zusammenfassung (*majmūʿ*)[223] der Welt. Das Wissen, das Gott von der Welt hat, ist nur das Wissen, das Er von Sich selbst hat, denn Gott findet allein Sich im universellen Sein (*wujūd*). Eben deswegen muss der Mensch nach der Form Gottes aufgebaut sein. Lässt Er ihn individuell in Erscheinung treten (*ʿayn*), wird der Mensch zu Gottes eigener Offenbarung (*majallah*). Aus diesem Grund sieht er in der Welt nur die Schönheit

221. Die Liebe zu Seiner Schönheit betont den immanenten Aspekt Gottes, was von den Verfechtern einer ehrfürchtig demütigen Haltung Gott gegenüber (den Verfechtern des transzendenten Aspekts) missbilligt werden könnte. Dass die Schönheit Gottes allerdings auch »unerträglich« sein kann, wird im Koranvers 2:286 angedeutet [WH].

222. Abū Hāmid al-Ghazzālī (1058–1111) lebte im heutigen Iran und war sowohl ein bedeutender Theologe als auch Mystiker des Sufi-Wegs. Ghazzālīs Aussage nimmt fast wörtlich das berühmte westliche Argument der Theodizee in der Epoche der Frühaufklärung vorweg: Gottfried Wilhelm Leibniz (1645–1716) hat in einem legendären Satz die bestehende Welt »als die beste aller möglichen Welten« bezeichnet. Die Frühaufklärer wollten Gott mit den Mitteln der Logik beweisen [WH].

223. Siehe den zum dritten Gedicht in Kapitel 1 zitierten Hadith zur Form Gottes.

Gottes und liebt sie. Folglich ist die Welt die Schönheit Gottes, Dessen, Der schön und ein Liebender der Schönheit ist! Wer die Welt unter diesem Gesichtspunkt liebt, liebt sie um der Liebe Gottes willen, und letztlich liebt er nur Dessen eigene Schönheit. Woraus zu schließen ist, dass die Schönheit des Göttlichen Wirkens (*ṣanī'ah*) jenem nicht vermittelt werden kann, doch sehr wohl dem Baumeister der Schönheit der Welt, deren Schönheit die Seine ist.[224]

Die Gestalt, welche die Schönheit der Welt oder eines Dings annimmt, ist heikel (*daqīq*), weil sie einen dualen Aspekt hat. Man vergleiche dazu zwei Personen, die beide auf natürliche Weise geliebt werden. Nehmen wir zum Beispiel zwei junge Mädchen oder zwei Jünglinge. Sie teilen die Eigenschaften des Menschen und stellen gewissermaßen zwei Grundmuster dar. Sie sollen auch stellvertretend für die Vollkommenheit der Form stehen, die das Prinzip der körperlichen und seelischen Perfektion ausmacht. Diese Form sichert die Ganzheit des Wesens in seiner Zusammenfassung und seinen Bestandteilen, und wird sich der Missbildung und den Gebrechen entgegenstellen.

Das eine der beiden Geschöpfe ist von seinen Erbanlagen her mit äußerer Schönheit gesegnet, und alle, die es sehen, lieben es. Das Los des anderen dagegen war Hässlichkeit, und wer es sieht, empfindet Abneigung vor ihm. Handelt es sich hier nun um [diejenige Art von] Schönheit, deren Name allgemein auf alle Formen anwendbar ist, bis hin zu dem Punkt, dass alle, die eine Person anschauen, sie auch lieben?[225]

Wir überlassen diese Frage deiner eigenen Betrachtung.[226] Jene Anziehung [durch äußere Schönheit] tritt bei einem Liebenden

224. Die Schönheit der Welt verschleiert sogar die Schönheit des Aktes ihrer Schöpfung. Diese ist nur dem Göttlichen Baumeister selbst sichtbar [WH].

225. Da Gott der Schöne ist, ist Seine Manifestation schön in sich, mögen auch manche Geschöpfe, unter besonderen Aspekten, anderen als hässlich vorkommen. In dieser essenziellen Perspektive wird die Schönheit Gottes als solche nie in Frage gestellt, allein die Art und Weise, wie man an diesem Göttlichen Attribut teilhaben kann. Es verhält sich damit wie mit jedem Gottesnamen oder jeder Göttlichen Eigenschaft, woran die Wesen unter der einen oder anderen Form lediglich teilhaben.

226. Eine Hilfestellung gibt Ibn 'Arabī selbst, indem er auf den »dualen Aspekt« der Schönheit hinweist. Die Spaltung des Empfindens in »schön« und »hässlich« entspringt der Polarisierung der Erscheinungswelt. Wer in der Welt als hässlich angesehen wird, mag von Gott als umso schöner befunden werden. Das macht das »Heikle« der Schönheit aus [WH].

auf, wenn die für ein anderes Wesen empfundene Liebe schon als Folge einer einzigen Begegnung entsteht und nicht erst nach einer Freundschaft oder einem häufigen Umgang.[227]

Mache dir also Gedanken darüber und erwäge diese Frage wohl, um (so Gott will) das Geheimnis dieser Wirklichkeit gut zu verstehen, mit der sich Gott als schön kennzeichnet und sich die Liebe zur Schönheit zuschreibt, sogar noch in den abstoßenden und schädlichen Zügen Seines Geschöpfs, oder gar angesichts der entsetzlichen Dinge, die gegen das natürliche oder das Sittengesetz verstoßen.

* * *

Wir haben dir in Zusammenfassung einige der Eigenschaften vorgestellt, die Gott bei den Menschen anzutreffen wünscht und von denen es viele gibt. Mit ihnen haben wir dich, immer unter Beachtung der maßgebenden Quellen, ermahnt und dir aufgezeigt, wie sich der Liebende ihrer in seinem Verhalten bedienen sollte.

Jetzt werden wir kurz weitere Eigenschaften ansprechen, wobei wir uns vorbehalten, auf manche von ihnen [erst] im letzten Kapitel näher einzugehen. Dies sind wirkliche Regeln, deren Einhaltung sich für eine Liebe gehört, die (so Gott will) ein Wesen haben sollte, um »mit Recht liebend« genannt zu werden. Führen wir also an:

Ein Abgetöteter,
der Vernunft beraubt,
der zu Gott über Seine Namen schreitet,
beweglich wie ein Vogel,
des Nachts immer wach,
seinen Gram verbergend,
der strebt, sich vom Diesseits zu befreien, um seinen Geliebten zu treffen,
des unauflöslichen Schleiers überdrüssig, der sich zwischen ihn und der Begegnung mit seinem Geliebten schiebt,
der im Überfluss zu Ihm hin seufzt,
der nur Ruhe findet, wenn er von seinem Geliebten redet und sich an Ihn im lauten Vortrag Seiner Worte erinnert,

227. Das Letztere lässt einen die innere Schönheit des geliebten Wesens schätzen, nicht lediglich seine äußere Form, die mehr oder weniger harmonisch sein mag.

der nur das gutheißt, was der Geliebte schätzt,
der stets fürchtet, dem heiligen Dienst, den er Ihm schuldet, nicht genügen zu können,
der die Bedeutung, die er seiner eigenen Person beilegt, angesichts der Wirklichkeit seines Herrn auf das kleinste Maß zurückführt und statt dessen viel Wesens von dem wenigen macht, das er von seinem Geliebten empfängt,
der sich daran bindet, seinem Geliebten zu gehorchen, und Ungehorsam Ihm gegenüber vermeidet,
der von sich selbst völlig entrückt ist,
der für die Abtötung seiner selbst keinen Blutzoll beansprucht,
der im widrigen Geschick, dem sich die Natur seines Wesen zu entziehen sucht, standhaft bleibt, der Vormundschaft wegen, die ihm sein Geliebter auferlegt,
dessen Herz in Liebe verloren ist,
der den Geliebten jeder anderen Gesellschaft vorzieht,
der sich selbst unter dem Eindruck der Bejahung [seines Geliebten] auswischt,
der sich ergibt, weil sein Geliebter es so will,
der sich mit den Eigenschaften des Geliebten durchtränkt,
der im Beisein des Geliebten niemals müde wird,
der dem Geliebten hingegeben ist,
der im Hinblick auf die Sache mit seinem Geliebten sich selbst tadelt,
der sich an der Verwirrung erfreut, die ihm sein Geliebter beschert,
der die gültigen Regeln überschreitet, nachdem er sie beachtet hat,
eifersüchtig auf sich selbst um des Geliebten willen,
nach dem Maß seiner Intelligenz der Liebe unterworfen,
dem vernunftlosen Tier gleich, das an seinen Verletzungen keine Schuld trägt,
dessen Liebe keinen Zuwachs angesichts der Wohltaten seines Geliebten erträgt, noch auch eine Minderung wegen der Verachtung, die Er ihm bezeugt,
der seine Sache und die seines Geliebten vernachlässigt,
der in keiner Weise zur Höflichkeit gegenüber seinem Geliebten verpflichtet ist,
jeder Fähigkeit beraubt,
namenlos oder mit unbekanntem Namen,

zerstreut ohne es wirklich zu sein,
der die Vereinigung nicht von der Trennung unterscheidet,
Sklave in der Vertrautheit Dessen, Der ihn versklavt,
der sich unaufhörlich in einem Durcheinander befindet,
der jedes Maß überschreitet,
der es herausschreit, dass Er der Geliebte ist,
entwurzelt und überfordert, fragt er seinen Geliebten nicht:
»Warum tust Du das, warum machst Du das?«,
dessen Geheimnis, nachdem er sich schändlich entblößt hat,
allbekannt geworden ist, da er der Verschwiegenheit unfähig ist,
der gar nicht weiß, dass er der Liebende ist.[228]

Auch noch die folgenden Eigenschaften des Liebenden wollen wir aufzählen:

Seine Gelüste sind heftig, ohne dass er indessen verstünde, worauf sie sich richten,
seine Gefühle sind machtvoll, doch weiß er nicht, worauf sie wirken,
sein Geliebter erscheint ihm undeutlich,
er ist froh und traurig zugleich, er wird von Gegensätzen gekennzeichnet,
seine gewöhnliche Verfassung (*maqām*) ist Stummheit, und sein jeweiliger Zustand (*ḥāl*) drückt sie aus,
er gebraucht nicht gerne Verrechnung [mit dem Geliebten],
er ist durchtränkt von spiritueller Trunkenheit, ohne klaren Verstand,
er liest dem Geliebten jeden Wunsch von den Augen ab, um Ihn zufrieden zu stellen,
er hat Einfluss auf den Geliebten,
er ist barmherzig und mitfühlend gegenüber dem Geliebten, wenn er Ihm Geschenke macht,

228. Fürwahr eine erstaunliche Aufzählung! Konnte der Leser zu Beginn des Kapitels noch davon ausgehen, dass Ibn ʿArabī über die Beschreibung der Eigenschaften, die den Menschen der Liebe Gottes wert machen, »wirkliche Regeln, deren Einhaltung sich für eine Liebe gehört«, also eine Ethik begründet, so wird der Leser jetzt mit voller Absicht in heillose Verwirrung (*ḥayrah*) gestürzt, denn die meisten der aufgezählten Verhaltensweisen stehen gewissermaßen jenseits von Gut und Böse [WH].

er bezeugt seinen Zustand,
er ist bekümmert,
er empfindet Sehnsucht, wenn er nichts zu tun hat,
er kennt keine Müdigkeit,
sein Geist ist freigebig und sein Körper ausdauernd,
er kennt nur das, was in seinem Geliebten ist,
der Geliebte gibt ihm neue Kraft,
schließlich, wenn er spricht, verwendet er nur die Worte des Geliebten.

Diese Liebenden nennen sich »die Träger des Korans« (*ḥammālāt al-Qur'ān*), und wenn sie alle Eigenschaften des Buchs in sich vereinigen (*jāmi'*), sind sie dessen Essenz. Auf sie treffen die Worte 'Ā'ishahs, der Gattin des Propheten, zu, die man nach den Charaktereigenschaften des Gesandten Gottes (Friede und Segen seien mit ihm!) befragte und die darauf antwortete: »Seine Charakterzüge waren des Korans würdig.« Weiter sagte sie nichts dazu.

Man stellte Dhū-n-Nūn die Frage, wer den Koran verwahren würde, und er antwortete:

Das sind jene, auf welche die Wolke des Grams ihren Regen fallen lässt, jene, die ihr Reittier und ihren Körper ermüdet haben, das Kleid der Furcht und Trauer angelegt und aus den Bechern der Gewissheit getrunken haben. Sie haben sich die Entsagung der von Überzeugung durchdrungenen Wesen auferlegt und finden die Frische ihrer Seele in der Mäßigung ebenso wie in der Sattheit, im Übermaß wie in der Zufriedenheit, in der Unauffälligkeit wie im hohen Ansehen. Sie haben ihre innere Sicht mit den Augentropfen der Nachtwachen gesalbt, sich dazu angehalten, nichts außerhalb von Gott in Betracht zu ziehen, und sich dazu gezwungen, intuitive Erkenntnis nur über die Meditation zu gewinnen. Einen Teil der Nacht haben sie im Wachen verbracht, und immer wieder flossen Tränen von ihren Augen.

Sie sind zu innigen Vertrauten des Korans geworden, in ihren abgezehrten Leibern, auf den welken Lippen, in ihren versiegenden Tränen und den erstickten Seufzern, dieses Korans, der sich zwischen sie und das Glück der blühenden Wesen geschoben hat, der die letzte Hoffnung derer ist, die aus Verlangen nach Gott schmachten.

Ihre Tränen rollten beim Hören Seiner Drohung die Wange herunter, ihr Haar wurde bleich angesichts Seiner Warnung, wo sie doch [eigentlich schon] den Fuß auf die Schrecken der Hölle gesetzt und Seine Drohung in ihrem Herzen hatten erstarren lassen![229]

229. Mehrere dieser Benennungen des Liebenden sind Worte großer Meister oder Heiliger. Manche sind in dem Buch von Qushayrī, *al-Risālat al-Qushayrīyah*, aufgeführt. Qushayrī war ein bedeutender Sufi und starb 1074 in Bagdad. Zu diesem Thema siehe Dermenghem: *Les Plus Beaux Textes Arabes*, Paris 1980. Darin das der Liebe gewidmete Kapitel, Seite 241ff.

Kapitel 11

Anekdoten über den Zustand der Liebenden

MAN HAT UNS FOLGENDE BEGEBENHEIT BERICHTET, EINE der subtilsten, die je einem Liebenden widerfahren sind:

Ein verliebter Mensch trat eines Tages bei einem spirituellen Meister ein, der mit ihm über die Liebe sprach. Da begann die betreffende Person zu schmelzen, sich zu verflüssigen und wie Wasser zu zerfließen. Ihr Körper löste sich vollständig auf, schrumpfte zu einem dünnen Wasserfilm und zersetzte sich gänzlich vor diesem Scheich. In diesem Moment trat ein Freund des Meisters ein und traf niemanden mehr bei ihm an. Also fragte er ihn: »Wo ist denn der Soundso?« Worauf der Meister erwiderte: »Da ist er!«, ihm die Wasserlache zeigte und ihn über den Zustand jenes Verliebten aufklärte.

Da haben wir also den Fall einer außergewöhnlichen Auflösung und einer erstaunlichen Verwandlung. Die Person beginnt ihren grobstofflichen Zusammenhalt aufzugeben, bis sie zu Wasser wird, zu der ursprünglichen und grundlegenden Substanz jeden Lebens. Sie kehrt zu ihrer Bedingtheit, dem Wasser zurück, das alles belebt, im Einklang mit jenem Göttlichen Wort: »Und Wir schufen alles, was lebt, aus Wasser« (21:30).

Aus dieser Geschichte folgt, dass der Liebende das Wesen ist, durch das alles lebt.[230]

* * *

Mein Vater oder mein Onkel, ich weiß nicht mehr, welcher von beiden, erzählte mir Folgendes:

Eines Tages sah er einen Jäger eine Turteltaube aus dem Unterholz aufscheuchen. In diesem Moment flog ihr Tauber daher. Der Jäger hatte aber nur das Weibchen im Auge und erlegte es. Daraufhin erhob sich der Tauber in Spiralen gen Himmel. Man beobachtete ihn, bis er fast aus dem Blickfeld verschwand. Nachdem er diese Höhe erreicht hatte, faltete er die Flügel zusam-

230. Die Essenz des Liebenden ist die Rückkehr zum Ursprung, zur Quelle des Lebens. Auf der natürlichen Ebene ist diese reines Wasser. Die Rückkehr ist nun zugleich auch eine Kräftigung der Quelle. Insofern dient der Liebende dem Leben, und – das will Ibn ʿArabī andeuten – das Leben ist auf die Liebe angewiesen [WH].

men, senkte den Kopf in Richtung Erde und stürzte sich schreiend geradewegs auf den Boden herab, wo er zerschmettert liegenblieb. Noch unter den Augen der Beobachter hauchte er das ihm geschenkte Leben aus.

Oh du Liebender, das war nur die Tat eines Vogels! Wie steht es nun mit deiner vorgeblichen Liebe für deinen Herrn und Meister?

* * *

Muḥammad Ibn Muḥammad hat uns folgende Begebenheit berichtet, die ursprünglich von Ibrāhīm Ibn Fātik überliefert wurde:

»Ich stand bei der Moschee und hörte Sumnūn[231] zu, wie er von der Liebe sprach. Ein kleiner Vogel kam ihm immer näher, bis er ganz dicht bei ihm war. Er kam noch näher und setzte sich schließlich auf seine Hand. Dann schlug er so heftig mit dem Schnabel auf den Boden, dass er zu bluten anfing und schließlich starb.«

So wirkt die Liebe auf einen Vogel, den Gott die Rede des Scheichs hat verstehen lassen. Der Vogel kam in einen Zustand, der ihn überwältigte. Die Macht der Liebe zwang ihn nieder. Die Geschichte diente der Ermahnung der Anwesenden und stellt all jene auf die Probe, die mit einem gewissen Ehrgeiz an die Liebe herangehen.

* * *

Gott hat uns mit dieser [machtvollen] Liebe überhäuft, doch hat Er uns zugleich die Kraft verliehen, sie zu bändigen. Bei Gott! Könnte ich mir vorstellen, dass die Liebe, die ich empfinde, sich dem Himmel zeigte, er würde zerbersten. Oder den Sternen, sie würden erblassen. Oder den Bergen, sie würden von der Stelle rücken.[232]

Dies ist meine Erfahrung einer vom Wahren Wesen gestärkten Liebe. Dies Wesen hat mir die Kraft beschert, die von Seinen Erben ausgeht, und eine solche Liebe ist der Schatz der Liebenden. Auf diesem Gebiet habe ich Dinge gesehen, die jeder Beschreibung spotten!

Die empfundene Liebe hat ihr Maß an der [in ihr sich zeigenden] Erscheinung Gottes, und dies wiederum ist abhängig vom Wissen. Die Liebenden, die in der natürlichen Liebe aufgehen und deren

231. Über Sumnūn Muḥibb siehe *Le Memorial des Saints*, a.a.O. Seite 278–279.

232. Anspielung auf die Koranverse: »Wenn die Sonne [in der Fülle ihres Lichts] zusammenfällt, die Sterne verblassend hernieder sinken und die Berge [wie ein Trugbild] verschwinden« (81:1–3) [WH].

Tugenden empfinden, bleiben auf den natürlichen Aspekt angewiesen. Die Liebe jedoch, welche die Wissenden berührt, bringt keine äußerlich feststellbaren Wirkungen hervor, denn das Wissen verwischt die Spuren jener naturhaften Liebe, dank des Geheimnisses der Liebe, um das nur sie allein wissen. Der wissend Liebende bleibt am Leben, er stirbt keineswegs.[233] Er ist reiner Geist, und die Natur weiß nichts von der Liebe, die er als Bote überbringt. Seine Liebe ist Göttlich und sein heftiges Verlangen beherrscht. Daher ist er im Göttlichen Namen des »Reinen« gefestigt und unberührt von der Wirkung, die sinnliche Reden auf ihn haben könnten.

Hinsichtlich des [eingangs erwähnten] Wesens, das sich derart auflöst, bis es sich in Wasser verwandelt, könnte man folgendes Argument vorbringen: Hätte es nicht schon in sich diese Art von [geistig wissender] Liebe besessen, hätte es diesen Zustand nicht angenommen. Doch dieses Wesen, das ja bereits ein liebendes war, wurde von der Liebe erst dann überwältigt, als es die Worte des Scheichs gehört hatte. Sie förderten den verborgenen Aspekt seiner Liebe zutage. Es empfing also von jenem Meister nur die Verwirklichung von Möglichkeiten, die schon in ihm selbst angelegt waren. Eine Liebe, die erst dann auf den Liebenden wirkt, wenn die Worte einer dritten Person sie erwecken, ist eine naturhafte Liebe. Denn nur der natürliche Aspekt ist fähig, Veränderung und Reiz zu empfangen. Jene Person trug in sich schon die Möglichkeit zur Liebe, noch bevor der Scheich von ihr sprach. Die Umwandlung, die sie zu Wasser werden ließ, betraf einzig ihre körperlich menschliche Verfassung, die vor jenem Ereignis noch Fleisch und Knochen war. Wäre ihre Liebe eine Göttliche gewesen, hätten die einfachen aus Lauten zusammengesetzten Worte aus dem Munde des Meisters sie nicht beeinflusst, und deren subtile Bedeutung hätte auch ihre spirituelle Verfassung nicht weiter angeregt. Diese Person empfand also ihre Anmaßung von Liebe als Schande, und das Feuer des Schamgefühls drang in ihr Herz. Sie ruhte nicht eher, als bis sie sich derart [in die Liebe] hinein begab und sich auflöste, wie es die Geschichte berichtet.[234]

233. Die drei einleitenden Anekdoten dieses Kapitels endeten jeweils mit dem Tod der liebenden Geschöpfe, weil ihnen das (lebenserhaltende) Wissen um ihre Liebe nicht gegeben war [WH].

234. Dass die natürliche Liebe schlussendlich im Tod der Liebenden ihre Wahrheit findet, ist auch unserem westlichen Verständnis vertraut, siehe *Tristan und Isolde, Romeo und Julia* und so weiter [WH].

Jene Verwandlung ereignet sich nur bei Personen, und auch nur bei einigen von ihnen, die von natürlicher Liebe berührt sind. Diese Eigenheit [der Selbstauflösung] macht den ganzen Unterschied aus zwischen den beiden Arten der Göttlichen beziehungsweise spirituellen Liebe und der natürlichen Liebe. Dabei erscheint die spirituelle Liebe als vermittelnd zwischen den beiden anderen Arten Göttlicher und naturhafter Liebe. Die Göttliche Liebe als solche bleibt in dem Wesen unverändert, doch aufgrund des natürlichen Aspekts, der vom Liebenden angenommen wird, kann ihr Zustand Veränderungen im Wesen hervorrufen, ohne es deswegen gleich verschwinden zu machen. Die Auslöschung des liebenden Wesens rührt immer von natürlicher Liebe her, wohingegen sein Fortbestehen sich in der Göttlichen Liebe zuträgt.

So wurde der Engel Gabriel, insoweit er Geist war, von spiritueller Liebe durchdrungen; nur seiner körperlichen Gestalt wegen nahm seine Liebe einen naturhaften Aspekt an.[235] Es verhält sich damit so, weil die [vorübergehend] naturhaften Körper, die nicht von den Grundelementen abhängen, keinen Zustandsänderungen unterworfen sind, im Unterschied zu den Körpern, die [normalerweise] von den Grundelementen ihren Ausgang nehmen. Nur die Letzteren können sich ändern, weil sie aus naturhaft verderblichen Bestandteilen hervorgehen. Aber es liegt nicht in der Macht der Natur, sich aus sich selbst heraus zu verändern, da die konkreten Essenzen aus grundlegenden, unwandelbaren Wirklichkeiten hervorgehen.

Die Liebe nahm also Gabriel in Besitz, doch konnte sich die Substanz seines [vorübergehend] körperlichen Seins nicht auflösen, anders als die der Person, von der in jener Anekdote die Rede war. Deswegen war er durchaus der Erscheinungsweise natürlicher Liebe in ihm unterworfen, während sein [unveränderliches] Wesen über den Göttlichen Aspekt seiner Liebe fortbestand.

235. Ibn ʿArabī könnte sich hier auf den in Anmerkung 116 vollständig wiedergegebenen Hadith beziehen. Gemeint ist aber wohl eher der im Koran angesprochene Besuch Gabriels bei Maria: »Erzähle, was in diesem Buch über Maria steht. Da sie sich zurückzog von den Ihren nach einem gen Osten gewandten Ort, und sich vor ihnen barg im Schleier, da sandten Wir Unseren Geist zu ihr, und er erschien ihr in Gestalt eines wohlgestalten Mannes« (19:16–17). Der tiefgründigen Frage nach dem Verhältnis von Göttlicher (*lāhūt*) und menschlicher (*nāsūt*) Natur widmet sich Ibn ʿArabī besonders im Jesus-Kapitel seiner *Fuṣūṣ al-Ḥikam* (FUS 93ff, GIL 399ff) [WH].

[Grob gesagt] kann man daraus schließen, dass der Göttlich Liebende Geist ohne Körper und der naturhaft Liebende Körper ohne Geist ist, wohingegen der spirituell Verliebte beides, Körper und Geist, umfasst.

Das Wesen, das der elementar natürlichen Liebe verpflichtet ist, verfügt also nicht über jenen Geist, der es vor Verderbnis bewahren könnte. Aus diesem Grund wirkt das [sinnliche] Reden über die Liebe nur bei dem in naturhafter Liebe Befangenen und nicht bei dem, dessen Liebe Göttlich ist; doch hinterlässt es durchaus seine Spuren auch bei dem von spiritueller Liebe Erfüllten.

* * *

Muḥammad Ibn Ismā'īl aus Jemen hat uns in Mekka erzählt, dass Yusūf Ibn al-Ḥusayn folgende Anekdote zu Ohren gekommen sei:

> Ich saß vor Dhū-n-Nūn, der zu den um ihn Versammelten sprach. Alle weinten bei seiner Rede, nur ein junger Mann nicht. Er lachte. Dhū-n-Nūn wandte sich an ihn: »Wie, junger Mann? Die Leute hier weinen, und du, du lachst?« Daraufhin begann der Jüngling folgende Verse vorzutragen:
>
> Ein jeder von ihnen kommt zur Anbetung aus Furcht vor der Hölle,
> Im Seelenheil sehen sie ein ungeheures Glück.
> Was mich angeht, ich habe kein solches Ansinnen,
> Weder auf das Paradies, noch auf die Hölle,
> Denn die Liebe, die mich erfasst, gründet nicht
> Auf einer Belohnung, der sie gelten würde.
>
> Man fragte ihn dann: »Und wenn Gott dich zurückstoßen würde, wie würdest du dich verhalten?« Dies war seine Antwort:
>
> Könnte ich jene Vereinigung nicht in der Liebe finden,
> Würde ich mein Zuhause, meine Ruhe dem Feuer übergeben,
> Und mit meinen Tränen würde ich die Gäste dort
> Von morgens bis abends in ungeheure Regung versetzen,
> An diesem Höllenort, wo die Bitternis wächst!

Oh ihr, Polytheisten, weint nur über mich!
Ich bin ein Diener, der einen starken Meister liebt.
Wäre ich dem angerufenen Wesen untreu,
Würde es mich eine raue Strafe kosten lassen!

* * *

Was mich persönlich angeht, so habe ich mich in Sevilla in den Dienst einer der Frauen gestellt, die in die Liebe und die Wissenden vernarrt war. Sie nannte sich Fāṭima bint Ibn Muthanna von Cordoba.[236] Zwei Jahre blieb ich, um ihr zu dienen.

Zu jener Zeit war sie wohl fünfundneunzig Jahre alt, doch scheute ich mich immer noch, ihr ins Antlitz zu schauen. Trotz ihres hohen Alters bewahrte sie die rosige Frische ihrer Wangen ebenso wie die Schönheit ihrer Gesichtszüge, die sie wie eine Jungfrau von vierzehn Jahren aussehen ließen.

Mit Gott hatte sie einen eigentümlichen spirituellen Stand. Unter all jenen, die bei ihr Dienst leisteten, war ich es, den sie bevorzugte. Von mir sagte sie: »Niemals habe ich jemanden gesehen, der ihm gleichkommt. Wenn er zu mir kommt, kommt er mit seinem ganzen Sein. Und wenn er geht, lässt er nichts zurück. Wenn er von mir geht, macht er es auch mit seinem ganzen Sein, ohne zuzulassen, dass dabei etwas von ihm in mein Zuhause abstrahlt.«

Ich habe gehört, wie sie sagte: »Ich bin von den Reden jener überrascht, die behaupten, Gott zu lieben, aber sich daran nicht erfreuen. Und doch ist es Gott, Den sie bezeugen, und ihr Auge betrachtet Ihn in jedem Auge. Und es ist ihnen nicht möglich, sich Gott auch nur für die Dauer eines Wimpernschlags zu entziehen. Solche Wesen weinen, doch wie können sie auf Seine Liebe Anspruch erheben, wenn sie dabei Tränen vergießen? Schämen sie sich denn nicht? Denn die Nähe Gottes, deren sich ein Liebender erfreut, ist enger noch als selbst die zu den Nahegebrachten[237] – der Liebende ist von den Dienern Gottes derjenige, der Ihm am nächsten ist –, denn Gott ist der Gegenstand seiner betrachtenden Versenkung. Worum weinen sie also? Das ist erstaunlich!« Dann sprach sie zu mir: »Oh mein Kind, was hältst du von dem, was ich dir gerade gesagt habe?« »Oh meine Mutter, diese Worte sind die

236. Zu dieser Heiligen siehe Ibn ʿArabī: *Les Soufis d'Andalousie,* a.a.O., Seite 160ff [und GIE 111ff, HIR 66, 124].
237. Siehe Anmerkung 195 [WH].

deinen!« Worauf sie antwortete: »Was mich angeht – Gott ist mein Zeuge – ich gerate davon in Verzückung. Denn mein Geliebter hat angeboten, dass mir, bei Gott, die eröffnende Sure des Buchs (*fātiḥat al-kitāb*)[238] zur Verfügung steht, ohne dass sie mich von Ihm ablenken würde.«

Seit diesem Tag, an dem sie mir sagte, dass die *Fātiḥah des Buches* ihr diene, wusste ich, welchen Rang diese Frau erreicht hatte.

So geschah es, als wir zusammen saßen, dass eine Frau eintrat und zu mir sprach: »Oh mein Bruder! Mein Gatte weilt in Sidonia in der Provinz von Sharish, und man hat mir gesagt, er wolle sich dort verheiraten! Was meinst du dazu?« »Du möchtest wohl gerne, dass er zu dir zurückkommt?« Sie bejahte. Ich wandte mich zur Großmutter und fragte sie: »Oh meine Mutter, hast du die Klage dieser Frau nicht vernommen?« »Und was will sie, mein Kind?« »Dass ihre Sehnsucht auf der Stelle gestillt werde, und auch mein Wunsch ist es, dass ihr Gatte zurückkehren möge!« Die alte Dame stimmte zu und sagte: »Einverstanden! Ich werde eiligst die *Fātiḥah des Buches* losschicken und sie bitten, den Gatten dieser Frau ausfindig zu machen.«

Während wir die *Fātiḥah des Buches* gemeinsam aufsagten, nahmen die Worte eine Gestalt an. In dem Moment, in dem Fāṭima die Sure, die während der Rezitation eine feinstoffliche Form annahm, aufsagte und ihr sodann die Botschaft auftrug, erkannte ich die von ihr erlangte Stufe. Ich hörte die Großmutter zur verkörperlichten Sure sprechen: »Oh *Fātiḥah des Buches,* begib dich nach Sharish, mache den Gatten dieser Frau ausfindig und kehre unverzüglich mit ihm zurück. Er sollte nur noch während der für die Reise benötigten Zeit von seiner Familie getrennt sein. Danach sollte er sich wieder bei ihr einfinden.«

Sie pflegte das Tamburin zu schlagen und dazu zu tanzen. Als ich sie danach befragte,[239] sagte sie mir: »Ich empfinde daran Freude in dem Maße, wie Gott Sich [dabei] mit mir beschäftigt, und ich tue es, weil Er mich unter Seine Heiligen aufgenommen

238. Es handelt sich um die erste Koransure, genannt *al-Fātiḥah,* »die Eröffnende« oder »Einweihende«, die zu zahlreichen Gelegenheiten und insbesondere beim Ritualgebet rezitiert wird.

239. In der Nachfrage Ibn ʿArabīs war vermutlich vorsichtige Kritik enthalten, da Musik und Tanz bei der Orthodoxie und selbst bei manchen Sufis verpönt waren (SCH 254ff) [WH].

und mich an Sich gebunden hat. Wer bin ich denn, dass dieser Herr mich unter den Söhnen und Töchtern dieser [heiligen] Art ausgewählt hat? Bei der Macht meines Schutzherrn, manchmal ist Er auf mich mit einer unbeschreiblichen Eifersucht neidisch. Ich kann nicht einmal hoffen, Halt im Vergessen zu finden, ohne dass mein Meister mich genau mit dem prüfen würde, was meine Aufmerksamkeit von Ihm abgewendet hat.« Mit all dem waren außergewöhnliche Dinge verbunden, die sie mir nicht vorenthielt.

Ich war ihr ununterbrochen zu Diensten und baute eine Schilfhütte nach ihrem Entwurf, die sie bis zu ihrem Tode bewohnte.

Sie sprach zu mir: »Ich bin deine Mutter in Gott und das Licht deiner irdischen Mutter!« Und als meine Mutter kam, sie zu besuchen, sagte sie zu ihr: »Oh welch ein Licht! Er ist mein Kind und dein Vater, habe also die Ehrfurcht einer Tochter vor ihm und sei ihm wie einem Vater gehorsam!«

* * *

Im Jahr 599 [1202/3] in Mekka berichtete Yūnus Ibn Yaḥya mir folgende Anekdote, die auf Dhū-n-Nūn zurückgeht. Dieser sprach:

> Ich machte mich auf, um die Pilgerreise an dem Heiligen Haus Gottes abzuschließen. Als ich nun die Kaʿbah umkreiste, fand ich mich unversehens vor einem Wesen wieder, das an der äußeren Hülle des Tempels hing. Unter Schluchzen sprach es: »Vor allen außer vor Dir habe ich meine Prüfung geheim gehalten. Ich habe Dir mein Geheimnis übergeben, und Du beschäftigst mich derart, dass ich nunmehr alle anderen außer Dir vernachlässige. Ich wundere mich über jenen, der Dich gekannt hat und Dich dann doch vergisst, und auch über jenen, der Deine Liebe gekostet hat und es zugleich zulässt, von Dir getrennt zu sein!« Dieses Wesen begann zu verkünden:
>
> Du hast mich das Festmahl der Einheit kosten lassen
> Und hast die heftige Leidenschaft noch verstärkt,
> Die ich für Dich empfinde, bis in mein tiefstes Innere!
>
> Dann sprach es in folgendem Ton [zu sich selbst]: »Dein Geliebter hat dir eine Atempause gegönnt, indem Er dich gut

behandelt hat, und daher hast du auf die Sünden nicht achtgegeben. Er hat dich mit einer schützenden Hülle bedeckt, und daher bist du nicht vor Scham errötet. Er hat dich der Süße inniger Vertrautheit entrissen, und es hat dich gar nicht getroffen!« Und fuhr fort: »Mein Geliebter! Was wird aus mir werden, wenn ich mich vor Dir aufrecht halten soll und ich dann meinem Halbschlaf nachhänge? Du wirst mich dann von dem vertrauten Umgang mit Dir ausschließen! Warum nur, oh Frische meiner Seele, warum nur?« Das Wesen fügte noch hinzu:

Mit der Trennung erschrecktest Du mein Herz,
Denn ich fand nichts, was bitterer gewesen wäre,
Keinen lebhafteren Schmerz als die Trennung.
War allein jene Nachlässigkeit genug,
Den Grund für unsere Zwietracht zu bilden?
Und doch habe ich sie schon lange befürchtet!

Dhū-n-Nūn schloss seinen Bericht: »Ich trat auf dieses Wesen zu und sah, dass es eine Frau war.«[240]

Von dem Liebenden, der das Geheimnis des Geliebten ausplaudert

Muḥammad Ibn Ismāʿīl Ibn Abū-ṣ-Ṣayf hat uns folgende Begebenheit berichtet, die auf Dhū-n-Nūn al-Miṣrī zurückgeht:

Ein junger Knabe hatte die Angewohnheit, an den spirituellen Sitzungen teilzunehmen, die von Dhū-n-Nūn geleitet wurden. Eine Zeitlang blieb er weg, doch kehrte dann wieder zurück. Sein Gesicht war inzwischen aschfahl geworden und sein Körper abgemagert. Er trug die Male der [asketischen] Gebetsübung und des spirituellen Kampfes. Dhū-n-Nūn fragte ihn: »Nun, junger Mann! Welche Gaben hast du von deinem Herrn empfangen? Er hat dich doch wohl für den

240. In Wahrheit geht die Geschichte noch weiter (siehe unten). Es wird erst später klar, dass diese Frau daran leidet, Gottes Liebe zugunsten einer irdischen Liebe mit »Nachlässigkeit« behandelt zu haben [WH].

Dienst, den du Ihm gewidmet hast, und für die von dir unternommenen spirituellen Anstrengungen besonders belohnt?« Der Jüngling antwortete: »Oh Meister! Hast du jemals gesehen, dass ein Diener, den sein Herr unter anderen erzogen und auserwählt hat, dem Er die Schlüssel zu den Schatzkammern angeboten und dem Er schließlich ein Geheimnis anvertraut hat, es gut findet, das auszuplaudern?« Dann sprach er mit erhobener Stimme:

Er verriet wissentlich das Geheimnis, das sie ihm anvertraut hatten,
So dass sie sich ihm zeit seines Lebens nicht mehr geöffnet haben.
Sie entfernten sich von ihm. Es ging ihm nicht gut in ihrer Nähe.
Sie hatten sich anders besonnen und ihn beiseite geschoben,
Nachdem sie einst vertrauten Umgang mit ihm hatten.
Fortan erwählten sie jenen nicht mehr, der manche ihrer Geheimnisse
Ans Tageslicht gebracht hatte. Ja wirklich! Wie weit, oh wie weit,
Ist ihre Liebe von solch einem Benehmen entfernt!

Der junge Mann fügte hinzu: »Es gehört sich eben nicht, dass der Liebende darauf aus ist, das Geheimnis des Geliebten zu verraten. Mehr noch! Er wird auf Seine Anordnung achten, und wenn der Geliebte [selbst] es wünscht, dass Sein Geheimnis öffentlich werde, wird der Liebende es bekanntgeben, mag auch sonst der Grundsatz gelten, es verborgen zu halten.

Als ich mich im Jahre 594 [1197/8] in Fez aufhielt, hat Gott mich mit einem Seiner Geheimnisse beschenkt. Ich zog andere darüber ins Vertrauen, ohne zu wissen, dass es sich um ein Geheimnis handelte, das gar nicht hätte weitergegeben werden dürfen. Der Geliebte tadelte mich dafür. Meine Antwort bestand nur in Schweigen. Doch bat ich Ihn darum: »Nimm Dich der Sache bei denjenigen an, denen ich das Geheimnis anvertraut habe, wenn Du deswegen Grund zur Eifersucht hast. Du kannst einschreiten, ich nicht! Soweit ich weiß, habe ich achtzehn Menschen ins Vertrauen gezogen.«

Gott antwortete mir, Er werde sich darum kümmern. Daraufhin teilte Er mir mit, dass das Geheimnis aus ihrer Brust entfernt sei, während meines Schlafes hätte Er es ausgelöscht. Ich erzählte meinem Gefährten ʿAbd-Allāh, meinem Diener,[241] dass Gott mich über Sein Tun unterrichtet hätte: »Komm, wir werden zusammen nach Fez reisen, um mit eigenen Augen sehen zu können, was Gott mir dazu mitgeteilt hat.« Wir brachen auf, und als wir in der Stadt ankamen, suchten mich alle auf, die ich ins Vertrauen gezogen hatte, und ich stellte fest, dass Gott ihnen jenes Geheimnis [tatsächlich] wieder entrissen und aus ihrer Brust entfernt hatte. Sie fragten mich zwar danach, doch ich blieb verschwiegen.

Diese Begebenheit ist eine der außergewöhnlichsten, die ich auf diesem Gebiet habe erleben dürfen. Ich danke Gott dafür, mich nicht zur Strafe [für das Ausplaudern] in eine dürre Einsamkeit gestoßen zu haben, wie jene, von welcher der junge Mann bei Dhū-n-Nūn sprach.

Der Weg Gottes hängt an unmittelbarer Erfahrung. Jener Jüngling stellte sich wohl vor, Gott würde sich zu allen Wesen so verhalten, wie Er es ihm gegenüber tat. Seine Erfahrung war echt, doch die Meinung, die er sich bei dieser Gelegenheit von Gott gebildet hatte, traf nicht zu. Freilich findet sich eine solche Einstellung sehr oft auf dem Weg, nicht jedoch bei den echten Meistern. Das kommt bei ihnen deswegen nicht vor, weil sie um die abgestufte Ordnung der Dinge wissen und um die Wahrheiten, von denen diese gelenkt werden. Dabei handelt es sich um ein Wissen, dessen Erwerb kostbar und selten ist.

* * *

Man hat uns folgende Geschichte von Dhū-n-Nūn übermittelt:

Er stellte einer Frau die Frage: »Wann geht der Liebende vollkommen [in der Liebe] auf?« »Dann, wenn seine Anrufung ununterbrochen und sein brennendes Verlangen stets gegen-

241. Der Äthiopier ʿAbd-Allāh Badr Al-Ḥabashī war nicht nur Ibn ʿArabīs Diener, sondern auch sein Gefährte und Schüler. Ihre Freundschaft währte zwanzig Jahre, bis zu Ḥabashīs Tod (siehe HIR 186ff, 293f) [WH].

wärtig ist. Oh Dhū-n-Nūn! Weißt du denn nicht, dass brennendes Verlangen Schwäche hervorruft und das ständige Sich-Erinnern traurig macht?« Sie fügte hinzu:

> Ich konnte die erlesenen Speisen vom Tisch Deiner Einheit
> Erst kosten, als sich meine Liebe zu den Menschen beruhigte.

Darauf antwortete Dhū-n-Nūn:

> Der Liebende ist glücklich, wenn der Liebesakt aufblüht,
> Doch erst nach der Vereinigung entbrennt seine Liebe!

Sie erwiderte: »Wie mich das schmerzt, ja, wie mich das schmerzt! Weißt du denn nicht, dass man sich mit Ihm nur vereinigt, wenn man sich von allem außer Ihm ablöst?«

Als ich diese Geschichte vernahm, dachte ich: Wenn diese Frau ein ähnliches Gespräch mit mir geführt hätte, so hätte ich ihr geantwortet: »Nun, Er ist ja hier im Diesseits [und nirgendwo anders]!«[242]

Hier eine weitere von Dhū-n-Nūn überlieferte Anekdote:[243]

Ich vollführte die sieben rituellen Umkreisungen der Ka'bah, als ich eine flehende Stimme vernahm. Ich stand vor einem jungen Mädchen, das an der Hülle der Ka'bah aufgehängt war und seufzte:

242. Damit will Ibn ʿArabī andeuten, dass die Kontroverse auf einer höheren Ebene – die er sich durchaus selbst zuschreibt –, eine ganz schlichte und einfache Lösung findet [WH].

243. Die Geschichte vom an der Kaʿbah hängenden Mädchen (die oben nur scheinbar zu Ende war) wird hier wiederaufgenommen. Es scheint, dass Ibn ʿArabī sie absichtlich mit dem Thema des »Ausplauderns der Liebesgeheimnisse« unterbrochen hat. Vermutlich ist dieses Mädchen auch die Frau des unmittelbar vorhergehenden Gesprächs mit Dhū-n-Nūn (das womöglich nur auf einer imaginativen Ebene stattfand) [WH].

Du weißt es, mein Geliebter, mein Geliebter, du
weißt es!
Die Mattigkeit des Körpers und des Geistes
Verraten mein Geheimnis. Ich habe die Liebe zurückgedrängt,
So dass jetzt meine Brust die Enge spürt!

Diese Rede bestürzte mich und trieb mir die Tränen in die Augen. Das Mädchen fügte hinzu: »Oh mein Gott! Oh mein Herr! Oh mein Meister! Aus Deiner Liebe zu mir musst Du mir verzeihen!« Dieses Flehen schien mir etwas Wichtiges zum Ausdruck zu bringen, also nahm ich es auf: »Oh du junges Mädchen! Hätte es nicht genügt, [zu Gott] zu sagen: ›aus Liebe, die ich für Dich empfinde‹ statt ›aus Deiner Liebe zu mir‹?« »Geh mir aus den Augen, Dhū-n-Nūn! Weißt du denn nicht, dass Gott Wesen hat, die Er liebt, noch bevor sie Ihn lieben? Hast du denn Gott nicht sagen hören: ›Gott wird Wesen hervorbringen, die Er liebt und die Ihn lieben‹ (5:54), so dass die Liebe, die Er ihnen bezeugt, ursprünglich ist und noch vor der Liebe existiert, die sie für Ihn haben?« »Woher wusstest du, dass ich Dhū-n-Nūn bin?« »Oh, du eitles Wesen, die [liebenden] Herzen ergehen sich doch in den Blumenbeeten der Geheimnisse! So habe ich dich erkannt. Schau hinter dich!« Ich drehte mich um. Als ich mich wieder zurückwandte, [war sie verschwunden und ich] wusste nicht, ob der Himmel sie hinauf gehoben oder die Erde sie verschlungen hatte. Ich sagte mir, der Zustand der Jungfrau, der solche Worte in ihr hervorgebracht hatte, war sehr nahe dem des Berges, als Moses (Friede mit ihm!) vor seinem Herrn stand, Der ihm befahl: »Schau auf den Berg.«[244]

Gott (Gepriesen sei Er!) hat Blumenbeete, die allesamt Beete der Liebe sind. Mehr noch, jedem von ihnen gibt Er einen Eigen-

244. »Und als Moses zu dem Ort kam, den Wir ihm zugewiesen hatten, und sein Herr zu ihm redete, da sprach er: ›Mein Herr, zeige [Dich] mir, auf dass ich Dich schauen möge.‹ Er antwortete: ›Nimmer siehst du Mich, doch schau auf den Berg; wenn er unverrückt an seinem Ort bleibt, dann sollst du Mich schauen.‹ Als sein Herr Seine Pracht auf dem Berg offenbarte, da zermalmte Er diesen zu Staub, und Moses stürzte ohnmächtig nieder« (7:143). Dhū-n-Nūns Begegnung mit der Jungfrau ist eine (mittelbare) Erscheinung (*tajallī*) Gottes, schnell vergänglich wie der zerfallende Berg [WH].

namen der Liebe, wie dem Beet der Ekstase (*mīdān al-wajd*) oder auch dem Beet brennenden Verlangens. Jeder verliebte Zustand ist von einem Umherschweifen (*jawalān*) und einer gerichteten Bewegung (*ḥarakah*) gekennzeichnet und zu jedem gibt es ein ihm entsprechendes Blumenbeet.[245] Das ist eine allgemeingültige Wahrheit.

Die einzelnen [in der Liebe gemachten] Erfahrungen gliedern sich entsprechend den Graden von Präsenz und Vertrautheit. Sie werden erst dann zu Blumenbeeten, wenn Gott (Ruhm sei Ihm!) dich die Essenzen der Wesen in ihrer Verschiedenheit durch das Wissen, das Er von ihnen hat, anschauen lässt. Wenn du anschaust, dass Er die [Eine] Essenz ist, in der Er Sich mittels der von ihr angenommenen Namen manifestiert, handelt es sich um die Beete der Geheimnisse. Wenn du dagegen anschaust, dass Er Sich Seiner Namen bedient, um mit den Geschöpfen [vertraut] beisammen zu sein, handelt es sich um Beete des Lichts. Doch wenn sich die beiden Wirklichkeiten für dich zu überschneiden scheinen, dann siehst du [womöglich] etwas, von dem du behauptest, es sei Er. Dann wiederum siehst du etwas anderes und meinst, das sei nicht Er. Schließlich siehst du etwas, das du wie folgt beschreibst: »Ich weiß nicht, ob Er es ist oder ob Er es nicht ist.« Das sind dann die Beete der Verwirrung (*ḥayrah*). Die Essenz eines jeden Wesens trägt ein Merkmal in sich, das derjenige erkennt, der in diesen Beeten wandelt. Damit erkennt er die ihm in der Welt entsprechende Person. Sie manifestiert sich in einem Gefäß, das von der Natur verdunkelt, doch von der Erkenntnis erhellt wird. Und fortan kann man die Liebenden bei ihrem Namen nennen, wie jenes Mädchen es tat.[246]

* * *

245. Die beiden Begriffe charakterisieren die der Liebe eigene Spiralbewegung, die sinnbildlich auf eine Ebene projiziert wird, auf der jene Blumenbeete liegen.

246. Sie hatte Dhū-n-Nūn bei seinem Namen gerufen, der ein Sinnbild für die ihm eigene Art zu lieben ist. Die allgemein vertrauten Erfahrungen der Liebe sind »von der Natur verdunkelt«, solange sie nicht durch das Wissen Gottes angeschaut werden. Erst dann werden sie in Gottes Liebesgarten zu vielfältigen Blumenbeeten und erst dann können die Liebenden benannt werden. Das Mädchen schaut die Beete der Geheimnisse, da ihr Streben – wie es die Anekdote bezeugt – ganz auf Gottes Liebe unter Vernachlässigung der irdischen gerichtet ist. Mit der »Mattigkeit des Körpers und des Geistes« hat sie ihr Geheimnis verraten und, an

Man hat uns erzählt, dass Dhū-n-Nūn im Jemen einem [jungen] Mann begegnete und sie gemeinsam auf dem Rücken eines Reittiers den Weg fortsetzten. Das Folgende ist einem langen Bericht entnommen, der ihre Unterhaltung wiedergibt:

> Dhū-n-Nūn fragte seinen Gefährten: »Möge Gott dir gnädig sein! Welches Merkmal erlaubt es, die Wesen zu unterscheiden, die ihresgleichen um Gottes willen lieben?« »Aber Liebster, die Liebe ist eine gar zu erhobene Stufe!« »Und doch möchte ich, dass du sie mir beschreibst!« »Gott hat das Herz derer, die um Seinetwillen lieben, durchbohrt, so dass sie mit dem aus dem Herzen strömenden Licht intuitiv die unwiderstehliche Macht der Göttlichen Majestät angeschaut haben. Ihr Körper verbleibt in der diesseitigen Natur, ihr Geist in der Natur des Schleiers, doch ihr wissendes Verständnis ist himmlischen Wesens. Sie wandeln zwanglos unter den Reihen der Engel und schauen deren Wirklichkeit in voller Gewissheit an. Sie verehren Gott aus Liebe zu Ihm auf die bestmögliche Weise, ohne nach dem Paradies zu verlangen und ohne die Hölle zu fürchten.«[247] Da begann der Jüngling so heftig zu schluchzen, dass seine ganze Seele davon in Bann geschlagen wurde.

der Kaʿbah hängend, wo sie »die Enge in der Brust spürt«, muss sie dies büßen. Sie vertritt gewissermaßen den transzendenten Aspekt der Liebe. Dhū-n-Nūn dagegen, der glücklich ist, »wenn der Liebesakt aufblüht«, genießt darin die Vertrautheit, er ist »mit Gott beisammen« und erschaut die Beete des Lichts. Das ist der immanente Aspekt der Liebe, der folgerichtig den Zorn des Mädchens erweckt. Aber auch die Beete der Verwirrung (*ḥayrah*) – sinnbildlich das Pendeln zwischen immanenter und transzendenter Schau – gehören zum Liebesgarten dazu. Der von den Beeten des Lichts Gefangengenommene kann sich selbst als Liebender nicht benennen, er ist ja »blind vor Liebe«. Das Mädchen jedoch vermag es, da sie sich in den Beeten der Geheimnisse ergeht. Darin mag man letztlich doch ihren Vorrang erkennen. Im Übrigen ist es bemerkenswert, dass hier der Unterschied von Transzendenz und Immanenz in der Mann-Frau-Polarität gespiegelt wird, jedoch umgekehrt, als man spontan vermuten würde. Da würde man nämlich die (geistige) Transzendenz dem Manne und die (naturhafte) Immanenz der Frau zuweisen. Hier kommt wieder einer der Tricks zum Zuge, mit denen Ibn ʿArabī »heilsame« Verwirrung beim Leser hervorruft [WH].

247. Dies ist ein Auszug aus der langen Rede Dhū-n-Nūns, die Ibn ʿArabī bereits in Kapitel 9, Abschnitt 1, vollständig zitiert hat. Dass Dhū-n-Nūn hier seine eigenen Worte einem jungen Reisegefährten in den Mund legt, der mit ihm auf einem Reittier sitzt – und mit dem er offenbar sofort intim vertraut ist –, könnte auf eine lediglich imaginative Natur dieser Begegnung hinweisen [WH].

Wir können durchaus behaupten, dass jener Jüngling ein Wissender war. Die drei von ihm für das betreffende Wesen verwendeten Ausdrücke sind dafür ein offensichtlicher Beweis.

So hat er zuerst erwähnt: »Ihr Körper verbleibt in der diesseitigen Natur.« Nun hat Gott gesagt: »Er ist Gott (*ilāh*) auf Erden«,[248] denn das Wirkende, das diesen Körper im Diesseits bestimmt, sollte gewürdigt werden. Der [vollkommene] Mensch ist die Zusammenfassung der Welt, und diese ist [unter einem gewissen Aspekt] dem Körper eines einzigen Menschen vergleichbar.[249] Gott ist »ihm näher als seine Halsschlagader« (50:16), und das ist ja ein rein körperliches Blutgefäß. Würde sich der Ausdruck »seine Halsschlagader« auf das ganze Wesen des Menschen [sein naturhaftes und geistiges] beziehen, wäre er unangebracht.[250]

Dann sprach der Jüngling folgenden Satz: »Ihr wissendes Verständnis ist himmlischen Wesens.« Die Intelligenz (*ʿaql*) ist ein bedingtes und folglich eingeschränktes Vermögen, denn sie hat die Natur einer Fußfessel (*ʿiqāl*),[251] die das Tier anbindet. Nun sind die Himmel Orte, wo Engel wohnen, Wesen, die der Bedingtheit ihrer spirituellen Station unterliegen, im Einklang mit jenem Göttlichen Wort: »Es gibt keinen unter uns, der nicht seinen fest zugewiesenen Platz hätte« (37:164). Ihn kann die Intelligenz nicht verlassen, da sie eben von Jenem angebunden wird, Der sie erschaffen hat. Jener junge Mann hat also durchaus mit Absicht die Ausdrucksweise gewählt: »Sie wandeln zwanglos unter den Reihen der Engel«, der Engel, deren Intellekt in den Himmeln [angebunden] ist. Nun findet man in der Welt der zusammengesetzten Körper nur Himmel und Erde.[252]

248. Der Koranvers wird nur partiell zitiert, um den irdischen Aspekt hervorzuheben. Vollständig lautet er: »Er ist es, Der Gott im Himmel und Gott auf Erden ist, und Er ist der Weise, der Wissende« (43:84) [WH].

249. Diese Dualität wird in der Sufi-Mystik mit dem Begriff *insān al-kabīr* (der große Mensch) bezeichnet und in folgendem Sprichwort zum Ausdruck gebracht: »Der Kosmos ist ein großer Mensch, und der Mensch ist ein kleiner Kosmos.« Siehe dazu das Kapitel über Adam in den *Fuṣūṣ al-Ḥikam* (FUS 28ff), wo auch die Rolle beleuchtet wird, die in diesem reziproken Verhältnis die Engel einnehmen [WH].

250. Gott ist dem Menschen näher als sein weltlicher (körperlicher) Aspekt.

251. Wörtlich: Strick zum Anbinden eines Kamels. *ʿIqāl* ist ebenso wie *ʿaql* vom Verbstamm *ʿaqala* »fesseln«, »anbinden« abgeleitet.

252. In der Welt der zusammengesetzten Körper – die mehr als das im engeren Sinn Körperliche enthält – gibt es also nur Bedingtheit. In ihr hat der Körper (das Erdhafte) seine fest definierte Funktion ebenso wie die (himmlischen) Geister ihre

An dritter Stelle schließlich hat jenes Wesen gesagt: »Ihr Geist verbleibt in der Natur des Schleiers.« Ja, als Gott die körperliche Form vollkommen gestaltet hatte, verbarg Er Sich [in ihr] oder besser gesagt, Er verschleierte den Geist, der sich im Gefäß des Körpers manifestierte. Wie Gott es anspricht: »Ich habe in ihn [Adam] von Meinem Geist eingehaucht« (15:29). Der Geist erschaffener Wesen geht aus jenem Geist in der Weise von Verborgenheit hervor. Und sie [die Liebenden um Gottes willen] versenken sich betrachtend in ihren Ursprung, doch im Wissen, dass er verschleiert ist, denn sie kennen Jenen, Der sich durch ihre konkrete Essenz hindurch zeigt. Und sie wissen auch um Den, Der sich Soundso nennt und warum Er Sich so bezeichnet.

Darin liegen feine Geheimnisse. Es gibt unzählige Anekdoten über die wissend Liebenden.

besonderen Aufgaben haben. Der wissend Liebende ist von diesen Beschränkungen frei. Auf dieser Seinsebene hat die Liebe keine »Funktion«, sie ist freier sogar als die Intelligenz [WH].

Kapitel 12

Über Bezeichnungen, die dem Liebenden zustehen

WIR WERDEN DIESES BUCH MIT EINEM KAPITEL BESCHLIESSEN, das sich dem widmen wird, was wir nennen könnten: die Erscheinungen des Wahren Wesens (*ḥaqq*) für die wissend Verliebten, die auf dem bräutlichen Thron (*minaṣṣāt al-aʿrās*) geschehen, um den Liebenden die Eigenschaften der Liebe nahezubringen.

I
Der Liebende ist abgetötet (maqtūl)

Von diesem bräutlichen Thron und dieser Gotteserscheinung rührt die Bezeichnung her, die man dem Liebenden gibt: ein [im Widerstreit] abgetötetes Wesen, weil es sich nämlich aus einer natürlichen Grundlage (*ṭabīʿah*) und einem Geist zusammensetzt.

> Der Geist ist Licht, die Natur ist finster,
> Im Menschen stehen sie im Widerstreit.

Zwei gegensätzliche Wirklichkeiten schließen sich aus, wenn sie sich einander entgegenstellen, wenn jede auf die Rechtsstellung pocht, der sie untersteht und die sie für sich beansprucht.

Auch der Liebende macht da keine Ausnahme. Wenn der körperliche Aspekt seines Wesens vorherrscht, ist der Tempel seiner Gestalt (*haykal*) [noch] verdunkelt, auf dass er Gott durch die Geschöpfe hindurch liebe und das Licht nach und nach das Finstere abscheide. Das liegt im Ursprung der Dinge (*aṣl*), entsprechend dem Wort: »Und ein Zeichen für sie ist die Nacht, von der Wir den Tag abtrennen. Und siehe, sie sind in der Finsternis« (36:37), wobei der Tag für das Licht steht. Nun weiß der Liebende, dass beide fortwährend aneinandergrenzen, auch wenn sie sich einander entgegensetzen, und sich sogar gegenseitig durchdringen können. Es scheint mir durchaus kein Widerspruch darzustellen, Gott durch die Geschöpfe hindurch zu lieben. Dies bringt ja eine Verbindung der beiden [gegensätzlichen] Wirklichkeiten[253] zuwege.

Wenn der geistige Aspekt des Wesens vorherrscht, wird der Tempel seiner Gestalt erhellt und dann liebt er die Geschöpfe in Gott, im Einklang mit jenem anderen Wort: »Liebet Gott um der wohltuenden Nahrung willen, die Er euch gewährt.« Er liebt Ihn also für die Gunst, die Er ihm eben aufgrund dieser Seiner Anweisung zusichert, und das Wesen, von Dem er Zeugnis ablegt, ist ganz bestimmt Gott!

Andererseits herrscht Eifersucht (*ghayrah*) zwischen den beiden gegensätzlichen Aspekten; jeder von beiden ist gewillt, an sein Ziel zu gelangen. Es ist sogar möglich, dass der eine den anderen zu beseitigen sucht und sich sagt: »Ich werde meinen Rivalen vernichten (*aqtulu-hu*), damit er seinen Anspruch gegen mich nicht mehr geltend machen kann!« In diesem Kampf wird der Mensch sterben, wenn die Natur die Herrschaft über ihn gewinnt. Solcher Art ist das Los eines jeden, der nur die Geschöpfe liebt. Siegt dagegen der Geist, so stirbt er als Märtyrer, und bleibt doch am Leben, bei seinem Herrn und gestärkt.[254] Und so ist der Liebende, in welchem Zustand auch immer, in der Welt gestorben, selbst wenn es ihm gar nicht bewusst ist.

2
Der Liebende ist geistig verwirrt (tālif)

Hat Gott einen solchen Liebenden aus Seinen beiden Namen des »Äußeren« und des »Inneren«[255] nicht deswegen erschaffen, um aus ihm eine Welt zu formen, die gleichzeitig manifest und verborgen ist? In dieses Wesen hat Er die Vernunft gelegt, mit der es die Stellung, die jedem der beiden Göttlichen Namen zukommt, klar unterscheidet, auf dass es sich zwischen diesen beiden kosmischen Aspekten im Gleichgewicht halten kann.

Mehr noch, Gott enthüllte Sich ihm vollständig in Seinem [derart ausgedrückten] Namen: »Nichts ist wie Seinesgleichen« (*laysa*

253. Weil sich allein in Gott die Gegensätze auflösen, dank Seiner Einzigartigkeit ohne Vielfalt und dank der Liebe, in der sich am Ende Liebender und Geliebter in der vollkommenen Einheit Gottes, die eine Unterscheidung des Einen vom Andern nicht mehr zulässt, begegnen.

254. Anspielung auf Sure 3:169: »Glaube ja nicht, dass jene, die auf dem Weg Gottes erschlagen wurden, tot seien. Nein, lebendig sind sie und wohlversorgt in der Nähe ihres Herrn« [WH].

255. Anspielung auf Sure 57:3: »Er ist der Erste und der Letzte, der Sichtbare und der Verborgene, und Er ist der um alle Dinge Wissende.«

ka mithlī-hi shayun) (42:11),[256] was ihn verwirrt zurückließ. Das war deswegen so, weil diese Gotteserscheinung ihm nicht mehr gestattete, in den Dingen das rechte Maß zu finden, umso mehr, als Gott [im nachfolgenden Satz] hinzufügte: »Und Er ist der Hörende und Sehende« (42:11).[257]

Und Er ist der Liebende des verwirrten Wesens, das seine Verfassung nicht mehr erkennen kann, die es ihm auferlegt, sich im Gleichgewicht zu halten und den rechten Wert der Dinge zu schätzen. Deswegen tritt es aus dem Rahmen gesetzlicher Vorschriften heraus. Denn auch ein mit Verstand begabtes Wesen ist diesen Verpflichtungen nur dann unterworfen, wenn es von dieser Fähigkeit noch Gebrauch machen kann.

Dies ist die geistige Verwirrung, die dem Liebenden eigen ist!

3
Der Liebende entbrennt (sā'ir) für Gott über Seine Namen

Das ist so, weil Gott Sich dem Liebenden sowohl in den Namen der Geschöpfe (*kawn*) wie auch in den vollkommen heiligen Namen zeigt. Der Liebende stellt sich das so vor, dass jene Gotteserscheinung (*tajallī*), die sich über die Namen der Geschöpfe [oder den ihnen anhaftenden Eigenschaften] vollzieht, ein Herabsteigen des Göttlichen Wesens ist, das auch ihn selbst betrifft, obwohl dieser Vorgang nicht in seinem Blickfeld (*ufuq*) liegt. Diese Kennzeichnung (*takhalluq*) mit den vollkommenen heiligen Namen ent-

256. Die Mehrdeutigkeit dieses Verses wurde bereits angesprochen.

257. Die geistige Verwirrtheit dieses Liebenden gibt sich angesichts der scheinbar miteinander in Widerspruch stehenden Lehraussagen zu erkennen, die in den beiden aufeinander folgenden Sätzen enthalten sind: die Göttliche Transzendenz und die Verneinung eines Gott Gleichgestellten im ersten Satz, und im zweiten, die Erwähnung der beiden Göttlichen Attribute, womit stillschweigend die Vielfalt der Wesen und ihre Anteilnahme an den positiven Attributen Gottes zugelassen wird. Hier wird erneut das heikle Problem der Transzendenz und Immanenz aufgeworfen. Siehe dazu das Kapitel über Noah in den *Fuṣūṣ al-Ḥikam* (FUS 53ff, GIL 119ff). Dieser Liebende, der eine Stufe jenseits von Dualität erreicht hat, sieht sich außerstande, die wahre Wirklichkeit der Dinge mit seinem Bewusstsein von ihnen einzuschätzen. Ist sie eins, oder ist sie vielfach? Existieren die Dinge überhaupt, und wenn ja, was sind sie dann? So viele Fragen, auf die er keine Antwort weiß. Ihm stellt sich das Problem der *waḥdat al-wujūd*, der Einheit des Daseins, keineswegs nur in rein theoretischen Begriffen, sondern als höchst bedeutsam für seine persönliche Verwirklichung.

spricht der Lehre über die so genannte »Aneignung der [Göttlichen] Kennzeichen« (*takhalluq*) auf dem Weg der Menschen Gottes (*ahl Allāh*). Ihr zufolge stellt sich das Wesen [zunächst] vor, dass die Geschöpfe um seinetwillen und nicht um Gottes willen benannt worden sind und dass Gott zu deren Namen im selben Bezug steht wie der Diener zu den vollkommenen Göttlichen Namen. So sagt es sich: »Ich kann Ihn nur mit meinen eigenen Namen durchdringen (*dukhūl 'alay-hi*), und wenn ich mich den Geschöpfen zeige, so tue ich es mittels Seiner vollkommenen Namen über die Aneignung der Kennzeichen (*takhalluq*).«

Wenn es in Gott eindringt, mit der Vorstellung, dies über seine eigenen Namen – die ihm als einem geschaffenen Wesen gegeben wurden – zu tun, sieht es die Zeichen (*āyāt*), die auch die Propheten, während ihrer nächtlichen Reisen (*isrā'*) und ihres himmlischen Aufstiegs (*mi'rāj*), an den erhobenen Horizonten (*āfāq*) und an ihren Seelen anschauen.[258] Es sieht auch: Das ganze Universum ist aus der Menge der Namen Gottes zusammengesetzt, und ihm, dem Diener, gehört davon kein einziger, auch nicht der Name des Dieners! Er wird lediglich mit ihm bezeichnet wie mit allen vollkommenen Namen. Nun weiß er, der Schritt hin zu Gott, das Eindringen in Ihn und die tatsächliche Anwesenheit in Ihm (*ḥuḍūr*) geschehen nur durch Seine Namen, und auch die der Geschöpfe sind letztlich nur die Eigennamen Gottes. Ihm wird sein Irrtum klar, er sucht ihn wieder gut zu machen, und dieses Bezeugen (*shuhūd*) gleicht das aus, was ihm entging, als er den Anbetenden (*al-'ābid*) und den Angebeteten (*al-ma'būd*) unterschied.[259]

258. Anspielung auf Sure 41:53: »Bald werden Wir sie Unsere Zeichen sehen lassen an den Horizonten [der Erde] und an ihren eigenen Seelen, bis ihnen deutlich wird, dass es die Wahrheit ist. Genügt es denn nicht, dass dein Herr Zeuge ist über alle Dinge?« [WH]

259. Dieser theoretische Standpunkt läuft darauf hinaus zu behaupten, das erschaffene Wesen sei der Ort für die Manifestation der universalen Funktionen Göttlicher Namen. Die den Wesen gegebenen Namen sind eigentlich nicht die ihrigen, sondern essenziell und existenziell die Gottes. So hat das Geschöpf nichts zu Eigen, und selbst der Name des »Dieners«, der ihm gegeben wird, ist es nur metaphorisch und nicht in Wirklichkeit. Wie sollte man dann noch den Angebeteten und den Anbetenden unterscheiden? Mit dem Diener ist es so wie mit dem Liebessamen (*ḥabb*). Wenn er erst einmal in die passende Umgebung eingesetzt ist, wo sich die in ihm steckenden Möglichkeiten entfalten können, verwirklicht er sie in derjenigen kosmischen Umgebung, wo sich die Wesen in einer ähnlichen Daseinsverfassung befinden. Siehe zu diesem Thema: René Guénon: *La Grande Triade*, Kapitel *L'être, et le Milieu.*

Unser Verständnis von diesen Dingen stammt aus einer seltenen und kostbaren Gotteserscheinung, die sich auf einem ungeheuer großen bräutlichen Thron vollzieht. Vor dieser äußersten Grenze stand Abū Yazīd al-Bistāmī[260] und er berichtet über diese seine persönliche Erfahrung mit den Worten: »Er näherte sich mir mit etwas, das mir nicht gehörte.« Dieses Los hatte ihm sein Herr vorherbestimmt und er sah es als eine Grenze an. So verhält es sich auch mit dem Liebenden, dessen Auslöschung eine Grenze [für ihn] darstellt, doch ist sie nicht die Göttliche Grenze als solche. Das Auftreten eben dieser Göttlichen Grenze stellt eine andere Gotteserscheinung dar, deren Geschmack (*dhawq*) nur diejenigen Heiligen gekostet haben, die Propheten und Gesandte waren. Man hat Gott (Ruhm sei Ihm!) in der Wissenschaft von den äußeren Erscheinungen (*ʿilm rusūm*) mit den so genannten »Eigenschaften der Immanenz« (*ṣifāt al-tashbīh*) beschrieben. Dabei stellte man sich vor, das Göttliche Wesen würde Sich mit den Eigenschaften der Geschöpfe beschreiben, so dass eine neue Deutung (*ta'wīl*) jener Lehre [der Immanenz][261] erforderlich sei.

Doch der Ort jener Vorstellung (*mashād*) zeigt auf, dass im Grunde genommen jeder Name eines Geschöpfs sich in Wahrheit auf Gott bezieht, und nur sinnbildlich, ohne wirkliche Bedeutung, auf das jeweilige Geschöpf.

Und nur in dieser Weise wird das Geschöpf von den Namen gekennzeichnet. Nun verstehe doch!

260. Abū Yazīd al-Bistāmī (803–875), bedeutender persischer Mystiker des frühen Islam [WH].

261. Die erste Theophanie betrifft den spirituellen Menschen, der sich in den Geliebten hinein auflöst, bis er jegliches Bewusstsein einer Unterschiedenheit verliert. Die zweite Theophanie betrifft denselben Liebenden, der in die Erscheinungswelt zurückkehrt und sich dort des beständigen Wirken Gottes innig bewusst wird. Nicht nur sieht er, dass die Grundlage seiner Erscheinung alle Göttlichen Namen enthält, die ihn kennzeichnen, er sieht auch die Namen, welche die Wesen kennzeichnen, mit denen er in Kontakt tritt. Zu diesem Thema siehe die Vorrede zu Ibn ʿArabīs *al-Futūḥāt al-Makkīyah,* übersetzt von Michel Valsan: »Über den, der zurückkehrt, nachdem er angekommen ist, und über Den, Der ihn zurückkehren lässt«, *Etudes Traditionnelles,* 1953, Nr. 307. Siehe auch vom selben Autor und Übersetzer: »Die Einsetzung des größten Scheichs ins höchste Zentrum«, *Etudes Traditionnelles,* 1953, Nr. 311.

4
Der Liebende ist beweglich wie ein Vogel (ṭayyār)

Beweglichkeit gehört zum Liebenden.
Das ist wahres Wissen, es kann nicht verblassen.

Dieser Vers ist uns gerade eingefallen und bezieht sich auf das, was wir gerade zu den Namen des Geschöpfs ausgeführt haben. Es stellt sich alle jene Namen gleichsam als seine Nester (*wikar*) vor. Doch als es für den Liebenden offensichtlich war, dass dem nicht so ist, schwang er sich auf, dem Vogel gleich, und verließ das, was er als eigenes Nest betrachtet hatte. Er kreiste in der Luft des [jeweiligen] Namens, den er gerade für sich in Anspruch nahm. Bei jedem Atemzug während des Auffliegens war ihm so zumute, wie auch bei dem darauf folgenden [mit dem er die Luft eines anderen Namens atmete], denn alle Namen gehören wesentlich »Dem, Der jeden Tag beschäftigt ist« (55:29). Es gibt also keinen Tag, an dem der Liebende sich nicht in Ihm aufschwingen würde, von einem lebendigen Werk zum anderen. Das Verfügen über den Augenblick beschenkt ihn mit der Gegenwart Seiner Anschauung.

5
Der Liebende fördert Seine Wachheit (dā'im al-sahar)

Wenn der Liebende sieht, dass »der Geliebte weder von Schläfrigkeit noch von Schlummer übermannt wird« (2:255), weiß er, dass eine derartige Fähigkeit auch zur spirituellen Station seiner Liebe gehört. Er sollte nämlich für die Erhaltung der Welt wach bleiben können.[262]

Diese Betrachtungsweise ist nur möglich, weil Gott Sich in Gestalten ausdrückt, die von [natürlichen] Lebensbedingungen (*aḥkām*) abhängig sind. Und eine dieser Bedingungen ist eben der Schlaf (*naum*). [Dessen ungeachtet] stellt der Liebende fest, dass der Geliebte in jeder dieser Gestalten und in allen Umständen weder von Schläfrigkeit noch von Schlummer erfasst wird.

262. Um als Stellvertreter Gottes die Welt »zusammenzuhalten« (siehe Anmerkung 217) [WH].

Daran erkennt er, dass diese Veranlagung zur spirituellen Station seiner Liebe gehört, auf dass er für die Erhaltung der Welt wach bleibe. Wenn also der Liebende sich in Gesellschaft seines Geliebten befindet und Dieser sich als beständig wach beschreibt, ist auch ihm der Schlaf untersagt. Demnach fragt er sich, wenn ihm schon trotz der Trennung [vom Geliebten] der Schlaf verweigert[263] wird: Wie wird es dann erst sein im Augenblick der betrachtenden Versenkung und bei vertrautem Umgang (*mujālasah*) mit Ihm?

Von dem durch Trennung hervorgerufenen Wachzustand hat einer jener Liebenden gesprochen:

Fern von Dir ist mir der Schlummer versagt.
Wie könnte man auch schlafen, getrennt vom Geliebten?

Im Zustand der betrachtenden Versenkung [in Ihn] ist es dann völlig unmöglich zu schlafen, ganz bestimmt!

6
Der Liebende verbirgt seinen Kummer (kāmin al-ghamm)

Den Liebenden überkommt eine geheime Schwermut, die sich nicht offen zeigen kann und deren Grund folgender Vers zum Ausdruck bringt: »Sie schätzen Gott nicht nach Seinem rechten Wert.«[264] Und das, obwohl der Liebende sieht, dass noch das kleinste Atom sich nur mit Gottes Erlaubnis bewegt. Er ist die Triebkraft, mit der es sich in Bewegung setzt.

263. Siehe Kapitel 9, Abschnitt 2, wo es um das »Welken« der Liebenden unter anderem wegen Schlaflosigkeit geht. Dort hat das Wachsein eine vorbereitende Funktion, »um im Moment Seiner Erscheinung als Eingeweihte mit Ihm umzugehen«. Der *Moment* der Gotteserscheinung selbst – der ungewiss ist – erfordert noch eine viel höhere Stufe von Wachheit [WH].

264. Zum besseren Verständnis des Folgenden sei die Sure 6:91, auf die Ibn ʿArabī hier anspielt, vollständig wiedergegeben: »Sie schätzen Gott nicht nach Seinem rechten Wert, wenn sie sagen: ›Gott hat dem Menschen [als Offenbarung] nichts herabgesandt.‹ Sprich: ›Wer sandte denn das Buch hernieder, das Moses brachte, als ein Licht und eine Führung für die Menschen? Ihr jedoch habt daraus [einzelne] Blätter gemacht, die ihr herumzeigt, während ihr viel [von seinem Inhalt] verbergt. Darin wird euch gelehrt, was weder ihr noch eure Väter wussten.‹ Sprich: ›Gott [sandte es herab]!‹ Dann lass sie in ihr eitles und müßiges Geschwätz eintauchen« [WH].

Mit eigenen Augen sieht er, wie die Geschöpfe sich ihrem Schöpfer widersetzen, weil es ihnen an gutem Benehmen (*adab*), das Ihm gegenüber eigentlich angebracht wäre, fehlt. Er stellt auch fest, dass die Bezeichnung »Abwesenheit von Existenz« (*ʿadam*) auf sie nicht zutrifft.[265]

Da empfindet der Liebende das Bedürfnis, sich [auch seinerseits] auszudrücken und seine Eifersucht zur Schau zu stellen, denn das ist nun mal das Vorrecht der Liebe.

Doch stellt er dann fest, dass all dies von der Erlaubnis Gottes abhängt, denn er sieht, und darin ist er nicht allein, »Gott vor den Dingen«, gemäß der spirituellen Station des Kalifen Abū Bakr.[266] Deswegen schweigt er [von nun an] still, ohne seine Trauer in Erscheinung treten zu lassen. Die Liebe hat gegen ihn entschieden, weil er sich seinem Geliebten gegenüber ungehörig verhalten hat. Er stellt fest, dass Gott ihn der Macht Seiner Geschöpfe übergeben hat, wegen der Schmähreden, die Er sie gegen den Liebenden hat führen lassen, und wofür Er sie auch noch entschuldigt hat. Gott senkt den Schleier auf sie herab und verbirgt damit die Schwermut jenes Liebenden hier im Diesseits, denn im künftigen Leben wird er nicht mehr bekümmert sein. Daher sucht er sich von dieser Welt zurückzuziehen.

7
Der Liebende will das Diesseits verlassen, um dem Geliebten zu begegnen

Dieses Verhalten des Liebenden haben wir schon weiter oben erwähnt.

Die Seele [oder der Atem] strebt ihrer essenziellen Wirklichkeit gemäß nach Ruhe. Die Schwermut dagegen bringt [nur] Müdigkeit mit sich, und sie zu verbergen ist noch ermüdender.

Nun ist das Diesseits der Ort, wo sich Betrübnis entwickelt. Der Liebende, dem dieser bräutliche Thron gegeben wurde, wünscht seinem Geliebten zu begegnen, doch in einer bevorrechtigten

265. Weil sie sich selbst in ihrer Eitelkeit zu wichtig nehmen [WH].

266. Abu Bakr as-Ṣiddīq, als Kalif der erste Nachfolger des Propheten, war auch sein Schwiegersohn. Der ihm zugeschriebene Ausspruch lautet vollständig: »Ich habe nichts gesehen, ohne Gott davor zu sehen.« Auf diese Art der betrachtenden Versenkung in Gott wird Ibn ʿArabī noch im selben Kapitel 12 unter Abschnitt 21 Bezug nehmen.

Begegnung mit der Essenz des Göttlichen Wesens, denn Gott ist Derjenige, Der in jedem [beliebigen] Zustand angeschaut werden kann.

Wenn Gott die Wohnstätten (*mawāṭin*),[267] so wie Er sie versteht, festlegt und einen genauen Ort für eine Begegnung [mit Ihm] bestimmt, dann begehren wir sie, und wir gelangen nur dorthin, indem wir unser Zuhause im Diesseits verlassen, das sich mit dieser [letzten] Zusammenkunft überhaupt nicht verträgt.

Der Prophet (Friede und Segen seien mit Ihm!) hatte die Wahl, [Gott] im Diesseits zu begegnen oder beim Übergang [ins Jenseits], und er sagte ausdrücklich: »Ich wähle den höheren Gefährten.« Denn unter den Bedingungen des Diesseits hätte er sich in minderer Gesellschaft befunden.

Ein prophetisches Wort berichtet: »Wer auch immer Gott – im Tode – zu begegnen wünscht, Gott begegnet ihm gerne, und wer es verabscheut, Gott zu begegnen, dem wird Gott auch nicht begegnen wollen.« Doch dieser wird Ihm ohnehin, wie auch immer, im Tode begegnen, eben wegen des Abscheus, mit dem Gott ihn vor Seiner Schau verschleiert hatte, während Er Sich dem Diener, der Ihn gerne treffen wollte, offen zeigt.

Gott im Tode zu begegnen, verschafft ihm eine Würze (*ṭaʿm*), die er nicht schmeckt, wenn er Gott hier im Diesseits begegnet. Unsere Zusammenkunft mit Gott im Tode weist eine gewisse Ähnlichkeit zu dem auf, was folgender Vers aussagt: »Wir werden frei sein, Uns mit euch zu beschäftigen, oh ihr beiden Arten von Wesen, die ihr mit Schwere behaftet seid, ihr Menschen und Dschinns« (nach 55:31), denn der Tod entbindet unsere Geister von ihrer Knechtschaft im Körper.

Eins solcher Liebender möchte sehr gerne mit unmittelbarer Erfahrung (*dhawq*) dahin gelangen. Sie ist freilich nicht einfach durch einen [diesseitigen] spirituellen Zustand (*ḥāl*), sondern erst im Tode zu haben, wenn die Stätte des Diesseits verlassen wird. Folglich wird es für ihn notwendig, sich von dem körperlichen Gefäß zu trennen, das im Augenblick der Geburt die innige Verbindung mit dem Geist vollzieht und mit dem er ins Dasein

267. *Mawṭin*, Mehrzahl *mawāṭin*, ist bei Ibn ʿArabī ein Fachbegriff, der verschiedene Seinsebenen insbesondere im Jenseits meint (nicht lediglich »Paradies« und »Hölle«). Nähere Erläuterungen dazu in Ibn ʿArabī: *Reise zum Herrn der Macht* (REI 29ff und insbesondere Anmerkung 3) [WH].

gelangt, mag es auch immer noch die zweitrangige Ursache seiner Manifestation bleiben. Das Göttliche Wesen macht sehr wohl einen Unterschied zwischen dem Geist und diesem Körper, indem Es das verbindende Glied zwischen beiden Wirklichkeiten deutlich macht.[268] Und eben diese Verbindung ist Anlass für die Eifersucht, die Gott gegen Seine Diener zeigt um der Liebe willen, die Er für sie hegt. In der Tat: Gott will nicht, dass zwischen ihnen [Körper und Geist] eine feste Bindung entstehe. Daher schuf er den Tod, sie zu prüfen, auf dass sie ihre vorgebliche Liebe zu Ihm bezeugen und reinigen.[269]

Wenn die Zeit des Göttlichen Gerichts gekommen ist, wird der Prophet Yaḥyā [Johannes der Täufer][270] (Friede sei mit ihm!) den Tod in der Mitte zwischen Paradies und Hölle zum Opfer bringen und kein Gast dieser beiden Wohnstätten wird je wieder sterben können.

Das ist der Beweggrund, der die Liebenden dazu treibt, das Diesseits verlassen zu wollen, um dem Geliebten zu begegnen, denn die [Göttliche] Eifersucht ist gleichsam eine Grabstele, die der Opferung errichtet wurde. Gott wird das Leben dem Tode zurückgeben und es opfern, um ein besseres Leben zu erwecken, wie es der Prophet mit Bezug auf unseren Zustand nach dem Tode ausgesprochen hat: »Die Menschen schlafen, doch wenn sie sterben, erwachen sie.«

268. Hat Gott zum Wesen erst einmal »Sei!« (*kun*) gesagt, so besteht es wirklich, versehen mit allen Attributen, die es ihm möglich machen, seinen Teil des Göttlichen Plans zu verwirklichen. Und dann wird es auf eine verantwortliche Position, die des Stellvertreters Gottes gesetzt. Zu diesem Thema siehe: Ibn ʿAṭā' Allāh: *Traitè sur le Nom Allah*, a.a.O., Seite 62–63.

269. Mit Bezug auf Sure 67:2: »Der den Tod (*mawt*) erschaffen hat und das Leben, auf dass Er euch prüfe, wer von euch der Beste ist im Handeln; und Er ist der Allmächtige, der Allverzeihende.«

270. *Yaḥyā* bedeutet im Arabischen »er soll leben«. So spricht Gott vom Propheten Yaḥyā in der Sure 19:15: »Friede war über ihm am Tage, da er geboren ward und am Tage, da er starb, und [Friede wird über ihm sein] am Tage, da er wieder zum Leben (*ḥayyan*) erweckt wird.« Siehe dazu Ibn ʿArabī: *Fuṣūṣ al-Ḥikam*, Kapitel über den Propheten Johannes (GIL 543ff, AUS 218ff) [WH].

8
Der Liebende empfindet Müdigkeit angesichts der Gefährten (ṣuḥbah), die sich zwischen ihn und der Begegnung (liqā') mit seinem Geliebten schieben

Diese Befindlichkeit des Liebenden ist eine Verallgemeinerung der vorhergehenden.

Zwischen dem [wissenden] Liebenden und der Begegnung mit seinem Geliebten kann sich nur die tatsächliche Abwesenheit oder reine Möglichkeit (*'adam*) [der Liebe], die in sich keine eigentliche Wirklichkeit darstellt, schieben. Die eigentliche Wirklichkeit des Wesens (*wujūd*) wäre nichts anderes als der Geliebte selbst, Der Sein eigener Zeuge (*shāhid*) ist und Sich durch das essenzielle Auge (*'ayn*) dessen, der Ihn sieht, anschaut. Zwischen dem [unwissenden] Liebenden und dem Geliebten findet man dagegen nur den Schleier des Geschöpfs derart, dass der Liebende sehr wohl weiß: In Wirklichkeit gibt es einen Schöpfer und ein [davon getrenntes] Geschaffenes. Von jenem unzertrennlichen Schleier, der gerade seine Verfassung ausmacht, kann er sich jedoch nicht befreien, denn unmöglich kann sich etwas über seine eigene Wirklichkeit erheben. Nur er allein verhindert also die Begegnung mit dem Geliebten. Daher empfindet der Liebende Ermattung eben wegen dieser seiner geschaffenen Natur und des unzertrennlichen Bandes [des Daseins], das seine Seele an die Kette legt. Diese Natur ist ihm grundsätzlich zu Eigen, und nie wird er sich von ihr ablösen können.

Der [unwissende] Liebende verfällt darüber in eine Schwermut, die unaufhörlich anwächst, bis er sich vorstellt, dass er mit der Abtrennung der körperlichen Stütze sich auch gleichermaßen seiner natürlichen Zusammensetzung (*tarkīb*) entledigen und eine unzusammengesetzte, einfache (*basīṭ*) Beschaffenheit, frei von der Dualität [zwischen Körper und Geist], wiederfinden würde. Und diese Einfachheit könnte er über die Einheit seines Wesens verwirklichen, indem er sie in die Einheit des Wahrhaft Wirklichen zurückwirft. Dies ist sehr wohl [eine Grundlage für] die [Liebes-] Begegnung, doch das Ergebnis (*khārij*) einer solchen Projektion ist Gott, und nicht der Liebende, wie dieser es erhofft hat. Das ist es, was ihn bekümmert, denn nach dieser Begegnung findet er nur noch sich selbst wieder.[271] Der wissende Liebende jedoch wird niemals von einer solchen Mattigkeit befallen, weil er um die Dinge weiß, wie sie sind, wie wir es bereits im *Brief über die Einheit (Risālat al-Ittiḥād)*[272] dargelegt haben.

9
Der Liebende pflegt im Übermaß aus Liebe zu seufzen (taʾawwuh)

Gott hat gesagt: »Wahrlich, Abraham lässt nicht davon ab, aus Liebe zu seufzen (*awwāh*), und er ist langmütig« (9:114).

Das Göttliche Wesen hat Sich selbst den Namen des »Allbarmherzigen« (*raḥmān*) zugeschrieben, denn Ihm ist ein Hauch oder Atem (*nafas*) eigen, mit dem Er seufzt oder Seine Diener beruhigt (*naffasa*).[273] In diesem Ausatmen offenbart sich die Welt, und daher erzeugt Gott das Universum mit Seinem Wort: »Sei!« (*kun*).

Der Konsonant (*ḥarf*) unterbricht [den Strom] der Luft [bei dessen Aussprache]. Die Luft erzeugt also den Laut und verbreitet

271. Der Unwissende hat die »naive« Phantasie, im Liebesakt eins mit dem Kosmos zu werden. (In der körperlichen Liebe ist das der Moment des Orgasmus, der auch als »kleiner Tod« bezeichnet wird.) Er möchte sich selbst damit überhöhen, stattdessen begegnet er dem Nicht-Ich, nämlich Gott, und erfährt die eigene Nichtigkeit. Nach dem Liebesakt bleibt er allein, »verschleiert« zurück. Die Ausführungen Ibn ʿArabīs könnten den viel geschmähten – dem griechischen Arzt und Naturforscher Galenos (2. Jahrhundert n.Chr.) zugeschriebenen – Satz erhellen: *Post coitum omne animal triste* (jedes Lebewesen ist nach dem Coitus traurig). Es ist die Trauer über die Illusion der Vereinigung mit dem geliebten Wesen [WH].

272. Bei dieser Passage haben wir uns auf eine bestimmte Lesart eingelassen, wenngleich sie auch in anderer Weise übersetzt werden könnte und die vom Autor dargelegten grundlegenden Begriffe einer anderen Wiedergabe zugänglich sind. Dazu siehe Ibn ʿArabī: *Le Livre de l'Arbre et des Quatre Oiseaux,* von Denis Gril herausgegeben und übersetzt, Paris 1984, Seite 19–20. Andererseits haben wir den arabischen Ausdruck *ḍaraba fī,* für gewöhnlich wiedergegeben mit »sich vervielfältigen durch«, übersetzt als »zurückwerfen in« (oder »sich projizieren in«). Auf der metaphysischen Stufe Göttlicher Einheit und derjenigen des Liebenden in ihr, kann keine Vielfalt mehr existieren, und folglich findet auch keine »Vervielfältigung« mehr statt, nur noch ein inniges und Einheit schaffendes Bewusstwerden, dass jeden Begriff und jedes Bewusstsein von Mehrzahl beseitigt, auch wenn das »Resultat« (*khārij*), das eigentlich dieses Zurückwerfen oder diese Projektion (*laqīyah*) ist, nicht die erhoffte Beständigkeit aufweist, und das führt zur Bekümmernis. Das »Resultat« einer solchen »Vervielfältigung« kann nichts anderes als Gott sein, nie der sich auslöschende Diener (zumindest auf dieser Ebene der Verwirklichung). Der Liebende verbirgt das Bewusstsein, dass er niemals etwas anderes als dieses »Produkt« gewesen ist.

273. Bezugnahme auf folgenden Hadith: »Ich habe gespürt, wie der Hauch [oder der Atem] des Barmherzigen (*nafas ar-Raḥmān*) aus dem Jemen [oder von rechts, *yaman*] kam.« Dieses prophetische Wort wurde vom Gesandten Gottes verkündet, um den Beistand, den er von Seiten der Ansaren aus Medina und anderen treuen Helfern in der Frühzeit des Islams empfing, zu bekräftigen. Zu diesem Punkt siehe unsere Einführung zum *Traité sur le Nom Allah,* a.a.O.

ihn, doch ohne ihm gleich zu sein, denn er äußert sich erst in dem genauen Moment, in dem der Luftstrom gebrochen wird. Die Luft macht das Hauchen aus, sie gehört zu den [vier] Grundelementen (*ʿanāṣir*) und sie ist der Atem der Natur und das [offene] Gefäß der Laute.

Dieselbe Erscheinung tritt auf, wenn ein starker Hauch Töne erzeugt, deren Äußerung im Zusammenhang mit den beiden Lauten *hāʾ* [gehauchtes h] und *hamza* [Glottisschlag mit Konsonantencharakter] steht, deren Entstehungsort am weitesten im Innern des Wesens liegt.[274] Beide bringen eine Bewegung des Herzens zum Ausdruck. Sie gehören auch zu den ersten so genannten Kehllauten, genauer gesagt den Brustlauten, denn das *hāʾ* und das *hamza* sind die beiden Konsonanten, die ein atmendes Wesen (*mutanaffis*) bereits im Naturzustand bildet. Das tiefe Seufzen (*taʾawwuh*), das dadurch entsteht, steht somit in tiefer Verbindung zum Herzen, das der Ort ist, wo der Laut erzeugt wird, und zugleich der Ort seiner Ausbreitung.[275]

Auch alle anderen Laute werden dergestalt vom Atem erzeugt, wie [dann] die [ganze] Welt von dem Wort »Sei!«, das sie ins Dasein kommen ließ. Hierin liegt eines der außergewöhnlichsten Geheimnisse, das ich – so Gott will – in dem Kapitel [der *Futūḥāt*], das dem Hauch oder Atem gewidmet ist, behandeln werde.[276]

Sobald das Göttliche Wesen Sich dem Herzen des Liebenden zeigt, schaut Ihn das Auge der inneren Sicht (*ʿayn al-baṣīrah*) an, denn das Herz [nach einem Hadith *qudsī*] enthält das Göttliche Wesen und sieht, wie Es Sich auch der außen liegenden Aspekte seines Wesens bemächtigt. Sie entfalten sich im Einklang mit der Natur und enthalten jene Göttlichen Geheimnisse. Diese natur-

274. Die Wurzel *awh*, übersetzt mit »heftig vor Liebe seufzen«, enthält drei Laute, das *hamza* ʾ (ähnelt einem Konsonanten) und das *hāʾ*, das Ibn ʿArabī mit dem innersten Entstehungsort im Menschen in Verbindung bringt und das seinen Ursprung im Herzen und den ihm angeschlossenen Organen nimmt, damit das Seufzen aus Barmherzigkeit, also aus Liebe, entstehen kann. Das *wāw* wurde von Ibn ʿArabī bereits am Ende von Kapitel 4 (siehe Anmerkung 100) im Zusammenhang mit dem Befehl »Sei!« (*kun*) kommentiert. Dazu siehe auch *L'Arbre du Monde*, a.a.O., Seite 110ff.

275. Natürlich weiß Ibn ʿArabī, dass anatomisch gesehen dafür die Lunge zuständig ist. Gemeint ist hier die feinstoffliche Matrix des Atems, die in der Tat im (feinstofflichen) Herzen liegt [WH].

276. Ibn ʿArabīs »Wissenschaft der Buchstaben« wird sich im ausgedehnten Kapitel 2 der *Futūḥāt* (FUT 165ff) entfalten, das somit erst *nach* dem Kapitel 178 der *Futūḥāt* (der Abhandlung über die Liebe) entstanden ist [WH].

hafte Verfassung, hervorgegangen aus dem Atem des Allbarmherzigen, kommt im Geschöpf zum Vorschein und zeigt augenfällig deren Unterordnung [unter den Göttlichen Atem].

Der Liebende seinerseits kann diese [naturhafte] Verfassung nicht würdigen, so dass sich die tiefen Seufzer, die aus seinem Herzen steigen, wegen dieser [fehlenden] Würdigung vervielfachen.[277] Angesichts einer derart klaren und für ihn offenkundigen Feststellung – die Menschen in ihrer Blindheit haben dafür [im Allgemeinen] kein Gespür – beginnt er zu seufzen aus Eifersucht für Gott und Mitgefühl für die verschleierten Wesen, erinnert er sich doch, dass der Prophet (Friede und Segen seien mit ihm!) sprach: »Für den Gläubigen besteht die Vervollkommnung des Glaubens darin, für seinen Bruder das zu lieben, was man für sich selber liebt.« Aus diesem Grund empfindet er Bekümmernis für den, dem Gott diese innere Anschauung (*shuhūd*) verweigert hat, und er seufzt zutiefst darüber aus Liebe für den Geliebten, angesichts der Blindheit der Geschöpfe Ihm gegenüber, die ihm bewusst wird.

Das Mitgefühl oder die Zärtlichkeit (*shafāqah*) für den Geliebten ist eine der Befindlichkeiten des Liebenden, ein Vorrecht, das nur die Liebe gewährt.

10
Der Liebende sucht die Ruhe in den Worten (istirāḥah ilā al-kalām) des Geliebten und ruft Ihn mit Seinen eigenen Worten an (dhikr)

Gott (Er sei gepriesen!) hat gesagt: »Wahrlich, Wir selbst haben den *dhikr* herabsteigen lassen und Wir werden ihn sicher bewahren« (15:9). Sein Wort wird somit *dhikr* genannt.[278]

277. Vom Göttlichen Standpunkt aus entstammt auch die Natur der verschleierten Wesen Seinem Atem und ist somit Gott-gewollt. Da der Liebende (derjenige, um den es hier geht) diesen Standpunkt nicht einnehmen kann, empfindet er Mitgefühl (wie Abraham für seinen ungläubigen Vater, von dem er sich nach dem koranischen Bericht lossagen musste). Die Seufzer des Liebenden können andererseits als Echo des schöpferischen Seufzen Gottes – auf das Ibn ʿArabī ja sehr ausführlich eingeht – gedeutet werden, und insoweit hat dies Mitgefühl eine tatsächliche Auswirkung [WH].

278. Die Vernehmbarkeit ist eines der Attribute des Göttlichen Wortes, das unauflöslich an das Wissen gebunden ist, das Gott von allen universellen und besonderen Dingen hat. Mit Seinem Wort erwähnt Gott somit selbst alle Seine Möglichkeiten, und dieses Tun ist *dhikr*. Der *dhikr* bringt in ein und demselben

Wisse: Die Ursache (*aṣl*) für das Dasein des Geschöpfs (*kawn*) geht einzig und allein von der Göttlichen Eigenschaft des Wortes aus. Das Geschöpf kennt also nur dieses Wort, es hört es und empfindet Freude, ihm zu lauschen. Auch deswegen wird das Göttliche Wort nur dann eine Wirkung auf das Geschöpf ausüben, wenn es ihm wirklich zuhört. Mit dem Wort wurde das Geschöpf geformt, entsprechend der Bewegung und dem klanglichen Rhythmus, die in ihm, dem hörenden Geschöpf, widerklingen. Von dem Moment an, in dem es das Wort »Sei!« vernimmt, wird es verwandelt und bewegt und geht aus dem Zustand der reinen Möglichkeit (*ʿadam*) in ein tatsächliches Dasein (*wujūd*) über. Erst dann ist es entstanden (*takawanna*). Dieser Vorgang liegt der heftigen Gemütsbewegung zugrunde, die sich mancher Personen bemächtigt, wenn sie spirituelle Musik (*samāʿ*) hören und davon gar in Ekstase (*wajd*)[279] geraten, während andere davon unberührt bleiben.

Um diese Ekstase hervorzubringen, sind naturgemäß besondere Voraussetzungen zu erfüllen. Dann nimmt der Gegenstand der Liebe gewisse Aspekte an wie ursprüngliche Liebe (*ḥubb*), ekstatische Gemütsbewegung (*wajd*), brennendes Verlangen (*shawq*), und all die anderen Bestimmungen, die sich an jeden beliebigen Gegenstand der Liebe knüpfen können. In dem vorliegenden Werk habe ich nun nicht allein von der Liebe, die Gott, den wirklichen Geliebten, angeht, handeln wollen, denn diese wird nicht unbedingt von jedermann unter allen Bedingungen anerkannt, auch wenn sie von anderen außer den Wissenden durchaus gewürdigt wird. Aber schlussendlich lieben sie alle allein Gott, mögen sie auch Zuneigung für sich selbst, für ihre Familie und ihre Freunde empfinden. Verstehe das wohl!

Zu diesem Thema hat uns ein Heiliger erzählt, dass Qays der Verrückte, einer, der in Gott verliebt war und aus Layla seinen [na-

ontologischen Moment das Sein und dessen Vermögen zur Wirklichkeit, insbesondere das Hören, das in unmittelbarer Verbindung zum Prozess der Göttlichen Manifestation über das Wort steht.

279. Das Wort *wajd* hat zwei sich ergänzende Bedeutungen: 1. der Umstand, aus seinem gewöhnlichen Bewusstsein heraus geworfen zu sein, oft wegen einer verliebten Gefühlsregung oder Erschütterung, was dann »Ekstase« bedeutet, oder 2. der Umstand, eine neue Bewusstwerdung zu erfahren, indem man auf eine weitere Stufe der spiritueller Verwirklichung gelangt, was man »Enstase« nennen könnte. Diese beiden Phasen lassen sich bei dem angesprochenen Liebesprozess nicht trennen: Aus einem Seinszustand oder einer Welt geht man heraus und tritt auf unbestimmte Weise in eine andere Welt ein.

turhaften] Schleier gewoben hat, zu denen gehörte, die von der Liebe völlig beherrscht waren. Ich persönlich halte die folgenden Worte, die dem Bericht zufolge von Qays an Layla gerichtet wurden, nicht für erfunden:

»Entferne dich von mir! Meine Liebe zu dir beschäftigt mich derart, dass ich mich von dir abwenden muss!« Darum überkam ihn in ihrer Gesellschaft keinerlei Müdigkeit und zugleich konnte er ihr nicht [auf intime Weise] nahekommen. Ist denn eine der Bedingungen für die Liebe nicht genau diese: zu verlangen, dass der Liebende sich mit der Geliebten vereinige? Nun, dann war das Benehmen von Qays das genaue Gegenteil von diesem Grundsatz der Liebe! Im Augenblick der Begegnung mit der Geliebten musste der Liebende auf einmal versagen und davon verwirrt sein. Und doch war Qays weder willenlos noch aufgelöst, als er Layla anschrie: »Geh mir aus den Augen!«

Was mich betrifft, so halte ich das Benehmen von Qays, dem Besessenen der Liebe, von dem mir jener Wissende[280] berichtet hat, keineswegs für unwahrscheinlich. Dieses Verhalten ist sehr gut möglich.

Aus all diesen Gründen suchen die Liebenden die Ruhe in den Worten und der Erwähnung des Geliebten, und diese Aufgabe fällt sehr wohl dem Koran[281] zu, der dies beides in sich enthält. Nichts anderes werden sie seiner Rezitation vorziehen, denn bei ihrem Vollzug setzen sie sich an Gottes Stelle, als ob Er selbst spräche, wie Er es offenbart: »Gewähre jenem [Ungläubigen] Schutz, der bei dir Asyl sucht, bis er das Wort Gottes vernommen hat« (9:6), das Mohammed (Friede und Segen seien mit ihm!) ihm vorträgt. »Und die Leute des Korans sind die Leute Gottes« [hat er gesagt]. Und die Beliebtesten der Liebenden sind die, die Er ausgezeichnet hat.

280. Möglicherweise der Persische Dichter Nizami (siehe Anmerkung 46) [WH].

281. Etymologisch gesehen bezeichnet das Wort »Koran« (*qur'ān*) den Vorgang des Vorlesens, also der Wiederholung von Worten eines bereits gebildeten Textes, von dem man Kenntnis nimmt oder erhält. Im Falle einer getreuen Rezitation, wie das für das Göttliche Wort der Fall sein sollte, muss der Rezitierende seine Rolle in vollständiger Identifikation mit dem Wahren Wesen ausfüllen, Das die zu lesenden Blätter geschrieben hat. Damit verwirklicht er das Attribut des Wortes, und in der spirituellen Arbeit wird es ihm mehr und mehr bewusst. Wenn jede Erscheinung das Ergebnis von Gottes Wort ist, dann wird der Koran das Mittel schlechthin sein, um dieses Attribut und die notwendigerweise mit ihm verbundenen zu verwirklichen.

II
Der Liebende schätzt das, was auch der Geliebte mag

Diese Eigenschaft findet sich nur bei den Liebenden, die Gott wegen Seiner Freiheit von Grenzen und Bedingtheiten lieben. Gott kann Sich ebenso gut mit dem Namen des »Nahen« wie mit dem des »Entfernten« offenbaren, ist Er doch der Entfernt-Nahe in einem.

Ein Liebender hat folgenden Vers ausgesprochen:

Was auch der Geliebte tut, es ist Gegenstand der Liebe!

Wenn der Geliebte die Entfernung von Ihm auferlegt, dann wird die Entfernung vom geliebten Wesen zum liebenswerten Gegenstand, denn sie ist Gegenstand der Liebe des Geliebten. Der Liebende liebt die Trennung um der Liebe des Geliebten willen, und nicht um ihrer selbst willen, solange bis dieser Gegenstand seiner Liebe ihm zur beständigen Neigung wird. Verfügt der Liebende erst einmal über diese Eigenschaft (*ṣifah*) des Geliebten, dann wirkt er durch Ihn und ist auf dem Gipfelpunkt der Einheit, mag er von Ihm auch äußerst entfernt sein. In diesem Zustand ist er mehr mit Ihm vereint als in der Nähe. In der Tat, in der Annäherung hält er sich bei seinen eigenen Neigungen auf und nicht bei denen des Geliebten, weil nämlich zwei Ursachen, die dieselbe Wirkung hervorbringen, nicht nebeneinander bestehen können.[282] Der Liebende wird also die Nähe allein um seinetwillen schätzen, wie er die Ferne einzig um des Geliebten willen schätzen wird. Die in der Entfernung empfundene Liebe erscheint ihm vollkommener als die in der Nähe verspürte. Um diesen Bedeutungsunterschied zu veranschaulichen, haben wir folgende Verse gedichtet:

Zwischen Güte und Schönheit schwankt meine Leidenschaft,
Und nur ein Starker wird sie bändigen können.
Ein Wesen schwachen Herzens zerbricht vor ihr.

282. Wenn sowohl der Liebende als auch der Geliebte gegenseitig die Nähe suchen, ist der Liebende mit Notwendigkeit »selbstbezogen«, er kann sein eigenes Verlangen nicht mehr aus Liebe ›opfern‹. Die *Unio mystica* kann also nur in der (äußeren) Trennung erfahren werden. Dies war die Liebe, die Abälard und Heloise im Frankreich des 12. Jahrhunderts füreinander empfanden, wovon Ibn 'Arabī vielleicht sogar Kenntnis hatte [WH].

283. Aus dem zu Beginn des Kapitels 10 bereits zitierten Hadith *al-nawāfil.*

Wankelmütig wird es im glücklichen Behagen.
Doch in der Trennung bringt mir mein Gebaren
Mehr Lust als das einende Umschlingen!
Denn in der Vereinigung bin ich noch Sklave meiner Seele,
In der Trennung jedoch Sklave meines Meisters!
Immer, an jedem Ort, mit dem Geliebten beschäftigt zu sein,
Erscheint mir liebenswerter als es mit meiner Seele zu sein!

Dieses Gedicht weist die Neigungen aus, die den Liebenden bewegen. Es spielt auch auf das Thema an, das wir gerade angeschnitten haben.

Die oben verwendete Ausdrucksweise: »Wenn der Liebende über die Eigenschaft des Geliebten verfügt« spielt auf den folgenden Hadith *qudsī* an: »Und wenn Ich Meinen Diener liebe, so bin Ich sein Hören und sein Sehen…«[283] Gott ist dann das Hören und Sehen Seines Dieners; Er bekräftigt damit, dass Er die Eigenschaften des Liebenden in Besitz genommen hat.

Kurz gesagt: Der Liebende liebt die Entfernung nur um des Geliebten willen, und das bedeutet, dass eben in der Entfernung der Höhepunkt der Vereinigung erreicht wird.

12
Der Liebende fürchtet, die heiligen Vorschriften für den Dienst [an seinem Herrn] zu missachten

Eine solche Lage wird nur derjenige Wissende befürchten müssen, der auf halbem Wege stehenbleibt, ohne wirkliche [innere] Kenntnis erlangt zu haben. Im Übrigen ist es möglich, zu diesem inneren Einverständnis [mit dem heiligen Gesetz] mit intuitivem Empfinden (*shuʿūr*) allein aufgrund einer unmittelbaren Erfahrung zu gelangen. Nun ist jenes Wesen ein Liebender, und der Liebende muss sich den Anweisungen fügen, die ihm der Geliebte gibt. Woraus folgt, dass die Anweisung, ist sie erst einmal begriffen, bewirkt, dass derjenige, der die Anweisung gibt, sich mit dem identifiziert, der sie empfängt, und dass der Liebende selbst zum Geliebten wird.[284] Freilich kann das Wesen, das sich in der Welt

284. In anderen Worten: Das heilige Gesetz (*sharīʿah*) wird aus Liebe gegeben, und diese Liebe erfüllt sich mit dessen Befolgung. Dabei ist aber der innere Sinn des Gesetzes zu erkennen, ansonsten würde der gehorsam Liebende »auf halbem Wege stehen bleiben« [WH].

manifestiert, die Anweisung nur im Einklang mit den wirklichen Möglichkeiten ausführen, die seiner Erscheinungsform zu Gebote stehen, denn nur in dieser können die verschiedenartigsten Wirklichkeiten durch das Wesen hindurch zum Ausdruck kommen.

Die Bedingungen des Daseins (*aḥkām*) und die unterschiedlichen Namen (*asmā'*), die sich einander entgegenstellen, machen den ganzen Unterschied aus zwischen dem Gehorsamen und dem Ungehorsamen. Wer nun zu dieser Stufe der Erkenntnis gelangt ist und dennoch unfähig bleibt, jede Wirklichkeit entsprechend ihrer Erscheinungsform einzuordnen, fürchtet, dass von ihm ein gewisser Widerstand gegen die geheiligten Vorschriften für den Dienst [am Geliebten] ausgehen könnte. Deswegen mag er sich vorstellen, dass nur Gott allein existiert; und damit reiht er sich sogar unter diejenigen ein, die behaupten, man müsse die individuellen Essenzen (*a'yān*) anschauen, als seien sie eine einzige Essenz, selbst wenn man deren Seinsweise gar nicht kennt.[285] Ein solcher Liebender wird [in einem inneren Sinne] ständig gegen die Sittenregeln verstoßen, denn er bezeugt jene Lehre, ohne dass er sie ihren Geschmack (*dhawq*) wirklich hat prüfen können.[286]

Dieser Gesichtspunkt wird auch [scheinbar] gestützt von dem, der meint, alle menschlichen Körper würden von ein und demselben Geist gelenkt werden, und der daraus schließt, dass beispielsweise der Geist von Zayd auch der Geist von 'Amr sei. Nun ist aber diese Lehrmeinung irrig, wie wir bereits Gelegenheit hatten aufzuzeigen.[287] Daraus würde nämlich folgen, dass das von Zayd beses-

285. Ibn 'Arabī drückt sich hier – aus gutem Grund – sehr vorsichtig aus. Wenn das heilige Gesetz (*sharī'ah*) in einem äußeren Sinne als kollektiv verbindliche Norm aufgefasst wird, wird es den individuellen Essenzen (*a'yān*) der Diener, die ja von durchaus »unterschiedlichen Namen« (*asmā'*) bestimmt sind, nicht gerecht. In seiner Furcht, gegen die *sharī'ah* zu verstoßen, negiert der (unwissende) Diener seine eigene Individualität, und damit kann er den inneren Sinn der *sharī'ah* nicht mehr bezeugen, faktisch verstößt er gegen sie [WH].

286. Wenn dieser wissende Liebende auf halbem Wege Halt macht, kann es sich nur um einen unzulässigen Anspruch handeln, weil er diesen Punkt nicht sieht, der von einem Unwissenden in seinem Zustand nicht formuliert werden kann. Der wahrhaft wissende Liebende, der zum Begriff des Weges gelangt ist, wird ihn nicht mehr ausdrücken wollen, weiß er doch sehr gut, dass jede Ausdrucksweise des (spirituellen) Weges wegen dessen unaussprechlichen und subjektiven Charakters nicht allgemein gültig wird sein können.

287. Zu Beginn von Kapitel 6, wo es insbesondere um den Tiergeist geht [WH].

sene Wissen auch ʿAmr nicht unbekannt ist, da ja jeder von beiden, unter der genannten Voraussetzung, ein und denselben Geist vertritt. Dennoch ist es wohl offensichtlich, dass eine Person zum Beispiel nicht gleichzeitig wissend und unwissend sein kann.

Dies zeigt deutlich auf, dass der Liebende, der gegen die Heiligkeit der Göttlichen Gebote verstößt, ob versehentlich oder aus Unwissen, fürchtet, sich auf jene gerade skizzierte Lehre zu stützen und aus Unwissenheit die daraus fließenden Folgerungen zu gewärtigen.

Die Liebe stellt alles in Abrede außer die Achtung vor der hochheiligen Verfassung des Geliebten, sogar wenn der Liebende, der von seiner Liebe viel erwartet, sie zu verraten droht, wenn er sich als die Essenz seines Geliebten ansieht und mit dem Dichter spricht:

Ich bin der Liebende,
Und den ich liebe, das bin ich!

Das und nur das stellt den Grund für seine Befürchtung dar.[288]

13
Der Liebende hält die Bedeutung, die er seiner Person beilegt, angesichts der Wirklichkeit seines Herrn so klein wie möglich und macht viel Wesens um das Wenige, das er von seinem Geliebten empfängt

Diese Haltung nimmt der Liebende im Wissen an, in sich Zerstreutheit, Erniedrigung, Fassungslosigkeit und Verwirrung zu entdecken, die vielen Spuren, welche die Liebe für gewöhnlich bei den Liebenden hinterlässt. Er stellt auch fest, dass der Geliebte stattdessen über hochstehende, stolze, Ehrfurcht einflößende und ungewöhnliche Eigenschaften verfügt. Mehr noch, er weiß sehr wohl, dass eine völlige und spontane Hingabe all seiner Güter herzlich wenig wäre, im Vergleich zu den großzügigen Geschenken, die der Geliebte ihm völlig freiwillig gibt. Es ist ihm bewusst, dass die Wirklichkeit des Geliebten gegenüber der seinigen von

288. Selbst noch in der kühnen Identifikation mit dem Geliebten – wie sie aus den Worten des Dichters spricht – respektiert er furchtsam Dessen »hochheilige Verfassung« [WH].

unvergleichlich höherer Bedeutung ist. Darüber hinaus findet er nichts, was ihm wirklich als Eigenes zukäme, obwohl er in Wahrheit nur für sich selber tätig ist. Von jeder Seite aus stellt ihm die Liebe die Dinge in dieser Weise dar.

Ein gewisser König hatte einen Sklaven namens Iyās, den er sehr liebte. Einer der nahen Freunde des Königs trat bei ihm ein und sah, dass der Sklave sich in den königlichen Gemächern aufhielt und der König ihm die Füße küsste. Da musste sein Vertrauter aber staunen! Iyās rief aus: »Oh, du Soundso, das sind nicht Iyās' Füße, die er küsst, nein, es ist das eigene Herz des Königs, das in seinem Gemach wohnt!«

Da haben wir den tieferen Sinn der Wendung, die wir weiter oben gebraucht haben, dass nämlich der Liebende nur für sich selbst tätig ist. Mit dieser Einstellung findet er einen starken Genuss in sich, den ihm einzig dieses Verhalten verschaffen kann. Er stellt also fest, was auch immer vom Geliebten an Gutem kommen mag, er wird es als bedeutend ansehen, daher die Wohltat eines Königs gegenüber seinem Sklaven, die von der Gunst, die der geliebte [Sklave] aus Achtung dem ihn liebenden [König] erweist, unabhängig ist. Selbst, wenn er mit seinem Tod den Geliebten zufrieden stellen könnte, wäre dies recht wenig, denn der Gehorsam, den der Diener seinem Herrn schuldig ist, ist ja die Regel. »Sie haben Gott nicht nach Seinem rechten Wert geschätzt« (6:91), so heißt es. Gewiss ist der Geliebte vollkommen reich, und noch das Wenige, das Er gibt, erscheint als viel gegenüber dem Liebenden, der mittellos ist und dessen Fülle aus seiner Bedeutungslosigkeit besteht! Wenn indes jenes Bewusstsein den Liebenden allgemein eigen ist, so handelt es sich im vorliegenden Fall [des Königs und des Sklaven] um die Haltung eines Liebenden, der des Wissens beraubt und eher von blinder Liebe durchdrungen ist, denn insoweit der Liebende ein geschaffenes Wesen ist, besitzt er überhaupt nichts, er mag es selbst als noch so viel oder wenig einstufen.[289]

Wenn dagegen Gott der Liebende ist, macht Er sehr wohl viel Aufhebens von dem wenigen, das von Seinem Diener kommt, ge-

289. Der König meinte, seinem geliebten Sklaven Iyās mit dem Küssen der Füße eine ganz besondere Gunst erwiesen zu haben. Insoweit ist seine Liebe unbewusst und blind. In Wirklichkeit – Iyās spricht es aus – hat er nur sein eigenes Herz »dem rechten Wert nach geschätzt« [WH].

treu dem Wort: »So fürchtet Gott, so viel ihr könnt!« (64:16)[290] »Gott auferlegt jeder Seele nur das, was sie tragen kann« (2:286).[291]

Wenn daher Gott die Bedeutung der Neigungen Seiner Ihn liebend Anbetenden so weit wie möglich herabsetzt, so muss man wissen, dass nichts bei Ihm eine Grenze hat, im Unterschied zu den Dingen, die zum Dasein gelangen [die mit Notwendigkeit den Charakter des Begrenzten aufweisen] und denen Unendlichkeit verwehrt ist. Im Vergleich zum Unendlichen erscheint das Endliche als unbedeutend, oder besser gesagt als vollkommen nichtig, auch wenn es bedeutend scheinen mag.

Doch diese Betrachtungen ziehen sich in die Länge und wir brechen sie daher hier ab.[292]

14
Der Liebende verpflichtet sich, seinem Geliebten zu gehorchen und Ihm gegenüber den Ungehorsam zu meiden

Ein Dichter sprach einmal:

Du widersetzt dich Gott, wo du Ihm doch Liebe zeigst.
Gemäß der Logik verträgt sich das nicht miteinander!
Würdest du Ihn wirklich lieben, du würdest gehorchen,
Denn der Liebhaber richtet sich nach dem Liebsten!

290. Der ganze Wortlaut der Sure 64:16 lässt die Verknüpfung der Ideen besser hervortreten: »So fürchtet Gott, soviel ihr nur könnt, und höret und gehorchet und spendet: Es wird für euch selbst besser sein. Und wer vor seiner eignen Habsucht bewahrt ist - der wird Wohlstand erlangen« Das Wenige, was das Geschöpf besitzt, Fertigkeiten, Familie, Vermögen, ist wie eine Leihgabe, die dem Gebenden, Der im Besitz des absoluten Reichtums ist, großzügig zurückzuerstatten ist, wohingegen der Diener rein bedürftig ist. Welches Missverhältnis zwischen dem Unendlichen und dem Endlichen!

291. Und dieses Maß behält sich der Diener in der vollständigen Hingabe seinem Herrn gegenüber vor. Wenn diese Gabe dem Lehnsherr rückerstattet wird, betrachtet Er sie als eine wichtige Gabe des Dieners, dem Er dieses Maß ja nur gesetzt hat, um die Unversehrtheit des geschaffenen Wesens sicherzustellen!

292. Ibn ʿArabī bricht hier ab, nicht weil das Thema unwichtig wäre, sondern im Gegenteil, weil es zu weitreichend ist, als dass man es in wenigen Sätzen abhandeln könnte. Die nächste sich aufdrängende Frage wäre nämlich: Warum macht Gott soviel Aufhebens von den Werken des Dieners, wenn dieser selbst doch völlig nichtig ist? Und wiederum müsste Ibn ʿArabī sich mit dem Spannungsverhältnis von Immanenz und Transzendenz, einem wahrhaft unendlichen Thema befassen [WH].

Der Liebende bleibt ein Diener und ist als solcher gehalten, sich nach den Anweisungen seines Herrn zu richten und die Missachtung seiner Befehle und Verbote zu meiden. In der Tat darf Ihn der Liebende nicht sehen, wenn Er es ihm untersagt, doch findet er Ihn an dem Ort, den Er dafür bestimmt hat, denn der Liebende sollte immer zu Seiner Verfügung stehen. Erteilt ihm der Geliebte eine Anweisung, erkennt der Liebende an, dass Er ihm Gutes will, wenn Er ihn so behandelt und ihn so befehligt. Eine solche Haltung von seiner Seite streicht die Fürsorge heraus, die das geliebte Wesen für ihn hegt. Wenn es ihm umgekehrt auf Druck seines Geliebten verwehrt ist, Ihn zu sehen und sich schauend in Ihn zu versenken, so ist ihm dennoch das Wohlergehen und die Süße erlaubt, die ihm das freiwillige Einverständnis mit den Anweisungen seines Lehrers verschaffen.

Ist Gott der Liebende, so teilt Ihm der Geliebte sein Ersuchen und sein Verlangen mit, das ihn bewegt und zu handeln veranlasst. Darüber hinaus lässt ihn die Abneigung, die er gegen manche Dinge empfindet, seine Bitte in negativer Form vortragen, mit Gottes eigenen Worten [die Er dem Diener in den Mund legt]: »Lass unsere Herzen nicht abweichen« (3:8), »auferlege uns keine Bürde, die unsere Kräfte übersteigt« (2:286). Derartige Bittgesuche sind also in Negativform vorzubringen. Auf diese Art können in Gegenwart seines Herrn Anweisung und Verbot auch von dem Diener formuliert werden. Gottes Einwilligung in die Bitte eines geliebten Dieners ist dem Gehorsam des Dieners gegenüber den Anweisungen und Verboten seines Meisters gleichzustellen.[293]

293. Zwei Schritte des wahrhaft Liebenden finden die Einwilligung des Geliebten wegen einer Übereinstimmung des Strebens. Zuerst gibt es die in negativer Form geäußerte Bitte, etwas Negatives oder, was als negativ angesehen wird, verschwinden zu machen. Das läuft darauf hinaus, etwas Positives zu erhalten. Dann gibt es die in positiven Begriffen formulierte Bitte, etwas Positives zu bekommen. In beiden Fällen werden das Wohlgefallen des Geliebten und der Einklang mit Seiner Liebe gesucht. Aber wie auch immer die Ausdrucksweisen, die den wirklichen Bedürfnissen von Liebendem und Geliebtem entsprechen, ausfallen mögen, die aufrichtige Bitte wird erhört werden, wegen der Wechselbeziehung beider Beteiligter im gemeinsamen Streben und der gegenseitigen Ähnlichkeit.

15
Der Liebende ist ganz und gar von sich selbst abgelöst

Wisse: Der freie Wille (*irādah*) ist diejenige Fähigkeit, mit der das menschliche Individuum sich von den meisten Geschöpfen unterscheidet. Wenn also der Liebende auf seinen eigenen Willen zugunsten des Willens seines Geliebten verzichtet, löst er sich vollständig von sich selber ab und verliert damit jegliche Selbstständigkeit. Wenn der Geliebte etwas von ihm verlangt und auch der Liebende weiß, was Er von ihm und mit seiner Hilfe erbittet, wird er sich eilends anschicken, dieser Bitte nachzukommen. Er bemerkt, dass diese eilige Bereitschaft von der verliebten Stimmung herrührt, die ihn nach Belieben im Griff hat. Der Geliebte würde also in diesem Liebhaber nicht jemanden finden können, der womöglich anfechtet, was Er von ihm zu erhalten oder mit seiner Hilfe sich verschaffen will, denn dieser Liebende ist vollkommen zugunsten des Geliebten von sich selbst abgelöst, und zwar derart, dass er in Seiner Nähe keinerlei persönlichen Willen mehr hat. Er wird im Gegenteil die vollkommene Vereinigung mit Ihm suchen. Wenn der Liebende sich nicht in dieser Verfassung befindet, bleibt er auf der Stufe des Minerals stehen, das ja auch keinen eigenen Willen hat. Der Liebende hat somit keinen anderen Genuss als den, den er in der Bindung an den Geliebten findet, sobald er feststellt, von Ihm angenommen zu sein.

Der Liebende ist [umgekehrt] Gott, als er Moses offenbarte: »Oh du Sohn Adams, Ich habe die Dinge deinetwegen erschaffen.«[294] Mit diesen Worten meint Gott stillschweigend, dass dies sowohl für das Diesseits als auch für das Jenseits gelte. Das erklärte Ziel Gottes im hiesigen Dasein ist sehr wohl jener Fürst der Liebenden, Mohammed (Friede und Segen seien mit ihm). Alles ist somit dieser [vollkommenen] menschlichen Gestalt unterworfen, ob es sich um die himmlischen Sphären mit dem, was sie umhüllen, handelt oder um die Sterne mit dem, was sie in ihren Umläufen in Gang setzen. Dies alles bezieht sich jedoch nur auf das Diesseits. Die dem Jenseits eigene Wirklichkeit [des vollkommenen Menschen] hat dagegen noch kein Auge je erschaut, noch

294. Offenbar ein Hadith *qudsī*, dessen Quelle jedoch nicht ausfindig gemacht werden konnte [WH].

kein Ohr je vernommen. Auch sind sie noch von keinem menschlichen Herzen gefühlt worden, die wenigen Beispiele[295] reichen bei weitem nicht hin, alles was in diesem Bereich möglich wäre, auszuschöpfen. [Der vollkommene Mensch] ist also die Göttliche Erscheinung am Tag der letzten Heimsuchung.[296]

Darin besteht die Bedeutung des völligen Entzückens des Liebenden von sich selbst, wenn die Ansprüche des Geliebten erfüllt werden. Interessieren die Ansprüche des Geliebten den Liebenden jedoch nicht, oder bleiben beispielsweise die Süße und die Lust außerhalb ihrer gemeinsamen Beziehungen, dann tragen sie auch nicht zu dieser Eigenschaft des Liebenden bei.[297]

16
Der Liebende verlangt keinen Blutzoll (diyah) für seine Abtötung

Von dem abgetöteten (*maqtūl*) Liebenden, der den Märtyrertod stirbt, haben wir bereits gesprochen.[298] Sein eigentliches Leben liegt in seinem Tod, im Einklang mit folgendem Vers: »Saget nicht von denen, die auf dem Wege Gottes getötet worden sind (*yuqtalū*), sie seien tot. Nein, im Gegenteil, lebendig sind sie, aber ihr nehmt [es] nicht wahr« (2:154). Nun wird der Blutzoll nicht für ein lebendes Wesen erhoben, sondern für jemanden, der getötet wurde

295. Die Visionen der Propheten und Heiligen [WH].

296. Der – im höchsten Sinne des Wortes – vollkommene Mensch (*al-insān al-kāmil*) macht das Entzücken in der Liebe Gottes aus. Da dieses Wesen »nach Seiner Form geschaffen« wurde, ist Gott »von Sich selbst abgelöst«. Das diesseitige Sinnbild für den *insān al-kāmil* ist Mohammed, der die Reihe der Propheten von Adam angefangen besiegelt. Auch Moses – ebenso wie alle anderen Propheten – ist ein Aspekt des vollkommenen Menschen. Über die jenseitige Erscheinung des *insān al-kāmil* kann Ibn ʿArabī jedoch keine Aussage treffen – insbesondere kann er ihn nicht mit Mohammed identifizieren –, sie kann allenfalls mit dem Herzen erahnt werden [WH].

297. Die in Abschnitt 14 angesprochene Süße, die der Diener bei der Befolgung des Göttlichen Gesetzes (*sharīʿah*) empfindet, oder die Lust der natürlichen Liebe haben mit diesem »anspruchsvollen« Entzücken nichts zu tun. Es ist das reine Entzücken, das Gott und der vollkommene Mensch aneinander empfinden, weil beide sich einander hingegeben haben und sich im andern wiederfinden, und dies mit »freiem Willen« (*irādah*) (wie zu Beginn des Abschnitts verdeutlicht wird). Die ungeheure Kühnheit dieses Gedankens macht es nur zu verständlich, dass Ibn ʿArabī ihn diskret formuliert [WH].

298. In Abschnitt 1 dieses Kapitels.

[ohne Märtyrer gewesen zu sein] und für den ein Blutzoll [im Koran] Göttlich festgelegt worden ist.

Wenn der Liebende Gott ist, stellt sich der Diener wie das geliebte Wesen dar, dessen Wille zu vollstrecken ist. Der Liebende hat dann keinen Willen, sich ihm zu widersetzen, wie das abgetötete Wesen, das auch keinen eigenen Willen mehr hat. In der Tat, wer den Willen des Geliebten übernimmt, ist des Vermögens, sich Ihm zu widersetzen, beraubt, mag er auch von Natur aus damit ausgestattet sein. Ausgehend von dem Umstand, dass er lebt und zwar in einem essenziellen Leben, wird der Blutzoll für ihn nicht eingefordert werden.

Das ist die Liebe, die sich an das Erfüllen heiliger Verpflichtungen (*farā'iḍ*) knüpft, und der Diener, der sie vollbringt, wird von Gott geliebt. In der Liebe, die den Werken folgt, die über das Pflichtgemäße hinaus gehen (*nawāfil*), ist Gott das Hören, das Sehen und so fort Seines Dieners, wohingegen in der Liebe, die den pflichtgemäßen Werken folgt, der Diener das Hören, Sehen und so weiter von Gott darstellt.[299]

Die Welt wird gestärkt von diesen beiden Aspekten [der Liebe] und von Gott nur durch das Auge jenes Dieners angeschaut. Wegen dieser bevorrechtigten Wechselbeziehung kann das Universum sich nicht auflösen,[300] denn würde Gott die Welt mit Seinem eigenen Auge anschauen, würde sie von der Herrlichkeit des Göttlichen Antlitzes verzehrt werden. Und deswegen schaut Gott der Wahre die Welt mit den Augen des vollkommenen Wesens an, das nach Seiner Form geschaffen wurde. Und dieses

299. Anspielung auf den am Ende von Kapitel 1 von Ibn 'Arabī vollständig zitierten Hadith *qudsī*. Wenn der Diener in seiner Liebe zu Gott über das Pflichtgemäße (die *sharī'ah*) hinaus geht, wird Gott zum Geliebten und Er wird zu den Organen des Ihn Liebenden, seinem Hören, Sehen und so weiter. Damit ›stirbt‹ Gott – man kann es wirklich nicht anders ausdrücken – im geliebten Menschen. Begnügt sich der Diener mit der *sharī'ah*, stirbt er in Gott, seine Organe sind dann Organe Gottes. Das ist der Liebestod des Dieners. Ein weiterer Hadith *qudsī*, der dem Mystiker Shiblī Ibn Jaḥdar (gestorben 945) offenbart wurde, als er Gott fragte, welchen Sinn der Märtyrertod Ḥallājs habe, macht auch die Überschrift dieses Abschnitts verständlich: »Wen die Liebe zu Mir tötet, für den werde Ich Selbst zum Blutzoll« (siehe SCH 198) [WH].

300. Das in Anmerkung 217 angesprochene Risiko, unter dem Gottes Schöpfung steht und weswegen Gott den (vollkommenen) Menschen braucht, um die Welt zusammen zu halten, bekommt hier eine »positive« Note. Das Universum existiert überhaupt nur wegen der sich entäußernden Liebe Gottes zum Menschen [WH].

Wesen ist der Schleier, der Mittler zwischen dem Universum und der verzehrenden Herrlichkeit Gottes.[301]

17
Der Liebende bleibt in den Widrigkeiten, denen die Natur seines Wesens wegen der Bevormundung durch seinen Geliebten zu entgehen sucht, standhaft

Der Mensch setzt sich aus einer naturhaften Trägersubstanz und aus Licht zusammen, wobei das eine wie das andere für ihn notwendig ist. Nun ist es im Licht [wesenhaft] angelegt, sich zu verdunkeln.[302] Damit verzichtet es auf seinen grundsätzlichen Vorrang. Seine eigene Wirklichkeit erinnert es ja daran, dass die [dunkle] Natur das ihr Zukommende einfordern darf. Doch insofern das Licht auch Geist ist, will es sein Recht durchsetzen, doch nur gemäß der Antwort, die der Prophet (Friede und Segen seien mit ihm!) jenem gab, der ihn fragte: »Wem muss ich die Sohnesliebe (*birr*) [zuerst] bezeugen [der Mutter oder dem Vater]?« Daraufhin schärfte der Prophet ihm gleich dreimal ein: »Deiner Mutter!«, und nur einmal fügte er hinzu: »Dann deinem Vater!«

Die Liebe des Sohnes zur Mutter setzt sich also gegenüber der dem Vater geschuldeten Liebe durch. Im selben Sinne wird die Natur der Mutter gleichgesetzt nach jenem weiteren prophetischen Wort: »Was deine Seele angeht, so behält sie ein Recht auf dich« – hier ist die Tierseele gemeint – »doch hat auch dein Auge ein Recht auf dich.« Nur die eine dieser [beiden] Haltungen gehört zu den Vorrechten der Mutter, denn sie ist der Natur des menschlichen Wesens ähnlich, während sich der Vater dem lichtvollen Geist [des Auges] zuneigt.[303] Wenn der Mensch um seines Geliebten willen, unter der Wirkung der lichtvollen Qualität, die ihm innewohnt,

301. Siehe den in Anmerkung 16 zitieren Hadith *qudsī*.

302. Die Überlegungen zu Beginn des Abschnitts 1 werden hier wieder aufgenommen [WH].

303. In einer aufschlussreichen Episode aus seinem Leben – die er in den *Futūḥāt*, Band II, Kapitel 98, Abschnitt 23, beschreibt – veranschaulicht Ibn ʿArabī den dunklen Aspekt der Natur auch und gerade in ihrem Zusammenhang mit dem Mütterlichen: Während er gerade dabei war, einen Text über die Allnatur zu verfassen, schlief er über dem Schreiben ein und sah im Traum seine eigene Mutter, die ihm ihre verborgenen Geschlechtsteile enthüllte. Er betrachtete sie und sie lächelte. Als er sich jedoch klar wurde, dass an dieser Gebärde etwas unstatthaft sei, verhüllte er ihre Scham mit einem weißen Mantel. Er fügt hinzu:

auf so viele Dinge verzichtet, muss er sich [seiner Natur nach] wie geschädigt vorkommen, und daher wird ihm Entsagung anempfohlen. Dies ist der Sinn, den man jener koranischen Umschreibung zu geben hat: »Er ist standhaft im Ungemach« (2:177), auch wenn die Wirklichkeit seines Unglücks ihn zur Flucht aufstacheln würde, denn in jeder Hinsicht fordert die Göttliche Ordnung Geduld. Dann macht Gott Seinem Diener deutlich: »Sei standhaft, doch deine Standhaftigkeit sei eine für Gott« (16:127). Indem Gott Sich als den Geduldigen (*ṣabūr*) beschreibt, will Er ihm zu verstehen geben: »Mit der unwiderstehlichen Kraft Meiner Majestät, beschreibe Ich Mich als mehr geschädigt, langmütiger und standhafter [als irgendjemand sonst], obwohl Ich weder einem Befehl noch einem Zwang unterliege. Ich habe die Geschöpfe aufs innigste durchdrungen und auf Meine Vorrechte verzichtet, um ihnen aus Liebe und Mitgefühl das zu geben, was ihnen zusteht. Indes, oh ihr Geschöpfe, habt ihr mehr Veranlassung, im Unglück standhaft zu sein, durch Mich, das heißt angesichts der Prüfung, die Ich für euch verfügt habe, unter anderem auch deswegen, weil Ich Mich stets und ständig dem Übel gegenüber sehe, das Meine Geschöpfe Mir zufügen, indem sie Mir zuschreiben, was Meiner Erhabenheit kaum gerecht wird!« Also jene Haltung Gottes [Seine Geduld] liegt daran, dass Er das liebende Wesen ist, auch wenn [für Ihn] das Unglück eintritt. Wenn [schon] Gott diese Eigenschaften besitzt, dann zwingt Er [erst recht] Seinen Geliebten, die naturhafte Neigung zu beherrschen.

Wenn der Geliebte das Geschöpf ist und der Liebende Gott, kleidet sich das Herrschaftsverhältnis in eben jene Form, mit welcher der Diener etwas von seinem Herrn erbittet, weil er nämlich darum weiß, von Ihm geliebt zu werden, Der sich seines Anliegens annimmt, freilich nur unter der Bedingung, dass es mit dem Ziel und der Liebe Gottes im Einklang steht. Das Wahre Wesen handelt dann mit seinem Einverständnis.[304] Derart ist die Bedeutung jener Eigenschaft des Liebenden zu verstehen.

»So bedecke ich mit schönen Worten einen bestimmten Anblick der Natur, den auszusprechen der Vernunft nicht gestattet ist« (zitiert nach Titus Burckhardt: *Spiegel der Weisheit,* Eugen Diederichs Verlag, München 1992, Seite 290). Das Dunkle, das tief in der Natur verborgen ist, entzieht sich sogar der Ausdruckskraft eines Ibn ʿArabī [WH].

304. Es kann somit tatsächlich vom Geschöpf »bevormundet« werden, was Es geduldig erträgt. Vergleiche auch Kapitel 10, Abschnitt 4 [WH].

18
Der Liebende hat ein Herz, das außer sich (hā'im al-qalb) vor Liebe ist

Das Herz des Liebenden, das sich dank des Reichtums seiner Handlungsfreiheit und Wandlungsfähigkeit in dieser Lage befindet, verfügt über eine Vielfalt von Sichtweisen und Ausrichtungen, die jenes Attribut – außer sich vor Liebe zu sein – definieren. Diese Eigenschaft steht dem Liebenden umso mehr zu, als Gott Sich ihm in jedem Gesicht, dem er sich zuwendet, offenbart und in jedem Wesen, das frei ist, nach Belieben zu handeln. Dieser Liebende betrachtet also die Essenz (*'ayn*) seines Geliebten in jedem Antlitz.[305]

Wenn Gott der Liebende ist, »sitzt Er jeden Tag über einer Arbeit« (55:29).

Immer dann, wenn ich zögere, etwas zu vollbringen, das viele verschiedenen Sichtweisen zulässt, frage ich mich: Auf welche muss ich mein Augenmerk besonders richten, wo doch alle gleichermaßen den Geliebten zufrieden stellen? Was uns angeht, so wissen wir nicht, was Ihn am meisten befriedigt, während Er sehr wohl weiß, was für uns am besten ist. Doch bei einer Wahlmöglichkeit wissen wir, was Seinerseits mehr Zustimmung einbringt: Wenn wir nämlich zu wählen haben zwischen den Werken, die über das Geforderte hinausgehen, und den bloß pflichtgemäßen Werken. Wir neigen [gemeinhin] eher zu den Letzteren, doch während diese mehr Möglichkeiten in ihren rechtlichen Anwendungen bieten, wie es sich in den Fällen ausgleichender Sühne (*kaffārah*)[306] darstellen mag, weiß man dabei freilich auch keine bessere Lösung, als sich auf weitergehende Entscheidungshilfen [etwa die Meinung einer Rechtsschule] zu berufen. Ähnlich verhält es sich, wenn es gilt, das am ehesten angemessene freiwillige Werk zu wählen. Da muss man sich an die bestehende Überlie-

305. Siehe dazu Ibn 'Arabī: *Fuṣūṣ al-Ḥikam*, Kapitel über den Propheten Shuaib (AUS 145ff, GIL 311ff). Die Wurzel *qlb* von *qalb*, »Herz«, bedeutet »wenden«, »umkehren«, »umwenden«, »umwandeln«.

306. Zum Beispiel die verschiedenen Möglichkeiten, die aus gesetzlichen Gründen nicht eingehaltenen Fastentage des Ramadan auszugleichen. Bei den freiwilligen Werken seien einige aufgeführt, eine schlechte Tat auszugleichen: Almosen, Fasten, *dhikr*, Reue und so weiter. Diese ausgleichenden Handlungen können aus dem Koran, der Sunnah oder der Lebensweise des Propheten belegt werden.

ferung (*tawqīf*) halten. Nun, unter diesen vielen möglichen freiwilligen Werken sind manche in der einen Hinsicht zufrieden stellend, manche mehr in einer anderen. Es bedürfte einer zusätzlichen Auskunft [um die Wahl festzulegen].[307]

Und auf eben diese Weise bleibt der Liebende, der völlig außer sich vor Liebe ist, in seinem Herzen verwirrt ob der vielen Aspekte, die der Geliebte annimmt und denen er sich zuwenden will.

19
Der Liebende zieht seinen Geliebten jeder anderen Gesellschaft vor

Diese Vorliebe, die der Liebende für seinen Geliebten hegt, erklärt sich daraus, dass in jedem Element des Universums etwas für den Menschen hinterlegt ist und er, dem dies anvertraut wurde, es freizusetzen hat. Die hinterlegten Dinge, für die er die Verantwortung trägt, sind recht zahlreich und ihre Freisetzung kann nur in genauen Zeitmomenten erfolgen, die ihrerseits auch alle etwas für ihn Hinterlegtes enthalten. Abū Ṭālib [al-Makkī][308] hat auf diese Stätte der Verwahrung mit folgenden Worten aufmerksam gemacht:

> Die Himmelssphäre vollzieht ihren Umlauf dank der Atemzüge (*anfās*) des Menschen, ja wir würden sogar sagen, dank des Atems jedes Geschöpfes, das Luft holt. Denn das schlussendliche Ziel [der universellen Offenbarung], das der Mensch im Besonderen darstellt, verwirklicht sich über den *dhikr* oder beschwörenden Atem, da die Himmelssphäre (*falak*) sich über die Eigenbewegung jenes beschwörenden

307. Indirekt gibt Ibn ʿArabī hier zu verstehen, dass es nicht möglich ist, dem Herz des Liebenden von außen vorzuschreiben, *wie* es Gott zu lieben habe (auch wenn die freiwilligen Werke von den pflichtgemäßen sich im Hinblick auf ihre Folgen wesentlich unterscheiden, siehe voriger Abschnitt). Die überwältigend vielen Möglichkeiten, Gott zu lieben, widerspiegeln ja nur das rastlose, sich stets Neuem zuwendende, liebevolle Wirken Gottes in der Schöpfung (Sure 55:29). Erst die Unwissenheit darüber, welche Liebesbezeugung in einem gegebenen Moment angemessen ist, schafft die Verwirrung des Dieners [WH].

308. Abū Ṭālib al-Makkī (gestorben 996), ein berühmter Sufi, der folgendes Werk verfasst hat: *Qūt al-Qulūb*, »Die Nahrung des Herzens«, zwei Bände, Kairo 1968.

Atems (*dhikr*) in Gang setzt und sich davon in keiner Weise ablösen kann. Daher ist die Welt stets und ständig aufs Innigste mit dem Menschen verbunden.[309] [310]

Mehr noch, der Mensch bleibt auf diese für ihn in der Welt hinterlegten Dinge angewiesen.[311] Doch auch wenn der Mensch von ihnen abhängig ist, so haben sich unter den Menschen Gottes die wissenden Liebenden den Anweisungen ihres Geliebten gewidmet und schauen ganz verwirrt in verliebter Weise zu Ihm hin. Er hat sie in Seine Liebe eingetaucht, führt damit ihre Verwirrung herbei und lässt sie zwischen Seiner Nähe und Seiner Ferne pendeln. Deswegen sagt man von ihnen, dass sie den Geliebten jeder anderen Gesellschaft vorziehen, denn Er ist ihr Gefährte, im Einklang

309. Der *dhikr* ist innig mit dem Göttlichen Wort (*kalam*) verknüpft und stellt dessen einsichtigen, eindringlichen und deutlich ausgesprochenen Aspekt dar. Er wird in Bezug gesetzt zum *nafas al-Raḥmān,* dem »Atem des Allbarmherzigen«, der eben mit Seinem Atem das Göttliche Wort und Seinen *dhikr* verbreitet. *Kalam, dhikr* und *nafas al-Raḥmān* tun nichts anderes, als die Möglichkeiten der Liebe zu entwickeln, die im ursprünglichen Samen (*ḥabb*) des Göttlichen Eros enthalten sind. Das gibt uns Gelegenheit für einige aufschlussreiche linguistischen Hinweise: Das Wort *kalam* stammt aus einer Wurzel, die je nach Vokalisierung sowohl den Sinn von »Wort« wie auch von »Wunde« (*kalm*) trägt. Der Logos (*kalam*) zieht mit seiner Manifestation das Opfer und die Fortzeugung innerhalb des universellen Leidens nach sich. Da Wort *dhikr* steht in semantischer Beziehung zu *dhakar,* »männlich«, »Penis«. Jedes von beiden bringt auf seine Weise die zeugenden Kräfte des aktiven Prinzips zum Ausdruck. Sie durchdringen mit ihren Samen von Weisheit und Liebe die universelle Manifestation, die Matrix der Lebensformen, und ordnen sie dadurch. Das Wort *nafas,* »Atem«, lässt sich nicht trennen von *nafs,* »Seele«, das dieselbe Wurzel aufweist. Die Seele ist gleichsam das Ergebnis des liebevollen schöpferischen Atems, den der Allbarmherzige ausströmt. Das Wort *raḥman,* »barmherzig«, stammt aus derselben Wurzel, die auch dem Wort *raḥim,* »Gebärmutter«, »Mutterleib«, »Blutsbande«, zugrunde liegt. Das Wort *ḥubb,* »ursprüngliche Liebe«, hat dieselbe Wurzel wie *ḥabb,* »Samen«, »Korn«. Wer über diese Zusammenhänge tief meditiert, erkennt, welche Weisheit und Unterweisung in der aufgezeigten Sinnbildlichkeit der Worte liegen. Jedes von ihnen bringt in unterschiedlicher Sichtweise die Gesamtheit des Schöpfungsprozesses über die Göttliche Liebe zum Ausdruck.

310. Vergleiche dazu auch die Aussage von Reshad Feild: »Der Atem des Mystikers hält die Welt in Bewegung«, u.a. in: *Das Atmende Leben,* Chalice Verlag, Zürich 2008, Seite 21 [WH].

311. Mit Bezug auf die Sure 33:72: »Wir boten das vollkommene Unterpfand den Himmeln und der Erde und den Bergen, doch sie weigerten sich, es zu verwahren, und schreckten davor zurück. Aber der Mensch nahm es auf sich. Fürwahr, er ist sehr ungerecht, unwissend.«

mit dem koranischen Wort: »Er ist mit euch, wo immer ihr auch sein möget« (57:4).[312]

Auch alle Wesen, die sich in der Welt aufhalten, sind mit Gott eng verbunden, dank des in sie Niedergelegten und vom Menschen treu Verwahrten.

Aus Liebe zu Gott zieht der Mensch Seine Gesellschaft jeder anderen Freundschaft vor, eben wegen Seiner Vortrefflichkeit.

Man fragte Sahl [at-Tustarī]:[313] »Was ist denn nun die nährende Substanz (*qūt*)?« »Sie ist Gott.« »Wir wollten eigentlich wissen, was genau das Leben in Erscheinen treten lässt.« »Ja eben, Gott.« Denn er sah nichts anderes als Gott! Sie hakten immer noch nach: »Wir wollen lediglich wissen, was die nährende Substanz des Körpers sicherstellt!« Als er nun feststellte, dass die Fragenden unfähig waren, ihn zu verstehen, wandelte er seine Antwort ab: »Überlasst die Wohnstätten Dem, Der sie gestaltet hat! So Gott will, macht Er sie lebendig, doch wenn Er es wünscht, wird Er sie verwüsten! Es widerspricht der feinen Verfassung der menschlichen Wesenheit, sich mit dem besagten körperlichen Gefäß eng zu verbinden. Sie sollte sich vielmehr den Arbeiten widmen, die der Geliebte ihr auferlegt hat, Er, Der das eigentliche Leben und das Dasein dieser Wesenheit ausmacht. Es wohnt in jeder Stätte, die Er ihr zugewiesen hat.«

Hier sprach Sahl von der Unablösbarkeit (*'adam tajrīd*) der natürlichen Verfassung [sie kann sich nicht vom Geist lösen], wie wir es selbst auch gesagt haben und wie es die spirituelle Offenbarung (*kashf*) bekräftigt. Hätte er stattdessen gepredigt, sich von der Natur zu entblättern und sich von diesem körperlichen Band zu befreien, dann hätte er in jeglicher Hinsicht zu denen gezählt werden können, die Gott jedem anderen Gefährten vorziehen.

312. Gerade weil der Mensch Stellvertreter Gottes auf Erden ist, besteht die Gefahr, dass er seiner irdischen Aufgabe allzu sehr verhaftet ist und die »Gesellschaft seines Geliebten« versäumt. Die Wissenden unter den Liebenden – und um die geht es hier – meinen nun, Seine Nähe suchen zu müssen und werden dadurch verwirrt, weil Er für sie ohnehin allgegenwärtig ist (Seine Ferne ist Illusion) [WH].

313. Persischer Sufi (gestorben 896), der sehr zurückgezogen und asketisch lebte. Der berühmte Ḥallāj Ibn Manṣūr war eine Zeitlang sein Schüler (SCH 90ff) [WH].

Gott als Liebender hat den Menschen allen anderen Wesen auf der Welt vorgezogen, weil Er ihn als Seinen Geliebten ansieht. Folglich hat Er ihn auch mit einer vollkommenen Gestalt versehen, die Er keiner anderen der auf der Welt vorkommenden Gattungen zugestanden hat, mögen Ihm auch Vertreter dieser Gattungen huldigen und Ihn verklären. Also hat Er den Menschen jeder anderen Gesellschaft vorgezogen. Davon spricht Gott wie folgt: »Ich bin im Begriff, einen Stellvertreter auf Erden einzusetzen« (2:30). Gott stattete Adam mit allen Seinen Namen, ohne Ausnahme, aus, auf dass er Ihn mit jedem Göttlichen Namen preise, der Gott in Adams Universum zukam. Adam feierte damit die Erhabenheit und Großartigkeit Gottes. Kein Name ist unbedeutend, und sei es auch der Name einer großen oder kleinen Napfschüssel, im Unterschied zur Meinung derer, die von der Erhabenheit der Dinge [die alle Gottes Werke sind] nichts verstehen. Im weiteren Verlauf des koranischen Berichts gaben die Engel zu bedenken: »[Aber] Wir loben Dich [doch schon] und preisen Deine Heiligkeit« (2:30). Nun kann man die Heiligkeit und den Ruhm von jemandem nur besingen, wenn man ihn bei seinem Namen nennt. Gott setzte die Engel darüber in Kenntnis, dass Er im Universum über Namen verfügt, mit denen sie Ihn weder verherrlichen noch als Heiligen ausrufen können, die Er jedoch Adam gelehrt hatte. Als Gott den Engeln nun einige Seiner Geschöpfe vorstellte, die sie nicht kannten, forderte Er sie auf: »Nun sagt mir doch deren Namen, wenn ihr ehrlich seid« (2:31), denn ihr feiert doch Meinen Ruhm und Meine Heiligkeit mit Namen! Die Engel antworteten: »Wir haben nur das Wissen, das Du uns gelehrt hast« (2:32). Da sprach Gott zu Adam: »›Rufe diese Geschöpfe mit ihren Namen an!‹ Und nachdem Adam sie mit ihren Namen aufgerufen hatte« (2:33), erfuhren die Engel: Gott besaß Namen, von denen sie gar nichts wussten, und mit denen die Geschöpfe, die Er geschaffen hatte, Ihn verherrlichen konnten. Er lehrte sie also Adam, der Seinen Ruhm mit ihnen besang. So fragte Adam die Engel, die um den Tempel [von Mekka] herumgingen: »Was sprecht ihr dabei?« Die Engel antworteten: »Während unserer rituellen Umläufe sagen wir – wie du es bezeugen kannst –: ›Ruhm sei Gott. Lob sei Gott, es gibt keinen Gott außer Gott, Gott ist unendlich groß!‹« Adam entgegnete eindringlich: »Ich werde euch noch mehr geben!«, und fügte hinzu: »Es gibt keine Kraft und keine Macht als nur durch Gott!«

Gott gab Adam jene Namen aus einem Schatz, der unterhalb des Throns[314] verwahrt wurde und von dem die Engel keine Kenntnis hatten.

Wenn wir den Ausdruck »große oder kleine Napfschüssel« [stellvertretend] als einen Göttlichen Namen deuten, der alle bescheidenen und unwichtigen Wirklichkeiten bezeichnet, dann kann das unbedeutende Wesen in der Tat, eben mit seiner Kleinheit, Gott an jenem Ort rühmen, wo das Wesen von Bedeutung dazu nicht imstande wäre, gerade wegen seiner Bedeutung. Und dann haben wir diese Sache [mit den Engeln] richtig eingeschätzt. Was nun den Namen »große oder kleine Napfschüssel« betrifft, so ist er in sich selbst – so gesehen – unbeachtlich, doch erhält er seine Weihe durch den Gebrauch. Deswegen wird dieser Gegenstand in jeder Sprache mit Hilfe eines aus Buchstaben zusammengesetzten Wortes bezeichnet, damit man ihn nicht mit einem anderen verwechsle. Gerade der Umstand, dass dieser Gegenstand dem [menschlichen] Gebrauch diente, wurde von den Engeln dem Feiern des Ruhmes und der Heiligkeit Gottes gegenübergestellt. Sie erhoben sich stolz über den Menschen. Daher zeigte ihnen Gott Adams Vortrefflichkeit genau in dem Moment, in dem sie ihre Überheblichkeit zum Ausdruck brachten.

Genau das und nichts anderes ist es, was wir haben kommentieren wollen, denn unter den geschaffenen Wesen ist keines edler als die Engel, doch trotz jenes Adels, der sie auszeichnet, hat ihnen Gott den vollkommenen Menschen (*insān al-kāmil*) vorgezogen, vollkommen in der Kenntnis der Namen. Aufgrund dieser Präsenz (*ḥaḍrah*) und dieser Rangstufe (*maqām*), ist er vortrefflicher als die Engel. Dieses Auserwähltsein hat Gott dem Menschen anvertraut!

20
Der Liebende löscht sich aus (maḥw) unter dem Eindruck der Bejahung (ithbāt) des Geliebten

Das Bejahen des verliebten Dieners äußert sich über die vorgeschriebenen Werke der Anbetung (*taklīf*), wie das Gnadengebet (*ṣalāh*),[315] das sich zwischen dem Herrn und Seinem Diener aufteilt. Gott Selbst ist es, Der [die Richtigkeit dieses Verhaltens] bejaht.

314. Der kosmologische Begriff des »Throns« (*ʿarsh*) meint bei Ibn ʿArabī die alles umfassende oberste Sphäre des Universums. Dazu siehe die ausführliche Darstellung in GIE 147ff [WH].

Die Auslöschung eben dieses Liebenden, innerhalb jener Bejahung, wird von folgenden Gottesworten bekräftigt: »Gott hat euch gemacht, ebenso wie das, was ihr macht« (37:96). »Das ist nicht deine Angelegenheit« (3:128). »Gewiss, das ist ganz und gar Gottes Angelegenheit« (3:154). »Du hast nicht geworfen, als du warfst, es war Gott, Der geworfen hat« (8:17). »Verteilet großzügig die Gaben, die Er euch anvertraut hat« (57:7).

Diese Verse aus dem Buch Gottes zeigen sehr deutlich auf, dass es sich hier um eine Auslöschung handelt, die in einer Bejahung stattfindet. Der Liebende hat also lediglich die Handlungsfreiheit (*taṣarruf*), die ihm Gott zubilligt. Sobald er über Gottes Willen

315. Das Woṛt *ṣalāh,* für gewöhnlich mit »Gebet« übersetzt, stammt von der Wurzel *slw,* die bedeutet: »im Rücken verletzen«, »als zweiter ankommen« (zum Beispiel bei einem Pferderennen), »eine Gnadenhandlung vollziehen«, die annähert und eint. Diese Bedeutungen legen nahe, dass der Betende (*muṣallin*) immer der Zweite ist in Bezug auf Denjenigen, zu Dem man betet – Dieser ist offensichtlich der Erste. Zwischen beiden stellt sich derselbe Wettstreit (*musābaqah*) um den ersten Platz ein wie bei einem Rennen. Siehe dazu Ibn ʿArabī: *Une Instruction sur les Rites Fondamentaux de l'Islam,* ins Französische übersetzt und kommentiert von Michel Valsan, in: *Etudes Traditionnels,* 1962, Nr. 369. Aus diesem Grund ergibt sich zwischen dem Herrn und dem Diener ein Dialog, und das Gebet oder die einigende Gnadenhandlung teilt sich zwischen ihnen auf, entsprechend dem folgeṇden (von Abū Huraya übermittelten) Hadith *qudsī:*

> Ich hörte den Botschafter Gottes folgendes von Seiten Gottes sagen: »Gott der Allmächtige und Erhabene hat gesagt: ›Ich habe das Gnadengebet (*ṣalāh*) in zwei Hälften aufgeteilt zwischen Mir und Meinem Diener, und dann hat Mein Diener, wonach er verlangt.‹ Wenn der Diener ruft: ›Lob sei Gott, dem Herrn der Universen!‹, antwortet Gott: ›Mein Diener hat Meinen Lobpreis gesprochen‹. Wenn jener dann sagt: ›Dem Allbarmherzigen, dem sehr Gnädigen!‹, erwidert Er: ›Mein Diener verdoppelt seinen Lobpreis für Mich!‹ Fährt er fort: ›Erhabener Herr am Tage des Gerichts!‹, so spricht Er: ›Mein Diener verkündet Meinen Ruhm!‹ Sagt der Diener: ›Dich beten wir an und zu Dir flehen wir um Hilfe‹, spricht Gott: ›Das ist aufgeteilt zwischen Mir und Meinem Diener, und Mein Diener hat, wonach er verlangt.‹ Wenn er sagt: ›Führe uns den Geraden Weg, den Weg derer, die Du mit Wohltaten überhäuft hast, und nicht den Weg derer, die sich Deinen Zorn zugezogen haben und irre gegangen sind‹, so spricht Er: ›Das ist aufgeteilt zwischen Mir und Meinem Diener, und Mein Diener hat, wonach er verlangt.‹«

In diesem Hadith stellen die Worte des Dieners die sieben Verse der Eröffnungssure des Koran, der *Fātiḥa,* dar. Diese stellt somit für sich selbst ein einigendes Gnadengebet dar.

hinausgeht, verwirrt ihn seine Liebe. In der Tat lässt die Wirklichkeit nichts anderes zu. Alles, was am Liebenden erscheint, ist von Gott geschaffen, wird von Ihm bewegt (*maf'ūl*) und ist nicht der wirklich Tätige (*fā'il*). Somit ist er lediglich der Ort, wo sich die Göttlichen Möglichkeiten verwirklichen, und wird durch seine Bejahung ausgelöscht.

Gott ist der Liebende, Der Sich unter der Wirkung einer Bejahung auslöscht. Die essenzielle Wirklichkeit (*'ayn*) kann nur dank der Handlung des Dieners[316] erscheinen, also handelt es sich um ein Auslöschen Gottes. Andererseits wird vom verstandesmäßigen Argument ebenso wie von intuitiver Offenbarung einzig das wahre Dasein Gottes (*wujūd al-ḥaqq*) aufgezeigt und keineswegs das des Dieners und auch nicht das der geschaffenen Welt. Das also ist die Bejahung Gottes in der Gegenwart des Bezeugens (*ḥaḍrat al-shuhūd*), wohingegen Er in der Welt der Erscheinungen (*'ālam al-shahādah*) ausgelöscht ist.[317]

21

Der Liebende stimmt mit allem überein (wāṭa'ah nafsahu), was der Geliebte von ihm erwartet

So verhält es sich, wenn die Liebe sich zwischen den Liebenden und die offenkundig zweitrangigen Ursachen (*asbāb*) schieben und ihn dazu verurteilen will, sich ausschließlich dem Geliebten (Gepriesen sei Er!) zuzuwenden. [Aber] der Liebende weiß nicht, in welchem Maße das Universum durch ihn dem Geliebten verpflichtet ist. Im gegebenen Fall muss er sich der angeforderten Ver-

316. Im Koran ist dies exemplarisch der Fall bei 'Īsā, Jesus (Friede sei mit ihm!), den die Meister des Sufismus und insbesondere Ibn 'Arabī anführen, um diesen heiklen Punkt, ein Schlüssel für die überwölbende Lehre von der *waḥdat al-wujūd,* klar zu formulieren. In der Sure 5:110 zum Beispiel wird die Aufgabe Christi wie folgt verkündet: »Und wie du [Jesus] einen Vogel aus Ton bildetest, auf Mein Geheiß, und ihm [von Meinem Geist] einhauchtest und es ein lebendes Wesen nach Meinem Gebot wurde; [...] und wie du die Toten erwecktest auf Mein Geheiß« (vergleiche auch Sure 3:49).

317. An dieser einen Stelle bejaht Ibn 'Arabī gleichermaßen die Einheit des universellen Daseins oder der Wirklichkeit des Seins und die Einheit der anschauenden Präsenz in den Dingen. Gott wird somit als das einzig wahre Wesen und der einzige betrachtende Zeuge angesehen, in und durch die Ihn stützenden Epiphanien. Diese Auffassung vereint die beiden Gesichtspunkte des *waḥdat al-wujūd* und des *waḥdat al-shuhūd.*

pflichtung entledigen, im Einklang mit dem Wort des Gesandten Gottes (Friede und Segen seien mit ihm!): »Wer dir einen Besuch abstattet, hat ein Recht auf dich.« Er gebrauchte das Wort »Besuch«, das man auch auf das ganze Universum anwenden könnte – diese [metaphorische] Art, sich auszudrücken, ist ein wesentlicher Bestandteil aller Worte (*jawāmi' al-kalim*), die der Prophet empfing. Daraus folgt, dass jener Liebende sich dem Willen des Geliebten beugt und die Rechte anerkennt, welche die Welt auf ihn hat und die sich auf die freiwillige Geschäftsführung beziehen, die der Geliebte ihm übertragen will. Nun ist aber das Wahre Wesen weise! Es lässt den Liebenden in seinem Handeln nur gerade soweit auf die Rechte [des Universums auf ihn] Rücksicht nehmen, als es zu einem gegebenen Zeitpunkt in der Welt angemessen ist. Darin erkennt er, dass die Welt eigentlich von Gott kommt, und er hält sich in Seiner Präsenz, wenn er sie anschaut. Dies ist die Bedeutung, die in jenem Wort enthalten ist, das der Kalif Abū Bakr der Aufrichtige aussprach: »Ich habe kein Ding gesehen, ohne vor ihm Gott zu sehen.«[318] Folglich schaut der Liebende durch die angeschaute Gegenwart Gottes die Welt selbst an.[319]

Gott ist Liebender, da in jedem Ding die Essenz des Wahren Wesens (Ruhm sei Ihm!) keine Änderung zulässt. Er versetzt die Seelen der Welt in den Stand der Bedürftigkeit Ihm gegenüber, da sie [nur] von Ihm das fortdauernde Bestehen erwerben können, die Mittel zur Selbsterhaltung und zur Verwirklichung ihrer Ziele. Es erscheint nun so, als ob angesichts all dessen, was die Geschöpfe von Ihm und durch Ihn wollen, sich der Liebende auslöschen müsste. Wenn sie daher an Ihn Forderungen stellen, die sich zu einem gegebenen Zeitpunkt nicht erfüllen lassen, sagt Er zu ihnen: »Bald werden Wir frei sein, Uns mit euch zu beschäftigen, oh ihr beiden Arten von Wesen, die ihr mit Schwere behaftet seid [ihr Menschen und Dschinns]« (55:31). Denn Er, Gott, ist der Handelnde unter allen Umständen, und Seine Essenz ist nicht der Ort für die Manifestation der geschaffenen Wesen.[320] [Aber] eine Vorberei-

318. Vergleiche oben unter Abschnitt 6 dieses Kapitels.

319. Diese Art ›Dialektik der Liebe‹ beschreibt Ibn 'Arabī an mehreren Stellen. Der Liebende meint zunächst, eben wegen seiner Liebe zu Gott seine weltlichen Verpflichtungen vernachlässigen zu können. Freilich wird er zu diesen Pflichten gezwungen, weil »das Universum ein Recht auf ihn hat«. Erst dabei erkennt er, dass Gott ja durch ihn handelt. Gerade in seiner Weltlichkeit ist er Gott nahe gekommen und erfüllt seine Liebe zu Ihm [WH].

tung (*tawṭi'ah*) besteht darin, dass [Gott] der Liebende angemessen auf die Bedürfnisse des Universums oder des Wesens, das deren Erfüllung nicht selbst zuwege bringt, eingeht. Jedes Wesen, das Er ins Dasein bringt, verherrlicht Ihn [deswegen] und diese Verherrlichung ist eine Nahrung für den Diener. Gott (Gepriesen sei Er!) lehrt uns, dass »kein Ding besteht, ohne dass es Ihn nicht mit seinem [oder Seinem] eigenen Lobpreis verherrlicht« (17:44).[321] Doch diesen Aspekt der Lehre haben wir bereits im Kapitel behandelt, das der spirituellen Station der ritterlichen Eigenschaften (*futūwah*)[322] gewidmet ist.

22
Der Liebende ist mit den Eigenschaften des Geliebten verflochten (mutadākhal)

In dieser Verfassung befindet sich der Liebende, wenn er um die Vereinigung mit dem Geliebten und die Anpassung an Seinen Willen ersucht. Es mag dann sein, dass Jener etwas will, das sich der Vereinigung widersetzt, dann werden allein die Eigenschaften des Liebenden, die mit denen des Geliebten in Übereinstimmung sind, die Seinigen durchdringen. Wenn der Liebende Gott ist, ist Er der Erste in Beziehung auf ein Wesen, welches das Letzte ist. Sein Spätersein (*ākhirīyah*) durchdringt Sein Frühersein (*awwalīyah*) in derselben Weise, wie umgekehrt Sein Frühersein Sein

320. Die Essenz Gottes darf von den Bedürfnissen der Geschöpfe nicht berührt werden. Er kann nur zur rechten Zeit (zu ergänzen: und in der rechten Weise) auf sie eingehen, analog wie der Mensch die Forderungen des Universums an ihn nur gerade so weit erfüllt, wie es angemessen ist [WH].

321. Die Sure 17:44, auf die sich Ibn 'Arabī hier bezieht, lässt hinsichtlich des Possessivpronomens zwei Deutungen zu: »Die sieben Himmel und die Erde und wer darinnen ist, sie lobpreisen Ihn; und es besteht kein Ding, ohne dass es Ihn nicht mit seinem [oder Seinem] eigenen Lobpreis verherrlicht; ihr aber versteht ihren Lobpreis nicht. Wahrlich, Er ist langmütig, allverzeihend.« Ob das Pronomen »seinem« sich nun auf Gott oder das Geschöpf bezieht, beides Mal besteht der Lobpreis in der Verkündung oder Anerkennung der Vollkommenheiten eines Wesens. Nun sind aber die von diesem Wesen zum Ausdruck gebrachten Vollkommenheiten nichts als die eigenen Möglichkeiten, die es in seiner Ihn stützenden Epiphanie verwirklicht. Folglich stellen sie immer einen Lobpreis Gottes dar, doch wird Er von dem Wesen besungen, das nichts anderes tun kann als die Vortrefflichkeit der Attribute dadurch zu verherrlichen, dass es sie in sich selbst verwirklicht.

322. Diese Station wird in den Kapiteln 146 und 147 der *Futūḥāt* beschrieben.

Spätersein durchtränkt, so dass man letztlich nichts als Seine Essenz findet.

Man könnte auch sagen, dass Sein Frühersein Seine Essenz darstellt und Sein Spätersein Seinen Diener, der Sein Geliebter ist. So kann der Liebende die Attribute des von Ihm Geliebten durchdringen. Wenn du nur »Diener« sagst, hast du die Wirklichkeit nicht richtig angeschaut, und wenn du den Ausdruck »Herr« gebrauchst, hast du sie auch nicht dingfest gemacht. Doch insofern hast du richtig erkannt, als du die beiden Aspekte, um die es hier geht, unterscheidest. Und das ist das Prinzip der gegenseitigen Durchdringung (*tadākhul*).[323]

23
Der Liebende findet im Beisein des Geliebten keinen Atem (nafas)

Das heißt, der Liebende findet in der Nähe des Geliebten keine Ruhe (*mustarīḥ*), wegen der Wachsamkeit, die er in Seiner Gegenwart bei jedem Atemzug bewahren muss.[324] Er sieht klar, wo der Gegenstand seiner Liebe ist, und legt sich infolgedessen fest. Ständig ist er in Bereitschaft, eifrigst bestrebt, den Geliebten zufrieden zu stellen. Aber weil er unfähig ist, Ihn zufrieden zu stellen, findet er keine Ruhe. Das meint der Ausdruck [*nafas*], den wir oben gebraucht haben: Er findet nämlich keinen Atem, da er sich nicht in frischer Luft (*tanfīs*) entspannen kann. Dann würden Bedrängnis (*karb*) und Spannung (*shiddah*) verschwinden. Doch muss der Liebende, der in seiner Liebe aufrichtig ist, diese Zustände ertragen.

Gott, Der in dieser Weise liebt, hat gesagt: »Tagtäglich sitzt Er über einem Werk« (55:29). Er handelt nur für die Belange Seiner Diener und hat nur die im Blick, die Er liebt, alle anderen haben an der Göttlichen Gunst nur dank einer einfachen natürlichen Übereinstimmung Anteil.[325] Gott sichert jenen das zu, was ihnen

323. Diese Beschreibung bezieht sich implizit auf den Stand des Propheten Abraham, den intimen Freund (*khalīl*) Gottes. Siehe auch Sure 4:125. Mit diesem Thema befasst sich auch das Kapitel über Abraham in Ibn ʿArabīs *Fuṣūṣ al-Ḥikam* (FUS 61ff, GIL 165ff).

324. Vgl. Abschnitt 5 dieses Kapitels.

325. Wörtlich: »Sie essen die Reste, die sich unter den Tischen [der Diener] befinden«.

im diesseitigen Leben und in der jenseitigen Wohnstätte zukommt, ohne deswegen Müdigkeit zu empfinden, gemäß dem Sinn folgender Verse: »Wir haben die Himmel und die Erde und das, was sich darin befindet, in sechs Tagen erschaffen und sind dabei nicht von Müdigkeit überfallen worden« (50:38).[326] »Ja, sind Wir denn von der ersten Schöpfung ermattet? Nein! Sie aber sind von einer neuen verwirrt« (50:15). Man kann das also so deuten, dass Gott sich bei jedem Atemzug in einem immer wiederkehrenden Schöpfungsakt befindet, der durch Seine Diener hindurch statthat. So sagt Er es selbst: »Tagtäglich sitzt Er über einem Werk.« Ähnlich drückt Er Sich aus, wo es um das Los der Glücklichen geht: »Im Paradies wird sie keine Müdigkeit übermannen« (15:48), denn dort gestattet ihnen ihr Los, sich in jeder Hinsicht frei selbst zu bestimmen, nach dem Recht [auf Tätigkeit], das Gott zukommt, und nicht nach dem, das ihnen zustünde. Diese Befindlichkeit kommt ihnen von selbst zu, ohne dass sie im Hinblick darauf, was Er ihnen [im Jenseits] als Gegengabe in Aussicht stellt, sich [hier im Diesseits] ein anderes Verhalten vornehmen müssten. [Es ist] nicht mehr [nötig]! Denn die [irdische] Wirklichkeit der Dinge selbst fordert ein solches [ihr angepasstes] Verhalten. Und darum findet der Liebende bei Seinem Geliebten keine Ruhe.[327]

24
Der Liebende gehört Seinem Geliebten ganz und gar an

Der Liebende ist eine Summe oder Zusammenfassung (*majmūʿ*), und seine persönliche Essenz offenbart sich in dieser Versammlung (*jamʿīyah*). Die verschiedenen Aspekte seiner Einheit (*āḥād*) gehören zu Gott, Der das absolute Einssein (*aḥadīyah*) innehat.

326. Im Unterschied zur Bibel (Genesis 2,2) findet sich im Koran kein Hinweis auf den »siebenten« Schöpfungstag als »Ruhetag Gottes«. Gleichwohl wird der fundamentale Wochenzyklus von sieben Tagen auch vom Islam anerkannt. Der scheinbare Widerspruch zur Sure 55:29 ließe sich auflösen, wenn der siebente Tag als ein Tag »kontemplativer« Tätigkeit gedeutet würde [WH].

327. Die ruhelose Tätigkeit Gottes ist eine entspannte – im Unterschied zu den Liebenden, die notwendigerweise der Gespanntheit des irdischen Daseins unterliegen – und eben deswegen wird Er »nicht von Müdigkeit überfallen«. Im Jenseits dagegen finden die Liebenden wie von selbst die erquickende Ruhe. So sagt es auch Sure 89:27–28: »Oh du beruhigte (*nafsu*) und zufriedene Seele, kehre zurück zu deinem Herrn« [WH].

Nun könnte die Zusammenfassung nicht ohne die verschiedenen Aspekte existieren, aus denen sie sich zusammensetzt. Folglich hängt der Liebende, der eine Zusammenfassung darstellt, in seiner Ganzheit von Gott ab. Jeder der einzelnen Aspekte der Zusammenfassung wird von der Einheit des Wahren Wesens gleichsam vervielfacht und gibt [jedes Mal] die Einheit Gottes wieder. Da haben wir den Sinn jenes Ausdrucks: »Der Liebende gehört seinem Geliebten ganz und gar an«, nämlich in der Einheit der Zusammenfassung. Die Letztere weist eine einzigartige Wirklichkeit auf, und der Liebende wird gleichsam von ihr erzeugt.

Wenn Gott der Liebende ist, ist das All nicht ablösbar von Seiner Einheit, dieses All, das die Zusammenfassung der neunundneunzig Göttlichen Namen[328] darstellt. Die Vielheit (*kathrah*) offenbart sich also [lediglich] durch die Namen hindurch. »Das All« oder »die Ganzheit« (*kull*) ist ein Name, der zu Recht verwendet wird, und jeder der einzelnen Aspekte, welche diese Summe ausmachen, stellt einen Namen dar, der für sich getrennt ins Auge gefasst werden kann. Wenn ein solcher Name mit dem Diener in Verbindung gebracht wird, zieht er zwingend eine einzigartige Wirklichkeit, in welcher sich die Kraft dieses Namens enthüllt, herbei. Nun kann die Wirklichkeit dieses Namens nicht anders als einzigartig sein.[329] Folglich vervielfacht die Einheit sich gleichsam aus sich selbst heraus [oder sie hallt in sich wider] und lässt schlussendlich die Einheit des Dieners erscheinen. Er ist der Geliebte, sein ganzes Wesen gehört Gott an, denn alle Namen äußern ihre Wirkungen durch den Diener hindurch, wenn auch die Namen Gott angehören. In Gott selbst gehört also das All dem geliebten Diener an, und fortan gibt es in der Göttlichen Präsenz nichts, das nicht dem geliebten Diener zustünde. In Sich selbst [aber] ist Gott derart reich, dass Er auf die Welten verzichten kann. Was Ihn angeht, so braucht Er weder Vielfalt noch Beweise.

328. Mit Bezug auf den authentischen (von Abū Hurayra überlieferten) Hadith: »Gott hat neunundneunzig Namen, einen weniger als hundert. Wer sie zählt oder sich merkt, wird ins Paradies eingehen.« [Die Zahl 99 wird von Ibn ʿArabī, der in seinem Werk unzählige »nicht-kanonische« Gottesnamen anführt, keineswegs buchstäblich, sondern lediglich metaphorisch im Sinne von »unendlich viele« aufgefasst [WH].]

329. Erst wenn der Göttliche Name sich am »Ort« des Dieners manifestiert, zieht er eine »einzigartige Wirklichkeit« herbei, und erst dann vervielfacht sich die Göttliche Einheit [WH].

25
Angesichts der Wirklichkeit seines Geliebten tadelt der Liebende sich selbst

Der Liebende erkennt sich als unfähig, mit seinem Geliebten den Pflichten der Liebe gemäß umzugehen. Er verfügt ja nicht über das Wissen, das es ihm erlauben würde, in die Urgründe der Liebe zum Geliebten vorzudringen. Bei seinem Handeln gibt er sich alle Mühe, dem Wissen, das er davon hat, gerecht zu werden, und sagt zu sich: »Wärest du in deiner Liebe aufrichtig, so würde dir alles, was dein Geliebter liebt, enthüllt werden. Dann würdest du dich an der Stätte der Verpflichtung (*taklīf*) wiederfinden, welche die der bedingten Wirklichkeit ist. Dort sind die Gründe für die [diesseitige] Liebe zum Geliebten einzeln aufgeführt, im Unterschied zu jenen, die für das künftige Leben gelten. Dort wirst du eine Entspannung deiner Sicht verspüren, denn deine letzte Wohnstätte ist gänzlich Seiner Liebe würdig und nichts in ihr kann sich einen Tadel zuziehen.« Angesichts dieser Wirklichkeit des Geliebten erteilt sich der Liebende selbst eine Rüge.

Gott als Liebender ist eingestandenermaßen unschlüssig, wie Er die Liebe Seinem gläubigen Diener zeigen soll. Eines der Rechte, das der Geliebte auf den Liebenden hat, besteht nämlich darin, dass dieser sich ihm gegenüber nicht wissentlich in einer Weise verhält, die dem Geliebten missfällt. Wenn zum Beispiel der Geliebte den Tod verabscheut, wird es Gott widerstreben, ihn hinwegzunehmen, weil Er ihn ja liebt. Das ist der Sinn der Missbilligung [von Gott betreffend die Haltung dieses Wesens angesichts des Todes].[330] Und doch wird er sehr wohl sterben müssen, weil das Göttliche Wissen davon zuvor bereits festgelegt wurde. Aber der einfache Diener verbleibt in der Unkenntnis des Guten, das die Begegnung mit Gott für ihn darstellt, im Unterschied zu den Liebenden, die den Tod schätzen, nicht der Ruhe wegen, die er ihnen verschafft, sondern wegen der Begegnung mit dem Geliebten.

Manche Liebende sind dem Eindruck der Befriedigung des Geliebten verhaftet, einem gefälligen Reiz, von dem sie meinen,

330. Den hier gemeinten Hadith wird Ibn ʿArabī im Abschnitt 26 dieses Kapitels ausführlicher zitieren.

ihn erhalten zu können, wenn sie der Kraft ihrer Liebe einen hohen Wert verleihen. Doch dies können sie nur unter Zwang tun und indem sie zwischen Seinem Wohlgefallen und Seinem Zorn unterscheiden. Nun ist dieses Verhalten für den Liebenden lediglich im [diesseitigen] Bereich des gesetzlichen Zwangs sinnvoll. Im Unterschied dazu wird im künftigen Leben kein Zwang empfunden, dort ist es einerlei (*tasāwī*) und die Unterscheidung zwischen dem Liebenden, der aufgrund der ihm auferlegten Verpflichtungen handeln muss, und demjenigen, der dieser Einengung nicht unterworfen ist, wird hinfällig. Aus diesem Grund haben manche Liebende eine Abneigung vor dem Tod. Denn er ist sehr wohl der Prüfstein für die Aufrichtigkeit ihrer Liebe.[331]

Auch im Hinblick auf den Tod, den Er für uns verfügt hat, ist Gott der Liebende. Das Ziel, das sich jene erlauchten Eingeweihten setzen, wenn sie zu jener Unterscheidung [die wir gerade erläutert haben] neigen, ist, dass jene ihnen auferlegte [gesetzliche] Beschränkung nicht wieder entzogen wird, damit sie die Liebe, die sie ihrem Herrn entgegenbringen, [auch im Jenseits] entfalten können, im Unterschied zu den anderen Arten von Eingeweihten. Nun fordert das Wissen, das Gott in aller Ewigkeit von dem Geschöpf hat, dass diese Beschränkung [für sie] existiere. Und diese ihre Einschätzung wird genannt »Tadel« oder »Missbilligung« mit Rücksicht auf die bemerkenswerte Wirklichkeit Gottes, von Ihm, Der dazu doch ganz klar gesagt hat: »Er lässt nicht davon ab, zu tun, was Er will« (85:16). Mehr noch, Er hat es näher bezeichnet und ihm einen deutlichen Vorzug gegeben. Jeder, der diese andere koranische Wendung versteht, der man oft begegnet: »Und wenn Er gewollt hätte«, spürt darin mit Notwendigkeit [sofort] einen Tadel, ohne dass weder Sein Wollen noch Sein Wissen eingreifen, denn jedes von beiden untersteht einem eigenen Gesetz.[332]

331. Weil das Göttliche Gesetz (*sharīʿah*) im Augenblick des Todes des Dieners seine Gültigkeit verliert, verschwindet auch das Motiv der Liebe zu Gott aus einer (moralischen) Verpflichtung heraus. Gott wünscht Sich – Ibn ʿArabī betont das mehrfach im Verlauf seiner Abhandlung – eine Liebe, die aus der menschlichen *Freiheit* entsteht, denn auch Er sehnt Sich nach »Zwanglosigkeit« (*tasāwī*) im Liebesverhältnis (die, wie wir wissen, auch der natürlichen und spirituellen Liebe höchst förderlich ist). Wenn zu Beginn des Abschnitts das Ungenügen der irdischen Liebe zu Gott angesprochen wird, so werden die selbstkritischen Worte des Dieners mit Absicht nur zitiert, Ibn ʿArabī macht sich diesen Standpunkt nicht zu Eigen [WH].

Erkenne also, was ich soeben über die Göttlichen Geheimnisse, die sich darin finden, ausgeführt habe. Unsere Gefährten sind eifersüchtig angesichts der überaus großen Bedeutsamkeit, die sie darin sehen. Was sie darüber haben aussagen können, wurde erwähnt. Indessen sind die logischen Ableitungen, zu denen wir uns [von ihnen] haben verleiten lassen, unbedeutend im Vergleich zu dem Wissen um Gott, worüber wir verfügen. Dieses Wissen hat uns auch dazu getrieben, einige Elemente davon darzulegen, umso mehr als die Diener Gottes daraus ihren Nutzen ziehen können.

26
Der Liebende findet Genuss in der Bestürzung (dahash)

Die Bestürzung wird von der plötzlichen und unvorhersehbaren Ankunft des Geliebten hervorgerufen, eine Erscheinung, die mit dem Ausdruck »Überfall« (*hujūm*),[333] den wir in diesem Werk weiter unten behandeln werden, bezeichnet wird.

Wenn Gott das Herz Seiner Diener zu Sich heranzieht und ihnen den Weg aufzeigt, der den Zugang zu Seiner Enthüllung gewährt, und wenn Er Sich ihnen durch Beweise [die Er von Sich führt] kenntlich macht, dann erkennen sie Ihn an. Er macht Sich ihren Augen liebenswert, indem Er ihnen Wohltaten im Überfluss angedeihen lässt, so dass sie Ihn schließlich lieben.

Wenn Gott Sich ihnen zeigt, ohne dass Er es ihnen versprochen hätte, also unverhofft, gelangen sie in Seine Gegenwart. Da sie

332. Die »erlauchten Eingeweihten« – mit dieser leicht ironisch wirkenden Bezeichnung könnte Ibn ʿArabī die Mutaziliten gemeint haben, die besonders im frühen Mittelalter mit Erfolg eine rationalistische Theologie des Islams vertraten – wollen die Maßstäbe von Richtig und Falsch auch auf das Göttliche Wirken anwenden und sehen in den angeführten Koranstellen sogar einen Selbsttadel Gottes hinsichtlich Seiner Schöpfung. Auf diese These geht Ibn ʿArabī nur mit einem lakonischen Nebensatz ein, der klarmacht, dass alles schon längst im Wissen Gottes vorherbestimmt war und auch Sein Wollen daran nichts ändern kann, weil beide »unter einem eigenen Gesetz« stehen. Insofern ist Sein Selbsttadel – als solcher erscheint er dem spontanem Verständnis – genauso unwesentlich wie zu Beginn des Abschnitts die Selbstkritik des Dieners [WH].

333. »Was dem Herzen im gegenwärtigen Moment widerfährt, ohne dass es sich selbst einmischen würde.« So definiert es Ibn ʿArabī in seinem *Kitāb al-Iṣṭilāḥāt.* Genauere Ausführungen zu diesem eher technischen Begriff finden sich in den *Futūḥāt,* Kapitel 259.

dabei aber immer noch nicht wissen, dass sie Ihm eben gerade nahekommen, ergreift sie Seine Erscheinung unversehens, auch wenn sie diese an einem eindeutigen Zeichen erkennen. Angesichts der unvorhergesehenen Erscheinung Gottes fallen sie in Bestürzung, und doch sind sie im Innersten beglückt, wissen sie doch, dieses Zeichen verweist auf nichts Anderes als auf den Geliebten und Begehrten. Dies ist der Genuss, den sie in ihrer Bestürzung finden.

Ist Gott der Liebende, so gesteht Er Sich die freie Wahl (*ikhtiyār*) zu, denn »Er hat Macht über alle Dinge« (2:20) »und wenn Er es gewollt hätte« (6:112 u.a.), hätte Er es getan, und wenn Er es tut, wird Er dazu nicht gezwungen, denn Er ist wahrhaftig in Seinem Wort und weise in der Entscheidung, die Er Sich auferlegt. Mehr noch, Gott ist der Erhalter (*muqīt*) von allem, was gemäß der Ordnung, die Seine Weisheit erfordert, eingerichtet worden ist. Also nimmt Er Seine weisheitsvolle Entscheidung nicht zurück, Er, Der unter allen Umständen das tut, was sich gehört, wie es sich gehört und wann es sich gehört, mit einer der Rangstufe jedes Dings angemessenen Weisheit.

Nun kommt ein Ersuchen, das an Ihn gerichtet ist, Ihm durchaus gelegen, doch der für die Antwort vorgesehene Zeitpunkt fällt nicht immer mit dem Zeitpunkt der Anfrage zusammen. Andererseits wissen wir ja: Gott wird von den Dingen nicht gezwungen. Es muss also so sein, dass die der Antwort gewährte Frist im Moment der Fragestellung aus einer vorübergehenden Unverträglichkeit (*munāqaḍah*) mit der Stimmung der Göttlichen Weisheit herrührt.[334] Die Wartezeit bis zur tatsächlichen Erhörung ist dann durch Verwirrung [des Dieners] gekennzeichnet.

Gott ist von Freude erfüllt, denn unter diesen Umständen ist der Fragesteller der Geliebte, dessen Flehen und Anrufung Er gerne vernimmt, wie es uns der Prophet in dem folgenden Wort hat wissen lassen: »Zwei Personen riefen Gott in ihrer Not an, die eine wurde von Ihm geliebt, die andere verabscheut. Gott enthüllte einem Engel, dass Er auf der Stelle dem Bedürfnis derjenigen Person, die Er verabscheute, nachkommen wollte, um Sich nicht länger mit ihrer Anfrage beschäftigen zu müssen, denn es war Gott zuwider [noch länger deren Stimme hören zu müssen]. Gott wandte sich [wegen der zweiten Anfrage] wie folgt an den Engel:

334. Der Diener hat mit seiner Anfrage Gott tatsächlich ›überrascht‹, wenngleich – anders als im umgekehrten Fall – nicht in Bestürzung versetzt, weil Er es ja schon wusste [WH].

›Schiebe die Befriedigung des Verlangens von Soundso hinaus, denn Ich höre gerne seine Stimme und seine Frage und liebe ihn gerade darum.‹«[335] Da haben wir es also: Das Bedürfnis wurde im ersten Fall gestillt, doch missbilligend, während es im zweiten Fall nicht unmittelbar befriedigt wird, unbeschadet der Liebe und des Beistandes, die Gott jener Person entgegenbringt. Wäre dieses Geheimnis jenem von Gott geliebten Wesen, dessen Bitte Er nicht sofort nachgekommen ist, enthüllt worden, es hätte seine Freude überhaupt nicht fassen können!

Der Aufschub, welcher mit der Antwort einhergeht, liegt auf derselben Ebene wie jener, den das verwirrte Wesen erfährt, allein wegen der Richtigkeit des oben angeführten koranischen Wortes: Gott ist [zur unmittelbaren Erfüllung] nicht gezwungen. Die von jener Person empfundene Freude folgt mit Notwendigkeit aus dem Bewusstsein, das sie vom gewissen Ausgang ihres Bittgesuchs hat, und darüber freut sie sich. Ruhm sei Gott, dem unerreichbar Mächtigen und unendlich Weisen!

27
Der Liebende geht über die herrschenden Regeln (ḥudūd) hinaus, nachdem er sie beachtet hat

Der Fall dieses Liebenden ähnelt dem der Kämpfer von Badr, denen es erlaubt war, den Regeln zuwider zu handeln, auch wenn sie diese zuvor hatten beachten müssen. Gott hatte zu ihnen [gemäß einem Hadith[336]] gesagt: »Macht, was ihr wollt, Ich habe euch bereits verziehen!«[337]

335. Dies war auch der Fall bei Hiob (siehe Anmerkung 196) [WH].

336. Einer der Kämpfer von Badr, mit Namen Ḥāṭib, hatte seine eigene Familie in Mekka vor einem geplanten Angriff der Muslime warnen wollen. Der Brief wurde abgefangen und ʿUmar – der spätere Kalif war in mancher Hinsicht ein Hardliner – wollte Ḥāṭib auf der Stelle eigenhändig köpfen und sich davon auch durch Mohammeds Fürbitte (der für Ḥāṭibs Motiv Verständnis hatte) nicht abbringen lassen. Der lange Hadīth endet so:

> Der Prophet fragte: »Ist er nicht einer der Kämpfer von Badr? Was weißt du schon davon? Gott mag auf die Kämpfer von Badr herabgeschaut und zu ihnen gesagt haben: ›Macht, was ihr wollt, Ich habe euch das Paradies bereits zugesagt.‹« Daraufhin füllten sich ʿUmars Augen mit Tränen, er sprach: »Gott und Sein Gesandter wissen es am besten«

(zitiert und übersetzt nach Bukhārī 009.084.072) [WH].

Gott hat die Stellung derer, die nicht einer allgemeinen Satzung, sondern einer besonderen Regel unterliegen, definiert. [In einem weiteren Hadith] hat Er die Satzung für diese Wesen deutlich gemacht: »Mein Diener hat eine Sünde begangen; nun, er weiß, sein Herr verzeiht sie, und doch nimmt er sie zurück.«

Dem vierten oder dritten [Kämpfer von Badr, dessen äußeres Benehmen strafwürdig war], hat Gott sehr wohl zugesichert: »Mach, was du willst, Ich habe dir bereits verziehen!« Er hat ihm also [eine derartige Handlung, die im Allgemeinen vom Gesetz als verwerflich angesehen wird] nur zugelassen und ihm lediglich deren Missbilligung (*taḥjīr*) im Diesseits erspart, denn Gott konnte ihm nicht gut eine Schandtat (*faḥshā'*) anweisen. Ein derart aufgefordertes Wesen hätte Ihm ja gehorchen müssen. Wir würden sogar hinzufügen, er verhält sich im Einklang mit dem, was ihm Gott gestattet hat. Bevor er dieses Vorrecht erhalten hatte, war er aber durchaus den allgemeinen Gesetzesregeln unterworfen, gegen die er erst verstieß, nachdem er sie beachtet hatte. Er ist dieser Stellung zu Dank verpflichtet, weil er ein genaues Wissen davon

337. Die Schlacht von Badr war der erste Sieg des noch jungen Islams über die Quraischiten aus Mekka, die in der Mehrzahl Polytheisten waren. Die Schlacht wird ausführlich in den Werken über das Leben des Propheten beschrieben. Der Hadith wird im selben Abschnitt noch ein weiteres Mal zitiert. Das Verbnomen *jawāz* haben wir übersetzt mit »über das Erlaubte hinausgehen«, auch wenn es oft verstanden und übersetzt wird als »gegen etwas verstoßen«. Im Ausnahmefall der Gefährten von Badr, denen Gott gemäß dem Hadith schon im voraus verziehen hatte, muss man es so verstehen, dass jene sich in einem spirituellen Zustand befanden, so dass Gott sie als befreit von den Vorschriften und nicht als deren Übertreter ansah. Gewisse äußere Verhaltensweisen dieser Gefährten riefen sofort Kritik hervor, die jedoch schnell verstummte, nachdem man ihren Status als Kämpfer von Badr anerkannt hatte. Mit einer unverhofften Immunität, die sich der Vortrefflichkeit dieser seltenen Individuen verdankte, bewahrte Gott sie davor, schmähliche Schandtaten zu begehen. Ihr Übertreten des Gesetzes richtete sich nur auf unbedeutende Aspekte, welche die grundlegende Integrität dieser ausgewählten Wesen niemals beschädigte. Ibn 'Arabī rückt hier die Lage jener Kämpfer in die Nähe der wahrhaft Liebenden, denen Gott jeden äußeren Verstoß gegen das offenbarte Gesetz verzeiht. Der Islam erkennt somit mehr oder weniger offen an, dass solche Vorkommnisse straffrei und ungetadelt bleiben können, wenn sie die vertraute und bevorrechtigte Billigung von Gott und Seinem Gesandten aufweisen. Man könnte also behaupten, dass jene außergewöhnlichen Personen unter ihrem eigenen Gesetz stehen, doch in unverständigen Kreisen auch Anlass zum Skandal und zur Missbilligung geben könnten. Zu diesem Thema gibt es ein sehr schönes Gedicht von Ibn al-Faridh in *Les Plus Beaux Textes Arabes*, a.a.O., Seite 271ff.

hat. Zugleich sieht er aber den Sinn der gesetzlichen Vorschriften (*taklīf*) ein, im Unterschied zu dem Wesen, das dem bloß vergänglichen Zustand (*ḥāl*) verfällt und dessen gesetzliche Stellung dem des Schwachsinnigen ähnelt, an dem die Göttliche Feder (*qalam*) kein Interesse mehr hat und nichts mehr aufzeichnet, weder zu seinen Gunsten noch Ungunsten.[338] Im Gegensatz dazu schreibt die Feder für die Person, die mit dem besagten Vorrecht ausgestattet ist, vorteilhaft und nichts Ungünstiges.[339]

Das ist der bedeutsame Unterschied, der zwischen dem Wissen (*ʿilm*) und dem spirituellen Zustand (*ḥāl*) besteht. Und wie vortrefflich ist doch der Rang des Wissens! Ist der Liebende daher ein Mensch des Wissens, so ist er vollkommener als das Wesen, das seinem jeweiligen Zustand unterworfen ist, der hier im Diesseits noch Unvollkommenheit (*naqṣ*) darstellt, im Jenseits jedoch zu seiner Vollendung (*tamām*) gelangt. Das Wissen dagegen, das schon hier unten vollkommen ist, ist es gleichermaßen im künftigen Leben, und dort ist es sogar noch größerer Vollkommenheit fähig!

Der Liebende ist Gott, Der weiß: Seine Diener, die Ihn lieben, werden Ihm keinerlei Versprechen abverlangen, zu denen Er Sich ihnen gegenüber verpflichtet. Sie werden erst dann ihre Grenzen überschreiten, nachdem sie diese beachtet haben. Er gesteht ihnen also das zu, zu dem Er Sich an ihrer Stelle verpflichtet hätte, das heißt, Seine Versprechen ehrend anzuerkennen. Darüber hinaus breitet Er über sie Seine Geschenke aus, ohne aufzurechnen, und diese Freigebigkeit Seinerseits stellt eigentlich auch ein Überschreiten (*mujāwazah*) der Gesetzesregeln dar, die Er auf eine allgemeine Art aufgestellt hat. Nun wird also die Handlung, die nach dem ge-

338. Dieser Punkt wurde bereits im Abschnitt 2 dieses Kapitels angesprochen. Die Göttliche Feder (*qalam*) ist jene, die auf der Wohlverwahrten Tafel (*lawḥ maḥfūẓ*) das Schicksal eines jeden Wesens verzeichnet. Es wird berichtet, dass die erste von Gott erschaffene Wirklichkeit der *kalam* [die Theologie] war. Er schaute mit einem ehrfürchtigen Blick auf ihn. Seine Ausdehnung füllte den Raum zwischen Himmel und Erde aus. Dann spaltete er sich in zwei Hälften. Gott sprach zu ihm: »Schreib!« »Und was soll ich schreiben?«, fragte er. »Schreib: Im Namen Gottes, des Allbarmherzigen und sehr Gnädigen.« Gott fügte hinzu: »Lass aus deiner Feder fließen, was bis zum Tag der Auferstehung geschehen wird« (in *Qiṣaṣ al-Anbiyāʾ* von Ibrāhīm an-Nisābūrī al-Thaʿlabī).

339. Gott hat jenen bevorrechtigten Auserwählten ein für alle Mal verziehen. Die Göttliche Feder schreibt daher nur zu ihren Gunsten, im Unterschied zu denen, die der Belohnung unterfallen, die sich an die Beachtung des Gesetzes knüpft, das für alle vernunftbegabten Wesen, sofern sie sich dieser Fähigkeit auch bedienen können, gemacht ist.

offenbarten Göttlichen Gesetz vollzogen worden ist, zehnmal bis siebenhundert Mal so hoch vergütet,[340] wie ihr eigener Wert ausmacht. Das Übersteigen dieser Grenze stellt einen Zuwachs dar, entsprechend jenem Gotteswort: »Diejenigen, die sich vollkommen betragen, werden die vortrefflichste (*ḥusnā*) Belohnung« – das heißt in Beachtung der Grenze – »und noch einen Zuwachs« – der diese Grenze übersteigt – »erhalten« (10:26).[341]

Dieses Geschenk ist uns gemacht worden. Gib also die Wohltat weiter oder halte sie zurück, ohne [damit] aufzurechnen!

28
Der Liebende ist eifersüchtig (ghayūr) auf sich selbst um des Geliebten willen

Das ist der beste Zustand, den man bei einem Liebenden Gottes finden kann. Diese vortreffliche Stufe wurde von ash-Shiblī[342] erreicht, aus Verehrung für seinen Geliebten und aus Missachtung seiner eigenen Belange. Es war ihm bewusst, dass die Selbstüberhebung (*idlāl*), welche die Liebenden empfinden, der unzugänglichen Göttlichen Vollkommenheit [eigentlich] nicht angemessen ist. Nun wohnen die Liebenden tatsächlich in der innigen Gegenwart Gottes. Doch diejenigen, die von Eifersucht gepackt sind, können angesichts der Ehrfurcht, die sich ihrer bemächtigt, diesen Stolz nicht empfinden. Sie sind von einer Geheimhaltung (*kitmān*) besessen, deren Grund eben die Eifer-

340. Mit Bezug auf folgenden (von Abu Hurayra überlieferten) Hadith *qudsī:* »Jede Tat der Söhne Adams empfängt eine Belohnung, die für ein gutes Werk zehnmal bis siebenhundert Mal seines Werts ausmacht und sogar mehr, wenn Gott es will. Gott fügt hinzu: ›Bis auf das Fasten, denn das steht Mir zu und Ich bin dessen Belohnung‹« (nach den Sammlungen von Ibn Maja, Nasai, Buchari).

341. Diese ganze Passage stellt, ohne jede Zweideutigkeit, den Standesunterschied fest zwischen dem spirituell verwirklichten Wesen, dem wahrhaft Liebenden, der mit dem wahren Geliebten vereint ist, und demjenigen, der meint, von den Verpflichtungen des offenbarten Gesetzes, wie auch immer es beschaffen sein mag, entbunden zu sein im Namen einer vorgegebenen spirituellen Verwirklichung, welche die meiste Zeit nichts ist als Unkenntnis, Schwindel oder haltlose Übertreibung. Die Unterscheidung zwischen diesen beiden Personentypen lässt sich im Äußeren nicht immer leicht treffen, doch wird sie immer ermöglicht von den präzisen und authentischen Vorgaben des besagten Göttlichen Gesetzes, jedenfalls für die Person, die es im fraglichen Fall intuitiv anwenden kann.

342. Abū Bakr ash-Shiblī, ein berühmter Sufi; er wurde 861 in Bagdad geboren, wo er 945 starb.

sucht (*ghayrah*)[343] darstellt. Sie ist der Preis für die Liebe. Deswegen treten sie in der Welt, insoweit sie Liebende [Gottes] sind, nicht in Erscheinung.

Dies war die Station des Gesandten Gottes (Friede und Segen seien mit ihm!), der sich als eifersüchtiger als [sein Gefährte] Saʿd beschrieben hat, nachdem er ihm diese Eigenschaft zuerkannt hatte.[344] Er verwendete die Steigerungsform »eifersüchtiger«, als er von der Eifersucht jenes Gefährten sprach, und sagte ausdrücklich, er sei eifersüchtiger als Saʿd.

Derart verbarg er seine Liebe [zu Gott] und die Gefühlsbewegung (*wajd*), die ihn überkam, während er mit den Kindern herumalberte und spielte, und die [irdische] Liebe denen bezeugte, die er gern hatte: seinen Ehefrauen, Kindern und Gefährten. Nun, dieses Verhalten ist unerlässlicher Bestandteil der Eifersucht. Er fügte hinzu: »Ich bin nur von der Erscheinung her Mensch (*anā bashar*).« Damit brauchte er sich nicht unter die einzureihen, die [lediglich auf irdische Weise] lieben.[345]

343. Das Wort *ghayrah,* das für gewöhnlich mit »Eifersucht« übersetzt wird, drückt einen Eifer, einen Wettstreit, eine Rivalität aus, die jemanden dazu treiben kann, sich mit den Eigenschaften eines anderen zu bekleiden. Somit ist die Eifersucht nur ein Spezialfall jener Gefühlsregung, die aus der Liebe stammt, aus dem Willen, sich auf die eine oder andere Weise demjenigen ähnlich zu machen, den man als Zielscheibe nimmt. Dieser Hang der Seele zur Wirklichkeit eines anderen hin ist nicht immer bewusst oder eingestanden, was deren Bejahung von Seiten des Meisters (weiter unten) rechtfertigt.

344. Bezug auf den von al-Mughīra überlieferten Hadith:

> Saʿd bin ʿUbada sprach: »Wenn ich einen Mann bei meiner Frau sähe, würde ich ihm mit der Schneide meines Schwerts den Kopf abschlagen!« Das kam dem Propheten zu Ohren, der dazu sagte: »Die Leute wundern sich über Saʿds Eifersucht. Bei Gott, meine Eifersucht ist größer als die seine, und Gott selbst ist noch eifersüchtiger als ich. Und wegen Seiner Eifersucht hat Er die schändlichen Taten und Sünden erschaffen, die im Offenen oder Geheimen vor sich gehen«

(nach Bukhārī, 009.093.512) [WH].

345. Der *bashar* ist der Mensch, so wie er anderen, also von seinem Äußeren her, erscheint. Der verbürgte Hadith, auf den hier angespielt wird, wirft die Frage nach der innersten außergewöhnlichen Wirklichkeit des Propheten auf, der wie jeder Vertreter der menschlichen Gattung tatsächlich als Mensch in Erscheinung trat. Sein Fall ist nicht ohne eine gewisse Analogie zum Engel Gabriel, der die menschliche Erscheinungsform annahm und beispielsweise in Gestalt des schönen Arabers Daḥya al-Kalbī auftrat.

Seine natürliche Beschaffenheit (*ṭabīʿah*) kannte nichts von jener [der Erde verhafteten] Wirklichkeit. Diese wähnte, der Prophet sei in seinem Handeln insgeheim mit ihr einverstanden. Sie sah ja, wie er sich zu seiner Natur verhielt und welchen Vorrang er ihr zubilligte.[346] Sie wusste aber nicht, dass der Prophet mit jenem Verhalten nur die Anweisung befolgte, die sein Geliebter ihm unter den gegebenen Umständen [seines irdischen Lebens] erteilt hatte.

Mohammed (Friede und Segen seien mit ihm!) liebte ʿĀ'ishah, Ḥassān und Ḥusayn.[347] Man sagt, dass er eines Tages die für das Freitagsgebet vorgesehene Predigt unterbrach, um von seiner Kanzel (*minbar*) zu den Letzteren, seinen beiden [kleinen] Enkeln, herabzusteigen, als er sie in ihren Kleidern herumfummeln[348] sah.

346. Diesen Vorrang veranschaulicht eine recht wenig bekannte Geschichte aus dem Leben des Propheten: Im Jahr 628 machte ihm al-Muqauqis, der Statthalter Ägyptens, eine koptische Sklavin namens Māryah al-Qibṭīyah zum Geschenk. Mohammed verliebte sich heftig in sie und schlief mit ihr in der Wohnung seiner abwesenden Gattin Ḥafṣah, auf deren eigenem Bett und noch dazu an einem Tag, am dem sein Beischlaf der Regel gemäß Ḥafṣah oder ʿĀ'ishah gebührt hätte. Als Ḥafṣah dies erfuhr und den Propheten zur Rede stellte, versprach er ihr, Māryah nicht mehr anzurühren, unter der Bedingung, dass sie, Ḥafṣah, über das Geschehene Stillschweigen bewahren würde. Zudem versprach er das spätere Kalifat für ʿUmar (den Vater Ḥafṣahs) und Abū Bakr (den Vater ʿĀ'ishahs). Doch Ḥafṣah erzählte es sogleich ʿĀ'ishah, und damit erfuhren es natürlich auch alle seine anderen Frauen. Mohammed war nun an sein Versprechen nicht mehr gebunden. Er verweigerte sich einen Monat lang allen seinen rechtmäßigen Frauen und verkehrte nur noch mit Māryah, bis er »auf Verwendung des Engels Gabriel« die Ḥafṣah wieder in Gnaden annahm [zitiert nach den Erläuterungen von L.W. Winter zur Koranausgabe des Goldmannverlags, München 1959, 458ff.]. Der Koran rechtfertigt sein Verhalten nachträglich in Sure 66:1–5 – diese Verse sind im Übrigen ohne den dargestellten Hintergrund völlig unverständlich – und tadelt den Propheten sogar dafür, dass er gegenüber Ḥafṣah nicht zu seiner sexuellen Freiheit stand (der Geschlechtsverkehr mit Sklavinnen war auch nach der *sharīʿah* uneingeschränkt erlaubt). Māryah gebar dem Propheten Ibrāhīm, seinen einzigen Sohn, der jedoch schon nach 18 Monaten starb. Sie blieb bei Mohammed bis zu seinem Tod, ohne ihren koptischen (also christlichen) Glauben aufzugeben. Man sagt, dass Māryah die einzige Frau war, die von Mohammed wirklich (das heißt ganzheitlich gemäß unserem westlichen Verständnis) geliebt wurde [WH].

347. ʿĀ'ishah – sie war sechs Jahre alt, als Mohammed sie zur Frau nahm, und neun Jahre, als er ihr das erste Mal beiwohnte – galt als des Propheten Lieblingsfrau. Da Mohammed keine (rechtmäßigen) Söhne hatte, waren ihm seine beiden Enkel Ḥassān und Ḥusayn aus der Ehe seiner Tochter Fāṭimah mit ʿAlī besonders ans Herz gewachsen [WH].

348. Zur Bewertung der Masturbation im Islam vgl. Anmerkung 164 [WH].

Er nahm sie mit sich auf die Kanzel und führte so seine Predigt zu Ende. Eine solche Maßnahme entsteht zwingend aus der Eifersucht für den Geliebten, aus Furcht, das geheiligte Wesen der Liebe zu entweihen und die Verehrung, die der allerheiligsten Göttlichen Vortrefflichkeit gebührt, zu mindern. Doch sollen andere diese Verehrung nicht zu Gesicht bekommen. Deswegen hat Gott den Schleier der Eifersucht in den Herzen der Diener, die in Ihn verliebt sind, entfaltet.

Gott ist der Liebende, wenn in dem oben angeführten Hadith der Prophet (Friede und Segen seien mit ihm!) fortfährt: »Und Gott ist noch eifersüchtiger als ich.« Nun ist es für die Göttliche Eifersucht unerlässlich, die rohen Handlungen (*tawaḥḥush*) zu untersagen, welche bei den Liebenden, die nur vorgeben, Gott zu lieben, zu Tage treten können. Gott zeigt Sich dann eifersüchtig, damit der Schwindler keine Gelegenheit hat, sein Ansinnen glaubwürdig und gerechtfertigt zu sehen.[349] Nun gibt es kein Unterscheidungsmerkmal, das es erlaubte, die beiden Äußerungsformen [Heuchelei oder echte Liebe] zu unterscheiden. Daher muss derjenige, der auf die Göttliche Liebe Anspruch erhebt, sich den von Gott festgesetzten Grenzen fügen, so dass man das treu ergebene Wesen vom betrügerischen unterscheiden kann. Und doch hat dies alles, ohne Ausnahme, nur durch Gott Bestand, der auf Sich um Seines Geliebten willen eifersüchtig ist. Kurz gesagt, Er hat die Handlungen auf Sich selbst und nicht auf den Diener bezogen. Er will nicht, dass die Unvollkommenheit dem Letzteren angelastet werde.[350]

349. Gott verhindert damit bigotte Heuchelei [WH].

350. Die Eifersucht – die nach westlichem Verständnis ja durchweg negativ besetzt ist – deutet Ibn ʿArabī als notwendige Reaktion auf die Brechung der Liebe in einen unvollkommenen Zustand oder einen Zustand von Spaltung. In der ursprünglichen Liebe (*ḥubb*) des Dieners bräuchte es keinen Widerspruch zu geben zwischen seiner Liebe zu Gott und der Liebe zur Welt. Es *erscheint* ihm aber so, und eben damit wird die Liebe unvollkommen und spaltet sich. Die Eifersucht gibt nun der Liebe zu Gott den Vorrang (der andere Fall, dass die Liebe zur Welt eifersüchtig zu Lasten der Liebe zu Gott gehütet wird, ist ja gleichfalls möglich, wird aber von Ibn ʿArabī nicht behandelt). Auch die Liebe zur Welt kann sich in dieser Weise aufspalten, wie wir alle es erfahren und die in Anmerkung 346 berichtete Anekdote aus dem Leben des Propheten drastisch schildert. Umgekehrt erfährt nun Gott selbst auch eine Brechung Seiner Liebe. Der vollkommene Mensch, in dem Er Sich rein anschauen wollte, ist tatsächlich unvollkommen – man könnte auch analog zu oben sagen: Er *erscheint* Ihm unvollkommen – und Seine Liebe bricht sich. So hütet Er etwa eifersüchtig Seine Heiligen als kostbare

29
Es gehört zum Liebenden, nach dem Maß seines Verstandes (ʿaql)[351] *unter dem Joch der Liebe zu stehen*

Die Liebe zu Gott wirkt auf den Liebenden [auch] nach dem Maß seines Verstandes. Denn dieser beschränkt ihn und ist seine Fessel.

Gott (Gepriesen sei Er!) wendet Sich nur an vernunftbegabte Wesen (*al-ʿuqalāʾ*). Sie sind von ihren Eigenschaften bestimmt, die man nicht mit denen ihres Schöpfers verwechseln kann. Sobald diese Unvergleichbarkeit ins Spiel kommt, folgt daraus Bedingtheit (*taqyīd*). Die Vernunft wendet dann ihre Kraft der Unterscheidung an, so dass die verstandesmäßigen Beweise, welche die mit jener Fähigkeit begabten Wesen führen, sehr wohl den Unterschied zwischen dem Wahren Wesen und dem Diener, dem Schöpfer und dem Geschöpf begründen können.

Wer etwas auf seinen Verstand hält, kann unter dem Eindruck eines von der Liebe erzeugten Zustandes ihrer Tugend teilhaftig werden, doch nur in den Bahnen verstandesmäßigen Denkens. Wer umgekehrt in der Lage ist, die eigentlichen Qualitäten Gottes über vernunftgemäße Einsicht [unmittelbar] empfangen zu können, ohne sich auf [aktive] Vermutungen stützen zu müssen, wird von der Kraft der Liebe in dem Maße eingenommen, in dem seine Einsicht sie angenommen hat. Die Vernunft vermittelt also zwischen der geistigen Spekulation [oder der aktiven Intelligenz] und

Schätze (vergleiche Anmerkung 48). In Wirklichkeit ist Er aber eifersüchtig auf Sich selbst. Es versteht sich, dass diese wechselseitige Brechung der Liebe nur auf der kosmischen Ebene der Schöpfung stattfindet und nicht in der reinen Essenz der Göttlichen Einheit [WH].

351. Das Wort *ʿaql* hat etymologisch dieselbe Urbedeutung wie unser Wort »Intelligenz« (*interligare* = »verbinden«). Siehe Ibn ʿArabīs eigene linguistische Anmerkungen dazu bei der Episode von Dhū-n-Nūn und dem Jüngling in Kapitel 11. Das *ʿaql* ist die Fähigkeit, die es gestattet, Begriffe oder Ideen untereinander zu verknüpfen und sie an ihren gemeinsamen Grund anzubinden. In der ganzen Passage macht Ibn ʿArabī sehr wohl einen Unterschied zwischen der tätigen Intelligenz und der bloß potenziellen Intelligenz. Befindet sich das menschliche Wesen in einem Zustand geistiger Aufgeschlossenheit, ohne sich Gedanken zu machen, so kann es in seiner reinen Intelligenz alle grundlegenden und archetypischen Bedeutungen empfangen. Einzig die diskursive Aktivität des Menschen, die sich allen möglichen Themen zuwendet, nimmt jene Empfänglichkeit von der Intelligenz weg und beraubt sie daher einer sicheren Erkenntnis aus Intuition.

der reinen Empfänglichkeit (*qubūl*) [oder der intuitiven Intelligenz]. Wenn die Liebe von der aktiven Intelligenz Besitz ergreift, ist das nicht dasselbe wie bei der intuitiven oder aufnehmenden Intelligenz. Verstehe das wohl, denn hierin liegen Geheimnisse!

Wenn Gott der Liebende ist, sollte man in Betracht ziehen, dass die Vernunft für uns das ist, was das Wissen für Ihn. Unter diesem Blickwinkel kann es nur das geben, was schon seit aller Ewigkeit in Seinem Wissen enthalten ist, so wie uns auch nur das nahegebracht wird, zu dessen Aneignung unsere Vernunft in der Lage ist. Die Kraft von Gottes Liebe für Seine Geschöpfe stellt sich Seinem ewigen Wissen nicht entgegen, ebenso wenig wie die Macht unserer Liebe für Ihn die Möglichkeiten unserer Intelligenz übersteigen könnte, ob es sich nun um die aktive Intelligenz oder die intuitive handelt. Verstehe doch![352]

30

Der Liebende ist dem Tier (dabbah) ähnlich, das der Vernunft beraubt ist und dessen Beleidigung wieder-gutgemacht werden kann (jabbār) oder unschuldig ist[353]

Man erzählt sich die Geschichte von dem Mauersegler, der ein Weibchen umschwirrte und ihm seine Liebe erklärte, und das ausgerechnet in Salomons Tempel (Friede sei mit ihm!). Nun war die-

352. »Liebe ist nicht genug«, heißt es in der Sufi-Tradition, »sie muss durch Wissen verankert werden.« Ibn ʿArabī geht darüber noch hinaus: Die Liebe wird tatsächlich vom Wissen beschränkt, im Unterschied zur sentimentalen, besonders dem Westen geläufigen Vorstellung von der Liebe als Himmelsmacht, die alles Beliebige vermöchte. Ist die Liebe dagegen bereits wirklich geworden, so kann sie sich über alle Regeln der Vernunft hinwegsetzen, wie es Ibn ʿArabī gerade im folgenden Abschnitt wieder beschreibt [WH].

353. Wörtlich: welche die Wunden, die es zufügt, mindert oder heilt. Gott macht die Folgen von offenkundig schädlichen Handlungen des wahrhaft Liebenden, der sich um die von ihm in seiner Umgebung verursachten Reaktionen nicht kümmert, rückgängig oder gleicht sie aus. Bei dieser Gelegenheit stellt Ibn ʿArabī implizit die Frage nach der Aktion und den ihr entsprechenden Reaktionen, die von dem Wesen hervorgerufen werden, das sich in seiner Umgebung bewegt und gezwungen ist, aus ihr alle Elemente für seine Weiterentwicklung und sein Überleben zu entnehmen. Damit der Mensch nicht zum Gegenstand Göttlichen Zorns werde, wegen der Verletzungen, die er seinem Lebensraum zufügt, müssen diese nach der Ordnung des Göttlichen Gesetzes beschaffen sein. In Seiner normativen Weisheit hat Er es vorgesehen, die nach dem ersten Anschein schädlichen Reaktionen auszugleichen.

ser Prophet gerade anwesend und hörte den Vogel bei seiner Gefährtin wie folgt aufseufzen: »Die Liebe, die ich für dich empfinde, entzückt mich so sehr! Wenn du mich bitten würdest, diesen Tempel auf Salomon zusammen brechen zu lassen, würde ich es tun!«

Salomon rief den Vogel zu sich und stellte ihn zur Rede: »Was habe ich da von dir gehört?« »Nun bestrafe mich nicht gleich«, erwiderte der Mauersegler, »der Liebende drückt sich eben in einer Sprache aus, der sich nur die Verrückten bedienen. Ich liebe nun mal dieses Vogelweibchen und habe ihm erzählt, wovon du Zeuge warst. Die in der Liebe Verlorenen kennen kein Gesetz, sie sprechen die Sprache der Liebe, nicht die der Wissenschaft und des Verstandes!«

Salomon brach in Gelächter aus. Er empfand Mitgefühl für den Vogel und verschonte ihn mit seiner Strafe.

Das Benehmen jenes Geschöpfs stellt tatsächlich eine Beleidigung dar, die Gott jedoch für unschuldig erklärt und wiedergutmacht, ohne von jenem Diener Blutzoll fordern zu müssen. Er bestraft ihn nicht. So verhält es sich auch mit dem Wesen, das Gott liebt und dem man das offensichtlich von vertraulicher Liebe und aufrichtiger Empfindung verursachte Durcheinander nicht übelnimmt. So ist nun mal die Kraft der Liebe, der Liebe, welche die Vernunft beherrscht. Gott tadelt lediglich die Wesen, die von jener [elementaren] Kraft willkürlichen Gebrauch machen, nicht die Liebenden, die unter dem Joch und der Amtsgewalt der Liebe stehen.

Wenn Gott der Liebende ist, so kann auch die von Ihm zugefügte Verletzung behoben und entsühnt werden. Da Er glaubwürdig ist, droht Er [zunächst] das Vergehen zu bestrafen, wie Er es [im Gesetz] versprochen hat. Danach ist Er jedoch milde gestimmt und tadelt nicht einmal den Ungehorsamen, der keine Reue zeigt.[354] Mehr noch, aus Wohlwollen und Gewogenheit verlangt Gott von dem, der hätte bestraft werden müssen, keine Gegenleistung. Die beleidigende Kränkung, die begangen wurde, ist von unschuldiger Natur, und Gottes Drohung, Sich zu rächen, wird ausnahmsweise nicht umgesetzt.[355] Denn Gott ist milde gestimmt und schenkt der Kränkung von einem Wesen, das der Vernunft

354. In diesem Fall ist es Gott selbst, Der unmittelbar die Wirkung des offenen Ungehorsams rückgängig macht oder ausgleicht, ungeachtet des von Ihm selbst offenbarten allgemeinen Gesetzes. Unter gewissen Umständen kann Er den echten Liebenden von diesem Gesetz entbinden.

beraubt ist und, eben weil ihm diese Fähigkeit fehlt, nicht die Absicht hat, den Dienern zu schaden, keine Beachtung. Dessen Kränkung ist damit verziehen und wiedergutgemacht. Man würde eine Strafe über den Liebenden verhängen, wo doch der eigentliche Täter ein anderer ist. Deswegen ist die begangene Missetat schuldlos. Doch »bei Gott ist der überzeugende Beweis, und hätte Er nur gewollt, Er hätte euch alle geleitet« (6:149).

31
Die Liebe des Liebenden nimmt wegen der Wohltaten seines Geliebten weder zu, noch vermindert sie sich bei dessen Geringschätzung

Diese Tugend der Liebe trifft man nur bei einem Liebenden an, der den Geliebten um des Geliebten willen liebt, unter dem Einfluss einer Gotteserscheinung, die sich ihm unter dem Göttlichen Namen des »Schönen« (*jamāl*)[356] zeigt. Die daraus entstehende Liebe unterliegt keinem Anwachsen aus Güte und auch keiner Verminderung bei Ungnade, im Gegensatz zu der Liebe, die von Wohltat und Begünstigung erzeugt wird und daher aus äußeren Gründen anwachsen oder schrumpfen kann.

So hat eine in Gott verliebte Frau zu diesem Thema sagen können:

> Würdest Du auch hergehen und mich in kleinste Stücke
> schneiden,
> Immer noch hätte ich daraus nur Liebe für Dich gewonnen!

Eben deswegen konnte die Liebe dieser Frau nie mehr abnehmen. Diese Zeilen stammen von einer Liebenden, die, so sagt man, die berühmte Rābiʿat al-ʿAdawīyah[357] war. Ihr Stand und ihre geistige Rangstufe wetteifern mit denen der echten Eingeweihten. Sie war

355. Die ›hartherzige‹ Drohung Gottes, Sich zu rächen, ist gewissermaßen das Analogon zur Unbeherrschtheit des Dieners. Auch Gott kann ›übers Ziel hinausschießen‹. Er nimmt Sich in Milde zurück, weil Er weiß, wer der »eigentliche Täter« ist [WH].

356. Siehe Kapitel 10, Abschnitt 8, wo diese Tugend näher beschrieben ist.

357. Siehe dazu das dieser berühmten Heiligen gewidmete Kapitel in *Le Memorial des Saints,* a.a.O. [Rābiʿah, die fast ihr ganzes Leben in Basra im Irak zugebracht haben soll, wurde mehr als achtzig Jahre alt und starb 801 (SCH 65ff) [WH].]

es (Möge Gott Sein Wohlgefallen an ihr finden!), welche die Arten der Liebe zergliederte und zusammenfasste, bis sie deren glänzendste Deuterin wurde. Wie es aus dem folgenden von ihr verfassten Gedicht hervorgeht:

Ich liebe Dich mit zwei Lieben,
Der Liebe aus Leidenschaft
Und einer anderen Liebe,
Denn Du bist ihrer würdig!

Die Liebe aus Leidenschaft
Durchströmt mich, höre ich nur Deinen Namen.
Die Liebe, derer Du würdig bist,
Lässt Dich den Schleier heben,
Damit ich Dich schaue.

Mir gebührt kein Ruhm,
Weder für die eine, noch die andere,
Doch Dir steht er sehr wohl zu,
Für diese Liebe und für jene!

Eine andere Liebende – sie war eine Sklavin von Atab, dem Schriftgelehrten – besang die Liebe so:

Oh Du, Geliebter der Herzen!
Hab ich denn einen anderen als Dich?
Hab Mitleid heut an diesem Tag
Mit der, die auf der Reise ist,
Denn schon steh ich hier
Und bin bei Dir angekommen!

Bei Dir, der Du mein Verlangen bist,
Mein Begehren und meine Freude!
Denn das Herz weigert sich,
Andere zu lieben als nur Dich allein!

Oh mein Begehr und Meister
Und auch meine Stütze!
Wird mir doch das Begehren lang.
Wann darf ich Dich treffen?

Nein, ich verlange nicht
Nach den Gärten der Wonne!
Nur deswegen begehr ich sie,
Um Dich zu sehen!

Und hier sind Verse, die wir selbst zu diesem Thema verfasst haben:

Glück und Strafe
Gelten mir gleich bei Dir,
Denn Deine Liebe vergeht nicht,
Noch könnte sie wachsen!

Meine Vorliebe ist das,
Was Du an mir sehen willst!

Daher ist Deine Liebe
Ebenso wie Deine Schöpfung
Mir immer wieder neu!

In diesen Versen findet sich das richtige Maß der Zurückhaltung, die Göttliche Ausgewogenheit, auf die zufällige Ereignisse keinen Einfluss ausüben, ein Gleichgewicht, das nicht auf vorübergehende Zustände angewiesen ist.

Wenn der Liebende Gott ist, zieht Er aus dem Gehorsam [Seiner Diener] keinen Nutzen und wird von ihrem Ungehorsam nicht weiter verletzt. Der Diener, den Er liebt, wird von seinen Sünden nicht beschädigt, sie ändern seine Verfassung nicht. Im Gegenteil, Gott verkündet ihm die frohe Botschaft: »Möge Gott dir milde gestimmt sein! Warum hast du ihnen erlaubt…« (9:43).[358] In diesem Vers hat Gott Nachsicht gezeigt, bevor Er uns zur Rede stellte und sogar noch bevor wir getadelt wurden, »auf dass Gott dir die Sünden verzeihe, die du hattest begehen können oder zu denen du in Zukunft verleitet werden wirst« (48:2). In diesem koranischen Zusammenhang lässt Gott die Verzeihung schon vor der Sünde erscheinen. Nun hatte der Prophet – denn um ihn geht es hier – bei Gott nicht gesündigt, doch spricht Gott in dieser

358. Die Sure 9:43 lautet vollständig: »Möge Gott dir milde gestimmt sein! Warum hast du ihnen erlaubt (zurückzubleiben), bis die, welche die Wahrheit sprachen, dir in klarem Licht erschienen sind und du die Lügner erkanntest?«

Weise davon, damit Er in Göttlicher Fürsorge den Ihn liebenden Wesen bekannt gibt, dass der [von Ihm] Geliebte nicht mehr sündigen kann und dass auch die gute Tat im Hinblick auf den Liebenden keinen Wert mehr hat. Indessen rührt diese Verfassung, aufs Ganze gesehen, von einer sehr intimen Stufe her, die von dem Liebenden nicht deutlich verspürt wird und daher sofort wieder schwindet. Glaubt er doch, dass von ihm zur gleichen Zeit verlangt wird, bei jedem Atemzug seine Einstellung [vor dem Göttlichen Gesetz] zu rechtfertigen. Wer um jenen Zustand ersucht, sollte dessen sparsamen Einsatz beachten, aus Furcht, die Ordnung zu stören. Durchbricht er sie nämlich, wird sich das Argument gegen ihn wenden. Nun, das kann nur derjenige beachten, der über vollkommenes Wissen und echte Liebe verfügt und darüber hinaus mit gebieterischer Macht und fester Urteilskraft ausgestattet ist.[359]

32
Der Liebende ist im Hinblick auf seinen Geliebten zu guten Manieren (ādāb) nicht verpflichtet

Gute Manieren verlangt man nur von einem Wesen, das sich der Vernunft bedienen kann. Nun ist aber diese Fähigkeit bei dem Liebenden gestört, weil er nicht in der Lage ist, sich mit ihrer Hilfe zu bändigen. Folglich [kann] er für sein Benehmen nicht getadelt werden.

Ist der Liebende Gott, Er der unendlich Große, der unumschränkte Herr, so bestimmt Er über die Regeln, welche die Sitten der vernunftbegabten Wesen bestimmen. Er bleibt der Erzieher Seiner Heiligen, wie es der Prophet (Friede und Segen seien mit ihm!) gesagt hat: »Gott hat mich wohlerzogen und meine gute Erziehung sogar noch vervollkommnet.«

Man sagt von einem Herrn in Gegenwart seines jungen Sklaven nicht, dass jener sich selbst erziehe. Vielmehr macht man deutlich, dass er dem geliebten Diener [gerade] die Erziehung, die er in Anwesenheit seines Herrn verdient, weitergibt. Der Diener fühlt

359. Die Wahrheit, dass Gott den Menschen *bedingungslos* liebt, kann nur von einem Diener verkraftet werden, der seinerseits Gott in gleicher uneingeschränkter Weise liebt und zudem noch über genügend inneres Wissen und Festigkeit verfügt. Daher vermeidet es Ibn ʿArabī, diese Wahrheit ›hinauszuposaunen‹ und damit ungewollt die *sharīʿah* zu untergraben, was für ihn auch keineswegs ungefährlich gewesen wäre [WH].

sich geehrt, bei ihm zu sein und von ihm Wohlwollen und Gunstbezeugungen zu erhalten. Der Meister fordert nichts für die von ihm gegebene Erziehung, insbesondere wenn der Diener sein Geliebter ist.

33
Der Liebende vernachlässigt seine eigenen Angelegenheiten und die seines Geliebten

Der Liebende wird so von seiner Liebe in Anspruch genommen, dass sie ihn sich selbst und seinen Geliebten vergessen oder zumindest vernachlässigen macht. Das nennt man auch: Liebe zur Liebe (*ḥubb al-ḥubb*).[360] Die Göttliche Wirklichkeit, aus der diese Wahrheit sich ableitet, stellt sich uns als unaussprechlich, wahrhaft unaussprechlich dar. Ihre Geheimnisse können nicht dargelegt werden. Allein der Liebende, dem sie enthüllt werden, kennt sie, ohne dass es ihm möglich wäre, sie anderen zu vermitteln. Der Vers aus dem Buch Gottes, der sich darauf bezieht, ist der folgende: »Sie vergaßen Gott, so dass Er sie auch vergaß« (9:67). Und wer seine eigene Gestalt vergisst, löst sich ab von sich selbst.

34
Der Liebende streift jede Eigenschaft von sich ab

Der Liebende hat keine Eigenschaft mehr noch auch eine Haltung, die ihn bestimmen würde, denn er ist nur noch das, was sein Geliebter unter ihm versteht. Seine einzige Verfassung besteht darin, so zu sein, wie man es von ihm erwartet. Aber nicht einmal das weiß er! Das ist das Abstreifen der Eigenschaften.

Wenn der Liebende Gott ist, so ist Er in Seiner Essenz vollkommen, Er, Dessen Vollkommenheit keinen Zuwachs erfahren kann und Der weder über eine Seinsweise noch eine Eigenschaft verfügt, denn »nichts ist Ihm gleich« (42:11). »Ruhm sei deinem Herrn, dem Herrn der überragenden Macht, jenseits all dessen, was sie [Ihm] zuschreiben« (37:180).[361]

360. Dieser Begriff wurde auf der Ebene der natürlichen Liebe bereits zu Beginn von Kapitel 3 verwendet, im Zusammenhang mit der Liebe von Qays zu Layla (vergleiche Anmerkung 46) [WH].

361. Diese Leere (*fanā*) des liebenden Dieners ist nicht etwa das Nichts, sondern ein Spiegelbild der essenziellen Reinheit Gottes [WH].

35
Der Liebende bleibt namenlos (majhūl al-asmā')

Ein Dichter hat gesagt:

Wenn sie mich ruft, dann nur um mir zu sagen:
»Oh mein Sklave!«
Also ist dieser Name der edelste, den ich besitze!

Es handelt sich hier um das Gleiche, das wir gerade ausgeführt haben, dass nämlich der Liebende seiner Eigenschaften entkleidet ist.

So ist ihm die anbetende Dienerschaft (*'ubūdīyah*) essenziell zu Eigen, und sein einziger Name ist der, mit dem ihn der Geliebte bezeichnet. Was auch immer der Name ist, mit dem Er ihn benennt oder ruft, er antwortet Ihm und eilt zu Ihm. Fragt man ihn: »Wie heißt du denn?«, so antwortet er: »Frag den Geliebten. Womit Er mich dann bezeichnet, das ist mein Name, denn mir gehört kein Name an. Ich bin der, von dem man nichts weiß und der verkannt wird. Ich bin die Unbestimmtheit, die keiner Bestimmung fähig ist.«

Der Liebende (*muḥibb*) ist Gott, auf Dessen Essenz (*dhāt*) kein Name Anwendung findet. Wer von Gott besessen (*ma'lūh*) [= verGöttlicht] ist, ist nur noch Gegenstand der Liebe Gottes, welche die in ihm angelegten Spuren (*āthār*) aufdeckt und sie als Gottes eigene Fährte benennt. Erst danach ist das Wahre Wesen dazu bereit, die Namen zu empfangen, die der liebende [Diener] Ihm gibt.

Der von Gott besessene Liebende (*ma'lūh*) ruft: »Oh Allāh!« Und Gott antwortet ihm: »Hier bin Ich für dich da (*labbayka*).«[362] Der Leibeigene (*marbūb*) ruft Ihn so an: »Oh mein Herr (*rabb*)!« Und der Herr antwortet: »Hier bin Ich für dich da.« Das Geschöpf (*makhlūq*) fleht Ihn so an: »Oh Schöpfer!« Und der Schöpfer antwortet: »Ich bin für dich da.« Der Wohlversehene (*marzūq*) spricht: »Oh Du, der Du mich mit allem versiehst!« Und Jener antwortet: »Hier bin Ich für dich da.« Der Schwache ruft: »Oh Du Starker!« Und Jener antwortet: »Ich habe dich erhört.«

Unsere jeweiligen Zustände haben einen wirksamen Einfluss auf Gott, und daher gibt Er ihnen passende Namen. Aus diesem Grunde sind die Namen, welche die Zustände bezeichnen, ebenso wie die Zusammensetzung ihrer Buchstaben verschieden, abhängig von der Mundart und der an dem Wort haftenden Bedeutung, die ja für die Geschöpfe verständlich sein muss. So würden die Araber sagen: »Oh Allāh!«, die Perser dagegen: »Oh Khadday!«[363] und so fort für jede der bekannten Sprachen. Doch haben diese unterschiedlichen Namen für Gott eine gemeinsame Bedeutung, die das Anliegen jedes Geschöpfes ist. Deswegen haben wir ausdrücklich gesagt, dass der Liebende namenlos sei, denn die Namen sind nichts als bloße Hinweise (*dalā'il*). Folglich antwortet der Geliebte jedem Liebenden, unter welchem Namen er Ihn auch anrufen möge.[364]

36
Der Liebende ist geistesabwesend (sāh), doch nicht in Wirklichkeit

Diese Haltung, auch »Betroffenheit« (*bahtah*) und »Teilnahmslosigkeit« (*subāt*) genannt, kommt nur bei einer Person vor, die ganz von der Wirkung der für den Geliebten empfundenen Liebe benommen ist, so dass Er Sich sogar in deren Nähe aufhalten kann, ohne dass sie Ihn erkennen würde, oder sie sogar anrufen, ohne dass sie Seine Stimme erkennen würde, mag sie Ihn auch ununterbrochen anschauen. Sie ist in ihrem Zustand wie abwesend, ganz und gar besessen von ihrem Liebesleid.

Der Liebende ist Gott, der gesagt hat: »Und Gott ist so reich, dass Er die Wesen des Universums gut entbehren kann« (3:97), Er, Der von ihnen verlangen wird, ihre Atemzüge (*anfās*) zu rechtfertigen und zu beweisen, dass ihre Atmung (*tanaffus*) sich im Bewusstsein Seiner Anrufung (*dhikr*) vollzieht, denn »Er ist es, Der ihren Gebetsruf (*du'ā'*) erhört« (3:38).[365]

362. *Labbay-ka* sagen traditionell die Pilger, bevor sie die Stadt Mekka betreten [WH].

363. Über die gemeinsame indogermanische Wurzel ist das persische Wort *Khadday* mit dem deutschen Wort »Gott« verwandt [WH].

364. Die Namen Gottes sind also nicht präexistent, sondern entstehen überhaupt erst mit Seiner Liebe. Nur der geliebte Diener kann Ihn mit Seinem Namen anrufen. Doch ist Sein Name der eigene Name des Dieners, den Er zuvor – veranlasst von der Liebe des Dieners zu Ihm – in ihn hineingelegt hat. Daher die Vielfalt Seiner verschiedensprachigen Namen, unter denen keiner (auch nicht der arabische Name *Allāh*) einen absoluten Vorrang beanspruchen kann [WH].

365. Die Teilnahmslosigkeit Gottes, die aus erzieherischen Gründen in Sure 3:97 beschworen wird, ist ebenso wie die analoge Abwesenheit des liebenden Dieners nur eine scheinbare. ›In Wirklichkeit‹ liegt Ihm sehr am Eingedenken (*dhikr*) des atmenden Dieners, dessen Bitte Er hören will, um sie zu erfüllen, wie in Sure 3:38–39 Zacharias' Bitte um einen Sohn (Johannes) [WH].

37
Der Liebende trifft keine Unterscheidung zwischen der Vereinigung (waṣl) mit dem Geliebten und der Trennung (hajr) von Ihm

Das verhält sich so, weil der Liebende mit dem Geliebten derart beschäftigt bleibt, dass er nicht aufhören kann, Ihn anzuschauen [seines inneren Zustandes wegen]. Er ist in einer Lage, die der Dichter wie folgt zum Ausdruck gebracht hat:

Ob ich in der Nacht mit ihr vereint oder von ihr
getrennt bin,
Es bleibt sich immer gleich. Ich beklage beides:
Die lange Nacht und die kurze Nacht.

Unter beiden Umständen beklagt sich dieses verliebte Wesen, denn, wie es auch kommen mag, es bleibt in ständiger Qual.

Was uns anbetrifft, so trifft für uns die erste der beiden Verfassungen zu, nämlich mit Gott beschäftigt zu sein, mit Ihm, Dem einzigen Geliebten, mit Ihm, Der angeschaut wird, mit Ihm, Den wir einzig kennen und anschauen. In den folgenden Versen haben wir diesen Zustand besungen:

Ich bin mit ihr befasst. Eine Nacht sind wir vereint,
Die andere getrennt. Die langen Nächte
Sind mir genau so wichtig wie die flüchtigen.

Auch hier ist der Liebende Gott. In der Tat, das Wort Gottes ist nur ein einziges, wie Er es gesagt hat: »Unsere Anweisung ist nur ein einziges [Wort], so kurz wie ein Wimpernschlag« (54:50), denn in Ihm ist es ganz und gar unmöglich, eine Unterscheidung zu treffen. Seine Entferntheit ist Seiner Nähe gleich, wie Seine Nähe gleich ist Seiner Entferntheit. Er ist der entfernt Nahe. In Ihm selbst lässt sich also die Vereinigung mit uns nicht verwirklichen. Er lässt die Trennung zu, doch ohne Sich zu entfernen, wie Er die Vereinigung gestattet, ohne wirklich näherzukommen.

Die Vereinigung ist in ihrer Essenz,
Innerhalb von Ihm, identisch
Mit Seiner Entfernung.

Doch das wird nur der verstehen,
Der Ihn sehen wird.

38
Der Liebende ist auch in der Vertrautheit (idlāl) Sklave Dessen, Der ihn Sich untertan macht

Die Liebe macht den Liebenden zu ihrem Sklaven und demütigt ihn, mag er auch in der Nähe seines Geliebten Vertrautheit finden. Für diese Lage weiß er keinen anderen Grund als den, den die essenziellen Wirklichkeiten (*ḥaqā'iq*) beisteuern.[366] Er selbst ist der Grund für die Vormachtstellung, die der Geliebte über ihn hat, so als ob Er sein Vormund und Meister wäre. Der Liebende, der zu einem solchen Zustand gelangt ist, atmet den Duft von Vertrautheit in vollständiger Unterwerfung und Demut. Diese Art von Selbstverleugnung wird in der geistigen Station der Liebe verwirklicht.

Gott ist Liebender [in diesem Sinne], Der aus dem Munde des Propheten gesprochen hat: »Ich hatte Hunger und du hast Mich nicht genährt. Ich hatte Durst und du hast ihn nicht gelöscht. Ich war krank und du hast Mich nicht besucht.«[367] »Wer sich Mir um eine Handbreit nähert, dem komme Ich um eine Armeslänge ent-

366. Diese Wirklichkeiten sind nämlich an sich schon abhängig von dem Göttlichen Schöpfungswort *kun,* ohne das sie nicht ins Dasein hätten gelangen können (siehe dazu das Ende von Kapitel 4) [WH].

367. Mit Bezug auf den folgenden (von Abū Hurayra in der Sammlung von Muslim überlieferten) Hadith *qudsī:*

> Am Tag der Auferstehung wird Gott sprechen: »Oh Sohn Adams, Ich bin krank gewesen und du hast Mich nicht besucht!« Die Person wird antworten: »Wie hätte ich Dich besuchen können, wo Du doch der Herr aller Wesen im Universum bist?« Gott wird erwidern: »Wusstest du denn nicht, dass der Soundso, Mein Diener, krank gewesen ist? Und doch hast du ihn nicht besucht. Und weißt du nicht, dass, hättest du ihn besucht, du Mich mit Sicherheit bei ihm angetroffen hättest? Oh Sohn Adams! Ich hatte Hunger und du hast Mich nicht genährt!« Die Person wird antworten: »Wie hätte ich Dich nähren können, wo Du doch der Herr aller Wesen im Universum bist?« Gott wird erwidern: »Wusstest du denn nicht, dass der Soundso, Mein Diener, dich um Nahrung gebeten hat? Und doch hast du ihn nicht genährt. Und weißt du nicht, dass, hättest du ihn genährt, du diese gute Tat in Meiner Nähe vollbracht hättest? Oh Sohn Adams! Ich habe dich gebeten, Meinen Durst zu stillen, und du hast Mir nicht zu trinken gegeben!« Die Person wird antworten: »Wie hätte ich Dir zu trinken

gegen.« Und Gott kommt ihm noch näher.[368] »Wer Gott ein vortreffliches Darlehen gewährt, dem wird Gott es vielfach zurückgeben und dazu wird er eine großzügige Belohnung erhalten« (57:11), deren Wachstum die Vertrautheit hervorruft. Doch dieser Punkt der Lehre wird immer heikel bleiben![369]

39
Der Liebende befindet sich in der Wirrnis

Dieser Zustand rührt daher, dass der Liebende den Zustand seines Geliebten nicht kennt. Darüber hinaus weiß er nicht, wie Er ihm gegenüber gerade aufgelegt ist.

Wenn Gott das vom Liebenden geliebte Wesen ist, kann sich dieser dank der Tatsache des offenbarten Gesetzes dessen bewusst werden. Und doch bleibt eine Wirrnis in seinem Herzen der Geheimnisse wegen, die Er ihm anvertraut, und wegen der Güte, die Er ihm bezeugt.

Der Liebende will Gott Seinen Geschöpfen gerne liebenswert machen, auf dass die Bestrebungen der Herzen ganz und gar bei

> geben können, wo Du doch der Herr aller Wesen im Universum bist?« Gott wird erwidern: »Der Soundso, Mein Diener, hat dich um Trank gebeten, und doch hast du ihm nicht zu trinken gegeben? Hättest du es getan, du hättest diese gute Tat in Meiner Nähe vollbracht!«

368. Dieser Hadith *qudsī* wurde bereits in Kapitel 9, Abschnitt 4, zitiert. Nachfolgend der vollständige Wortlaut (von Abū Hurayra in den Sammlungen von Bukhārī und Muslim überliefert):

> Gott der Erhabene und Mächtige hat gesagt: »Ich bin gemäß der Vorstellung, die sich Mein Diener von Mir macht, und Ich bin bei ihm im Augenblick, wenn er Mich erwähnt. Und wenn er Mich in seiner Seele erwähnt, erwähne Ich ihn in Meiner Seele. Wenn er Mich in einer Versammlung erwähnt, so erwähne Ich ihn in einer besseren Versammlung als der Meiner Diener. Wer sich Mir um eine Handbreit nähert, dem komme Ich um Armeslänge entgegen. Wer sich Mir um eine Armeslänge nähert, dem komme Ich um einen Klafter entgegen. Kommt er im Laufschritt auf Mich zu, dann trete Ich unverzüglich zu ihm hin.«

369. Er wird schwierig bleiben, weil er den doppelten Aspekt der Göttlichen Transzendenz und Immanenz wie auch den der notwendigen Wechselbeziehung zwischen Herrn und Diener ins Spiel bringt. Schon im Abschnitt 22 dieses Kapitels hat Ibn ʿArabī dieses Thema angesprochen, und er behandelt es in seinem ganzen Werk. Siehe dazu besonders das Kapitel über den Propheten Abraham in den *Fuṣūṣ al-Ḥikam* (FUS 61ff, GIL 165ff).

Ihm zusammenlaufen. Nun kann diesem Unterfangen nur dann Erfolg beschieden sein, wenn die Geheimnisse des Geliebten weitergegeben werden, denn die Seelen schätzen von Natur aus Geschenke, Gaben und Großzügigkeit.

Im Übrigen weiß der Liebende auch nicht, ob diese Verbreitung der Geheimnisse dem Geliebten überhaupt passt oder nicht. Das ist der Grund für die Verwirrung im Herzen der Liebenden Gottes.[370]

Wenn Gott der Liebende ist, wird sich Seine Verfügung hinsichtlich des Geschöpfs verwirklichen, ob dieses nun daran glauben mag oder nicht. Sie wird im Einklang mit dem bereits bestehenden Ratschluss innerhalb des ewigen Wissens vollzogen. Nun sind Gottes Wort (*qawl*) und Gottes Wissen ein und dieselbe Wirklichkeit. Doch wie auch immer diese beschaffen sein mag, Er spricht [zusätzlich noch] in der Form eines Befehls. Wer sich Seiner Anweisung nicht fügen kann, setzt sich dem Vorwurf des Ungehorsams aus, obwohl doch Gott [von jeher] weise und allwissend ist. Von daher rührt die Verwirrung, die man in der Welt feststellen kann, ebenso wie die gegensätzlichen Bestrebungen und Streitigkeiten.[371]

40
Der Liebende überschreitet das rechte Maß in seinem Benehmen

In der Tat: Der Liebende entfernt sich von den weisen Regeln, die der gesunde Menschenverstand aufgestellt hat. Aber er gibt sich ja nicht damit ab, Betrachtungen über den richtigen Umgang mit der

370. Diese Verwirrung des Liebenden hat Ibn ʿArabī bereits in Kapitel 11 angesprochen (Anekdote von Dhū-n-Nūn und dem jungen Knaben, der ein Geheimnis verraten hatte).

371. Das ist eine äußerst weitreichende Aussage: Im Verhältnis von Göttlicher Vorbestimmung und menschlichem Ungehorsam (sowie der darauf folgenden Milde Gottes) liegt ein Geheimnis, das objektiv zur Verwirrung der Welt führt. Diese »Wirrnis« findet »im Herzen« des die Schöpfung liebenden Gottes statt! Die Göttliche Vorbestimmung ist hier das Analogon zum Göttlichen Gesetz, der *sharīʿah,* die dem Diener eigentlich eine klare Richtschnur zur Hand geben sollte. Der menschliche Ungehorsam, der sich der Vorbestimmung entgegenstellt, verwirrt den liebenden Gott in gleichem Maße, wie die Geheimnisse in der Göttlichen Offenbarung, welche die *sharīʿah* hinter sich lassen, den Diener verwirren. Auf der allerhöchsten Ebene führt also die wechselseitige Liebe zwischen Gott und dem Menschen mit Notwendigkeit zur Verwirrung [WH].

Welt anzustellen, denn sein einziges Trachten und seine einzige Sorge gehen dahin, die Erinnerung an den Geliebten zu wahren und Ihn ständig mit unablässiger Einbildungskraft anzurufen. Er ist unfähig, die [gewöhnlichen] Dinge in ihrem richtigen Wert einzuschätzen.

Wenn Gott der Geliebte ist, enthält das Herz des Liebenden Ihn.[372] Nun übersteigt diese Fähigkeit jeden Maßstab (*wazn*), sie kann daher nicht [als jeweils angebracht oder unzulässig] bewertet werden.

Hast du denn nicht bedacht, dass der heilige Ausdruck »Es gibt keinen Gott außer Gott (*lā ilāhah illā Allāh*)« ein Wort darstellt, das auf der Waage [der geschaffenen Wirklichkeiten] nicht gewogen wird? Doch wenn es dort aus eigener Kraft in Erscheinung tritt, zusammen mit der Schrift, die es erwähnt und die auf endlosen Pergamentrollen das Tun und Treiben eines Greisen vergegenwärtigt [nach einem Hadith des Propheten],[373] dann wird dieses als leichtgewichtig erscheinen [ungeachtet des Gewichts der Schlechtigkeiten jenes Menschen], denn nichts kommt dem Wort von der Göttlichen Einmaligkeit gleich. Und würden auch alle

372. Hier wird erneut auf den Hadith *qudsī* in Fußnote 11 angespielt.

373. Anspielung den folgenden (von 'Abd Allāh Ibn 'Amrū Ibn 'Ās in der Sammlung von at-Tirmidhī bezeugten) Hadith *qudsī:*

> Ganz gewiss wird Gott am Tage der Auferstehung jemanden aus meiner Gemeinschaft vor den anderen Geschöpfen befreien. Gott wird ihn betreffend neunundneunzig unabsehbar lange Schriftrollen entfalten und dann fragen: »Bestreitest du etwas davon? Sind Meine Engel und Meine Hüter jemals ungerecht zu dir gewesen?« »Ganz gewiss nicht, oh mein Herr!« Dann wird Gott fragen: »Hast du etwas zu deiner Verteidigung vorzubringen?« Der Mann wird antworten. »Nein, mein Herr!« Gott der Erhabene und Mächtige wird hinzufügen: »Doch! Eine gute Tat ist dir zu deinen Gunsten bei Uns zugerechnet worden! Und sei gewiss, heute an diesem Tag wird dir kein Unrecht geschehen!« Dann wird man ein einzelnes Blatt hervorziehen, auf dem geschrieben steht: »Ich bezeuge, dass es keinen Gott außer Gott gibt, und ich bezeuge, dass Mohammed Sein Diener und Sein Gesandter ist.« Gott wird sprechen: »Nun tritt vor, um gewogen zu werden!« Der Mensch wird sprechen: »Oh mein Herr! Was ist dieses einzelne Blatt schon wert im Vergleich zu all diesen langen Rollen?« Gott wird antworten: »Sei gewiss, dir wird kein Unrecht geschehen!« Daraufhin werden alle Schriftrollen auf die eine [kosmische] Waagschale gelegt werden und das einzelne Blatt auf die andere. Die Schriftrollen werden ohne Gewicht erscheinen und das Blatt wird schwer lasten, denn nichts kann den Namen Gottes aufwiegen.

Dinge der Welt in eine der [kosmischen] Waagschalen gelegt werden, im Vergleich zu jenem Göttlichen Wort würden sie gar nichts wiegen. Das ist die Kraft des Wortes, das jener Greis ausgesprochen hat. Und dabei hat er sich noch nicht einmal auf die Liebe bezogen! Was würdest du also erst von den Reden eines Liebenden denken, und von seinem Zustand und seinem Herzen, das [nach einem prophetischen Wort] umfassender (*awsa'*) als das Erbarmen Gottes ist? Und doch stammt das umfassende Vermögen dieses Herzens aus dem Göttlichen Erbarmen. Eines der erstaunlichsten Dinge, die im universellen Dasein (*wujūd*) zutage treten, ist das Fassungsvermögen (*ittisā'*) des Herzens, das aus dem Mitgefühl Gottes herrührt, wo doch dieses »Herz« viel ausgedehnter als jenes ist. Abū Yazīd [al-Bistāmī] konnte davon sprechen: »Wenn Gottes Thron mit allem, was er umfasst, eine Million mal in einem der geheimsten Winkel des Herzens des Gläubigen enthalten wäre, er würde es nicht mal spüren!« Wie muss es sich dann erst mit der spirituellen Verfassung des Liebenden verhalten![374]

Wenn Gott der Liebende ist (Gepriesen sei Er jenseits jeden Abwägens (*muwāzanah*)!), befindet sich der vom Wahren Wesen Geliebte in Ihm Selbst, der Liebende kann nämlich nicht von Seinem Geliebten unterschieden werden. Nun »bleibt das, was in Gott ist, ewig bestehen« (16:96), somit bleibt auch der Geliebte [ewig bestehen]. Was andauert, kann niemals mit dem Vergänglichen verglichen werden.[375]

41
Der Liebende sagt von sich, er sei selbst der Geliebte

So verhält es sich, denn der Liebende hat sich im Geliebten verzehrt. Er sieht Ihn folglich nicht mehr als von sich unterschieden an. Einer dieser Liebhaber sagte bei Gelegenheit:[376]

374. Dieser Punkt wird in dem Kapitel über den Propheten Shuaib der *Fuṣūṣ al-Ḥikam* ausgeführt (AUS 145ff, GIL 311ff).

375. Die transzendente, alles zeitliche Maß übersteigende Qualität der Liebe wird auch im ersten Korintherbrief 13,8–10 angesprochen: »Die Liebe hört niemals auf, Prophetisches Reden hat ein Ende, Zungenrede verstummt, Erkenntnis vergeht. Denn Stückwerk ist unser Erkennen, Stückwerk unser prophetisches Reden. Wenn aber das Vollendete kommt, vergeht alles Stückwerk« [WH].

376. Die Verse wurden bereits am Ende von Abschnitt 12 dieses Kapitels zitiert [WH].

Ich bin der Liebende,
Und wen ich liebe, das bin ich!

Dies war der Zustand von Abū Yazīd [al-Bisṭāmī].

Wenn der Liebende Gott ist, so liebt Er manche Seiner Diener so sehr, dass Er zu ihrem Hören wird, ihrem Sehen, ihrem Sprechen und all ihren anderen Organen.

42
Der Liebende ist entwurzelt und überfordert

Er fragt seinen Geliebten nicht: »Warum hast Du das getan? Und warum hast Du das gesagt?«

Anas Ibn Mālik[377] (Möge Gott an ihm Sein Wohlgefallen finden!) berichtet von folgender Begebenheit: »Zehn Jahre lang stand ich im Dienste des Gesandten Gottes (Friede und Segen seien mit ihm!). Niemals hat er mich wegen irgendeiner meiner Handlungen etwa so zur Rede gestellt: ›Warum hast du das getan?‹ Noch hat er mich gefragt, wenn ich etwas unterlassen hatte: ›Warum hast du es nicht getan?‹« Denn der Prophet sah, dass Gott, sein Geliebter, sich Seines Dieners angenommen hatte. Was also der Geliebte mit dem Liebenden tut, lässt sich nicht hinterfragen. Nein, es wird hingenommen oder macht einem sogar noch Freude. Der Liebende wird in der Tat von einem Feuer verzehrt, das alles durchglüht und sich in seinem Herzen einnistet. Es brennt vor Eifersucht auf jeden anderen als den Geliebten. Von dem Anspruch, sich Ihm ganz hinzugeben, wird der Liebende überfordert, weiß er sich doch niemals der Dankesschuld Ihm gegenüber ledig. Dass er sie schon längst beglichen hat, indem er seinem Geliebten wohlgefällig war, kommt ihm gar nicht in den Sinn.

Wenn Gott der Liebende ist, wird an der [kosmischen] Stätte Seiner Liebe kein einziges Atom ohne Gottes Zustimmung (*idhn*) bewegt.[378] Wie könnte Ihn da der Geliebte fragen: »Warum?«. In dieser Lage handelt er einzig und allein so, wie es Gott für ihn will, für ihn, den Geliebten, in Einklang mit dem Hadith *qudsī:* »Ich bin deine Hand [mit der du ergreifst].« Er handelt also gemäß einer Neigung, die ihm innerlich ist.

377. Berühmter Gefährte des Propheten.

378. Das ist gewissermaßen die ›Überforderung‹, die Gott Sich selbst auflastet [WH].

Allgemein gesprochen, steht der Geliebte unter dem [jeweiligen] Eindruck einer Gotteserscheinung, die genau genommen nur ihn betrifft, ohne dass er jemals zwei genau gleiche erfahren würde.[379]

Jene Entwurzelung (*isti'ṣāl*) und Überforderung sind die Früchte dieses Ein- und Ausgehens (*taradudd*).

43
Der Liebende entblößt sich schmählich

Sein Geheimnis ist überall bekannt geworden, und da er sich nicht hat unauffällig benehmen können, steht er nun öffentlich am Pranger.

Ein aufrichtig Liebender hat gesagt:

Wer seine Liebe zu verbergen vorgibt,
Wird der Lüge geziehen, sobald Zweifel aufkommt.

So stark bezwingt die Liebe das Herz,
Den Schleier auf sie zu legen, bewirkt nichts!

Wenn das Geheimnis des durchdringenden Wesens erscheint,
Zeigt es sich am Jüngling, der von ihm überwältigt wird.

Daher beneide ich den umsichtig Verliebten,
Den weder die Augen noch das Herz ahnen lassen.

So sehr reißt einen die Liebe mit, bis man ohne Scham jeden Schleier hebt und jedes Geheimnis unter die Leute bringt. Die tiefen Seufzer, die sie hervorbringt, nehmen kein Ende und die Tränen, die sie fließen lässt, können nicht versiegen. Alle Glieder und alle Organe des Liebenden verraten Krankheit und Schlaflosigkeit. Seine Zustände verströmen die Düfte seiner Leidenschaft. Wenn er spricht, so tut er es nur unbewusst. Er hat weder Ausdauer noch Festigkeit. Beständig fallen Sorgen über ihn her, und die Augenblicke der Trauer werden immer häufiger.

379. Nach einem bekannten Sufi-Spruch: »Gott offenbart Sich in einer einzelnen Form nie zweimal, noch offenbart Er Sich zwei Individuen auf dieselbe Weise.« Die Wiederholung zweier identischer Möglichkeiten ist metaphysisch gesehen unmöglich, denn sie würde darauf hinaus laufen, das universell All-Mögliche oder das Göttliche Wissen zu begrenzen. Siehe dazu René Guénon: *Les Etats Multiples de l'Etre et l'Erreur Spirite.*

Wenn Gott der Liebende ist, so liebt Er Seinen Diener und beauftragt einen Engel, die Himmel davon in Kenntnis zu setzen, dass Er die und die Person liebt. Dann lieben ihn auch die Engel, und mit ihnen alle Himmelsbewohner. Daraufhin schlägt Gott der Erde vor, jenes von Ihm geliebte Wesen günstig aufzunehmen,[380] auf dass ihn die innere Wirklichkeit von allem anerkennt, mögen auch manche Geschöpfe aus ihnen eigenen Gründen so tun, als ob sie ihn ablehnen würden.[381] Die Haltung [der Himmelsbewohner] ähnelt derjenigen weltlicher Wesen, die sich vor Gott niederbeugen – und das machen viele Menschen, wenn Er auch in Seinem Buch angemerkt hat, dass sich keineswegs alle niederwerfen.[382] So verhält es sich mit der Liebe, die sie in ihrem Innersten empfinden, mit der Liebe für jenen Diener, den günstig aufzunehmen der Erde vorgeschlagen wurde. Alle Teile der Erde lieben ihn und alles, was sich darauf befindet. So sind sich auch die meisten Menschen ihres Ursprungs wegen gleich, wenn es um die Niederwerfung geht, die Gott gebührt.

380. Mit Bezug auf den folgenden (von Abū Hurayra in der Sammlung von Muslim überlieferten) Hadith *qudsī:*

> Wenn Gott einen Diener liebt, ruft Er Gabriel zu Sich und bittet ihn: »Gewiss, Ich liebe den Soundso, also liebe du ihn auch!« Und Gabriel liebt ihn und verkündet im Himmel: »Gott liebt dieses Wesen, also liebet ihn auch!« Und die Himmelsbewohner lieben ihn. Dann stimmt die ganze Erde seiner Aufnahme zu. Wenn Gott eine Abneigung für einen Diener hat, ruft Er Gabriel zu Sich und bittet ihn: »Gewiss habe Ich eine Abneigung für den Soundso, also habe auch du einen Widerwillen gegen ihn!« Und Gabriel hat eine Abneigung ihm gegenüber und verkündet: »Gott mag dieses Wesen gewiss nicht, verspüret also Abneigung gegen es!« Und die ganze Erde spürt einen Widerwillen gegen es.

381. Indem Gott ausgewählte menschliche Wesen mit Seiner Liebe besonders bedenkt – und andere besonders herabsetzt, wie es der vorstehende Hadith beschreibt – »entblößt« Er Sich vor den Himmelsbewohnern, welche die Wahl Seiner Liebe nicht ohne weiteres nachvollziehen können (sie müssen ja explizit dazu aufgefordert werden, Seine Liebe zu teilen). Er setzt Sich auch der ›Schmach‹ einer möglichen Ablehnung seitens einiger Himmelsbewohner aus [WH].

382. Anspielung auf Sure 22:18: »Siehst du denn nicht, dass sich vor Gott alle Dinge in den Himmeln und auf Erden in Anbetung niederbeugen, die Sonne, der Mond, die Sterne, die Hügel, die Bäume und die Tiere, und eine große Zahl der Menschen? Doch vielen gebührt [auch] die Strafe. Und wen Gott erniedrigt, dem kann keiner Ehre geben. Wahrlich, Gott führt Seinen Willen aus« [WH].

44
Der Liebende weiß nicht, Wen er liebt

Er weiß nicht, nach Wem er ein solch vielfältiges Verlangen hegt, er weiß auch nicht, für Wen er eine ekstatische Gefühlsbewegung spürt. Sein Geliebter erscheint ihm nicht in deutlicher Weise. Auch noch Seine äußerste Nähe ist ein Schleier dergestalt, dass er die Folgen der Liebe nur in sich selbst auffindet. Die Gestalt seines Geliebten hüllt ihn ein, entsprechend dem Bild, das er sich von Ihm macht, und zwar so sehr, dass er Ihn, ohne die Verbindung zu der [konkreten] Gestalt des Geliebten in sich zu spüren, im Äußeren sucht, weil er die grobstoffliche Erscheinung auf die Feinheit der inneren Sicht [auf das von ihm gemachte Bild] bezieht. Der Liebende bleibt also mit dem Urbild (*maʿnā*) des Geliebten zurück, dessen er sich bemächtigt und das er in sich überhöht. Freilich betört ihn dieses erhabene Urbild, als das er Ihn erkennt, und es verwirrt ihn auch, denn der Geliebte ist in ihm, ohne dass er davon weiß. Er versucht sogar den Geliebten mithilfe des Geliebten aufzusuchen, den Feingestaltigen, der den sinnlichen Gegebenheiten entschlüpft. Er spricht also, ohne zu verstehen, was er eigentlich sagt, wenn er solche [widersprüchlichen] Reden hält:

»Mein Herz ist mein Geliebter.«
»Mein Herz hat sich verirrt. Wo soll ich Ihn jetzt suchen?«
»Ich sehe nicht, dass mein Leib ein Ort sein sollte, der Seiner würdig ist!«
»Mein Geliebter ist in meinem Herzen.«

Der Liebende begreift nicht, welcher der beiden folgenden Zustände wahrscheinlicher ist, denn er [selbst] führt ja die zwei gegensätzlichen Wahrheiten zusammen:

»Der Geliebte ist in mir, und doch befindet Er Sich nicht dort.«

Gott als Liebender hielt Adam Seine beiden geschlossenen Hände entgegen. Nach einem prophetischen Wort sprach Er folgendermaßen zu ihm: »Oh Adam, nun wähle eine von ihnen!« »Ich wähle die Rechte meines Herrn, doch sind beide Hände meines Herrn eine einzige gesegnete Rechte Hand.«[383] Da öffnete Gott Seine [doppelte] Hand, und darin befanden sich Adam und seine Nachkommen.« Adam befand sich gleichzeitig in der Hand und außerhalb von ihr.

Und das ist genau der gestalthafte Aspekt des Geliebten gegenüber dem Liebenden: Der Liebende ist in Ihm, und doch befindet er sich nicht dort![384]

383. Dies ist ein doppelter Bezug sowohl auf Sure 7:172 als auch auf den folgenden (von Abū Hurayra in der Sammlung von Tirmidhī überlieferten) Hadith *qudsī:*

> Nachdem Gott die Erschaffung Adams vollzogen und ihm den Geist eingehaucht hatte, musste Adam niesen. Er lobte Gott mit Seiner Erlaubnis. Sein Herr sprach daraufhin zu ihm: »Oh Adam! Suche die Engel hier in ihrer Versammlung auf und sage ihnen: ›Friede sei mit euch!‹ Sie werden antworten: ›Und die Gnade Gottes sei mit dir!‹« Adam tat, wie ihm geheißen, und kehrte zu seinem Herrn zurück, Der zu ihm sprach: »Diese Rede wird deine belebende Handlung sein, und deine Söhne werden sie untereinander verwenden!« Gott fordert ihn dann mit Seinen beiden geschlossenen Händen auf: »Wähle aus, welche du willst!« Worauf Adam erwidert: »Ich wähle die Rechte Hand meines Herrn, obwohl beide Hände meines Herrn recht sind und gesegnet.« Daraufhin öffnete Er [Seine Hand] und in ihr befanden sich Adam und seine Nachkommen.« Adam fragte Ihn: »Oh, mein Herr! Wer sind jene?« »Das sind deine Nachkommen!« Und ein jedes menschliche Wesen hatte seine Lebensdauer zwischen seinen beiden Augen eingeschrieben.

384. Deswegen weiß in einem tieferen Sinne auch Gott nicht, ›wen Er liebt‹. Ibn ʿArabī schließt mit diesem Motiv an das leidenschaftliche Gedicht an, mit dem er das erste Kapitel eröffnet hatte. Seine große Abhandlung über die Liebe kommt damit zu einem zyklisch offenen, vieldeutigen Ende [WH].

Epilog

DIE EIGENSCHAFTEN DER LIEBENDEN SIND SO ZAHLREICH, man könnte sie nicht aufzählen, ja ihre Zahl ist sogar unbegrenzt!

Wir haben unsere Untersuchung bis an die äußerste Grenze der Zergliederung und Nachforschung geführt. Die Quellen, aus denen sich die Liebe speist, sind die verschiedenartigsten, und das liegt an der Vielschichtigkeit des Gegenstandes unserer Untersuchung.

Falls du mich gut verstanden hast, habe ich dir damit den Weg gewiesen. Hüte dich indes davor, [Gott den Geschöpfen] ähnlich zu machen (*fa iyyā-ka wa al-tashbīh*)!

Die ursprüngliche Liebe, die ekstatische Gefühlsregung, das brennende Verlangen, die Sehnsucht sind ein und dieselbe Wirklichkeit, die vielfältige Obertöne aufweist. Sie sind abhängig von der Verschiedenheit derer, die von Liebe erfasst sind. Das sind die Spielarten der Liebe, unter deren Bann jeder steht, der von ihr umzingelt ist. Keine von ihnen bezieht sich auf den Geliebten, aber auch keine ihrer Tugenden kommt zur Anwendung, ohne dass man einen dazugehörigen Liebenden finden würde. Verstehe das wohl!

Diese Abhandlung hat, zwar in einer Zusammenfassung, doch auf hinreichende Art und Weise, die Merkmale der von der Liebe betroffenen Wesen beschrieben, sowohl von der Seite des Liebenden wie auch von der Seite des Geliebten her.

Und es ist Gott, Der die Wahrheit sagt und auf den Rechten Weg führt.

Hiermit ist das Kapitel 115 des Buchs *Die Mekkanischen Eröffnungen* abgeschlossen.[385]

385. Diese Kapitelnummer stammt wohl noch aus einer früheren Version der *Futūḥāt*, die später erheblich erweitert wurden. In der endgültigen Version wird die Abhandlung über die Liebe mit der Nummer 178 versehen [WH].

Zeittafel

von Maurice Gloton

Erster Lebensabschnitt: Andalusien

1165	Murcia	Ibn ʿArabī wird am 28. Juli 1165 [17. Ramaḍān 560] geboren.
1173	Sevilla	Dorthin zieht er nach der Besetzung Murcias durch die Almohaden. Er studiert den Koran, die Koranexegese, die Sunna (die Hadithe), die *sharīʿah,* Grammatik und Rhetorik.
1179	Cordoba	Er begegnet Averroes (Abū-l-Wāḥid Ibn Rushd).
1184	Sevilla	Einweihung in den Weg der Sufis.

Zweiter Teil: Die Reisen nach Nordafrika

1193	Tunis	Nachdem er Spanien in Richtung Nordafrika verlassen hat, besucht er in Tunis Scheich al-Mahdawī, dem er sein Werk *Rūḥ al-Quds* widmen wird. Begegnung mit Khidr [dem geheimnisvollen Führer der Sufis].
1194	Fes	Er sagt den Sieg des Almohaden-Kalifen Yaʿqūb al-Manṣūr über die Christen [19. Juli 1195] voraus.
1195	Sevilla	Wieder in Spanien, studiert er die Hadithe mit seinem Onkel.
1195	Fes	Spirituelle Nachtreise und Ankunft an der Station des Lichts: Er schreibt das *Buch der nächtlichen Reise (Kitāb al-Isrā ʾilā Maqām al-Asrā).*
1196	Fes	Gott offenbart ihm, dass er das Siegel der mohammedanischen Heiligkeit ist.

1197	Murcia, Granada, Almeria	Auf Göttliche Anweisung schreibt er seine Abhandlung *Die Orte des Untergangs der Sterne (Mawāqi' al-Nujūm).*
	Cordoba	Er nimmt teil am Begräbnis von Averroes.
1200	Marrakesch	Er gelangt zur Station der Nähe oder höchsten Identität. Die Vision des Göttlichen Throns wird ihm zuteil. Er erhält den Auftrag, in den Orient zu reisen.
	Bejaja (Algerien)	In einer Traumvision vereinigt er sich mit den Sternen und den Göttlichen Buchstaben.
1201	Tunis	*Die Erschaffung der Sphären (Inshā ad-Dawā'ir)* wird geschrieben.
	Kairo, Jerusalem	Er bricht zu seiner Reise in den Orient auf.

Dritte Periode: Die Orientreisen

1201	Mekka	Er lernt Niẓām ʿAyn ash-Shams kennen, ein junges Mädchen von großer Schönheit, gebildet und mit spirituellen Neigungen. Sie inspiriert ihn zu seiner (später abgefassten) Sammlung mystischer Liebesgedichte: *Deuter der Sehnsüchte (Tarjumān al-Ashwāq).*
1203	Mekka	Vier seiner Werke werden hier vollendet: *Die Nische der Lichter (Mishkāt al-Anwār), Die Zierde der Bettelmönche (Ḥilyat al-Abdāl), Die Krone der Epistel (Taj al-Rasā'il)* und *Der Geist der Heiligkeit (Rūḥ al-Quds).* Er nimmt die Summe seiner metaphysischen Lehren in Angriff: *Die Mekkanischen Eröffnungen (al-Futūḥāt al-Makkīyah).*

1204	Bagdad	Von Mekka aus reist er zu den beiden Städten Mossul und Mossud. Erneut erhält er die Investitur oder Khirqa von Khidr. Abfassung der großen Abhandlu über die *Offenbarungen von Mossul: al-Tanazzunāt al-Mawsilīyah*
1206	Malatya, Hebron, Kairo	Reise nach Anatolien, dann auf dem We nach Kairo. Vor der Feindseligkeit der offiziellen religiösen Autorität flüchtet er (über Palästina) nach Mekka.
1207	Mekka	Fortsetzung seiner Hadith-Studien.
1209	Aleppo	Er genehmigt die Veröffentlichung seine Abhandlung *Über die Theophanien (al-Tajallīyāt)* und verfasst den *Brief über die Lichter (Risālat al-Anwār).*
1210	Konya	Begegnung mit Ṣadr ad-Dīn von Konya, der zu einem seiner größten Schüler (un zu seinem Schwiegersohn) wird. Dieser wird sein erklärter Kommentator sein.
1211	Bagdad	Er trifft den großen Scheich Shihāb ad-Dīn ʿUmar [as-Suhrawardī].
1212	Bagdad	Für seinen König (und Förderer) Kai Kaus schreibt er den *Brief über die Behandlung christlicher Untertanen.*
1213	Aleppo	
1214	Mekka	Er vollendet seine Gedichtsammlung *Deuter der Sehnsüchte (Tarjumān al-Ashwāq).*
1215	Aleppo	Auf Bitten seiner Schüler hin kommentiert er diese Sammlung: *Die Schätze der Liebenden (Dhakhā'ir al-Aʿlāq).*
1215–1219	Malatya	Auf Einladung des Königs Kai Kaus wird er fast fünf Jahre in Anatolien verbringen. Der Sieg des Königs über die Christen bei Antiochia wird von ihm

		vorhergesehen. Er vergibt Kopierlizenzen für manche seiner Werke, u.a. für *Die Station der Nähe (Kitāb Maqām al-Qurbah)* und *Die Stätte der Stätten (Manzil al-Manāzil).*

Vierte Periode: Damaskus

1223–1240	Damaskus	In dieser Stadt lässt er sich endgültig bis zu seinem Tod (im Jahre 1240) nieder, eingeladen von ihrem Herrscher al-Mālik al-ʿAdil. Er bringt sein Hauptwerk, *Die Mekkanischen Eröffnungen (al-Futūḥāt al-Makkīyah)*, zum Abschluss. Er verfasst *Die Ringsteine der Weisheit (Kitāb Fūṣūṣ al-Ḥikam)*, eine wahrhaft verdichtete Summe seiner grundlegenden Lehren. Er vollendet seine Gedichtsammlung *Diwān al-Akbar.*

Transkription arabischer Zeichen

Das nachfolgende Transkriptionssystem lehnt sich weitgehend an angelsächsische Vorbilder an (zum Beispiel das von der U.S. Library of Congress oder von der *Encyclopedia of Islam* verwendete), da es recht weit verbreitet und leicht zu erlernen ist und zudem der Phonetik deutscher Buchstaben überraschend nahe kommt. Für Interessierte ist zusätzlich der überlieferte Zahlenwert der arabischen Buchstaben angegeben.

Transkription	*Name*	*Zeichen*	*Bemerkungen zur Aussprache*	*Zahl*
ʾ	*hamza*	ء	Glottisschlag wie vor dem Wort »'Ende« oder innerhalb des Wortes »Post'amt«	
ʿ	*ʿayn*	ع	in der Kehle erzeugter Presslaut	70
ā	*alif*	ا	langes a	1
b	*bāʾ*	ب	wie deutsches b	2
d	*dāl*	د	wie deutsches d	4
dh	*dhāl*	ذ	wie englisches th in *this*	700
ḍ	*ḍād*	ض	wie d, aber intensiver als das *dāl*	800
f	*fāʾ*	ف	wie deutsches f	80
gh	*ghayn*	غ	in der Kehle ausgesprochenes kurzes r (analog zur französischen oder norddeutschen Aussprache)	1000
h	*hāʾ*	ه	wie deutsches h	5
ḥ	*ḥāʾ*	ح	gehecheltes, starkes deutsches h	8
j	*jīm*	ج	wie dsch in »Dschungel«	3
k	*kāf*	ك	wie deutsches k	20
kh	*khāʾ*	خ	wie ch in »doch«	600
l	*lām*	ل	wie deutsches l	30

m	*mīm*	م	wie deutsches m	40
n	*nūn*	ن	wie deutsches n	50
q	*qāf*	ق	wie k, aber weiter hinten und intensiver gesprochen (etwa wie im kölnischen Dialekt)	100
r	*rā'*	ر	kurz gerolltes r wie im italienischen *ristorante*	200
s	*sīn*	س	stimmloses s wie in »Klasse«	60
sh	*shīn*	ش	wie sch in »schon«	300
ṣ	*ṣād*	ص	stimmloses s, aber intensiver als das *sīn*	90
t	*tā'*	ت	wie deutsches t	400
th	*thā'*	ث	wie englisches th in *three*	500
ṭ	*ṭā'*	ط	wie t, aber intensiver als das *tā'*	9
w,ū	*wāw*	و	je nach Position wie langes u oder aber wie englisches w in *well* (keinesfalls ein deutsches w!)	6
y,ī	*yā'*	ي	im Wortinnern oder am Ende gegebenenfalls wie langes i, oder aber wie das j in »jagen«	10
z	*zīn*	ز	stimmhaftes s wie in »Rose«	7
ẓ	*ẓā'*	ظ	wie englisches th in *this*, aber intensiver als das *dhāl*	900

Ergänzende Anmerkungen

- Das anlautende *hamza* (und analog dazu das anlautende *alif*, das lediglich Träger des *hamza* ist) wird nicht geschrieben, also nicht *'imām*, sondern *imām*.
- Das auslautende *alif* ى (*alif maqsura*) wird wie *alif* transkribiert, zum Beispiel bei der Präposition *'alā*.

- Die normalen Buchstaben a, i, u bezeichnen die Vokalisierungen *fatḥah, kasrah* und *ḍammah* und nur diese. Stehen sie am Anfang des Wortes, ist ein *hamza-alif* dazuzudenken.
- Die Pronominalsuffixe werden mit Bindestrich abgetrennt (analog wie der Artikel *al*), um Verwechslungen zu vermeiden (zum Beispiel *kitāb-ī* »mein Buch« im Unterschied zum Adjektiv *kitābī* »geschrieben«, »literarisch«).
- Im Modus constructus wandelt sich das *ṭā' marbūṭah* von …*ah* zu …*at*, zum Beispiel *rutbah* (»Rang«) zu *rutbat al-ṣiddīq* (»Rang des Getreuen«).
- Bei Eigennamen ist zu beachten, dass sie nicht immer aus dem Arabischen stammen, sondern zum Beispiel aus dem Persischen, und insoweit innerhalb dieses Systems nicht transkribiert werden können.
- Die Alliteration des Artikels *al-* bei nachfolgenden Sonnenbuchstaben wird nicht transkribiert, da sie lediglich für die Aussprache gilt (also zum Beispiel *al-ṣiddīq* statt *aṣ-ṣiddīq*), Ausnahmen bei Eigennamen (um Beispiel Ṣadr ad-Dīn).

Literaturhinweise

von Wolfgang Herrmann

Die nachfolgende, mit Absicht sehr kurz gehaltene Aufstellung wendet sich insbesondere an deutschsprachige Leser, berücksichtigt also die Zugänglichkeit und auch die Aktualität der Publikationen. Eine ausführliche wissenschaftliche Bibliografie findet man etwa in der Anthologie von Alma Giese (GIE) oder der Monografie von Hirtenstein (HIR).

AUS Ibn ʿArabī: *The Bezels of Wisdom* (kommentierte, vollständige Übersetzung der *Fuṣūṣ al-Ḥikam* ins Englische von Ralph W.J. Austin), Paulist Press Mahwah, New Jersey 1980

FUS Muḥyīddīn Ibn ʿArabī: *Die Weisheit der Propheten, Fuṣūṣ al-Ḥikam* (nach der Übertragung von Titus Burckhardt), Chalice Verlag, Zürich 2005

FUT Ibn ʿArabī: *The Meccan Revelations,* Volume 1, herausgegeben von Michel Chodkiewicz, ausführlich kommentierte Auswahl von Kapiteln aus den *Futūḥāt al-Makkīyah* in englischer Sprache, Pir Press, New York 2005

FUT2 Ibn ʿArabī: *Les Illuminations de La Mecque,* Volume 2, herausgegeben von Michel Chodkiewicz, ausführlich kommentierte Auswahl von Kapiteln aus den *Futūḥāt al-Makkīyah* in französischer Sprache, Albin Michel, Paris 1997 [davon Übersetzung ins Englische: *The Meccan Revelations,* Volume 2, Pir Press, New York 2004]

GIE Ibn ʿArabī: *Urwolke und Welt,* Mystische Texte des Größten Meisters, herausgegeben von Alma Giese, Verlag C.H. Beck, München 2002

GIL Ibn ʿArabī: *Le Livre des Chatons de Sagesse,* französische Übersetzung und Kommentierung der *Fuṣūṣ al-Ḥikam* von Charles-André Gilis, Editions al-Bouraq, Beirut 1997 [erste vollständige Übersetzung mit textkritischem Anspruch und ausführlicher Berücksichtigung der klassischen Kommentare]

HIR Stephen Hirtenstein: *Der grenzenlos Barmherzige: Das spirituelle Leben und Denken des Ibn ʿArabī,* Chalice Verlag, Zürich 2008

REI Muḥyīddīn Ibn ʿArabī: *Reise zum Herrn der Macht,* Übersetzung des *Risālat al-Anwār* und des Kapitels 367 der *Futūḥāt al-Makkīyah,* Chalice Verlag, Zürich 2008

SCH Annemarie Schimmel: *Mystische Dimensionen des Islam,* Standardwerk über die Geschichte des Sufismus, Insel-Verlag, Frankfurt a. Main 1995

TAR Ibn ʿArabī: *Die Vollkommene Harmonie,* Auswahl aus Gedichten des *Tarjumān al-Ashwāq* in deutscher Übertragung mit Kalligrafien von Hassan Massoudy, O.W. Barth Verlag, München 2002

Register

J

K

Körper *jasad, jism* 96

Korintherbrief 13,8 251

kull Gesamtheit, das Ganze, alles
224

kun »Sei!«, Schöpfungsbefehl Gottes
82, 83, 84, 101, 193, 195, 196

L

lā ilāhah illā Allāh »Es gibt keinen
Gott außer (den Einen) Gott«,
zentrales ↗ *dhikr* der Sufis 79,
250

labbay-ka »Hier bin Ich für dich da«,
sagen traditionell die Pilger, bevor
sie die Stadt Mekka betreten 244,
245

lāhūt Göttliche Natur, Gegensatz zu
↗ *nāsūt* 170

laqīyah Begegnung, Zusammentreffen,
Fund 195

latīfah Feinheit, geistvoller Ausspruch
123

lawh mahfūz »Wohlverwahrte Tafel«,
auf der die Göttliche Schreibfeder
(↗ *qalam*) das Schicksal eines jeden
Wesens aufzeichnet 231

LAYLA, Geliebte von ↗ QAYS 47, 48,
54, 60, 104, 117, 198, 199, 243

Laylah al-Qadr »Nacht der Macht«,
in welcher der Koran offenbart
wurde 46

LEIBNIZ, GOTTFRIED WILHELM
160

Leid *huzn* 115, 135

Leidenschaft *gharām* 43, 114, 115, 129,
130 | *hiyām* 115, 132

Licht *nūr* 133, 135

Liebe *'ishq* 38, 39, 40, 43, 113, 114, 116 |
hubb 38, 47, 111, 113, 115, 130, 154,
198, 214, 243 | *mahabbah* 34, 113 |
wadd 38, 114, 115

Liebender *muhibb* 33, 34, 39, 244

liqā' Treffen, Zusammenkunft 194

M

ma'ān Pl. von ↗ *ma'na* 117
ma'dūm nicht vorhanden, fehlend, vermisst 57, 58, 85, 89, 92, 96, 116
maf'ul Objekt, Bewirktes 219
maḥabbah Liebe, Zuneigung 34
maḥabbah mufriṭah übermäßige Liebe 113
maḥabbatān zweifache Liebe 137
maḥbūb liebenswert, beliebt 34, 38
maḥw Auslöschung, Tilgung 217
majallah das offenbar Gemachte 160
majhūl al-asmā' »unbekannt mit Namen«, namenlos 244
majmū' Gesamtheit, Ganzes, Summe 160, 223
makhlūq erschaffen 244
AL-MAKKĪ, ABŪ ṬĀLIB 213
makr Schlauheit, List, Betrug 124
mala' a'lā »die erhobene Schar«, Sammelbegriff für die höheren Geistwesen, s.a. ↗ Pleroma 102, 127
ma'lūh »ver-Göttlicht«, d.h. von Gott besessen 244
ma'nā Sinn, Bedeutung, Idee 39, 255
ma'nawīyah Idealität, Wertgefühl 84
männlich *dhakar* 214
maqām Standort, Lage, Station 37, 164, 217
maqtūl abgetötet 184, 208
marātib Pl. von *martabah,* Stufe, Grad, Rang 141
marbūb Leibeigener 244
MARIA 82, 83, 94, 170
Marrakesch 259
marṣūṣ fest zusammengefügt 154
marzūq wohlversorgt, genährt 244
maṣāliḥ Pl. von *maṣlaḥah,* förderliche Sache, Wohl, Vorteil 66
mashād Gebäude 188
mashī'ah schöpferischer Wille (Gottes), im Unterschied zu ↗ *irādah* 34, 99, 140
ma'ṣiyah Ungehorsam, Widersetzlichkeit 140
Masturbation *jawāriḥ* 126
mawaddah freundschaftliche Zuneigung 35
mawāṭin Pl. von ↗ *mawṭin* 192
mawjūd gefunden, vorhanden, existierend 117
mawṭin Wohnstätte (im Jenseits) 135, 192
mayl Neigung, Vorliebe, Zuneigung 43
Mekka 47, 122, 171, 174, 216, 229, 230, 245, 259, 260
Mensch *bashar* 133, 233
mīdān al-wajd »Beet der Ekstase«, Metapher für einen Zustand der Liebe 180
minaṣṣat al-a'rās »Brautthron«, ein Podium, auf dem die Braut dem Bräutigam gezeigt wird, im übertr. Sinne Ort Göttlicher Erscheinungen 184
minbar Kanzel für das Freitagsgebet 234
mi'rāj Leiter, Treppe, Himmelfahrt 187
AL-MISRĪ, DHŪ-N-NŪN 122, 174, 177, 178, 179, 180, 181, 236
Mitgefühl *raḥmān* 35, 195, 214
mithāq Urvertrag (Gottes mit den Menschen) 44
MOSES 34, 127, 179, 190, 207, 208
mughram verliebt, vernarrt in jemanden 129, 130
muḥibb Liebender 33, 34, 39, 244
muḥkam weisheitsvoll 159
muḥsin Wohltäter 55, 67, 153
muḥsinūn Pl. von ↗ *muḥsin* 34, 152
mujālasah vertrauliches Treffen 103, 190
mujmil im Großen, zusammenfassend 152
mukhālafah Übertretung 140
mu'min Gläubige 109, 110
mumkin möglich, denkbar 99
munāqaḍah schroffer Gegensatz, Widerspruch 228
munbaththa verstreut 119
AL-MUQARĀNĪ AL-KUSSĀD, ABŪ AL-'ABBĀS 119
muqīt Ernährer, Unterhaltender 228
Murcia 258, 259
musābaqah Wettstreit, Kampf, Rennen 218

Der Chalice Verlag widmet sich
der Publikation des Werkes von Reshad Feild
und wertvollen Texten aus verschiedenen
spirituellen Traditionen

Unser Verlagsprogramm und weitere Informationen
finden Sie auf unserer Website
www.chaliceverlag.ch

www.ingramcontent.com/pod-product-compliance
Lightning Source LLC
Chambersburg PA
CBHW030634110726
47901CB00002B/439
9783905272741